Ney Sceatcher

Kreona

Die Welt, in der ich mich verlor

Besuchen Sie uns im Internet:
www.zeilengold-verlag.de

ZEILENGOLD

Nadine Skonetzki
Blütenhang 19
78333 Stockach
info@zeilengold-verlag.de

1. Auflage
Alle Rechte liegen bei Zeilengold Verlag, Stockach 2019
Cover, Satz, Schmuckelemente: saje design, www.saje-design.de
Illustration (ganzseitige): Ana Neves, Instagram: ananevesart
Illustration (Weltkarte): Robin Bunbury, Instagram: robinbunbury
Lektorat: Sabrina Uhlirsch, www.spreadandread.de
Korrektorat: Roswitha Uhlirsch, www.spreadandread.de
Druck Softcover: bookpress, 1-408 Olstzyn (Polen)
Druck Hardcover: booksfactory, 71-063 Szczecin (Polen)

ISBN Softcover: 978-3-946955-25-2
ISBN E-Book: 978-3-946955-70-2

Die Deutsche Nationalbibliothek verzeichnet diese
Publikation in der Deutschen Nationalbibliografie;
detaillierte bibliografische Daten sind im Internet über
http://dnb.dnb.de abrufbar.

Ney Sceatcher

Kreona

Die Welt, in der ich mich verlor

Zeilengold

Ohne dich wäre ich niemals bis ans Ende des Meeres.
Ohne dich hätte ich niemals gekämpft.

Puera Lisa
Arkaris
Fandora
Zelia
Sandron
Trelian
Mortum
Taian

Solim
Prestan
Malufra
Rondama
Bolinski
Cesselia
Sanses
Zensat
Septentrio
Occidens
Oriens
Meridies

Vorwort

Jeden Tag werden Geschichten erzählt. Jeden Tag entstehen neue Welten, neue Handlungen. Manche davon werden niedergeschrieben, andere im Herzen behalten, sodass sie nie in Vergessenheit geraten. Jede Geschichte ist es wert, erzählt zu werden, und ich hoffe, dass du diese in Erinnerung behältst. Nicht alles ist, wie es im ersten Moment scheint. Das solltest du bei diesem Buch nie vergessen. Nicht jedes Lächeln bedeutet Freundlichkeit, ein Theaterstück ist vielleicht näher an der Realität, als man glaubt, und am Ende sollte man aufpassen, dass man sich nicht in völlig fremden Welten verliert.

Jede Geschichte ist es wert, erzählt zu werden. Auch deine.

Ich wünsche dir eine tolle Reise und gib acht auf dein Herz!

Inhalt

Prolog

Eine Stadt aus Glas
Eine Stadt aus Gold und Silber
Eine Stadt der Toten
Eine Stadt im Wasser
Eine Stadt der Masken
Eine Stadt aus Bäumen ...

Das Rauschen des Wassers drang an ihre Ohren. Ganz sanft, fast wie eine Melodie. Sie saß auf dem Boden, ließ die Beine über die Mauer baumeln und beobachtete, wie die Wellen dagegenschlugen. Wie unberechenbar und wild sie doch waren.

Vorsichtig hob die junge Frau eine Hand über ihre Augen, damit sie nicht von der Mittagssonne geblendet wurde. Von hier sah man nicht viel, nur endlose Weite und Wasser. Doch jenseits dieser blauen Wellen existierte mehr als nur karges Land. Jede Stadt auf dieser Welt besaß ihre eigenen Besonderheiten. Es gab eine aus Gold und Silber und eine, die man unter Wasser fand. Einen Ort, an dem alles grün war, exotische Pflanzen wuchsen und die Bewohner in Baumhäusern wohnten. Es sollte sogar einen Ort geben, in welchem die Verstorbenen lebten.

Die Gesetze für jene Städte erließ die Regierung. Sie stand über allem. Über den Herrschern, den Adligen, den Königinnen und Königen. Doch niemand hatte sie bisher gesehen.

Zumindest stand das in ihrem Buch, das aufgeschlagen auf

ihren Knien lag. Sie sah hinüber zu den großen Schiffen, die im Hafen lagen und sich im Takt der Wellen bewegten. Manchmal stellte sie sich vor, wie sie sich einfach im Frachtraum eines solchen versteckte. Wie gerne hätte sie die Welt bereist, hätte Menschen aus anderen Städten getroffen.

»Kassie?«

Überrascht sah die Frau auf. »Dan?«

Der alte Seebär setzte sich neben sie, schloss die Augen und zog sich den Hut vom Kopf. Die Seeluft fuhr durch seine wirren Haare, zauberte ihm ein Lächeln aufs Gesicht. »Was liest du?«, fragte er mit geschlossenen Augen.

Behutsam fuhr sie über den roten Einband. »Ein Buch über unsere Welt.«

»Aye.« Er lachte. »Steht da auch etwas über die heldenhaften Freiheitskämpfer?«

»Nein«, sagte sie leise. »Kein einziges Wort.«

Jeder, der auffiel, war der Regierung ein Dorn im Auge. Solche Menschen nannten sie Freiheitskämpfer. Im Grunde ein nettes Wort, wenn man den Spott und Hohn ignorierte, mit welchem über die Aufsässigen gesprochen wurde. Sie waren es, die Aufstände anzettelten, für eine gerechtere Welt kämpften und sich gegen die vielen Ungerechtigkeiten wehrten. Seit Langem gab es anhaltende Unruhen. Jeder Herrscher wollte, dass seine Stadt die mächtigste war.

»Das war klar«, brummte er. »Die Menschen sprechen nicht gerne über Dinge, die ihnen schaden können. Aber ich bin mir sicher, irgendwann wird sich die Welt verändern. Irgendwann wird die Regierung einknicken und die Menschheit akzeptieren, dass die Freiheitskämpfer nicht schlecht sind.«

»Und wann denkst du, wird das passieren?«

Er lächelte, öffnete die Augen und setzte den Hut wieder auf. »Bald, Kassie. Sehr bald wird sich etwas ändern, da bin ich mir sicher.«

Kapitel 1

Taian, die Stadt aus Wasser

Taian war nicht wirklich eine Stadt aus Wasser. Vielmehr lag sie am Meer und die Menschen dort lebten vom Handel und dem Fischfang. Kein anderer Ort im näheren Umkreis besaß so viele Schiffe und Handelsrouten wie wir.

Am Tag arbeiteten die Leute hart, verdienten ihr Geld als Tagelöhner und schlugen sich durch das unbarmherzige Leben. In der Nacht trafen sie sich in den Schenken, tranken ein Bier auf die getane Arbeit und sprachen über ihre Sorgen und Ängste. Es war ein einfaches Leben, ein stilles, wenn man darüber nachdachte. Kaum jemand hatte je die Welt hinter dem Meer zu Gesicht bekommen. Niemand besaß genügend Geld, um sich eine Schifffahrt zu leisten. Wir wollten auch gar nicht weg. Wie sollten wir in einer anderen Welt, fernab vom Wasser, überleben?

Ich lief durch die engen Gassen und presste die Tasche mit meinen wenigen Habseligkeiten fest an mich.

Heute war Markttag und mit dem Kreischen der Möwen mischten sich die aufgebrachten Stimmen der Händler. Wenn man Geld verdienen wollte, dann hier. Der Markt versammelte alles, was die Gesellschaft zu bieten hatte. Damen mit teuren Gewändern, Bettler mit verdreckten Gesichtern, Musiker mit ihren Instrumenten und eben Leute von meinem Stand.

Die Stadt aus Wasser wurde von einem König regiert, den man höchstens bei großen Feiern zu Gesicht bekam.

Je näher ich den Anlegeplätzen kam, desto lauter wurde das Stimmengewirr um mich herum. Heute war ein außerordentlich warmer Tag. Die Sonne stand hoch am Himmel, kaum eine Wolke war zu sehen. Die Pflastersteine saugten jede Feuchtigkeit auf. Viele Händler bauten aus diesem Grund ihre Stände im Schatten der Hausmauern auf.

Dankbar schloss ich für einen Moment die Augen, als die kühle Seeluft über meine roten Haare strich.

Unauffällig nahm ich meine linke Hand von der Tasche und richtete meinen Blick auf die dichte Menschenmenge vor mir. Niemand schenkte mir Beachtung, während ich mich zügig durch die Leute schob. Meine Linke tauchte dabei immer wieder kurz in irgendwelchen Taschen ab und dann erneut auf. Vorwiegend griff ich nach kleinen Dingen. Dingen, die nicht auffielen. Manchmal spürte ich Ringe oder Münzen, oft waren es aber nur belanglose Gegenstände.

Da ich nur eine kleine Runde drehte, erreichte ich bald den Steg, welcher ins Wasser führte. Neben mir lagen die großen Handelsschiffe und wiegten sich sanft im Takt der Wellen hin und her. Meine Beute steckte ich in die Tasche. Zusammenrechnen konnte ich später. Solange die Mittagshitze den Leuten den Kopf vernebelte, musste ich jede sich bietende Gelegenheit nutzen.

Ich tat, als sähe ich jemanden am anderen Ende des Marktes und lief eilig hinüber. Dieses Spiel wiederholte ich einige Male, immer von verschiedenen Seiten, damit es nicht auffiel. Irgendwann war ich müde, die Hitze saugte mir all meine Kraft aus. Der Wind war inzwischen nur noch ein leises Lüftchen und bot mir kaum Kühlung.

Erschöpft setzte ich mich auf eine Steintreppe, direkt neben den Eingang eines Hauses, schlug die Kapuze nach hinten und fuhr mir über die Stirn. Mal sehen ...

Ein Blick in meine Tasche mit dem Diebesgut zeigte mir, dass die Ausbeute bislang kläglich war. Mehr als einen wertlosen Ring, ein paar Münzen, eine Murmel und einen Stein hatte ich nicht erbeutet. Seufzend lehnte ich mich zurück.

Ich wollte gerade wieder aufstehen, als auf einmal jemand meinen Arm packte und mich etwas unsanft zur Seite stieß. Überrascht sah ich auf.

»Verzeihung«, sprach mich ein Mädchen in meinem Alter an. Ihre Haare waren kurz, beinahe knabenhaft geschnitten und in ihren Augen spiegelte sich völlige Gelassenheit. Irgendetwas an ihr war anders, merkwürdig.

Sie nickte, ehe sie ihren Weg fortsetzte. Ich holte tief Luft und blickte ihr einen Augenblick lang nach. Wahrscheinlich war sie ebenfalls auf der Suche nach ein paar Kostbarkeiten.

So schnell wie das Mädchen aufgetaucht war, so schnell war es wieder aus meinen Gedanken verschwunden. Ich hatte Besseres zu tun. Immerhin lag ein langer Tag vor mir.

Es war dunkel und die Straßen leer. Ein paar vereinzelte Fackeln beleuchteten den Weg. Nur das Rauschen des Wassers durchbrach die nächtliche Stille. Während ich zielstrebig meinen Weg fortsetzte, zog ich mir die Kapuze tiefer ins Gesicht. Das Gasthaus zum ›Blauen Pfeil‹ befand sich gleich neben der kleinen Kapelle am Marktplatz. Es war das einzige Haus, in welchem Licht brannte und Geräusche erklangen. Die Tür stand offen, Musik drang aus dem Inneren. Es wurde getrunken, gelacht und vereinzelt gestritten.

Ich mochte diese Abende. Abende, an denen die Leute für einen Moment ihren Kummer vergaßen.

»Milde Gaben. Hätte die Dame wohl ein paar milde Gaben?«, krächzte eine Stimme unmittelbar in meiner Nähe.

Damit ich besser sah, zog ich meine Kapuze ein wenig zurück und hob kurz die Hand. »Stan, irgendwann holst du dir eine Erkältung«, rief ich dem alten Mann zu.

Stan saß auf den Stufen des Gasthauses, in der Linken eine Flasche Wein, in der Rechten eine ausgeleierte Mütze. Er lächelte und entblößte dabei eine Reihe faulender Zähne. »Die rote Diebin, sieh an, sieh an.« Er verneigte sich spöttisch und wandte dann seinen Kopf wieder in eine andere Richtung. Er war einer dieser Menschen, die man hier öfter antraf. Stan war ein Bettler. Seit ich mich erinnern konnte, lebte er auf diesen verstaubten Straßen, und wie durch ein Wunder hatte er, trotz seines losen Mundwerkes, immer genügend zu essen und zu trinken.

Ich betrat das Haus und sogleich schlug mir eine bedrückende Hitze entgegen. Außerdem stieg mir sofort der markante Geruch von Alkohol in die Nase. Seufzend schlüpfte ich aus dem Mantel, suchte mir einen der hintersten Plätze im Gasthaus und wartete.

Wenn man als Diebin aufwuchs, lernte man sein Handwerk vor allem in diesen Wirtshäusern.

Wie oft hatte ich hier gesessen, die Menschen beobachtet und versucht, ihre Gedanken zu lesen. Das war das Faszinierende an Lebewesen. Sobald sie tranken oder sich unbeobachtet fühlten, benahmen sie sich anders. Sie verhielten sich so, wie sie wirklich waren, legten all ihre Hemmungen ab.

Während ich mich zurücklehnte und meinen Blick durch die Menge streifen ließ, dachte ich darüber nach. Auf der Tanzfläche begegnete man den Menschen, die entweder zu viel getrunken hatten oder Aufmerksamkeit wollten. Diese Leute ließen sich mit Worten manipulieren. Es war ein Einfaches, sie mit Schmeicheleien abzulenken, und ohne dass sie es merkten, fehlten ihnen bald ein paar Münzen.

Weiter hinten in den Ecken traf man die Spieler. Manche von ihnen hatten bereits ihren ganzen Besitz samt Familie verspielt und saßen dennoch jeden Abend hier und stritten um den Gewinn. Auch sie waren unvorsichtig, dachten nicht nach.

Dann hätten wir noch die Stillen. Jene hockten meistens beim Wirt, bestellten Alkohol und wollten ihre Ruhe. Sie waren nicht wegen Gesellschaft anwesend, sie wollten bloß nachdenken. Diese Menschen waren gefährlich. Sie waren still, wirkten kleinlich und doch unberechenbar. Was verbargen sie hinter ihren Masken?

Eine düstere Gestalt ließ sich neben mir auf den Stuhl fallen. Langsam tauchte ich aus meiner Gedankenwelt auf.

»Wen hast du heute im Visier?«

Ich sah weiterhin suchend durch die Leute. »Der alte Ewans spielt mal wieder um sein letztes Hemd. Neben ihm sitzt ein Neuer, der sieht nach leichter Beute aus. Vielleicht nehme ich aber auch den Jüngling dort auf dem Tanzparkett.« Mit einer knappen Bewegung deutete ich auf einen Kerl, der längere braune Locken hatte. Er tanzte ausgelassen in der Mitte des Raumes, seine Wangen gerötet vom Alkohol.

»Aye, Aye.«

Nun wandte ich endlich meinen Blick in seine Richtung. Der Mann neben mir hatte einen dichten Bart, eine Narbe zog sich quer über seine linke Gesichtshälfte und seine Nase erweckte den Eindruck, als wäre sie einige Male gebrochen gewesen. Auf den wenigen Haaren hatte er einen Hut platziert. Dan, der alte Seebär, war einer meiner besten Kunden. Er bezahlte gut für die Ware, die ich brachte. Er half mir vor einigen Jahren dabei, zu überleben. Damals, als ich noch kleiner war, hatte er mir ein Stück Brot für wertlose Knöpfe geboten. In jener Zeit war ich zu dumm, um zu wissen, dass sie nicht einmal einen Krug salziges Seewasser wert gewesen waren. Ich wusste nicht, warum er mir geholfen hatte. Vielleicht war es Mitleid, vielleicht erkannte er aber auch meinen Kampfgeist. Ich wollte leben und das um jeden Preis.

»Und deine Ausbeute?« Er beugte sich näher zu mir.

»Ein Ring, Münzen, Murmeln und ein wunderschöner Stein.« Seufzend schenkte ich ihm einen missmutigen Blick.

»So was brauche ich nicht.« Er spuckte aus und schüttelte den Kopf.

»Früher habe ich dafür einen Laib Brot erhalten.«

Heute quittierte er es nur mit einem schallenden Lachen. »Inzwischen bist du zu einer jungen Frau herangewachsen und kannst selbst auf dich achtgeben.« Er lächelte, nahm einen kräftigen Schluck aus seinem Becher und klopfte mit den Fingern im Takt der Musik auf die Tischplatte.

Schweigend beobachtete ich die Menschen um mich herum. Es war ruhig, zu ruhig. Seit Tagen hatte es keine Aufstände gegeben, keine Leute waren verschwunden. Dabei lagen die Städte schon lange im ständigen Streit. Es verging keine Woche ohne spürbare Auswirkungen.

»Ruhig, nicht wahr?«, hakte Dan nach.

Manchmal schien es, als kannte der alte Seebär meine Gedanken. Ich nickte leicht. Man sollte das Unglück nicht heraufbeschwören. Darum war es besser, wenn über seltsame Dinge nicht gesprochen wurde.

»Anscheinend suchen sie etwas.« Seine Stimme wurde leiser.

Jetzt weckte er mein Interesse. »Suchen?«

»Es gibt eine Legende von einem Buch, in dem die Zukunft steht. Sie wollen es finden«, flüsterte er weiter.

Bildete ich mir das ein oder erstarb die Musik um uns herum langsam?

»Ein Buch?« Überrascht hob ich eine Augenbraue.

»Ja. Es liegt irgendwo versteckt. Nur weiß niemand wo. Derjenige, der dieses Buch besitzt, wäre wohl mächtiger als die Regierung.«

Die Hitze und der Alkohol schienen ihm zu Kopf gestiegen zu sein. »Das wäre Magie. Zauberei gibt es nicht.« Eilig sah ich mich um. Niemand beobachtete uns.

»Nicht hier, meine Liebe. Jedoch in anderen Städten.« Er lächelte, nahm erneut einen Schluck.

»Die anderen Städte kenne ich nicht.«

»Wer tut das schon?« Dan verzog das Gesicht, als hätte er in eine Zitrone gebissen.

Wo diese Städte lagen, wusste niemand genau. Es gab die Stadt aus Eis, sagte man, in welcher der Winter ständiger Gast war. Eine Stadt aus Stein mit Palästen und Burgen. Die Stadt der Wünsche, ein Ort, an dem angeblich alles wahr wurde, was man sich vorstellte. Neben diesen Städten gab es unzählige mehr. Nur waren das bestenfalls vage Legenden und niemand konnte ihre Echtheit bestätigen.

»Ich habe gehört, auch unser König ist auf der Suche nach diesem Buch«, fuhr Dan fort. In seinen Augen blitzte Neugierde.

Ich wusste, was er dachte: *Was es wohl wert ist?*

»Es ist eine Legende, nichts weiter.«

»Und selbst die heldenhaftesten Legenden enthalten einen Funken Wahrheit.«

Ich schüttelte den Kopf und sah zu, wie der alte Seebär den Rest seines Weines austrank. Ein kleines Rinnsal des Getränkes lief dabei aus und rann seinen Mundwinkel hinab. »Was wäre, wenn jemand dieses Buch findet, was dann?«

Dan sah überrascht zu mir und wischte sich mit der Hand eilig die Weintropfen weg.

Selbst ich war erstaunt über meine Frage. Ich interessierte mich gewöhnlich nicht für Legenden oder irgendwelche Märchenstunden. Dan wusste das, darum zog er mich immer damit auf.

»Wenn jemand dieses Buch fände ...« Der alte Seebär blickte hoch an die Decke. »Nehmen wir einmal an, unser geliebter König fände es. Er läse es und sähe, was die anderen Könige oder Königinnen planen. Er wüsste über ihr Handeln Bescheid und die Herrscher könnten nichts mehr gegen ihn unternehmen. Er wäre ihnen immer einen Spielzug voraus. Taian wäre die mächtigste Stadt.« Dan schnaubte.

»Das ist gut, oder nicht? Niemand würde uns mehr angreifen.« Ich verstand nicht viel von Politik und hielt mich sonst lieber aus diesen Dingen heraus.

»Du vergisst dabei etwas. Was passiert, wenn jemand einmal Macht gekostet hat?«, fragte Dan und sah mich dabei ernst an.

Am Tisch neben uns schlug gerade ein Gast verärgert die Faust auf die Platte. Spielkarten flogen durch die Gegend und der Wirt versuchte, die Spieler zu beruhigen, indem er ihnen Freigetränke anbot. Die aufgebrachten Stimmen wurden leiser, ehe die Musik sie völlig verschluckte.

»Wenn jemand Macht kostet, dann will er immer mehr«, beantwortete ich seine Frage.

»Gut.« Dan zwinkerte mir zu. »Nehmen wir also an, dass unser König dieses Buch in den Händen hält. Er wäre anfangs vielleicht zufrieden, aber irgendwann würde er seine Macht ausnützen. Er würde andere bestechen, erpressen und hintergehen.«

Ich schüttelte den Kopf. »Und die Regierung? Immerhin wacht sie über uns, über unsere Städte. Sie wird wohl eingreifen.«

»Pah!« Dan klammerte sich an seinen leeren Krug und runzelte die Stirn. »Diese Menschen würden nicht eingreifen. Sie handeln nicht zum Wohl der Bevölkerung. Die Regierung hat erst kürzlich erneut Menschen in ein unbekanntes Verlies schleppen lassen. Wir leben nach den Regeln des Königs, nach den Regeln, die sie aufstellen. Wenn wir es nicht tun, verschwinden wir von der Bildfläche.« Ein bitterer Schmerz lag in seiner Stimme, der sich tief in mein Herz bohrte. Wir alle hatten Menschen verloren und der Tod war unser ständiger Begleiter. Einen geliebten Menschen zu verlieren, war grausam. Grausamer war es jedoch, wenn der geliebte Mensch verschleppt wurde. Diese Leute tauchten nie wieder auf. Ihr Schicksal war ungewiss.

»Niemand hat je einen von ihnen zu Gesicht bekommen. Was, wenn die Regierung ebenfalls eine Legende ist?« Meine Stimme war nicht mehr als ein Flüstern.

»Die Regierung existiert. Wer sonst sendet ihre Wachen in den auffälligen blauen Mänteln aus? Das sind ihre Diener, ihre Untertanen. Sie überbringen den Herrschern Botschaften oder nehmen sich jene, die aus der Reihe tanzen.«

»Schön und gut, aber wer steckt hinter der Regierung und wo verbirgt sie sich?«

Dan schwieg. Er stand ächzend auf, stützte sich mit einer Hand am Holztisch ab und lief zum Wirt, um sich einen weiteren Wein zu bestellen. Es würde nicht der letzte des Abends sein, so viel stand fest. Dies war eines der längsten Gespräche, die wir jemals geführt hatten. Normalerweise kaufte er mir einfach meine Ware ab und verschwand zum nächsten Kunden. Heute war es anders, heute wollte er Gesellschaft.

Ich wusste nicht viel über Dan. Er hatte seine Jugend auf einem Schiff verbracht und etliche Stürme überstanden. Doch irgendwann wurde er zu alt dafür. Der König hatte ihm einen satten Geldbetrag geschickt und damit war Dan's Leben auf hoher See vorbei. Zurück in der Stadt lernte er eine Frau kennen, heiratete und führte ein glückliches Leben, bis zu jenem Tag, an dem seine Frau es wagte, einen Aufstand gegen den König anzuzetteln. Damals traf uns wieder einmal eine gnadenlose Steuererhöhung und das, obwohl der König rauschende Feste feierte. Eine Gruppe von Frauen und Männern stellte sich gegen ihn, bat die Bewohner um Hilfe und drang bis zum Palast vor, nur um ihre Meinung kundzutun.

Am selben Tag kamen die Männer in den blauen Umhängen und nahmen sämtliche Beteiligten mit. Sie wurden als Freiheitskämpfer beschimpft. Als Ahnungslose oder gar Verrückte, die ihren König nicht genug respektierten.

»Ich weiß nicht, wer sie sind oder wo sie sich aufhalten. Vermutlich hocken sie im Zentrum der Welt und suhlen sich in unserem Unglück.«

Ich hatte gar nicht bemerkt, dass Dan wieder neben mir saß.

»Dinge ändern sich, mein Freund.« Ich klopfte ihm aufmunternd auf die Schulter.

»Aber zurück zum Buch ...« Er rückte näher zu mir. »Was hältst du davon, einen Haufen Kohle zu verdienen?«

Ich musste grinsen, als ich das Funkeln in seinen Augen sah. Wenn es um Geld ging, war er Feuer und Flamme. »Was muss ich dafür tun?«, fragte ich neugierig.

»Bisher haben sich einige Leute gemeldet, die an dem magischen Buch interessiert sind. Stell dir vor, wir hätten es, dann wären wir reich!«

Ungläubig schüttelte ich den Kopf. »Du willst es also finden, obwohl niemand weiß, wo es versteckt ist?«

Er nickte. »Richtig, ich will dieses Buch finden. Für eine Meisterdiebin wie dich sollte das kein Problem darstellen. Und wenn du mir nicht glaubst, dann frag Kassie, die kennt sich mit der Geschichte aus.« Zufrieden trank er seinen Wein, während ich versuchte, meine Gedanken zu ordnen.

»Von wie viel Geld reden wir?«, fragte ich nach einer Weile.

»Von so viel, dass selbst der König neidisch wäre.« Dan grinste und zeigte mir dabei seine schiefen Zähne.

Ich schnaubte. »Das klingt verlockend, aber wie stellst du dir das vor?«

»Du musst die Hinweise finden. Ich habe mich die letzten Wochen über dieses Buch informiert und einiges herausgefunden. Es gibt etliche Leute, die sich auf die Suche danach machen. Sie werden dir helfen.«

Ich griff nach dem Weinglas und stellte es weit weg von Dan. »Ich fürchte, dein Verstand ist nicht ganz klar«, erklärte ich, als sein Blick sich verdunkelte. »Warum sollten uns andere unterstützen? Wenn das Buch einen so hohen Wert hat, wird jeder auf sich selbst schauen.«

Mit einer raschen Bewegung schnappte er sich sein Glas. »Ich bezweifle, dass irgendwer ganz allein das Buch findet. Dazu werden viele Leute benötigt und ein guter Plan. Außerdem muss man in die verschiedenen Städte gelangen und das geht nur mit einem Schiff.«

Ich nickte. Er schien sich wirklich Gedanken darüber gemacht zu haben.

»Und was meinst du?« Dan tippte ungeduldig auf den Tisch.

»Es ist bloß eine Legende, nichts weiter«, antwortete ich.

Er erwiderte nichts, während sich sein Blick starr geradeaus richtete, und verlor sich in den Klängen der Musik. Es war ein tiefsinniges Lied über das Leben, den Tod und das Glück. Über einen Krieger, der seine tote Frau im Jenseits suchte. Ich schloss meine Augen und lauschte der Melodie.

Die Dinge änderten sich, jeden Tag ein bisschen. Vielleicht machte es mir darum nichts aus, eine Diebin zu sein. Ich tanzte aus der Reihe, überschritt den schmalen Grat zwischen Alltag und Gefahr. Ich fühlte mich wie dieser Krieger im Jenseits, ich spielte mit dem Feuer. Nur wusste ich an diesem Abend noch nicht, dass ich mich gewaltig daran verbrennen würde.

Kapitel 2
Die rote Diebin

Es war spät, als ich dem Gasthaus den Rücken kehrte. Stille umgab mich und wurde nur von einem kräftigen Wind durchbrochen, der mir durchs Haar blies. Meine Stiefel verursachten einen ziemlichen Lärm und ich verfluchte mich innerlich, dass ich mir nicht längst ein neues Paar gekauft hatte. Lag wohl daran, dass ich sie mochte. Sie reichten mir bis zu den Knien, hielten warm und man konnte gut etwas darin verstecken. Dazu kam, dass ich bessere Verwendungszwecke für das wenige Geld wusste, das ich besaß.

Mein Weg führte mich am Marktplatz und an den großen Handelsschiffen vorbei. Es war fast beängstigend, wie schnell sich die Dinge änderten. Am hellen Nachmittag herrschte hier lebhaftes Treiben. Nun konnte man diesen Ort beinahe mit einem Friedhof verwechseln.

Erneut erfasste mich ein kleiner Windstoß. Er zerrte an meinen Haaren, ließ nicht locker, ehe er urplötzlich verschwand.

Was hatte das zu bedeuten?

Fragend starrte ich zu den Sternen, sodass ich nicht mitbekam, wie jemand hinter mir auftauchte.

»Sayen Dust!«

Ich schwieg, drehte mich langsam um. Sayen Dust war mein Name. Nur wussten das die wenigsten. Sie kannten mich als Sayen mit dem roten Haar. Der Name Dust hatte sich im Laufe der Zeit ergeben. Er bedeutete Staub, denn dieser hatte mich mein Leben lang begleitet. Der Staub der Vergangenheit und jener, der sich in Zukunft noch über mein Leben legen würde.

»Sie werden gesucht.«

Ich hatte mich inzwischen ganz umgedreht. Vor mir befand sich eine Person, verhüllt durch dunkle Kleider.

Der Stimme nach war es ein Mann, etwas älter als ich. Eine Kapuze verdeckte sein Gesicht und Handschuhe seine Hände. Im Grunde war ich mir nicht einmal sicher, ob vor mir überhaupt ein Mensch stand.

Eine leichte Gänsehaut kroch meine Arme hinauf, dennoch realisierte ich etwas erleichtert, dass sein Umhang nicht blau war. Er war nicht von der Regierung, er kam nicht, um mich zu verschleppen.

»Dürfte ich auch einen Namen erfahren?«, fragte ich und verschränkte die Arme vor der Brust. Ich konnte ihn nicht lesen, sah keine Regung, nichts, was mir einen Hinweis darauf gab, wer er war. Das Verhalten der Menschen zu verstehen war einfach, nur brauchte man dazu ein Gesicht.

»Sie werden vom König gesucht. Entweder fügen Sie sich freiwillig und kommen mit uns oder wir wenden Gewalt an.«

Wir? Soweit ich sah, war dieser Herr allein unterwegs.

»Vom König?« Jetzt wurde ich misstrauisch. Der König kannte mich nicht, warum sollte er mich suchen?

»Sie werden bezichtigt, Diebstähle zu begehen. Wir haben Sie beobachtet.«

Ich erstarrte. Das Blut schien in meinen Adern zu gefrieren und auf einmal wurde mir kalt. Mein Mund war trocken, meine Gedanken leer, während mein Puls raste.

»Knien Sie sich nieder, Hände nach oben, Waffen und weitere gefährliche Gegenstände auf den Boden.« Der Herr sprach in solch einem monotonen Ton, als sagte er diese Worte täglich mehrfach auf.

»Ich habe nichts getan«, stammelte ich unbeholfen und machte einen Schritt zurück. Auf einmal kam mir das Mädchen von heute Morgen in den Sinn. Hatte sie für den König gearbeitet und mich beobachtet?

»Auf den Boden, Hände nach ...«

Weiter kam er nicht, denn ich hatte bereits meinen restlichen Überlebenswillen zusammengenommen und war losgerannt. Ich ignorierte das Brennen in meinen Lungen und sprang, als wäre der leibhaftige Teufel hinter mir her. Im Geiste sah ich schon, wie sie mich für etliche Diebstähle anklagten. Wie sie mich in ein dunkles Verlies sperrten und dort verrotten ließen.

Natürlich folgte mir der Fremde. Inzwischen wurden die Laute seiner Schuhsohlen auf den Pflastersteinen immer lauter. Er rannte, genau wie ich.

Nur hatte ich einen Plan. Ich zwängte mich durch enge Gassen, zog mich an einem niedrigen Dach hoch, kletterte auf eine Mauer und hastete weiter. Ich sprang von der Mauer wieder auf den Boden, folgte einem schmalen Weg und hechtete blitzschnell um die Ecke. Jedes Mal hatte ich das Gefühl, ich war ihn los, und doch tauchte er bald erneut hinter mir auf.

In meinen Schuhen steckte Plan B. Es war ein Messer, ein kleines mit einem Holzgriff. Ein Geschenk von Dan, als ich ihm das erste Mal etwas Nützliches verkauft hatte.

In meinem Herzen schlug der Wille zu kämpfen. Ich würde alles geben, so leicht gab ich mich nicht geschlagen.

Mein Weg führte vorbei an alten Häusern und verlassenen Marktständen. Ich wählte den Pfad zurück zum großen Hafen. Bald kamen die ersten Schiffsmasten in Sicht. Es würde nicht mehr lange dauern, dann hatte er mich eingeholt. Ich rannte weiter. Das dunkle Wasser des Meeres lag nun direkt vor mir. Hier endete die Stadt.

Ich griff an meinen Stiefelschaft und wollte meine letzte Hoffnung zu Tage fördern, da stand auf einmal jemand vor mir.

Wieder einer mit Umhang. Ich blieb stehen, änderte die Richtung und dachte daran, gleich wieder loszusprinten, da stellte sich ein weiterer von ihnen direkt vor meine Nase.

»Sayen Dust, hiermit werden Sie auf Befehl des Königs verhaftet.«

Mein Herz klopfte und die Panik in meiner Magengegend kämpfte sich Stück für Stück an die Oberfläche.

»Ich habe nichts getan«, rief ich. Jedoch schien das die Wachleute herzlich wenig zu interessieren. Sie kamen näher, drängten mich zurück. Hinter meinem Rücken lag das Wasser. Das Rauschen des Meeres drang an meine Ohren. Ich wartete ihre Reaktion gar nicht erst ab, sondern drehte mich um und sprang.

Für einen kurzen Moment hörte ich aufgebrachte Schreie, doch dann erstarben die Stimmen. Das Wasser schlug über mir zusammen. Ich sank in die Tiefe, umgeben von der völligen Stille. Das Wasser war kalt. Es bohrte sich wie Tausende kleine Nadeln in meine Haut. Ich tauchte tiefer, tastete mich an die Stadtmauer heran. Meine Hände wanderten den unebenen Stein entlang, spitze Kanten schrammten über meine Handflächen. Zum Glück lebte ich nahe am Meer. In all den Jahren hatte ich mir das Schwimmen selbst beigebracht.

Ich tastete weiter, vorbei an den rutschigen Algen und den scharfen Kanten, bis ich endlich fand, wonach ich gesucht hatte. Es handelte sich dabei um einen bogenförmigen Durchgang in der Mauer. Dort schwamm ich hindurch und tauchte eilig auf.

Erleichtert hielt ich mich an den Steinen fest und schnappte gierig nach Luft. Wenigstens waren mir meine Verfolger nicht nachgesprungen.

Sobald ich etwas zu Kräften gekommen war, schwamm ich in meinem unterirdischen Versteck weiter. Bestimmt dachten die Wachen, ich würde irgendwann wieder auftauchen. Ein Lächeln wanderte über meine Gesichtszüge. Es hatte eben seine Vorteile, wenn man mitten in der Stadt aufwuchs und nicht in einem prunkvollen Palast. Doch meine Euphorie hielt nicht lange an. Während ich schwamm, ging mir durch den Kopf, was gerade geschehen war. Die Wachleute des Königs hatten mich durch halb Taian gejagt. Irgendwie mussten sie mir auf die Schliche gekommen sein, aber wie? Sie würden bestimmt weiter nach mir suchen.

Ich holte noch einmal tief Luft und tauchte erneut ab. Ich durchquerte einen Durchgang, kam auf der anderen Seite heraus und schwamm an die Oberfläche. Keuchend sah ich mich um. Niemand zu sehen. Ich glitt durch das schwarze Meer, bis ein Steg in Sicht kam. Daran zog ich mich hoch und schlich eilig durch die Nacht. Ich duckte mich, wann immer es ging, und hielt bei jedem kleinen Geräusch inne. Mein Herz klopfte so laut, dass ich befürchtete, jemand könnte es hören.

Bis auf einen Betrunkenen begegnete ich zum Glück niemandem und kam bald darauf an meinem Zielort an. Es handelte sich dabei um ein altes Haus. Die Fensterscheiben waren alle eingeschlagen, der Putz blätterte von den Wänden. Das Dach hatte ein Loch und die Tür hing schief in den Angeln. Doch man durfte sich nicht vom ersten Eindruck täuschen lassen.

Vorsichtig öffnete ich die Tür und zog sie hinter mir wieder zu. Im Haus selbst war es dunkel, nur das Licht des Mondes schien durch die Fenster.

Ich befand mich in einem kleinen Raum mit einer Treppe, die nach oben führte. Aber diese interessierte mich nicht. Für mich hatte bloß die Kellertür am Ende des Raumes eine Bedeutung.

Ich öffnete sie und stieg zehn Stufen hinab, bis ich vor einer weiteren Tür angelangte. Dort klopfte ich dreimal.

»Passwort«, kam es sogleich von der anderen Seite.

»Bunte Schweine fliegen nicht«, antwortete ich rasch. Keine Sekunde später wurde die Tür geöffnet und ein zierliches Ding mit kurzen blonden Locken stand vor mir. Sie trug ein langes weißes Nachthemd und rieb sich müde die Augen.

»Du tropfst«, bemerkte sie trocken und machte mir Platz, damit ich an ihr vorbeikam.

»Danke, Kassie, wäre mir nicht aufgefallen.« Ich rollte mit den Augen und betrat den Raum. Überall befanden sich Lichter, zu meinen Füßen lag ein alter Teppich. Der Raum war schmal und die Decke sehr niedrig. Auf der rechten Seite hing ein Gemälde, daneben stand eine Kommode mit einer fehlenden Schublade. Neben dem Raum gab es zwei weitere Zimmer, ein Bad und eine Küche. Seit einiger Zeit lebte ich hier unten mit Kassie. Sie hatte wie ich ihre Eltern verloren und verdiente ihr Geld mit der Arbeit in einem Gasthaus. Vom Charakter her könnten wir nicht unterschiedlicher sein. Kassie Lawender musste ständig unter Leuten sein, liebte belebte Orte und spannende Geschichten. Wann immer sie die Gelegenheit hatte, steckte sie die Nase in alte Bücher. Kassie war es auch, die mir das Lesen beigebracht hatte. Sie mochte bunte Farben, den Sonnenaufgang und Schmetterlinge, während ich die Nacht und die Stille als meine engsten Freunde sah. Und dennoch hatte ich sie in mein Herz geschlossen. Im Gegensatz zu anderen hatte sie auf alles eine Antwort und wusste genau, wann ich meine Ruhe wollte. Dan hatte uns beiden vor einiger Zeit dieses Haus gezeigt. Es stand leer und von außen wirkte es wie eine Bruchbude. Niemand würde vermuten, dass hier jemand wohnte. Was natürlich gut war, so mussten wir nichts bezahlen.

Ich zog meine Stiefel aus und lief in mein Zimmer. In dem kleinen Raum gab es gerade genug Platz für einen Berg aus Decken auf dem Boden und eine Holzkiste mit einer Kerze darauf in der Ecke.

»Willst du mir sagen, was passiert ist?« Kassie war mir gefolgt. Sie lehnte sich an den Türrahmen und gähnte herzhaft.

»Die königlichen Wachleute haben mich verfolgt. Irgendwie müssen sie herausgefunden haben, dass ich stehle.« Ich angelte mir eines der muffig riechenden Stoffstücke und rieb mir damit die Haare trocken.

Ein »Ouh« war Kassies einzige Antwort.

Ich seufzte auf und ließ die Decke fallen. »Die Frage ist, warum suchen sie mich?«

»War Dan dabei?«

Eilig schüttelte ich den Kopf. »Nein, er ist im Gasthaus geblieben. Ich habe mich ohne ihn auf den Weg gemacht, da wir eine kleine Meinungsverschiedenheit hatten. Er gab mir einen Auftrag und ich habe abgelehnt.«

Nun wirkte Kassie schlagartig wach. »Auftrag?«

»Er ist auf der Suche nach einem magischen Buch, mit ...«

Ich musste gar nicht weitersprechen, denn Kassie hatte bereits dazwischen gerufen: »... welchem man die Zukunft sehen kann!« Erfreut klatschte sie in ihre zierlichen Hände. »Das ist aufregend!«

Ich kniff meine Augen misstrauisch zusammen. »Was weißt du über dieses Wunderbuch?«

»Es verspricht Reichtum, Macht und Freiheit.« Ihre Stimme zitterte vor Aufregung. »Die Legende besagt, dass es eine unbekannte Stadt gegeben hat. Eine Stadt, in der Magie und Zauber der Hauptbestandteil waren. Nur stritten sich die Herrscher damals wie jetzt um Macht und Ruhm. Was sie brauchten, war eine Lösung. Ein mächtiger Mann entwarf ein Buch, mit welchem er die Zukunft sehen konnte. Dieses sollte dabei helfen, schreckliche Dinge zu verhindern. Leider brachte es genau das Gegenteil.« Sie hielt einen Moment inne, ehe sie fortfuhr: »Jeder wollte das Buch besitzen. Also beschloss der Mann, es vor den anderen zu verbergen. Er versteckte es an einem sicheren Ort. Jedoch fertigte er fünf Hinweise an, wie man dorthin gelangte. Die Pergamente mit den Hinweisen schickte er an die einflussreichsten Städte. Er erhoffte sich, dass die Herrscher zusammenarbeiten würden, um gemeinsam eine Lösung zu finden.«

Ich hob eine Hand, um sie zu unterbrechen. »Lass mich raten, das taten sie aber nicht.«

Kassie nickte eilig. »Der mächtige Mann starb, doch die Herrscher beschützten ihre Zettel und die verschlüsselten Worte darauf weiterhin. Jeder von ihnen machte sich auf die Suche nach dem Buch, nur half keinem sein einzelner Hinweis. Das war auch der Grund, warum sie irgendwann aufgaben. Die Geschichte geriet in Vergessenheit, aber nun, einige Jahrhunderte später, startet die Suche von Neuem. Zum Glück versuchen es die meisten gar nicht mehr. Sie haben aufgegeben, ohne überhaupt zu suchen. Besser für euch.«

Nachdenklich fuhr ich mir durchs Haar. Im Grunde klang diese Legende wirklich interessant, und wenn man das Buch fände, hätte man die absolute Macht. Nur was würde passieren, falls das Buch in die falschen Hände geriet?

»Was ich aber nicht verstehe, warum hat die Regierung nicht längst alle Hinweise, wenn sie das Buch ebenfalls sucht? Sie hat doch die Möglichkeiten?«

Vergnügen und Zufriedenheit blitzten in Kassies Augen auf. In diesem Punkt war sie genau wie Dan. Von der Regierung hielt sie nicht viel.

»Die Hinweise sind genauso magisch wie das Buch. Wer die Worte des Mannes lesen will, muss sie selbst finden, tauschen oder geschenkt bekommen. Man darf nicht durch Erpressung, Morden oder andere grausame Sachen versuchen, die Rätsel zu erlangen. Tut man es trotzdem, verblasst die Schrift. Darum ist die Regierung gezwungen, auf normalem Weg danach zu suchen.«

Wenigstens hatte so niemand einen Vorteil.

»Und was ist mit Stehlen?«, fragte ich zögerlich.

»Davon steht nichts drinnen. Soweit ich das beurteilen kann, muss man dafür ja wissen, wo der Hinweis ist, ihn also bereits gefunden haben.«

Ich nickte, während ihre Worte noch eine Weile in meinen Gedanken herumgeisterten.

»Und Dan möchte, dass du das Buch besorgst?«, hakte Kassie neugierig nach.

»Genau, er will das Buch, um es teuer zu verkaufen. Aber dafür müsste ich in die fünf Städte reisen. Was eine absolut schreckliche Idee ist. Ich war noch nie an einem anderen Ort.« Fröstelnd rieb ich mir die Arme. Was auch immer hinter dem Horizont lag, es bereitete mir Unbehagen.

Kassie schnalzte mit der Zunge. »Feigling«, zischte sie. »Hast du nicht gesagt, die Wachleute suchen dich? Und das Geld könnten wir echt gebrauchen.« Geistesabwesend blickte sie zu dem großen Spinnennetz in der Ecke.

»Aber der ganze Plan klingt so unausgereift.« Wütend kickte ich den Stoff auf meinen Beinen zur Seite.

»Du kennst Dan, er plant jedes Detail. Er wird wissen, was er tut. Ich würde alles dafür geben, von hier wegzukommen«, sagte Kassie leise. »Du hast die Gelegenheit, endlich mehr von der Welt zu sehen, und überlegst noch? Lass dir das nicht entgehen.«

Ich antwortete nicht, sondern starrte bloß an die Decke. Vielleicht hatte sie gar nicht so unrecht.

»Würdest du mitkommen?«, fragte ich nach einer Weile.

Zu meinem Erstaunen schüttelte sie eilig den Kopf. »O nein, ich darf meine Stelle nicht verlieren. Außerdem bin ich keine große Hilfe. Ich lese Bücher, aber ich suche nicht danach.«

»Was für eine schlechte Ausrede«, brummte ich. »Tust du mir trotzdem einen Gefallen?« Ich richtete mich etwas auf und blickte in ihre braunen Augen.

»Was brauchst du?«

»Kannst du Dan herbringen? Ich muss dringend mit ihm reden.«

Kapitel 3

Das Schiff ohne Namen

Die Zeit des Wartens auf Dan hatte ich genutzt, um mir frische Kleidung anzuziehen. Nun saßen wir zu dritt in meinem Zimmer auf einer Decke und schwiegen uns an.

Kassie fielen beinahe die Augen zu, während Dan noch immer nach Wein roch. Seine Augen waren leicht gerötet und die Finger umklammerten eine Tasse mit heißem Wasser und Kräutern. Der alte Seebär schwor auf diese Mixtur. Anscheinend verzog sich damit der Restalkohol und ließ einen wieder klar denken.

»Das ist nicht gut«, brach Dan das Schweigen. Er kratzte sich am Hinterkopf. »Das ist ganz und gar nicht gut«, wiederholte er flüsternd.

»Vielleicht vergisst der König mich, wenn ich lange genug untertauche.« Täglich verstieß jemand gegen das Gesetz und oft tauchten Leute einfach unter und kamen nach ein paar Jahren zurück. Der König und seine Wachleute hatten Besseres zu tun, als sich jedes Gesicht und jede Tat zu merken.

»Und was für ein Versteck schwebt dir vor? Du kannst in deinem Zimmer bleiben, aber sieh dich um. Es gibt keine Fenster, die Luft ist stickig, alles ist eng. Sehr bald würdest du wahnsinnig werden«, meinte Dan.

Ich blickte mich um. Eigentlich fühlte ich mich ganz wohl hier unten. Doch ich verstand seine Sorge. In seinen eigenen vier Wänden eingesperrt zu sein, war nicht das Gleiche. »Ich dachte da ehrlich gesagt an etwas anderes.«

Erstaunt sah Dan auf. »An was?«, fragte er zögerlich.

»Sie will die Mission mit dem Buch annehmen«, rief Kassie dazwischen und gähnte. »Unsere Sayen macht sich auf die Suche nach dem magischen Gegenstand.«

»Tatsächlich?« Dan richtete seinen Blick auf mich.

»Ich habe es mir überlegt und im Grunde bin ich nicht einverstanden mit deinem Plan. Aber du sagtest, dass man die Hinweise in fünf Städten suchen muss, oder?«

Dan nickte eilig. »Aye, in den mächtigsten Städten.«

»Das dauert eine Weile. So lange bin ich fort und der König findet mich nicht. Außerdem klingt ein Haufen Kohle ziemlich verlockend.« Ich grinste.

Dan trank seine Mischung in einem Zug leer und stellte den Becher geräuschvoll auf den Boden. »Die Landratte wird erwachsen!« Zufrieden ließ er sich nach hinten fallen und schloss die Augen. »Wenn du tatsächlich dieses Buch findest, haben all unsere Probleme ein Ende.«

Kassie nickte. »Dann kaufen wir uns ein richtig schickes Haus. Eines mit Glas in den Fenstern und einem Marmorboden.«

Die Müdigkeit war ihr wohl zu Kopf gestiegen. Selbst wenn ich das Buch zurückbrachte und wir sehr viel Geld dafür bekamen, konnten wir nicht einfach wahllos Dinge kaufen. Das wäre zu auffällig.

»Wie lautete dein Plan noch mal?«, fragte ich Dan.

Noch immer hatte er die Augen geschlossen, ein Lächeln auf den Lippen. »In einer Woche legt ein Schiff am Hafen ab. An Bord sind einige Männer, die ebenfalls nach dem Buch suchen. Sie nehmen dich mit und ankern bei den Städten. Gemeinsam sammelt ihr die Hinweise.«

Ich schluckte. »In einer Woche?«

Sieben Tage waren lang. Ich konnte es nicht riskieren, draußen herumzuspazieren. Am Tag wimmelte es zwar von Menschen, aber das war keine Garantie dafür, dass sie mich nicht entdeckten. Und ich hatte ehrlich gesagt keine Lust, jedes Mal baden zu gehen, um zu flüchten.

»Ich muss einige Dinge vorbereiten. Ich hatte nicht erwartet, dass du so schnell zustimmst.«

Ich lachte auf. »Du meinst, dass ich überhaupt zustimme?«, hakte ich nach.

Doch Dan brummte nur etwas vor sich hin.

»Vielleicht solltest du dich auf den Weg machen und alles vorbereiten?«, versuchte es Kassie. Man merkte ihr deutlich an, dass sie endlich schlafen wollte. Abends musste sie wieder arbeiten und inzwischen war sie bald vierundzwanzig Stunden wach.

»Das ist ein ausgezeichneter Plan.« Dan stand eilig auf, klopfte sich die Hände an der Hose ab und verneigte sich leicht. »Sei bitte in einer Woche am Hafen. Die Zeit erfährst du.«

»Dan, warte!«, rief ich gerade noch rechtzeitig.

»Ja?«, brummte er.

»Nach welchem Schiff muss ich Ausschau halten?«

»Das Schiff hat keinen Namen.« Mit diesen Worten drehte er sich um und ließ mich mit einer völlig übermüdeten Kassie zurück.

Eine Woche später

Bei Schiffen war es wie bei Menschen. Jedes hatte seinen Namen. Ich hatte in meinem gesamten Leben noch nie eines ohne gesehen. Und das mochte etwas heißen, immerhin war ich direkt am Meer aufgewachsen. Eines mit fehlendem Namen zu finden, war in etwa so leicht, wie einen Toten nach dem Weg zu fragen.

Die Hitze war erträglich. Zwar stand die Sonne hoch am Himmel, doch ich war umgeben vom rauen Wind der See. Ich trug dieselben Sachen wie immer, hielt dieselbe Tasche in den Händen. Alles wirkte gleich. Es gab nur einen winzigen Unterschied: Zum ersten Mal in meinem Leben verließ ich Taian.

Ich war noch nie auf hoher See, noch nie in einer anderen Stadt.

Die Woche hatte sich gezogen und ich konnte mich nicht beklagen, dass sie endlich rum war. Mir war so langweilig gewesen, dass ich sogar angefangen hatte, ein Buch von Kassie zu lesen. Nun aber war ich hier und genoss den Wind, die Sonne und all die lauten Geräusche um mich herum. Dinge, die ich normalerweise nicht in meiner Nähe brauchte.

»Verzeihung!«, rief ich und steuerte auf einen jungen Mann zu. Dieser trug die typische Seefahrerkleidung – dunkle Hose, helles weitgeschnittenes Hemd, blaues Halstuch und eine weiße Mütze, die einen Teil seiner blonden Haare bedeckte.

Stirnrunzelnd sah er mich an. »Ja?«, fragte er zögerlich. Er war gerade dabei, einige Kisten an Bord zu schaffen. Bestimmt war er in Eile und konnte niemanden gebrauchen, der ihn wegen eines Schiffes ausfragte.

»Ich suche ein Schiff ohne Namen.«

»Ein Schiff ohne Namen?« Er sah mich etwas verwirrt an.

»Genau.«

»Möchtest du es taufen oder was soll die Frage?« In seinem Tonfall schwang ein Hauch Ärger mit.

»Nein, ich steche damit in See.«

»Tut mir leid, ich kann dir nicht helfen.« Er zuckte mit den Schultern und ging weiter seiner Arbeit nach.

Wütend trat ich gegen eine Kiste. Das durfte nicht wahr sein. Die ganze Geschichte fing ja bereits mit einem Rätsel an.

»Ein Schiff ohne Namen?«

Ein weiterer Seemann stand direkt neben mir. Auch er war dabei, Kisten an Bord zu bringen, doch allem Anschein nach war seine Neugierde stärker als sein Pflichtgefühl.

»Genau.« Ich nickte.

»Es gibt ein solches Schiff hier. Es hatte einmal einen Namen, bevor dieser unkenntlich gemacht wurde. Der Klabautermann selbst soll es gewesen sein. Man sagt, es bringe Unglück.« Er schüttelte den Kopf.

Ich wusste nicht, wer oder was der Klabautermann war, aber das klang nach dem, was ich suchte.

»Wo liegt es?«

Er zögerte einen Moment.

»Ganz am Ende des Kais. Es ist das mit dem nachtschwarzen Schiffsrumpf. Du wirst keinen Namen finden, egal wie lange du suchst.« Er schüttelte sich und spuckte auf den Boden. Irgendwie taten das viele hier. Es vertrieb Unglück, zumindest besagte das eine weitere Legende – also kein Grund, es nachzumachen.

»Danke.« Ich nickte freundlich, drückte die Tasche enger an meinen Körper und lief los.

Tatsächlich. Zwar dauerte es etwas, bis ich das Kaiende erreichte, aber dort schwamm wirklich ein schwarzes Ungetüm. Es war nicht einfach schwarz, sondern wirkte, als hätte der Nachthimmel persönlich einen Teil von sich darauf übertragen. Das Schiff besaß drei Masten, die in den Himmel ragten. Auf dem höchsten wehte eine zerrissene Fahne im Wind. Sie war weiß, genau wie die Segel.

Unglücksschiff hin oder her, ich hatte einen Auftrag zu erledigen.

Ich begutachtete den Bug, soweit das möglich war. Nirgends

sah ich einen Namen. Weit und breit befand sich nichts außer schwarzer Farbe.

»He, du!«, rief eine Stimme von oben herab. Ich schirmte meine Augen mit einer Hand vor dem gleißenden Sonnenlicht ab und sah hoch. Ein älterer Herr in einer Kapitänsuniform lehnte sich gegen die Reling.

»Du bist die Diebin, oder?«, zischte er.

»Sayen, zumindest ist das mein Name«, erwiderte ich und blickte trotzig zurück. Ich hatte keine Ahnung, wie viel Zeit ich auf diesem Schiff verbringen würde. Darum war es wichtig, dass ich von Anfang an klarstellte, dass ich nicht nur eine Diebin war, sondern auch ein Mensch mit einem Namen.

»Wie auch immer. Beeil dich, wir wollen ablegen«, knurrte er etwas bissig.

Mit festen Schritten lief ich die hölzerne Gangway hinauf, die mich direkt an Deck des Schiffes brachte.

Ich hatte kaum die Planken betreten, da durfte ich bereits den Leuten an Bord ausweichen. Es herrschte reges Treiben. Die Matrosen eilten umher, lösten die Taue und lichteten den Anker. Mit einem Ruck ging die Fahrt los. Die Segel wurden gesetzt und meiner Reise ins Ungewisse stand nichts mehr im Weg. Ich ließ meinen Blick über die Mannschaft schweifen. Die meisten von ihnen hatten einen grimmigen Gesichtsausdruck. Sie taten ihre Arbeit mit so flinken Handgriffen, dass kein Zweifel daran bestand, dass sie reichlich Erfahrung auf hoher See besaßen.

Als ich den Blick in Richtung des Kapitäns wandte, stellte ich fest, dass er mich missmutig beobachtete. Er sah mir zu, wie ich etwas verloren dastand, während meine Heimat am Horizont verschwand.

Die ersten Minuten vergingen rasch und ehe ich mich versah,

befanden wir uns auf offenem Meer. Die Dächer der Stadt wurden kleiner und auch der Palast, welcher von Nahem groß und mächtig erschien, wurde immer winziger.

Ein mulmiges Gefühl breitete sich in meiner Magengegend aus, was womöglich am Schwanken des Schiffes lag. Die ständige Hin- und Herbewegung machte meinem Gleichgewichtssinn zu schaffen.

»Essen gibt es bei Anbruch der Nacht. Bis dahin bist du zum Küchendienst eingeteilt. Immerhin wirst du ja wissen, wie man Kartoffeln schält«, rief mir der Kapitän zu. Ein spöttisches Grinsen kroch über seine Lippen.

Ich nickte tapfer und schluckte die Unsicherheit hinunter. Taian war Vergangenheit, das hier war ab sofort mein neues Leben.

Die Besatzung und der Kapitän waren größtenteils Männer mittleren Alters. Nur da und dort gab es ein paar junge Matrosen, die versuchten, ein wenig Geld zu verdienen. Das Leben auf einem Schiff war kein leichtes. Inzwischen mochten zwar erst einige Stunden vergangen sein und doch wünschte ich mir nichts sehnlicher als Land unter meinen Füßen.

Es war kalt an Deck und ein rauer Wind blies uns um die Ohren. Die Wellen wurden höher und höher, bis sie über die Reling schlugen und sich kaltes Seewasser auf dem Deck sammelte. Das Schwanken machte die Lage kein bisschen besser.

Lange hatte ich es dort oben nicht ausgehalten. Nun befand ich mich eingepfercht zwischen Kartoffeln und Gemüseabfällen in der Kombüse.

Der Koch war ein hagerer Mann, welcher die Stille liebte. Er sprach so wenig wie möglich und pfiff ab und zu ein Seemannslied vor sich hin.

Meine Hände waren beinahe taub vom Schälen. Ich würde wohl für eine lange Zeit keine Kartoffeln mehr sehen wollen.

»Salz«, forderte der Koch.

Ich nickte und suchte nach dem kleinen Schälchen mit den weißen Körnern. Schweigend reichte ich es ihm und arbeitete weiter.

»Wohin fahren wir?«, fragte ich nach einer Weile.

»Sanses.«

»Sanses?« Dieser Name sagte mir nichts.

Er grummelte, murmelte etwas in seinen zottligen roten Bart und schwieg dann erneut.

Die nächsten Stunden verbrachten wir in völliger Stille. Das Rot der untergehenden Sonne schien durch das Bullauge, und ohne es zu wollen, musste ich gähnen. Seit mehr als vierundzwanzig Stunden war ich wach, hatte weder ein Auge zugetan noch mich ausgeruht.

»Fertig.« Der Koch nickte leicht und deutete auf den Berg Kartoffeln.

Erleichtert legte ich das Messer zur Seite und gönnte meinen wunden Händen eine Pause.

Ich setzte mich auf einen Holzstuhl mit wackeligen Beinen, welcher direkt neben dem Eingang der Kombüse stand. Dann stützte ich den Kopf auf die Hände und blickte zur Tür. Das Schiff schwankte hin und her ... hin und her ...

Mein Körper war erschöpft. Ganz leise überkam mich die Müdigkeit. Wie ein sanftes Lied rauschte sie durch meine Ohren, trug mich hinfort und ließ zu, dass meine Augenlider immer schwerer wurden.

Ich war müde. Müde von den Aufgaben, müde von der Zukunft und müde von all den Fragen und den Antworten, die ich nicht wusste.

Es dauerte nicht lange, da driftete ich weg.

Dunkelheit tat sich auf wie ein Loch im Boden, wie ein Schacht oder ein tiefes Verlies. Ich fiel. Rauschte in die Welt der Träume, flog über Wolken, schwamm durch den Strom des Meeres und fühlte einen leichten Salzgeschmack auf meinen Lippen.

Auf einmal war es vorbei. Ein Ruck ging durch meinen Körper und völlig überrascht schreckte ich auf. Die Kombüse war leer, das magere Kerlchen verschwunden. Nur eine Kerze flackerte in einem dafür vorgesehenen Behälter.

Ich stand auf, streckte mich und massierte meinen Nacken, denn ich war in einer ziemlich ungünstigen Position in den Schlaf gefallen.

Trotz des Nickerchens fühlte ich mich kein bisschen ausgeruht, im Gegenteil.

Erneut gab es einen Ruck und ehe ich mich versah, knallte ich unsanft gegen die Tür.

»Aua!« Schmerzverzerrt rieb ich mir die Nase.

»Was …?« Seufzend sah ich auf.

Erneut ruckte es gewaltig, dann vernahm man Schreie.

Nun war ich hellwach. Was war hier los?

Es krachte und wieder ertönten Schreie von Deck. Keine Hilfeschreie – nein, sie waren voller Wut.

Ich öffnete zaghaft die Tür und spähte um die Ecke.

Auf dem Gang herrschte hektisches Treiben. Männer rannten von einem Ort zum anderen. In ihren Gesichtern spiegelte sich blankes Entsetzen. Keiner nahm von mir Notiz.

Von oben drangen laute Geräusche. Es war eine Mischung

aus Stiefeltritten, verzweifelten Stimmen und dem Rauschen des Windes. Das Schiff schwankte und ich wurde gegen den Türrahmen gedrückt.

»Angriff!«, rief jemand und plötzlich krachte etwas unmittelbar in meiner Nähe in die Wand. Holz splitterte und ein Pfeifen drang an meine Ohren. Schmerzverzerrt presste ich die Hände darauf. Alles um mich herum nahm ich verzögert wahr.

Mein Puls raste, die Beine gaben nach.

Ich musste kämpfen. Ich nahm die Hände von den Ohren und griff automatisch in den linken Stiefel. Die Messerklinge schmiegte sich gegen die Innenseite meiner Hand. Schon wieder wurde ich beinahe umgeworfen, als etwas Schweres die Bordwand traf.

»Verflucht!«, zischte ich, doch meine Stimme ging unter in dem Lärm, der ausgebrochen war. Ich drängte mich an den Leuten vorbei, stieg eilig die Stufen hoch und hielt dann für einen Augenblick den Atem an.

Direkt vor uns kreuzte ein weiteres Schiff. Die Außenwand war in einem kräftigen Rotton gestrichen, der mich an das Blut in meinen Adern erinnerte. Die weißen Segel bauschten sich im Wind, während dunkle Schatten vorbeihuschten. Rauch kroch über das Deck, verbarg die Angreifer in einem grauen Nebel.

Männer rannten zu den Kanonen, luden diese und feuerten. Andere eilten umher und holten mehr Munition. Holzsplitter und Balken lagen auf dem nassen Boden. Vereinzelt erkannte ich leblose Körper, die darunter hervorschauten. Ein stickiger Geruch erfüllte die Luft. Hustend duckte ich mich.

Wir wurden angegriffen!

Vor lauter Hektik vergaß ich völlig, dass ich nicht allein war. Etwas unsanft wurde ich umgestoßen, fand keinen Halt auf dem rutschigen Boden und knallte mit dem Kopf auf eine Kante.

Schwarze Punkte tanzten vor meinen Augen und ein Schmerz zuckte durch meinen Hals. Das Messer glitt aus meiner Hand.

Schmerzverzerrt richtete ich mich auf, schwankte zu meinem Messer, um es aufzuheben. Ehe ich es erreichte, stellte sich mir jemand in den Weg.

Kapitel 4
Schwarze Augen, dunkles Herz

Es war ein Mann, kaum älter als ich. Er trug einen schwarzen Umhang, die Kapuze war nach hinten gerutscht. Blondes, leicht zerzaustes Haar und helle Augen kamen darunter zum Vorschein.

Wütend funkelte ich ihn an. Das Wetter wurde immer stürmischer, schien sich an meinen Emotionen zu orientieren. Die Segel über uns flatterten, spannten sich unter der Kraft des Windes.

Der Mann machte einen Schritt auf mich zu, aber ich war schneller. Ich duckte mich, schnappte das Messer vom Boden und stach zu.

Es war nur eine leichte Schnittwunde, welche sich auf seiner linken Hand abzeichnete, doch ich konnte ein triumphierendes Lächeln nicht verbergen.

Nun blitzte Kampfgeist in den Augen meines Gegenübers auf und er griff ebenfalls an. Rasch gewann er die Oberhand und drängte mich gegen die Reling. Mein Haar flatterte im Wind und versperrte mir die Sicht. Unter mir tosten die Wellen, schlugen geräuschvoll gegen das Schiff.

Ich duckte mich abermals, versuchte zu fliehen. Doch der Mann war geschickter. Ich hatte niemals wirklich gekämpft, während er anscheinend über reichlich Erfahrung verfügte.

Angst überkam mich bei der nächsten Welle, die anrauschte und erneut gegen die Bordwand krachte.

Der Mast vor uns ächzte, die Segel spannten sich. Der Wind sauste an unseren Köpfen vorbei und zerrte daran, bis es riss.

Der Mann mit dem blonden Haar schrie erschrocken auf, als er von einem der Tücher begraben wurde. Nun war er in einen anderen Kampf verstrickt. Verzweifelt versuchte er, sich aus der großen Stoffbahn zu befreien.

Meine Erleichterung hielt allerdings nur einen Moment, denn bald wurde das Segel entzweigerissen. Mein Angreifer beförderte ein Messer zutage und befreite sich endgültig aus seinem Gefängnis.

»Nun ...«, zischte er und lief wieder auf mich zu.

Ich spannte mich an, brachte mich in Position und ging in Gedanken einige Taktiken durch. Ich musste meinen Gegner zu Fall bringen, das war meine einzige Chance. Ich war bereit, alles zu geben, war fest entschlossen, doch plötzlich beendete ein jäher Pfiff unseren Kampf.

»Eure Reise endet hier. Gefangene können sich uns anschließen, alle anderen müssen selbst sehen, wie sie zurückkommen«, donnerte eine kraftvolle Stimme über das Deck.

Ruhe kehrte ein. Unsere Gegner ließen von uns ab und machten sich auf den Weg zurück zum roten Schiff. Sie trugen Umhänge und verdeckten ihre Gesichter damit.

Außer Atem und völlig fassungslos starrte ich die fliehenden Feinde an.

Neben mir lagen Männer, verwundet oder einfach nur erschöpft. Der höchste Mast war entzweigebrochen, die weiße Fahne lag kaputt auf den Planken. Die Segel waren zerrissen, das Deck hatte Löcher. Ich verstand nicht viel von der Seefahrt, aber selbst einem Laien wie mir war klar, dass dieses Schiff manövrierunfähig war. In nächster Zeit würde es nirgends mehr hinfahren. Zuerst musste es repariert werden.

»He!«, rief ich. Adrenalin pumpte durch meinen Körper. Ich

brauchte das Buch. Das hier konnte nicht das Ende meiner Mission sein.

Die Menschen mit den Umhängen schwangen sich wieder auf ihr Schiff. Sie hauten einfach ab.

Aufgebracht rannte ich ihnen nach und angelte mir eine der Strickleitern, um auf das feindliche Schiff zu klettern. Etwas unsanft landete ich an Deck. Zwischen all den Leuten fiel ich nicht auf, immerhin trug ich ebenfalls einen Umhang. Ich duckte mich und verkroch mich hinter einer umgestürzten Holzkiste.

Dort blieb ich, wartete ab, bis wir das Chaos hinter uns ließen und weitersegelten.

Zuerst war es ruhig an Bord. Alle verhielten sich still, gingen konzentriert ihren Arbeiten nach. Doch dann, auf einmal, veränderte sich die Lage.

Einer der Umhangträger zog sich die Kapuze vom Kopf. Dunkles, dichtes Haar kam zum Vorschein. Sein Gesicht war hübsch, zweifellos hatte er etwas an sich. Etwas, was mir für einen kurzen Moment den Atem raubte.

»Bringt das Schiff auf Vordermann. Repariert die Schäden! Verstaut die Munition, säubert die Kanonen!«, rief er den anderen zu. Mehrheitliches Nicken war die Antwort.

»War das wirklich nötig?«, erklang es neben mir. Zuerst erschrak ich, bis ich bemerkte, dass die betreffende Person mit dem dunkelhaarigen Mann sprach.

»Das waren die Männer aus Taian. Sie suchen das Buch. Natürlich war es nötig.« Er schnaubte.

Das Buch.

Angestrengt lauschte ich.

»Im Übrigen haben wir einen blinden Passagier an Bord«, fuhr er fort.

Eine starke Hand packte mich am Kragen und zog mich hoch. Wütend trat ich um mich, traf aber nur ins Leere. Ich wurde nach vorne gezerrt, die Hand ließ los und etwas unsanft kam ich vor dem Mann mit den dunklen Haaren auf.

»Und du bist?« Er hob eine Braue. Seine Augen waren unnatürlich schwarz wie eine sternenlose Nacht. Über seinem rechten Auge zog sich eine Narbe entlang. Sie war nicht groß und dennoch fiel sie auf. Nicht dass es ihn entstellte, eher im Gegenteil. Er war ein paar Jahre älter als ich, wirkte aber zu jung, um Kapitän zu sein. Ich schätzte ihn auf fünfundzwanzig Jahre.

»Der blinde Passagier«, zischte ich ihn an. Ich stand auf, klopfte mir die Hände an den Hosen ab und blickte ihm trotzig in die Augen.

Er lächelte spöttisch, verschränkte die Arme vor der Brust und sah auf mich herab.

»Und was führt dich auf mein Schiff? Schließt du dich unserer Mannschaft an?«

»Ja.«

Schon wieder erhielt ich ein verächtliches Lächeln. Die Leute neben mir beäugten mich. Ich erkannte nicht viel, da sie ihre Kapuzen trugen, und doch spürte ich ihre Blicke auf mir.

»Wenn du mir jetzt noch in einem ganzen Satz antworten könntest, wäre das äußerst entzückend.« Das Schwarz seiner Augen war unheimlich.

Ein Schauer kroch über meinen Rücken. Es war nicht die Kälte, die mir Gänsehaut bescherte. »Ihr habt das Schiff überfallen, mit dem ich unterwegs war. Da es nicht mehr seetüchtig ist, würde ich mich gerne eurer Mannschaft anschließen.« Auch ich verschränkte die Arme vor der Brust.

»Eine junge Frau aus Taian. Womöglich eine Dienerin des

Königs?« Er schüttelte den Kopf und strafte mich mit einem verachtenden Blick.

»Eine Diebin, keine Dienerin«, antwortete ich.

»Die Prinzessin der Diebe.« Er hob eine Augenbraue und wandte sich an seine Mannschaft. »Sollen wir sie zurück ins Meer werfen?«, fragte er laut.

Allgemeines Gelächter folgte.

Er machte einen Schritt auf mich zu. »Oder was schlägst du vor?«, raunte er.

»Ihr spracht von einem Buch, was für eines war das?« Meine Neugierde war stärker als meine Angst. Wie es der Zufall wollte, war ich erneut an Leute geraten, die dieses Buch suchten. Meine Mission war noch nicht gescheitert.

»Nun wird mir einiges klar.« Er nickte nachdenklich. »Die Prinzessin ist auf der Suche nach dem Buch der Zukunft.«

»Ich nehme an ihr ebenso.« Wie ein Schreckgespenst musste ich aussehen. Meine Kleidung war zerrissen und ein wenig nass, mein Gesicht wohl verdreckt.

»Was macht dich so sicher?«, fragte er neugierig. Er lief umher, behielt mich dabei aber im Blick.

»Ihr kennt die Legende, zumindest würde ich das behaupten.« Nach dem Satz schwieg ich. In wenigen Stunden hatte ich es geschafft, aus meiner Heimat herauszukommen, auf hohe See und nun auch noch an Bord eines fremden Schiffes, umgeben von seltsamen Menschen.

»Wer kennt sie nicht? Die Geschichte mit den fünf Rätseln?« Gleichgültig zuckte er mit den Schultern und fuhr mit seinem Rundgang über das Schiff fort. Keinen Moment ließ er mich dabei aus den Augen.

»Wie wäre es mit einem Pakt? Ihr helft mir das Buch zu finden und ich helfe euch.« Meine Stimme klang bestimmt, selbstbewusst und sicher. Nur leider sah es in meinem Inneren ganz anders aus.

»Ich mache keinen Pakt mit Menschen, die ich nicht kenne«, zischte er verächtlich und blieb stehen.

Ich holte tief Luft, schloss für einen Moment meine Augen und schnaubte dann. »Sayen Dust ist mein Name. Ich komme aus Taian, der Stadt aus Wasser.«

»Silver, und ich komme nicht aus Taian.« Er wandte sich an den blonden Mann, mit welchem ich vor Kurzem gekämpft hatte. »Bring sie unter Deck. Ich bin müde.« Er fuhr sich übers Gesicht, unterdrückte ein Gähnen und nickte dem Steuermann zu, bevor er ziemlich eilig im Inneren des Schiffes verschwand.

Sobald Silver verschwunden war, tauten die Menschen um mich herum auf. Sie kamen in Bewegung, gingen den Arbeiten nach, die ihr Kapitän ihnen zugeteilt hatte.

»Na dann ...« Der Mann packte mich unsanft am Arm und schleppte mich mit.

Ich wehrte mich nicht. Vielleicht würde mir dieser Silver noch nützlich sein. Wenn er auch auf der Spur des Buches war, könnte ich mich ihm anschließen. Somit wäre es ein leichtes Spiel.

Der Blonde brachte mich unter Deck in eine kleine Kammer und schloss die Tür hinter mir geräuschvoll. Gleich darauf erklang das Umdrehen eines Schlüssels.

Da war ich also. Eingesperrt und gefangen ...

Kapitel 5
Pakt mit dem Feind

Die Kammer musste wohl eine Offizierskabine sein. Sie bot Platz für ein schmales Bett, einen kleinen Tisch und einen klapprigen Stuhl. Auf dem Tisch stand eine Kerze, halb heruntergebrannt und bereits erloschen. Die einzige Lichtquelle im Raum war der schwache Mond, welcher durch das Bullauge schien.

In dieser Nacht schlief ich schlecht. Ich träumte von brennenden Schiffen, von Kartoffeln und Bergen aus Gemüseabfällen. Immer wieder wälzte ich mich unruhig von einer Seite auf die andere.

Ich wachte erst auf, als sich die ersten Sonnenstrahlen in die Kammer schlichen und ein lautes Klopfen an der Tür mich zwang, aufzustehen.

Es dauerte nicht lange, da schwang die Tür auf. Vor mir stand wieder der Blonde. Er deutete hinter sich. »Folg mir.«

Er wartete meine Antwort nicht ab, sondern lief bereits los. Hastig stand ich auf und folgte ihm.

Als wir durch den Rumpf gingen, fiel mir auf, wie verdächtig ruhig alles war. Obwohl, wenn ich zurückdachte, war mir ja bereits vorher aufgefallen, dass die Besatzung des Schiffes nicht allzu groß war.

Vor einer Kabine machten wir halt. Der Mann zeigte auf die Tür, kehrte um und verschwand. Seufzend strich ich meine Haare glatt und betrat, ohne anzuklopfen, den Raum.

Silver hatte sich über einen Schreibtisch gebeugt und schien konzentriert nachzudenken. Überrascht blickte er auf. »Die Prinzessin ist wach, wie wunderbar.« Erneut richtete er seinen Blick auf ein Buch, welches aufgeschlagen vor ihm lag.

Da ich nicht wusste, was ich sagen sollte, schwieg ich.

Die Einrichtung hier war weit weniger spärlich als in der kleinen Kammer. Es gab ein Bücherregal, einen breiten Schreibtisch, zwei Stühle, Bilderrahmen, eine Weltkugel, ein Bett und weitere diverse Utensilien.

»Du bist also auf der Suche nach dem Buch. Schickt dich der König?« Bei Tageslicht wirkte das Schwarz seiner Augen heller.

»Ich wurde nicht vom König geschickt, ich verfolge eigene Ziele.«

»Und die wären?« Jetzt schien Silver neugierig zu sein.

Ich dachte nach. Wenn ich ihm von Dans Auftrag erzählte, könnte es sein, dass er misstrauisch wurde. Vielleicht wäre es klüger, ihm nur einen Teil der Wahrheit zu erzählen.

»Der König sucht mich, da ich eine Diebin bin. Ich möchte das Buch finden, um mehr über meine Zukunft zu erfahren. Vielleicht vergisst der König während meiner Abwesenheit, dass er nach mir gesucht hat.«

Silver schwieg. Ich konnte nicht beurteilen, wie es um mich momentan stand. Konnte nicht sagen, wie gefährlich Silver und seine Mannschaft waren. Jedoch fiel mir etwas auf. Normale Handelsschiffe in dieser Größe hatten eine Besatzung von bis zu vierundvierzig Mann, wenn nicht mehr. Bisher hatte es nicht gewirkt, als wäre seine Mannschaft groß. Vielleicht befand sich der Rest unter Deck, so genau konnte ich das nicht sagen.

»Würdest du denn überhaupt zurück nach Taian wollen?«, fragte er und hatte eine desinteressierte Miene aufgesetzt.

Seine Frage brachte mich zum Nachdenken. Ich war niemals in der Situation gewesen, darüber zu entscheiden, was ich wollte oder nicht. Taian war meine Heimat. Dort lebten Dan und Kassie, dort wusste ich, wie man Geld verdiente.

»Ich denke schon, da sind meine Freunde.«

»Die Diebin hat Freunde.« Er fuhr sich übers Kinn, an dem sich ein Dreitagebart abzeichnete.

»Wenn ich darf, würde ich Euch auch gerne eine Frage stellen.«

»Nur zu.«

»Das Schiff ist gestohlen, oder? Vielleicht sogar von einem König?« Ich blickte ihm direkt in die Augen, wartete auf seine Antwort.

»Was, wenn ich selbst der König bin?«, antwortete er und lehnte sich zurück.

Ich schnaubte. »Ihr seid zu jung.«

»Der jüngste König ist aus Sandron, der Stadt aus Glas. Er ist elf Jahre alt.«

Ich holte tief Luft. »Eure Besatzung ist viel zu klein.«

»Ich brauche nicht mehr Leute. Auf was willst du hinaus?« Misstrauisch blickte er auf. Neben ihm lag ein Brieföffner aus blankem Silber. Vielleicht konnte mir dieser als neue Waffe dienen, um mich notfalls zu verteidigen.

»Denk nicht einmal daran.« Silver war schneller. Seine Hand umschloss den Brieföffner. »Also, auf was willst du hinaus?«, fragte er erneut.

»Eure Narbe zeigt, dass Ihr bereits gekämpft habt. Nicht viele Könige tun das, da sie lieber hinter sicheren Mauern sitzen. Eure Mannschaft wirkt nicht sonderlich groß. Dabei bräuchtet Ihr, um solch ein Schiff voll zu besetzen, viel mehr Männer. Das sagt mir, dass Ihr gar nicht vorhabt, lange darauf zu verweilen. Kurz gesagt, seid Ihr entweder ein ziemlich schlechter Kapitän oder ein Lügner.«

Silver schwieg. Er schien überrascht zu sein. Den Brieföffner hatte er noch immer in der linken Hand und spielte damit herum. Seine Hände waren geschickt, was ebenfalls ein Zeichen dafür war, dass er gut mit Waffen umgehen konnte.

»Ich bin weder ein Lügner noch ein schlechter Kapitän. Meine Mannschaft und ich suchen das Buch und das Schiff hier«, er deutete um sich, »das gehört mir. Außerdem muss ich dir rein gar nichts erklären.«

Er legte den Gegenstand zur Seite und stand auf. Noch immer lag das aufgeschlagene Buch auf dem Schreibtisch. Ein kurzer Blick darauf genügte und ich wusste, ich würde es nicht verstehen. Ich hatte zwar dank Kassie Lesen gelernt, aber das war eine völlig andere Sprache.

»Es ist ein Buch über die Städte. Welche wann gegründet wurde und welche wann unterging. Es ist nicht das Original, sondern eine Version von mir.« Silver deutete auf das Buch, in dem feinsäuberlich Texte und Skizzen von Hand hinzugefügt worden waren. »Es hat etwas gedauert, aber inzwischen habe ich die fünf einflussreichsten Städte zusammen.«

Ein triumphierendes Lächeln erschien auf meinen Lippen. Wusste ich es doch. Dieser Silver würde mir nützlich sein. Mit ihm war ich um einiges besser dran als allein.

»Was für welche wären das?«, fragte ich neugierig.

»Wenn ich dir das verrate, wäre ich ziemlich dumm.« Jetzt lächelte er.

»Was haltet Ihr von einem Pakt, Kapitän?« Das Wort Kapitän betonte ich extra eine Spur schärfer. »Ihr sucht das Buch und ich ebenfalls. Wir sollten uns zusammen tun, zumindest solange, bis wir dieses Ziel erreicht haben.«

Wieder trat Stille ein. Ich konnte nur hoffen, dass er mein Angebot annahm.

»Und was veranlasst dich dazu, zu denken, dass wir dich brauchen?« Er fuhr sich durchs Haar. Der Funke Neugier in seinen Augen war mir nicht entgangen.

»Ich bin eine Diebin. Man darf zwar nicht morden, die Leute erpressen oder sonstige grausame Dinge machen, aber von nicht stehlen war nie die Rede. Außerdem kenne ich mich mit Menschen sehr gut aus und könnte Euch nützlich sein.«

»Die Prinzessin der Diebe scheint nicht nur gerissen, sondern auch klug zu sein«, sprach Silver und sah sich nachdenklich um.

»Ich bin gut darin, lautlos durch die Gegend zu schleichen, Verstecke zu finden oder mich zu tarnen«, versuchte ich es erneut. Im Grunde brauchte Silver mich nicht wirklich. So wie ich ihn einschätzte, würde er immer Mittel und Wege finden, um ans Ziel zu gelangen. Außerdem war ich nicht so gut, wie ich vorgab. Trotzdem gab ich nicht auf.

»Und warum sollte ich dir vertrauen?« Er wandte sich wieder um und sah zu mir.

Nervös kaute ich an meiner Unterlippe. Von dieser Entscheidung hing alles ab. Nur, wie konnte ich Silver dazu bringen, mir zu glauben?

»Wenn ich Euch nur einen Grund liefere, mir nicht zu vertrauen, verlasse ich das Schiff, versprochen«, sprach ich schließlich und sah ihm dabei in die Augen.

Er zögerte, schien angestrengt nachzudenken.

Nach einer Weile seufzte er auf.

»Gut, lass uns einen Pakt machen.« Aus einer Schublade holte er ein Stück Papier. Es war sandfarben und ein wenig abgenutzt. Es folgte eine Feder und ein kleines Tintenglas. Mit schwungvoller Schrift schrieb er Sätze, Wörter und Begriffe nieder.

»Du bist Mitglied dieser Mannschaft, bis wir zu dem Ort gelangen, an dem sich das Buch versteckt. Bis dahin teilen wir unsere Erfahrungen und Hinweise. Kriege ich mit, dass du gegen uns spielst, lasse ich dich ohne Hilfe zurück. Das mag vielleicht nicht schrecklich klingen, doch solltest du dir bewusst sein, dass die Regierung uns bald auf den Fersen sein wird. Außerdem überlebst du ohne Wissen über die Städte kaum mehr als ein, zwei Tage.« Er setzte seine Unterschrift unter das Geschriebene und drehte das Blatt dann in meine Richtung. Auffordernd sah er mich an.

Ich nickte und blickte auf das Papier. Bestimmt wusste er, dass ich diese Sprache nicht lesen konnte. Einzelne Worte kamen mir bekannt vor, aber das war alles. Trotz eines unguten Gefühls unterschrieb auch ich den Vertrag. Ich war auf seine Hilfe angewiesen.

»Die nächste Stadt ist Sanses, die Stadt aus Gold und Silber. Es ist ebenfalls eine Handelsstadt, weit kleiner als Taian und dennoch ist ihr Besitz an Geld immens. Keine andere Stadt besitzt so viel Macht und Reichtum. Selbst die Regierung lässt von ihr ab. Trotz allem solltest du dich in Acht nehmen. Es ist ein überschaubares Festland, welches auf den ersten Blick täuschen mag. Iss und ruh dich aus, wir legen bald an.«

Silver war bereits auf dem Weg zur Tür.

»Wartet!«, rief ich und stellte mich vor ihn.

Er blieb stehen und sah mich fragend an.

»Wenn Ihr kein Kapitän seid, was seid Ihr dann?«

Er lächelte. In seinen dunklen Augen blitzte auf einmal ein Hauch von Freundlichkeit auf. Es war ein echtes Lachen, nicht eines von seinen aufgesetzten, arroganten.

»Du kannst du zu mir sagen. Ich mag zwar ein, zwei Jahre älter sein, doch trennt uns nicht so viel Erfahrung. Ich bin kein Kapitän, ich bin Freiheitskämpfer. Ich spiele dieses Spiel nicht gegen die anderen Städte, ich spiele gegen die Regierung.«

Teil 1 – Die erste Stadt

Kapitel 6
Silberne Augen in der Dunkelheit

Ich erinnerte mich nicht an allzu viel aus meiner Vergangenheit. Manches war schön, anderes weniger. Doch bei einer Sache war ich mir immer sicher gewesen. Ich wollte niemals Teil einer Bande von Freiheitskämpfern sein, zu Leuten gehören, die sich gegen die Regierung und das System stellten. Das brachte nur Unglück. Und nun stand ich an Deck eines fremden Schiffes neben dem Anführer einer solchen Bande und präsentierte mich der Besatzung.

»Sayen wird bis auf Weiteres ein Teil der Gruppe sein«, verkündete Silver und deutete auf mich.

Sofort erklang Gemurmel.

»Warum?« Einer trat hervor, zog sich die Kapuze vom Kopf und blickte zwischen mir und Silver hin und her. Es war der Kerl mit dem blonden Haar.

»Das ist Scetch. Einer meiner treuesten Männer. Du hast ihn bereits kennengelernt.«

»Das beantwortet nicht meine Frage«, grummelte Scetch.

Mir war nicht entgangen, dass er sich absolut nicht freute, dass ich nun Teil von all dem war.

»Weil sie etwas hat, was wir brauchen.« Silver nickte bekräftigend, während er die Worte aussprach.

Darauf erwiderte Scetch nichts mehr.

»Land in Sicht!« Aufgeregt kam eine Frau mit langen schwarzen Haaren auf uns zugerannt. In ihnen hingen bunte Perlen.

Auch um ihre Handgelenke waren farbenfrohe Bänder geknüpft. Sie trug Lederhosen, eine weite Bluse und an der Seite ein Schwert. Auch sie war jung, fast in meinem Alter.

Bislang dachte ich immer, die Freiheitskämpfer wären ältere Leute, die sich nicht daran gewöhnen konnten, dass die Regierung das Kommando übernommen hatte. Es erstaunte mich wirklich, dass ich mit dieser Annahme falschgelegen hatte.

»Sanses liegt direkt vor uns!«, rief sie glücklich und zeigte Richtung Süden. Tatsächlich. Zuerst waren es nur kleine Punkte, dann wurde die Stadt immer größer. Wie eine Stadt aus Silber und Gold wirkte sie allerdings nicht. Ich kniff die Augen etwas zusammen, um besser sehen zu können.

»Und das ist Bell, wäre ich nicht der Kapitän, wäre es wohl sie. Sie ist eine ausgezeichnete Wachfrau.« Silver lächelte die Frau an und erntete dafür nur ein Augenrollen.

Ich beachtete die beiden kaum. Vor uns kamen Hütten in Sicht, große Zelte und Markthallen. Die Stadt wirkte alt, ein wenig verdreckt. Rauch drang aus den Schornsteinen der Häuser. Das Wasser lief an einem kleinen Platz zusammen. Dort ankerten bereits ein paar Schiffe und ich fragte mich, was Silver vorhatte. Wir konnten doch nicht einfach anlegen und hineinspazieren. Suchend sah ich mich um. Ich entdeckte nirgendwo Stadttore oder Abgrenzungen, keine Wachposten oder Sonstiges.

»Sind sie so mächtig, dass sie sich nicht einmal schützen?«, fragte ich, ohne mich umzudrehen.

»Warts ab, du wirst es bald verstehen«, erklang Silvers Stimme neben mir.

Kurz vor den Anlegeplätzen holte die Mannschaft die Segel ein und wartete geduldig, bis das Schiff vor Anker lag.

»Nun kannst du ja beweisen, wie nützlich du bist.« Silver

winkte ein paar seiner Männer heran und erteilte ihnen Anweisungen, die ich nicht wirklich verstand.

»Von hier aus müssen wir zu Fuß weiter. Wir treffen die Mannschaft auf der Rückseite der Insel.« Silver lief an mir vorbei, griff nach der Strickleiter, die an der Reling baumelte, und kletterte zu einem kleinen Beiboot hinab.

»Hast du Angst?«, fragte Bell. Es war nicht böse gemeint, mehr neugierig. Eilig schüttelte ich den Kopf. »Niemals«, erwiderte ich und folgte Silver.

Sobald ich an Bord war, schnappte sich Silver die Ruder und beförderte uns damit zum nahe gelegenen Steg.

Ich war erleichtert, als meine Füße das Festland berührten. Mittlerweile hatte ich mich zwar an das Schwanken gewöhnt, dennoch war mir mulmig von der Fahrt. Die Schifffahrt war einfach nicht meine Welt.

»Kommst du?«, rief mir Silver ungeduldig zu. Er war weitergelaufen und hatte es anscheinend ziemlich eilig.

»Warum nimmst du nicht mehr Besatzung mit?«, fragte ich, als ich ihn einholte.

»Das fällt zu sehr auf. Wir alleine fallen bereits auf.«

Mir war nicht entgangen, wie er sich umsah.

Wir liefen den Holzsteg entlang, immer darauf bedacht, allen Leuten auszuweichen.

Am Ende des Piers fing die Stadt wirklich an. Ich kannte die Marktstände von Taian, aber diese waren nichts gegen den Anblick, der sich mir bot. So weit das Auge reichte, war alles ein riesiger Handelsplatz. Stände überall und es wimmelte von Menschen. Es herrschte ein reger Andrang. Ich hielt mich dicht an Silver, der mich quer über den gesamten Platz führte. Wir durchquerten Zelte, in welchen die Hitze beinahe unerträglich war. Passierten Stände mit Essen, bei denen Rauch aus den Kochtöpfen aufstieg. Sahen Schmuck, Dekorationsstücke, Bücher, Fernrohre und vieles mehr. Es gab alles – wirklich alles. Meine Augen wurden immer größer. Viele der Dinge hatte ich noch nie im Leben gesehen.

»Erstaunlich, nicht wahr?«

»Erstaunlich? Das ist kaum zu glauben!« Ich lächelte und blickte mich noch einmal um. Es war ein überwältigendes Gefühl, etwas anderes als Taian zu sehen.

Wir kamen an einem Stand mit bunten Stoffen vorbei. Sie glänzten in jedem nur erdenklichen Farbton. Ehrfürchtig strich ich über ein lavendelfarbenes Stück. Ganz weich lag es da, schmiegte sich an meine Hand. Kopfschüttelnd sah ich weiter. Gleich neben dem lavendelfarbenen Stoff lag einer in Königsblau. Irgendwie erinnerte er mich an die hohe See. Aus diesen Farben konnte man prächtige Kleider machen. Wie teuer so etwas wohl war?

»Frag lieber nicht nach dem Preis«, flüsterte Silver mir zu. Er rümpfte nur die Nase, als er meine Begeisterung für die bunte Auswahl bemerkte.

Abwehrend hob ich die Hände und lief weiter. Als wir an einem Stand mit Büchern vorbeikamen, musste ich automatisch an Kassie denken. So wie ich sie kannte, hätte sie hier ihr ganzes Geld ausgegeben.

»Und wohin jetzt?«, fragte ich nach einer Weile. Noch immer hielt ich mich dicht an Silver und versuchte, ihn nicht aus den Augen zu verlieren.

»Zum Palast.« Er deutete nach vorn. Die Marktgassen wurden breiter und die Menschenmengen lichteten sich. Ein schmaler Weg führte einen Hügel hinauf, und je höher wir kamen, desto ausgestorbener wirkte der Ort.

»Warum heißt diese Stadt, Stadt aus Gold und Silber?«

»Das wirst du gleich sehen«, antwortete Silver und lief ein wenig schneller.

Ich war solche Hügel nicht gewohnt, darum hatte ich deutlich Mühe, ihm zu folgen.

»Wenn du nur einmal damit aufhören könntest, in Rätseln zu sprechen«, seufzte ich. Es gab keine Anzeichen dafür, dass diese Stadt irgendetwas mit Edelmetallen zu tun hatte. Jedoch hatte Silver davon gesprochen, dass es einer der reichsten Orte der Welt wäre. Aber warum sah alles so heruntergekommen aus?

Plötzlich veränderte sich die Landschaft vor uns. Der Anstieg war zu Ende und ging in eine wiesenbedeckte Ebene über. Aber das war es nicht, was mich zum Staunen brachte. Vor mir kam ein gewaltiger Palast in Sicht. Auf dem höchsten Turm hing eine blutrote Fahne, auf der zwei miteinander verschlungene Kreise abgebildet waren. Die eine Seite des Gebäudes war komplett mit Gold verkleidet, die andere mit Silber. Eine Zugbrücke befand sich genau am Übergang der Farben. Auch hier gab es keine Mauern oder Wachposten. Alles wirkte verlassen.

»Ist das echt?«, fragte ich staunend.

Endlich blieb Silver stehen. Er nickte und betrachtete den Palast ebenfalls eingehend. »Ich bin lange nicht mehr hiergewesen, es ist jedes Mal erstaunlich. Aber ja, alles ist entweder aus Silber oder Gold. Das passiert, wenn man nicht weiß, was man mit seinem Geld anstellen soll.« Er grinste leicht.

»Wenn ich nur ein bisschen davon mitnehmen könnte, wäre ich reich.« Ich lief weiter, suchte weiterhin nach Wachposten. Vielleicht konnte ich ja wirklich etwas mitgehen lassen. Wenn die Inneneinrichtung genauso aussah, würde es kein Problem darstellen.

»Hier zu stehlen, wäre ein fataler Fehler, meine Liebe«, ermahnte mich Silver.

Wir näherten uns der Zugbrücke und etwas unsicher blieb ich stehen. »Und nun? Wir können nicht ohne Anmeldung hinein.«

»Diese Stadt ist anders.«

Wir liefen weiter, überquerten die Brücke und passierten das Eingangstor.

Von Nahem wirkte der Palast noch prächtiger. Die Edelmetalle schimmerten mit der Sonne um die Wette. Kleine Kristalle funkelten an den Fenstern. Allein damit könnte man ein gesamtes Volk ernähren. Nicht einmal mein König besaß so viel Prunk und Geld.

Nach dem Eingangstor gelangte man in eine Art Wartehalle. Die Wände waren komplett aus Gold und Silber, auch die Einrichtung durchzogen diese Farben. Gemälde von Personen hingen an den Wänden, aber die Gesichter waren zerkratzt. Ein eigenartiges Gefühl überkam mich. Wo waren all die Wachen?

Es war still, aber es war keine beruhigende Stille. Jeder unserer Schritte hallte von den Wänden wider.

»Hast du Angst?« Silver stellte mir dieselbe Frage wie Bell vorhin. Nur diesmal ging es nicht darum, ein schwankendes Schiff zu verlassen. Ich befand mich ohne Voranmeldung in einem Palast. Das war gegen die Regeln, aber natürlich kümmerte das Silver kein bisschen.

»Ich würde nicht sagen, dass ich Angst habe. Ich frage mich nur, wie du dir das vorstellst. Willst du einfach ohne Plan da hinein und den König oder die Königin darum bitten, dir zu helfen?«

»Sowohl Königin als auch König und nein, das habe ich nicht vor. Aber ich kenne diesen Ort, das ist mein Vorteil. Es ist eine Handelsstadt. Mit einem lukrativen Tauschgeschäft funktioniert hier alles.«

Wir schwiegen wieder und liefen weiter durch den Saal, bis wir zu zwei Türen kamen. Eine davon war aus Gold, die andere aus Silber.

»Und nun?«

»Jetzt liegt es an uns.« Er drehte sich um und blickte mich an. Ein paar vereinzelte Haarsträhnen fielen ihm ins Gesicht, verdeckten die kleine Narbe über dem Auge.

»Diese Stadt wird von einer Königin und einem König regiert. Die beiden können sich aber nicht ausstehen. Einer von ihnen hat den ersten Hinweis. Ich hoffe, du weißt, wie man Charme einsetzt.«

»Du willst mir also mitteilen, dass ich alleine durch eine dieser Türen soll?« Ich seufzte. Das konnte ja heiter werden.

»Du darfst dir sogar aussuchen, durch welche«, beantwortete er meine Frage.

»Silber. Ich halte zwar nicht viel von der Farbe, aber warum nicht.« Ich zuckte mit den Schultern. Hoffentlich hatte er bemerkt, dass ich eine Anspielung auf seinen Namen gemacht hatte.

Er ließ sich jedoch nichts anmerken, nickte nur und trat durch die goldene Tür.

Von einem auf den anderen Moment war ich allein. Trotz meiner Angst öffnete ich die silberne Tür.

Dahinter kam ein winziger, dunkler Raum zum Vorschein, die Fenster waren mit Tüchern abgedeckt. Der Duft von Kräutern, Blumen und irgendwelchen Gewürzen lag in der Luft. Stoffe und Tücher verteilten sich auf dem Boden. Mein Blick glitt weiter zu den vielen Stoffbergen. Erschrocken zuckte ich zusammen, als sich etwas darin regte. Trotz der Dunkelheit erkannte ich Umrisse. Nur einige vereinzelte Lichtstrahlen fielen durch die Löcher der Fensterbehänge. Die Gestalt vor mir wirkte dünn, beinahe zerbrechlich. Sie trug ein silbernes Gewand und eine kleine Krone, die ihr fast vom Kopf rutschte. Es war eine Frau mit wallendem silbernen Haar und langen Nägeln.

»Besuch«, rief sie. Ihre Stimme war laut, monoton, ohne den Hauch einer Emotion.

»Verzeihung«, sagte ich und verbeugte mich leicht. »Ich bin auf der Suche nach ...« Ich hielt inne. Die Frau blickte zwar in meine Richtung, aber es wirkte, als blicke sie an mir vorbei.

»Nach dem Hinweis«, vervollständigte sie meinen Satz.

»Genau.« Ich schwieg, wusste nicht, was ich sagen sollte. Noch immer blickte die Königin starr an mir vorbei.

»Ich bin die Königin des Silbers, der Macht und der Reichtümer. Ich vergebe keine Hinweise.« Sie schüttelte einige Male den Kopf und wickelte die Stoffe enger um ihren Körper.

Ich erinnerte mich an Silvers Worte. Das hier war eine Handelsstadt. Die Bewohner waren bereit, sich auf einen Handel einzulassen. »Ich würde dafür auch etwas anbieten.«

Nun sah die Königin wieder auf. Sie beugte sich leicht nach vorne und einer der Lichtstrahlen traf ihr Auge.

Ich zuckte zusammen, ließ mir jedoch nichts anmerken. Ihre Augen waren komplett silberfarben. Sie blinzelte nicht und irgendwie erschien es mir, als ob sie blind wäre. Als ob man ihr Farbe ins Auge geschüttet hätte. Was natürlich unmöglich war. Wer würde das tun?

»Ein Tauschgeschäft.« Sie nickte wieder. Dabei raschelte der Stoff. »Kennst du die Geschichte dieser Stadt?«, fuhr sie monoton fort.

Ich verneinte.

»Es war eine kleine Stadt, eine Stadt wie deine. Wir verdienten unser Geld mit dem Handel von Gütern.«

Ich schwieg, fragte nicht nach, warum sie wusste, von wo ich kam.

»Doch wir waren klein und unbedeutend. Wurden ausgelacht, keiner nahm uns ernst.« Sie kicherte. Es wurde immer unheimlicher. Unbewusst warf ich einen Blick zur Tür, meiner einzigen Fluchtmöglichkeit.

»Der König und ich, wir wollten aber Macht.« Sie hustete. Ihr Husten verwandelte sich in ein Röcheln. »Wir schlossen einen Pakt mit der Regierung. Baten sie um Macht und Reichtum. Denn das Tolle an Macht ist, dass sie groß ist. Sie ist unbezwingbar, wunderschön und tragisch zugleich.« Schon wieder erreichte ein rasselndes Husten die Oberfläche.

»Die Regierung bot uns einen Handel. Sie würde uns zu einer der mächtigsten Städte machen, wenn wir ihr im Gegenzug etwas von uns gaben. Wir willigten ein, dachten nicht nach. Es dauerte ein wenig, bis sich eine Änderung zeigte. Die anderen Städte wurden auf einmal immer kleiner, keiner beachtete sie mehr. Wir hingegen wurden bekannter, viele Händler reisten an. Irgendwann verwandelte sich unser Palast in Gold und Silber. Es hörte nicht auf. Alles, selbst wir, wurde zu Kostbarkeiten.« Sie hob eine Hand und mit Schrecken musste ich feststellen, dass diese komplett aus dem kalten Metall bestand.

»Unsere Diener verwandelten sich zu Statuen. Mit der Zeit verloren wir das Augenlicht, verloren unsere Stärke. Meine Beine sind aus Metall, ich sitze den ganzen Tag. Ich brauche nicht zu essen, nicht zu atmen. Ich bestehe vollkommen aus diesem toten Material. Mein Gemahl und ich, wir sterben nie.« Sie röchelte, spuckte eine dunkle Flüssigkeit aus.

»Wir stritten uns, hassten uns für unsere Entscheidung. Ich kann ihn nicht mehr sehen, will das Gold in seinen kalten Augen nicht mehr betrachten. Auch wenn ich mittlerweile blind bin, weiß ich, dass es da ist, und das allein macht mich krank.« Sie schüttelte sich. »Unsere Gier war groß und wir bezahlten einen hohen Preis dafür.«

Die Königin schwieg.

Ich blickte auf den Boden. Dachte darüber nach, was ich vorhin gesagt hatte. Dass ich gerne so viel Reichtum besitzen würde. Inzwischen wollte ich das nicht mehr.

»Nun sag mir, mein Kind, was für einen Handel bietest du mir an. Ich habe einen hohen Preis für meinen letzten bezahlt.« Ihre toten Augen sahen unverwandt in meine Richtung.

»Ich biete Euch das, was Ihr nicht mehr habt«, fing ich an. »Ich biete Euch Zufriedenheit.«

»Und wie willst du mir das geben?« Jetzt war sie neugierig.

»Ihr kennt die Legende. Das Buch ist der Grund, warum sich alle streiten, warum sich alle nach Macht sehnen. Ich will es finden und verhindern, dass mehr Unglück geschieht.«

»Und was ist mit dem Seemann, dem du es bringen sollst?«

»Ich werde ihn davon abhalten, etwas Unüberlegtes damit zu tun.« Ich hatte nicht darüber nachgedacht, was passieren würde, wenn Dan das Buch an den Meistbietenden verkaufte. Doch je länger ich es tat, desto sicherer war ich mir, das Beste war, dieses Buch verschwinden zu lassen. Es zu zerstören, sodass niemand mehr danach suchte.

»Das wird dir nicht gelingen. Das Buch ist nicht der Schlüssel zum Sieg.« Sie schnaubte. »Ich habe aber einen anderen Handel für dich.«

»Und der wäre?«

»Ich will dein Herz.«

KAPITEL 7
HANDEL MIT HERZ

Mein Herz?« Entsetzt sah ich sie an. Ich spürte deutlich, wie es gegen meine Brust klopfte und mich daran erinnerte, dass ich nur dieses eine Leben hatte. Dass ich nicht fahrlässig damit handeln sollte.

»Meines ist tot. Liegt leblos in meiner Brust, schlägt nicht mehr.« Sie röchelte erneut.

»Wenn ich es Euch gebe, sterbe ich.« Meine Stimme war gefasst. Ich versuchte, mir nicht anmerken zu lassen, dass ich Angst hatte.

»Dein Herz ...« Sie deutete auf meine Brust. »Es schlägt. So laut, dass ich es bis hierher höre.« Ein verträumtes Lächeln erschien auf ihren Lippen.

Ich war mir sicher, hätte sie nicht Silber in ihren Augen, würde man die Gier aufblitzen sehen.

»Ich sehne mich nach einem Funken Leben, mein Kind«, fuhr sie fort. Ihre Hand zeigte weiterhin auf meine Brust.

»Ich kann Euch mein Herz nicht geben. Ohne das brauche ich den Hinweis nicht.«

»Du brauchst kein Herz, um zu leben.« Sie schüttelte hektisch den Kopf. Ihre Krone rutschte und ich befürchtete, dass sie bald den Weg auf den Boden finden würde. Im letzten Moment stoppte die Königin ihre ruckartigen Bewegungen und ihre Hand wanderte zu der silbernen Krone.

»Ihr versteht nicht ...«, versuchte ich es erneut.

»Nein, du verstehst nicht.« Sie schnitt mir das Wort ab und hob tadelnd den Finger. »Wenn du den Hinweis willst, musst du mir dafür etwas bieten. Ansonsten verschwendest du meine kostbare Zeit.«

Ich kniff die Lippen zusammen. Wie sie mir vorhin erklärt hatte, war ihre Zeit alles andere als kostbar.

Ich dachte an Dan, dachte an Kassie, dachte an meine Mission und überlegte, ob es das wirklich wert war.

»Du magst eine Diebin sein, aber dein Herz ist rein.«

Ich achtete nicht auf ihre Worte, hing fest in meinen Gedanken. Inzwischen hatte ich mich an die Dunkelheit gewöhnt, welche um mich herum herrschte.

»Der Handel, den ich dir biete, ist fair.« Sie räusperte sich. »Ich will die Hälfte von deinem Herz. Nur die Hälfte, den anderen Teil bekommst du von mir. Du wirst es gar nicht merken. Die Magie hält dich am Leben. Und wenn du das Buch hast und auf dem Rückweg bist, kannst du dir dein halbes Herz zurückholen.«

»Ich kann nicht ...« Verzweifelt blickte ich hoch an die Decke. Kleine silberne Sterne leuchteten auf uns herab. Ein Mond mit einem Gesicht war daneben gezeichnet. Es wirkte wie eine Kinderzeichnung. Wie etwas aus früheren Zeiten, an das sich die Königin erinnern wollte.

»Nur die Hälfte ...«, flüsterte sie.

Mein Herz pochte, schlug kräftig gegen meine Brust. Hier in der Stille hörte selbst ich den ungleichmäßigen Rhythmus. Der Hinweis war wichtig, ich brauchte ihn.

»Ihr gebt mir die andere Hälfte?«, vergewisserte ich mich.

»Du wirst leben, alles bleibt beim Alten.«

Ich schluckte, wanderte unbewusst mit der Hand an meine Brust.

Am liebsten hätte ich Nein gesagt, den Handel abgelehnt und mich aus dem Staub gemacht. Aber ich hatte keine Wahl. Meine Mission war zu wichtig und schließlich würde ich mein Herz am Ende zurückbekommen.

»Einverstanden.« Ich nickte, blockierte jeden weiteren Gedanken daran und ging auf die Königin zu.

»Du wirst es nicht bereuen.« Sie lächelte, griff nach ihrer Krone und holte etwas daraus hervor. Es war ein Stück Pergament, alt und vergilbt.

»Zuerst dein Herz.« Mürrisch blickte sie zu mir hoch. Von Nahem waren ihre Augen noch unheimlicher. Wie leere Höhlen starrten sie in meine Richtung.

Ich kniete mich langsam hin.

Sie hob die Hand. »Leg sie auf dein Herz.«

Ich gehorchte und tat, was sie von mir verlangte. Eine eigenartige Kälte ging von ihr aus. Es fühlte sich an, als ob man ein Stück rohes Fleisch umfasste.

Sie legte die andere Hand auf ihr Herz und begann, komische Worte und Sätze zu murmeln.

Mit geschlossenen Augen konzentrierte ich mich auf den Herzschlag. Plötzlich wanderte ein Kribbeln über meine Haut. Ganz zaghaft, ganz leicht strich es über den Körper. Es war nicht unangenehm, aber auch nicht vertraut. Meine linke Hand lag auf meinen Knien, krallte sich dort fest.

Das Pochen meines Herzens wurde lauter, das Kribbeln intensiver. Die Stimme der Königin war nun überall. Sie kam von den Wänden, vom Mond und den Sternen an der Decke, von der Tür und den Fenstern. Sie nistete sich ganz tief in meine Gedanken ein und ich wusste, dort würde sie für immer bleiben.

Dann passierte es, sie schlug die Augen auf und hielt inne.

Etwas in meiner Brust zog sich zusammen, ich fühlte, wie mein Herzschlag erstarb, wie er plötzlich nicht mehr da war. Entsetzt griff ich an meine Brust, wollte schreien, aber mein Mund formte die Worte nur, meine Stimme blieb weg.

Kälte, Angst und Ungewissheit sammelten sich in meiner Magengegend. Ich rang nach Atem, keuchte und dann war es wieder da. Das Pochen, welches ich sehnlichst vermisst hatte. Mein Herz schlug, schlug kräftig und stark. Ich ließ ihre Hand los und fiel nach hinten, berührte den Boden mit den Händen und kroch zur Tür. Der Schreck saß mir tief in den Knochen.

»Ich danke dir.«

Die Stimme der Königin holte mich zurück in die Gegenwart.

»Hier, pass gut darauf auf. Du bist die Letzte, die ihn erhält.« Etwas ungeschickt warf sie mir den Hinweis zu.

Ich hob ihn auf, stemmte mich hoch und wankte aus dem Raum. Mit einem Knall schloss ich die Tür hinter mir, ließ mich daran hinabgleiten und blickte starr geradeaus.

»Prinzessin der Diebe?«

Für einen Moment schloss ich die Augen und schaute dann nach rechts.

Silver hatte sich gegen die vergoldete Wand gelehnt und hob fragend eine Augenbraue.

»Hier hast du ihn!«, schrie ich und warf das Pergament vor seine Füße. Eilig stand ich auf und lief weiter, immer weiter. Ich wollte einfach weg.

»Was ist passiert?«, rief er mir nach.

Ich antwortete nicht. Mein Herz pochte, aber die eisige Kälte darin war mir nicht entgangen. Mir war schlecht.

»Warum bist du wütend?« Silvers Stimme erklang erneut hinter mir. Er folgte mir.

»Ich habe mich auf einen Handel eingelassen«, rief ich zurück, ohne mich umzudrehen.

»Tun wir das nicht alle?«

In meinen Gedanken hatte ich bereits einige Sätze zurechtgelegt. Sätze mit Bedeutungen, bei welchen selbst die silberne Königin errötet wäre. Bevor ich aber dazu kam, Silver diese an den Kopf zu werfen, erzitterte die Erde.

Ich blieb stehen. »War das ein Erdbeben?«

Silver hielt ebenfalls an, lauschte für einen Moment und riss dann panisch die Augen auf.

»Wir müssen hier weg!«, rief er und packte mich nicht gerade sanft an der Hand. Er rannte und zog mich mit.

Ich hatte das Entsetzen in seinen Augen gesehen, darum fragte ich nicht nach, sondern folgte ihm so schnell mich meine Beine trugen. Wir rannten gemeinsam durch den Palast. Immer wieder schwankte die Erde für einen Moment.

Die Ängste um mein halbes Herz wurden von Panik abgelöst. Was war hier los?

Wir erreichten das Tor und die Zugbrücke, rannten aus dem Schloss. Anstatt des Wegs über die Wiese und hinunter zur Stadt wählte Silver einen anderen. Er zog mich in Richtung eines weiteren Hügels, immer weiter hinauf.

Schon wieder hatte ich Mühe, mit Silver mitzuhalten. Es blieb mir jedoch nichts anderes übrig. Er zerrte an mir, als würde der Teufel persönlich Jagd auf uns machen.

»Wohin?«, rief ich keuchend.

»Folg mir einfach.« Auch er rang nach Luft und die Worte kamen nur stockend aus seinem Mund.

Wir rannten an Wiesen entlang, Hügel hinauf, kletterten über kleine Felsen und flüchteten vor dem unsichtbaren Angreifer.

Erst als wir den höchsten Punkt erreicht hatten, hielt er an und ließ meine Hand los.

Ich war nicht in der Lage zu sprechen, darum blickte ich einfach zur Stadt hinunter. Von hier erschien selbst der Palast nicht mehr prunkvoll.

»Die Regierung.« Silver deutete zu den Anlegeplätzen. Dort standen Schiffe, dieselben wie vorhin. Ich musste genauer hinsehen, um den Unterschied zu erkennen. Eines der Schiffe war weit größer als die anderen. Es war dunkelblau, tarnte sich perfekt im Wasser.

»Die Regierung?«, keuchte ich nun. Meine Zunge brannte.

»Sie sind uns dichter auf den Fersen als gedacht.« Wütend ballte er seine Hände zu Fäusten. »Das war nicht der Plan«, flüsterte er.

»Woher weißt du das?« Ich sah in seine Augen und für einen Moment hatte ich Angst, ich würde mich in ihnen verlieren. In dem Schwarz spiegelten sich so viele Emotionen zugleich. Etwas verwirrt wandte ich den Blick wieder ab.

»Ich habe die Regierung nur einmal gesehen. Damals überfielen sie eine Stadt. Sie tauchten mit ihrer Flotte auf und griffen an. Zuerst dieses Beben, dann der Wind, danach folgte das Feuer und irgendwann mischten sich die Wellen ein.«

»Ich sehe aber nur ein Schiff.«

»Das ist, was mich verwundert. Trotzdem dürfen wir ihnen nicht in die Arme laufen. Komm!« Silver hatte sich bereits während des Sprechens umgedreht und lief weiter.

Ich konnte mich nicht von dem Anblick lösen, wagte einen Blick zurück in die Stadt. Das Schiff der Regierung trieb seelenruhig auf den Wellen. Das Beben hatte aufgehört. Alles wirkte so still und doch war da etwas. Ein Schauer kroch über meinen Körper. Ich wusste nicht warum, aber ich fühlte mich beobachtet.

»Willst du hier Wurzeln schlagen?«, rief Silver genervt.

»Wenn es mich davon abhalten würde, weiter mit dir nach Hinweisen zu suchen, dann ja«, erwiderte ich. Ich wandte meinen Blick endgültig ab und folgte ihm. Der Weg führte über eine Wiese, direkt vor uns begann ein Wald mit hohen Tannen. Bedrohlich standen sie da, wiegten sich leicht im Wind.

Je näher wir dem Waldstück kamen, desto mehr Geräusche erstarben.

»Und wohin jetzt?«, fragte ich. Ich hatte Silver eingeholt, hielt mit ihm Schritt.

Sein Blick war auf die Bäume vor uns gerichtet. »Der nächste Anlegeplatz für Schiffe liegt gleich dahinter.« Er deutete zwischen den Bäumen hindurch. »Ich hoffe, wir müssen keine Rast einlegen, zumindest nicht hier.«

»Sollte ich beunruhigt sein?«

Inzwischen hatten wir den Wald betreten. Die Stille um uns herum war unheimlich. Kein Vogelgezwitscher, kein Rascheln, nichts. Die Sonnenstrahlen kämpften sich durch die Baumkronen und doch herrschte nur ein düsteres Zwielicht.

»Zu diesem Ort gibt es eine Legende.« Silver bückte sich unter ein paar Ästen hindurch.

Ich tat es ihm nach. Immer wieder drehte ich mich um und blickte zurück. Unbehagen überkam mich.

»Ich glaube nicht an Legenden.«

Silver lachte auf. »Das solltest du aber. Ich gebe zu, nicht jede ist wahr und manche Menschen schmücken Geschichten so lange aus, bis kaum ein Funken Wahrheit übrig bleibt und doch wäre es von Vorteil, wenn man ihnen Glauben schenkt.« Er lief immer schneller, achtete gar nicht mehr auf mein Tempo.

»Warte«, rief ich ihm hinterher. Die Äste der Bäume hingen

mir in den Weg, die Büsche wurden dichter und der Boden zu unseren Füßen unebener.

»Die Legende besagt, dass in diesem Teil des Landes Feen leben. Der Wald gehört ihnen und man darf ihn nur passieren, wenn …« Seine Stimme erstarb.

Mühsam zupfte ich einige Blätter aus meinen Haaren. Etwas genervt sah ich in die Richtung, in der ich ihn vermutete. »Wenn was?«

Doch Silver war bereits verschwunden. Der dichte Wald hatte ihn förmlich verschluckt.

»Falls das ein Trick ist …« Ich stöhnte genervt. Bestimmt versteckte er sich irgendwo und wartete, dass ich mich hilfesuchend umsah. Darauf konnte er lange warten. Ich lief weiter, drehte mich kein einziges Mal um und scherte mich nicht darum, wenn irgendwelche lästigen Blätter sich in meinen Haaren verfingen.

Ich hatte aufgehört, darüber nachzudenken, wie viel Zeit inzwischen vergangen war. Die Sonnenstrahlen drangen kaum noch durchs Geäst und mit jedem Meter, den ich bewältigte, wurde es dunkler um mich herum.

»Silver?«, rief ich nach einer Weile. Ich folgte einem schmalen Pfad, doch der Freiheitskämpfer kam nicht in Sicht. Irgendwann lichteten sich die dichten Bäume und Büsche. Selbst die Äste hingen mir nicht mehr ins Gesicht und mit einem Mal stand ich auf einer hell erleuchteten Waldlichtung. Eine Hütte aus Holz stand darauf. Ihre Tür war geöffnet, die Fenster verschlossen. Eine kleine Treppe führte zur Veranda. Dort standen ein Tisch und ein einsamer Stuhl. Die Dunkelheit war verschwunden und ich genoss die warmen Sonnenstrahlen auf meiner Haut. Bunte Blumen wuchsen auf der Lichtung, beinahe so farbenfroh wie die Stoffe auf dem Markt. Vor Staunen vergass ich den Mund zu schließen. Das hatte ich in diesem Wald nicht erwartet.

»Silver?«, versuchte ich es erneut. Aus dem Inneren der Hütte drang ein Geräusch. Es klang wie das Schaben eines Stuhls, der zurückgeschoben wurde. Ich bückte mich und hob einen dicken Ast vom Boden auf. Da ich kein Messer mehr hatte, musste ich zu anderen Mitteln greifen.

»Silver, wenn du das bist, dann zeig dich.«

Schritte erklangen, Holz ächzte. Unbewusst machte ich einen Satz zurück. Wie gelähmt starrte ich zur Tür. Plötzlich öffnete sie sich und eine schlanke Gestalt mit langen braunen Haaren erschien darin.

Die Frau war fürchterlich blass und so groß, dass ihr Kopf fast am Türrahmen anstieß. Sie trug ein hellblaues Kleid, das sich wie eine zweite Haut um ihren Körper schmiegte. Misstrauisch sah sie zu mir herüber.

»Du machst ziemlich viel Lärm für ein kleines Wesen«, sprach sie in einer melodiösen Stimme.

»Verzeihung«, erwiderte ich perplex. Noch immer hielt ich den Stock schützend vor mich. Hatte Silver vorhin nicht etwas von Feen gesagt? Aber solche Wesen existierten nicht. Die Kälte, die sich um meine Herzgegend breitgemacht hatte, ließ mich jedoch daran zweifeln. Anscheinend gab es eben doch mehr, als ich dachte.

»Seid Ihr eine Fee?«, fragte ich zögerlich.

Die Frau zuckte zusammen. Für einen Moment lang sah sie mich ratlos an, ehe sie in schallendes Gelächter ausbrach.

Jetzt war ich diejenige, die zusammenzuckte.

»Eine was?«, hakte sie nach, nachdem sie sich wieder einigermaßen eingekriegt hatte.

»Eine Fee«, murmelte ich leise.

»Soll das ein Kompliment sein?« Kopfschüttelnd kam sie die Stufen der Veranda herab. »Ich muss dich leider enttäuschen, Feen gibt es nicht. Es gibt jedoch eine Legende, die besagt, dass man den Wald nur betreten darf, wenn man den magischen Wesen seinen Namen verrät.« Kurz vor mir hielt sie an. »Keine Sorge, ich brauche deinen Namen nicht für irgendwelche Zaubertricks. Aber es wäre nett, wenn du ihn mir trotzdem verrätst.« Jetzt lächelte sie, doch ihre grauen Augen blieben völlig ausdruckslos.

Ich senkte den Ast. Diese Frau wirkte nicht bedrohlich. Ihr Interesse wirkte mehr wie Neugierde. Zumindest vermutete ich das, denn meine Menschenkenntnis war bisher immer gut gewesen.

»Mein Name ist Alice«, log ich so gelassen wie möglich. Der Name war der erste, der mir auf die Schnelle einfiel. Irgendwie hatte ich das Gefühl, es war besser, einen falschen Namen zu benutzen. Nur falls die Regierung nach mir fragte.

»Also Alice, was tust du hier?«

»Ich will auf die andere Seite.«

Sie nickte langsam. »Und wer ist dieser Silver?«, fragte sie weiter.

»Mein Begleiter.« Ich hoffte inständig für ihn, dass diese Legende wirklich nur ein Ammenmärchen war.

»Ich bin hierhergekommen, weil ich mir das Leben der Stadt nicht mehr antun wollte. Die Herrscher sind schrecklich und alle völlig verrückt nach Geld.« Sie schnaubte und schüttelte den Kopf. »Und nun verirren sich ausgerechnet zwei Fremde in mein Zuhause.«

»Das war keine Absicht.«

»Da bist du!«, rief eine Stimme hinter mir. Ich drehte mich um und sah in Silvers schwarze Augen.

»Was ist los?«, fragte er beunruhigt, während er sich ein helles Blatt aus den Haaren zupfte.

»Sie wohnt da vorn.« Ich deutete auf die Frau, die sich auf einmal viel mehr für Silver als für mich zu interessieren schien. Ihr Blick glitt an mir vorbei zu dem jungen Freiheitskämpfer.

»Nichts für ungut, wir wollten gerade gehen.« Er verneigte sich kurz und lief dann weiter.

Ich folgte ihm, warf dabei aber einen kurzen Blick zurück. Noch immer stand sie regungslos da, hatte uns den Rücken zugekehrt.

Silver lief nun deutlich langsamer.

Wir folgten dem Pfad vor uns, tauchten bald erneut in ein Meer aus Tannen und Büschen ein.

Diesmal konzentrierte ich mich darauf, ihn nicht wieder zu verlieren.

»Seltsame Gestalten gibt es hier«, murmelte ich nach einiger Zeit.

»Sie ist die Tochter der Königin. Aber als ihre Mutter so wurde, hat sie sich in den Wald zurückgezogen«, antwortete Silver.

Verwundert blieb ich stehen. Silver tat es mir gleich.

»Ihre Tochter?« Und auf einmal erinnerte mich die Form ihrer grauen Augen an die mit Silber gefüllten der Königin.

»Genau, ihre Tochter.«

»Warum weißt du das?«, fragte ich ihn erstaunt.

Silver lief weiter.

»Steht alles in meinem Buch über die Städte.« Auch wenn ich sein Gesicht nicht sah, war ich mir sicher, dass er wieder dieses eigenartige Grinsen aufgesetzt hatte.

»Und was steht über Taian in deinem Zauberbuch?« Ich wich einem Ast mit spitzen Dornen aus.

»Dass es in der Stadt von Diebinnen mit auffälligem rotem Haar wimmelt.«

»Tatsächlich?«, sagte ich und rollte dabei mit den Augen.

»Als ich wusste, dass Taian nicht zu den mächtigsten Städten gehört, habe ich gar nicht weitergelesen«, erklärte er.

Ich nickte. Während wir schweigend weiterliefen, dachte ich über sein Buch nach. Neugierig wie ich war, hätte ich gerne gewusst, was über meine Stadt darin stand. Viele Legenden hatten wir nicht. Irgendwie war die Stadt einfach ihr Leben lang für all ihre Schiffe und Handelsrouten bekannt gewesen. Der König war auch schon immer da. In meinem Kopf tauchte das Bild des gebrechlichen Mannes auf, welcher Taian regierte. Ich wusste nicht viel über ihn, hatte ihn nur ein paar Mal an irgendwelchen Feiern gesehen. Er war alt und trug einen langen Bart, hatte sehr viel Geld, aber keine Kinder. Seine Ehefrauen wechselte er ständig, da sie nach einiger Zeit spurlos verschwanden.

»Endlich sind wir aus dem Wald«, kam es von Silver.

Ich zwängte mich an den letzten beiden Tannen vorbei und stand plötzlich auf einem mit Gras bewachsenen Hügel. Erst jetzt ließ ich den Stecken fallen.

Blickte man gerade aus, sah man in der Ferne das Meer und seine rauschenden Wellen. Weiter unten gab es tatsächlich einen Anlegeplatz. Dieser war viel kleiner als der erste. Drei Schiffe, die von hier aus wie winzige Spielzeuge wirkten, hatten dort angelegt.

»Auf meine Mannschaft ist Verlass«, stellte Silver stolz fest.

»Da gebe ich dir recht. Sie haben es geschafft, mit dem Schiff um die Insel herumzufahren. Eine bemerkenswert kleine Insel.« Ich nickte und tat, als ob ich seine Blicke nicht bemerkte.

»Die Diebin macht Witze, wie nett«, erwiderte er.

»Und wie sehen deine Pläne aus?«, fragte ich, um das Thema zu wechseln.

»Wir haben jetzt einen Hinweis, fehlen uns also vier weitere. Die nächste Stadt ist einige Meilen von hier entfernt.« Er wies auf das offene Meer hinaus. »Wir werden wohl die Nacht durchfahren und morgen ankommen, wenn meine Berechnungen stimmen.«

Ich folgte seinem ausgestreckten Arm mit meinem Blick, aber mehr als Wasser sah ich nicht. Dan hatte mir früher oft von seinen Schiffsreisen erzählt. Als kleines Kind hatte er gedacht, wenn man über das Meer segelte, erreichte man irgendwann einen Rand und fiel dort hinunter. Darum hatte er auf seinen ersten Passagen immer panische Angst gehabt. Damals hatte ich ihn ausgelacht, aber wenn ich jetzt in die Ferne blickte, wurde mir auch mulmig zumute. Ich hatte nicht Angst, einen Rand hinunterzufallen, immerhin wusste ich, dass die Erde eine Kugel war, aber ich fragte mich, was mich alles auf meiner Reise erwartete.

»Warst du das erste Mal in einer anderen Stadt?«

Gemeinsam liefen wir den Hügel hinab.

»Ja, bisher war ich nur in Taian.« Meine Füße sanken bei jedem Schritt in dem weichen Gras ein.

Bei uns gab es kaum Bäume, Wiesen oder Felder. Wenn überhaupt fand man solche Naturdinge außerhalb von Taian. Die Stadt selbst bestand aus hohen Türmen und Stein. Auch die Häuser waren mehrstöckig gebaut, kleine Flüsse führten zwischen ihnen hindurch.

»Und du?«, wandte ich mich an ihn. Er blickte nachdenklich zu dem Schiff mit dem roten Anstrich, der irgendwie an einen Sonnenuntergang erinnerte.

»Ich war schon an vielen Orten. Es gibt viele Städte auf dieser

Welt und jede ist einzigartig. Ich verstehe nicht, wie man sein Leben lang in einer einzigen bleiben kann.«

Ich seufzte. »Du besitzt eine Menge Geld, oder?« So was zu denken, käme keinem aus der unteren Klasse in den Sinn. Dort dachte man nicht darüber nach, was es noch alles auf der Welt gab. Man wollte einfach nur überleben.

»Geld besitze ich nicht viel. Mein ganzes Erspartes habe ich in dieses Schiff gesteckt. Damit bereise ich die anderen Orte. Solltest du als Diebin nicht auch gut verdienen?« Er warf mir einen fragenden Blick zu.

Darauf zuckte ich nur mit der Schulter. »Es gibt nicht viel, was man den Leuten abnehmen kann. Die meisten haben selbst wenig und die Reichen hüten ihre Schätze. Um teure Dinge zu klauen, hätte ich zum König gehen müssen. Dort halten sich die Adligen auf.«

Der Anlegeplatz kam immer näher. Bell war von Bord gegangen und winkte uns freudig zu. Dabei schwangen die Perlen in ihren Haaren hin und her.

»Und warum warst du nicht bei ihm?«

»Weil ich keine Einladung hatte. Ohne kommt man nicht näher an den Palast als zwanzig Fuß.« Noch einmal sah ich zurück zu dem Wald. Vielleicht war es manchmal besser, wenn man den Herrschern nicht zu nahe kam. So konnte man wenigstens nicht die Hälfte seines Herzens verlieren. Ich griff an meine Brust, aus der nur ein dumpfes Pochen erklang.

»Von wo kommst du überhaupt?«, fragte ich. Das mit dem Herz würde ich ihm später erzählen.

»Sagt dir Puera Lisa etwas?« Wir erreichten den Steg und Silver hielt für einen Moment inne.

»Nein«, gab ich mit Bedauern zu. Ich kannte mich nicht wirklich mit den anderen Städten aus.

»Nicht so wichtig«, erwiderte er und lief weiter. Er klopfte Bell kameradschaftlich auf die Schulter und schnappte sich dann die Strickleiter, welche von der Reling herunterhing.

»Erfolgreich gewesen?«, fragte Bell. Sie lächelte, kniff dabei aber ein Auge zu, da die Sonne sie blendete.

»Wir haben den Hinweis, doch ich fürchte, ich habe dafür etwas Wichtiges hergegeben.« Sobald Silver oben war, ließ ich Bell zuerst hoch und folgte ihr so gut es ging.

Dort angekommen erwartete mich bereits der Rest der Mannschaft. Sie alle hatten sich um Silver geschart und jubelten, als er den Hinweis wie eine Trophäe hochhielt.

Das Jubeln hörte nicht auf, selbst als das Schiff ablegte. Ich stellte mich etwas abseits, umklammerte mit beiden Händen die Reling und blickte aufs Wasser.

»Wenn die Matrosen zu lange auf See waren, hielten sie Seekühe für hübsche Frauen mit Fischschwänzen.«

Erschrocken zuckte ich zusammen, musste dann aber lachen, als ich darüber nachdachte. Bell war neben mir aufgetaucht. Ihre langen Haare hatte sie mit einem roten Tuch gebändigt.

»Das klingt wirklich toll«, sagte ich und musste erneut lachen.

»Tut mir leid, ich bin nicht so gut, was Kommunikation anbelangt. Ich kenne mich nur mit Seefahrtssachen aus«, fuhr sie fort. Sie beugte sich über die Reling und starrte nachdenklich aufs Meer, genau wie ich es vor wenigen Sekunden getan hatte.

»Bist du die einzige Frau an Bord?« Diese Frage beschäftigte mich seit einer ganzen Weile.

»Ja, aber keine Sorge, das sind alles nette Kerle.« Sie zwinkerte mir zu. »Du musst ihnen einfach zeigen, wer hier das Sagen hat, und dann folgen sie.«

»Wie kommst du überhaupt aufs Schiff?« Irgendwie tat es gut, mit jemanden zu sprechen. Und da ich länger hier sein würde, war es vielleicht nicht schlecht, jemanden auf meiner Seite zu haben.

»Mein Vater war Kapitän. Er hat mich immer mitgenommen und mir erklärt, wie man ein Schiff steuert, was die Wellen einem sagen und wie man mithilfe von Sternen navigiert.« Sie hob den Kopf und blickte in den Himmel. Keine einzige Wolke war zu sehen.

»Das klingt interessant. Ich selbst bin in der Nähe des Meeres aufgewachsen, aber über die Schifffahrt weiß ich wenig.«

»Du wirst dich an all das gewöhnen.« Sie nickte mir aufmunternd zu.

Auf einmal kam mir etwas anderes in den Sinn. »Bell, bist du auch eine Freiheitskämpferin?«

Sie öffnete den Mund, doch bevor sie antworten konnte, tauchte Silver auf. Er hielt den Hinweis in den Händen und wirkte ratlos. Nachdenklich kratzte er sich am Hinterkopf.

»Versteht jemand von euch, was damit gemeint ist?« Er streckte Bell und mir das Pergament entgegen. Ich konnte lesen, aber nicht so schnell. Darum dauerte es eine Weile, bis ich den Satz entziffert hatte.

Das Buch liegt versteckt an einem Ort, an den selbst die Sonne nicht gelangt.

Kapitel 8
Das nächtliche Gespräch

Es war bereits dunkel. Ich saß in einer Ecke an Deck und hatte eine dicke Wolldecke um meine Schultern gelegt. Über mir hing eine Laterne an einem Balken, die im Takt der Wellen hin- und herschwankte. Dabei warf das Licht gespenstische Schatten. Immer und immer wieder las ich die mit schwarzer Tinte geschriebenen Worte auf dem Pergament in meinen Händen.

Natürlich war mir vorher bewusst gewesen, dass ein einziger Hinweis uns nicht verraten würde, wo das Buch war. Dafür brauchten wir alle. Aber hiermit ließ sich wirklich rein gar nichts anfangen.

Ein Ort, an den selbst die Sonne nicht gelangt?

Das konnte vieles sein. Der Wald von heute Nachmittag war an manchen Stellen so dunkel und sogar mein Zimmer in Taian war kein Ort, an dem man Sonne fand. Keller oder unterirdische Gänge, vielleicht eine uralte Bibliothek?

Ich lehnte mich zurück und blickte in den Sternenhimmel. Seltsamerweise war ich nicht müde. Womöglich lag das an all der Aufregung. Ich hatte Angst, etwas zu verpassen, wenn ich jetzt einschlief, also dachte ich lieber über den Hinweis nach.

Wenn wenigstens Dan hier wäre oder Kassie. Dan kannte sich mit Geschichten und der Seefahrerei aus. Und Kassie wusste ebenfalls viel über Legenden und Erzählungen. Ihre Bücher kannte sie mittlerweile auswendig. Sie hätten bestimmt gewusst, was zu tun war.

Behutsam fuhr ich über das Pergament. Man spürte, wo die Tinte in die Haut gedrückt worden war. Es waren schwungvolle Buchstaben. Ein sanftes Kribbeln wanderte meine Hände entlang. Ich las also gerade die Zeilen, die den Gedanken eines längst Verstorbenen entsprungen waren.

»Da bist du!« Bell lief über das Deck. Vor wenigen Sekunden war sie in ein ernstes Gespräch mit dem Steuermann verwickelt gewesen. Ich hatte beobachtet, wie sie mit ihren Armen gestikulierte und dabei immer wieder in den Himmel zeigte.

»Bist du nicht müde?«, fragte sie und setzte sich neben mich. Sie gähnte und streckte ihre Beine von sich.

»Nicht wirklich, und du?« Ich warf ihr einen Blick zu. Sie wirkte erstaunlich wach, obwohl sie sicherlich ebenfalls den ganzen Tag auf den Beinen gewesen war.

»Wenn Silver schläft, passe ich auf.« Sie nickte langsam. »Ich musste Flinn gerade erklären, dass er seit einiger Zeit den falschen Kurs hält.« Sie räusperte sich und zog die Beine an. »Siehst du den hellen Punkt dort oben, heller als alle anderen?« Bell deutete zu den funkelnden Lichtern.

»Das ist der Polarstern und der steht immer genau im Norden.«

»Ich nehme an, Flinn ist euer Steuermann?« Während ich das sagte, sah ich zum Steuerrad, wo ein Mann mit kurzen orangeroten Haaren stand. Er trug einen längeren Bart, ein weißes Hemd, dessen Ärmel er bis zu den Schultern hochgekrempelt hatte, und weite, dunkle Hosen.

»Genau.«

Im Verlaufe des Nachmittages hatte ich die Leute auf dem Schiff beobachtet. Wie sie flink umherhuschten und ihrer Arbeit nachgingen. Jeder war für etwas verantwortlich. Doch nicht alle schienen mich zu mögen. Die meisten warfen mir wütende oder gar verachtende Blicke zu. Aber ich konnte es ihnen nicht verübeln. Ich war die Neue.

Noch einmal fuhr ich über das Pergament, bevor ich es behutsam zusammenfaltete und in meine Hemdtasche steckte. Silver hatte es mir überlassen. Er wollte aber nicht, dass ich es jemandem zeigte. Erst wenn wir alle Hinweise gesammelt hatten.

»Ich komme gleich wieder«, entschuldigte ich mich und stand auf. Silver musste mir dringend ein paar Fragen beantworten.

Rasch lief ich über das Deck, stieg die Stufen hinab und eilte den Gang entlang, bis ich zur Kapitänskajüte gelangte. Keine Spur von Scetch und das, obwohl der missmutige Kerl sich immer in Silvers Nähe aufhielt.

Bevor ich klopfte, holte ich noch einmal tief Luft. Aus Gewohnheit tat ich es dreimal.

»Sayen?«, drang die gedämpfte Stimme des Freiheitskämpfers von der anderen Seite zu mir.

»Darf ich hereinkommen?«, fragte ich.

Es dauerte nicht lange, da wurde die Tür schwungvoll geöffnet. Silver stützte sich mit der rechten Hand am Türrahmen ab und sah zu mir. Seine Haare waren durcheinander. Er wirkte müde, beinahe, als hätte er heute noch gar nicht geschlafen. Er trug neue Kleidung, seine Füße steckten in frisch polierten Stiefeln.

»Weißt du, wie spät es ist?«, murmelte er. Er rieb sich über die Augen.

»Warum wusstest du überhaupt, dass ich es bin?«

Silver öffnete die Tür etwas weiter, damit ich eintreten konnte. Im Zimmer brannte nur spärlich Licht. Überall auf dem Schreibtisch lagen Dokumente verteilt. Bücher waren aufgeschlagen worden. Selbst auf dem Boden sammelten sich Blätter.

»Niemand sonst würde um diese Zeit klopfen«, brummte er und lief zu seinem Schreibtischstuhl. Er ließ sich darauffallen, schnappte sich einen Stapel Blätter und eine Feder.

Ich wich einigen Papieren aus und kämpfte mich bis zu ihm durch. Die Tür hatte ich hinter mir geschlossen. Mein Blick glitt über die Einrichtung. So viel wie er besaß, hatte ich nicht einmal zu Hause.

Das Bett war gemacht, in der runden Weltkugel steckten kleine rote Pfeile.

»Also?«, fragte er ungeduldig, während er irgendetwas auf ein Blatt Papier kritzelte.

»Wie heißt die nächste Stadt?« Ich lief weiter im Raum umher und sah mich etwas um. Am meisten faszinierte mich das Bücherregal. Jeder Buchrücken hatte eine andere Farbe. Manche Exemplare waren so dick wie die Faust eines erwachsenen Mannes, andere so dünn wie das Ende der Feder in Silvers Händen. Kassie würde den ganzen Tag hier sitzen und lesen. Unbewusst musste ich lächeln.

»Fandora.« Die Antwort des Freiheitskämpfers katapultierte mich zurück in die Gegenwart.

Ich wandte meinen Blick von den Büchern ab. »Was ist Fandora für eine Stadt?«

»Oh, sie wird dir gefallen.« Er drehte sich zu mir um und betrachtete mich einen Moment. Dann legte er den Zeigefinger auf die Lippen und tat, als müsste er angestrengt nachdenken. Er kniff die Augen zusammen und tippte sich dabei immer wieder gegen die Lippe. Auf einmal schnipste er mit den Fingern und lächelte mich erfreut an. »Wenn ich so darüber nachdenke, bin ich mir sicher, sie wird dir sogar sehr gefallen.«

Ich seufzte und wandte mich erneut dem Bücherregal zu. Mir

war durchaus bewusst, dass er mich nur aufzog. Was auch immer Fandora war, es würde mir ganz und gar nicht gefallen.

»Die Stadt nennt sich die Stadt der Wahrheit. Die Menschen dort dürfen nicht lügen. Für jede noch so kleine Unwahrheit werden sie bestraft.« Ich hörte, wie er sich erhob und hinter mich trat.

»Und du zweifelst daran, dass ich die Wahrheit sagen kann?«, fragte ich und zog ein Buch mit einem feuerroten Einband aus dem Regal.

»Lass es mich so sagen, du lügst ziemlich oft, Prinzessin der Diebe.« Er räusperte sich.

Mit fragendem Blick drehte ich mich um, das Buch in den Händen.

Silver reichte mir ein Stück Papier. Darauf war eine Stadt gezeichnet. Die Linien waren ganz sanft, schienen mit dem cremefarbenen Papier zu verschmelzen.

Ich nahm ihm das Blatt aus der Hand und hielt es gegen das Licht. In Fandora wimmelte es von kleinen Häusern und engen Gassen. Ein See befand sich links im Bild. Es gab eine Kirche und ein größeres Gebäude, welches wohl dem Herrscher gehören musste. Es lag etwas abseits, Bäume waren ringsherum gezeichnet worden. Ganz rechts oben standen drei Türme, die wie Wächter wirkten. Silver hatte sie deutlich dunkler gemalt als den Rest. Eine Mauer umgab alles. Nebendran, am Rande des Papieres, hatte er Blumen gezeichnet. Ich erkannte Stiefmütterchen und Lilien.

»Du hast Talent«, bemerkte ich und gab ihm das Papier zurück.

»Ich bin mir nicht sicher, ob die Ausrichtungen stimmen, aber in dem Buch der Städte ist Fandora so beschrieben worden.«

Nachdenklich nickte ich. Vielleicht sollte ich mich ebenfalls über die Städte informieren. Über Sanses hatte ich nichts gewusst und es teuer bezahlt.

»Kannst du mir etwas mehr über Fandora erzählen?«

Silver hatte sich wieder auf seinen Stuhl gesetzt und nach der Feder gegriffen.

»Die Stadt war ursprünglich als Gefangenenlager gedacht. Man schickte Kriminelle dorthin, denn Fandora liegt mitten im Meer auf einer großen Insel. Von dort konnten die Gefangenen ohne Boot nicht flüchten. Darum hat man auch nur einen einzigen Anlegeplatz gebaut. Dieser ist so winzig, dass kaum mehr als drei Schiffe Platz finden.«

»Haben die Bewohner denn keine Schiffe?«, fragte ich überrascht.

»Nein, sie sind entweder ehemalige Gefangene oder deren Kinder. Obwohl man sie mittlerweile nicht mehr Gefangene nennen kann. Irgendwann wurde das alles zu aufwendig und man hat das Projekt abgebrochen. Die Leute auf der Insel wollten zu besseren Menschen werden, darum versprachen sie sich, dass sie niemals wieder lügen würden. Manche von ihnen haben kleine Boote für den Fischfang und einmal in der Woche bringt ein Schiff Proviant. Das Leben auf der Insel soll ziemlich friedlich sein.« Er betrachtete eingehend die Feder, als ob darauf alles geschrieben stand.

»Also, um es zusammenzufassen: Fandora war eine ehemalige Gefangeneninsel. Inzwischen ist es aber eine gewöhnliche Stadt und die Bewohner dort sagen nur die Wahrheit?« Fassungslos schüttelte ich den Kopf. Jeder Mensch log, selbst die nettesten Menschen. Das fing bei der Frage an, wie es einem ging oder ob sie mit allem einverstanden waren.

»Richtig.« Zufrieden lächelte er. »Das ist aber genau das Problem. Wenn Gäste auf ihrer Insel Lügen erzählen, werden sie aus der Stadt verbannt. Und glaub mir, mit den Jahren haben die Bewohner ein feines Gespür dafür entwickelt.«

Ich nickte. Das könnte wirklich zu einem Problem werden.

»Darum werden wir zu viert auf die Insel gehen. Dadurch stehen uns mehr Möglichkeiten offen. Es ist ein gastfreundlicher Ort, der König wird uns sicherlich empfangen.« Silver legte die Feder zur Seite und sah mich erwartungsvoll an.

»Glaubst du, dass du das schaffst?«, fragte er.

Widerwillig nickte ich. »So schwer kann es nicht sein, oder?«, sagte ich und versuchte zu lächeln.

»Anhand deiner eigenartigen Grimasse nehme ich einmal an, dass du dir ganz und gar nicht sicher bist.« Er tippte auf die Zeichnung von Fandora, die neben ihm auf dem Holztisch lag. »Es kann außerdem sein, dass wir dich hier als Diebin brauchen. Ich bezweifle, dass die Leute freiwillig ihren Hinweis herausrücken.«

»Wenn wir schon bei Hinweisen sind.« Das Buch mit dem roten Einband legte ich zurück ins Regal und zog das Pergament mit dem ersten Rätsel hervor. »Ich habe keine Ahnung, was das soll mit der Sonne und dem Versteck.«

»Ich nehme an, wenn wir alle Hinweise haben, wissen wir mehr«, sagte er gelassen.

»Und noch etwas. Im Grunde sind alle hinter den Hinweisen her, aber wenn es in jeder Stadt nur ein Stück Pergament mit einem Hinweis gibt ...« Bevor ich meinen Satz beenden konnte, stand Silver mit einer ruckartigen Bewegung auf.

»Du fragst dich, warum nicht bereits alle Hinweise weg sind? Immerhin suchen genug Leute danach, oder?«

Ich nickte.

»Normalerweise rücken die Herrscher sie nicht heraus. Sie lassen andere die Worte lesen oder abschreiben, aber dass sie dir das Pergament gegeben hat, muss etwas bedeuten.«

Wieder musste ich an mein Herz denken, an die eine Hälfte,

die eisig kalt in meiner Brust lag und nicht mehr schlug. »Wer sagt uns, dass die Herrscher uns nicht einfach falsche Hinweise geben?«

»Weißt du, viele Leute sind wie du und glauben nicht an die Legende. Viele haben nach dem Buch gesucht und keiner hat es gefunden. Da spielt es irgendwann keine Rolle mehr, ob man die richtigen Hinweise mitgibt oder nicht.« Er rieb sich müde über die Augen. »Warum warst du heute eigentlich so seltsam nach dem Gespräch mit der Königin?« In seinen dunklen Augen blitzte etwas auf, das ich nicht genau deuten konnte. War es Mitgefühl oder einfach nur Neugierde?

Wir sahen uns eine Zeit lang an, doch ich schwieg beharrlich. Natürlich hätte ich ihm von dem Tauschhandel erzählen können, aber irgendein Gefühl sagte mir, ich sollte es lassen. Eine Stimme in meinem Kopf flüsterte mir zu, es wäre besser, das Geheimnis für mich zu behalten, und das tat ich auch.

»Ihre Erscheinung war anders, als ich erwartet hatte.«

»Ah«, kam es von Silver. Zum Glück fragte er nicht weiter nach.

»Aber eine Frage habe ich noch.« Diese Sache beschäftigte mich seit dem Beginn meiner Reise.

Fragend sah mich Silver an. »Ja?«

»Wer oder was ist der Klabautermann?«

Teil 2 – Die zweite Stadt

Kapitel 9

Vom Klabautermann und andere Geschichten

Du hast nicht viel Ahnung von der Seefahrt, oder?« Silver schüttelte ungläubig den Kopf.

»Zwar bin ich direkt neben Schiffen aufgewachsen, aber ich war bis vor Kurzem noch nie auf einem.« Während ich das sagte, trat ich näher an die Weltkugel heran. Die roten Pfeile, die darin steckten, waren mir bereits vorher aufgefallen. Zuerst hatte ich angenommen, damit hätte Silver die fünf mächtigsten Städte gekennzeichnet, aber es waren weit mehr Pfeile.

»Damit markiere ich die Orte, an denen ich bereits gewesen bin.«

Ich nickte, während ich versuchte, die Namen auf der glatten Oberfläche zu entziffern. Überrascht drehte ich mich um. »Du warst in Taian?«

»Nur ein einziges Mal und das ganz kurz.« Silver beschäftigte sich wieder mit seinen Dokumenten. »Und es hat mir nicht sonderlich gefallen, falls du das wissen möchtest.«

Ich beugte mich erneut über die Weltkugel, ließ meine Finger darübergleiten. Im Gegensatz zu den restlichen Städten sah Taian winzig aus. Manche Orte hatten gar keinen Namen, andere waren so groß wie eine Teetasse.

»Bisher dachte ich immer, die meisten Städte seien bloße Erzählungen. Aber wenn ich mir das ansehe, hat sich jemand sehr intensiv damit befasst.« Bei einer kleinen Insel mit dem Namen Fandora blieb ich stehen.

»Oh, die Menschen befassen sich schon lange damit. Es gibt viele solcher Weltkugeln.« Er klang gelangweilt, und als ich mich umdrehte, stellte ich fest, dass er weiterhin in seine Dokumente vertieft war.

»Dan, ein Freund von mir, besitzt auch eine. Aber die meisten Flächen sind unbeschrieben. Auf dieser gibt es viel mehr zu entdecken.« Dan hatte mir anhand seiner Kugel erklärt, dass die Welt rund war. Er hatte mir von den Städten erzählt und davon, dass es viel Unentdecktes auf der Welt gab.

»Ist er auch ein Dieb? Die neueren Modelle sollten mehr Städte haben als meiner. Aber falls er ebenfalls ein Dieb ist, wird er wohl ein ziemlich altes Exemplar gestohlen haben.«

Ich gab keine Antwort, sondern betrachtete die beiden grünen Punkte Taian und Fandora. So weit entfernt war ich also.

»Ich will dir etwas zeigen«, redete Silver weiter. Er kritzelte eilig etwas auf ein Papier und erhob sich dann. »Wenn du mir folgen würdest.« Ohne sich umzudrehen, ging er aus dem Zimmer. Ich warf einen letzten Blick auf das runde Ding, bevor ich ihm folgte. Wir liefen einen engen Gang entlang und eine Treppe hinab, bis wir in einen Schlafraum gelangten. Überall hingen Hängematten, ein Teil davon war belegt. In der Mitte stand eine große, umgedrehte Holzkiste, die als Tisch benutzt wurde. Eine Laterne mit einer Kerze befand sich darauf. Außenrum hockten drei Männer. Einer hatte sich die Haare komplett abrasiert und an seiner Schläfe prangte das Tattoo einer Schlange. Der zweite war ein kräftiger Kerl mit langem dunklem Bart. Der Letzte war schmal, sein helles Hemd war ihm viel zu groß und seine Augen waren beinahe vollständig verdeckt von dunklen Locken.

»Kapitän.« Der Glatzköpfige nickte zum Gruß.

»Das ist Smith, unser Koch. Gleich daneben mit dem Bart haben wir Torren, er ist unser Schiffszimmermann. Und der Junge hier nennt sich Bill und ist einer der Matrosen.«

Ich hob kurz die Hand. Warum stellte er mir diese Männer vor?

»Unsere Diebin weiß nicht, was ein Klabautermann ist. Vielleicht klärt ihr sie auf?« Silver wartete die Antwort gar nicht ab, sondern verschwand wieder.

»Er wollte mich loswerden, oder?«, murmelte ich mehr zu mir selbst als zu den Männern.

»Setz dich erst einmal.« Torren klopfte auf den freien Platz neben sich. Von dem Geräusch wachte einer der Männer in den Hängematten auf. Wörter, die ich noch nie gehört hatte, drangen an mein Ohr.

»Jaja«, brummte Torren.

Ich setzte mich neben ihn. Auch er hatte Tätowierungen, jedoch auf seinem Arm. Eine Meerjungfrau schwamm unter einem kleinen Schiff.

»Also, du kennst den Klabautermann nicht?« Bill strich sich eine Locke aus dem Gesicht, die aber gleich wieder zurückrutschte.

»Noch nie davon gehört.«

»Warte, das müssen wir richtig machen!« Smith, der bisher geschwiegen hatte, sprang auf und verschwand in der Dunkelheit des Raumes.

Als er wiederkam, hatte er vier Flaschen in den Händen. Eine zähe, dunkle Flüssigkeit schwappte darin hin und her. Auffordernd streckte der Koch mir eine der Flaschen hin.

»Danke.« Ich roch daran. Ein beißender Geruch kam mir entgegen. Hustend wendete ich mein Gesicht ab. »Was ist das?«, fragte ich zögerlich.

Die Männer grinsten.

»Selbstgebraut, vertreibt die Geister«, murmelte Torren und nahm einen kräftigen Schluck, ohne mit der Wimper zu zucken.

Die anderen folgten seinem Beispiel.

Ich lächelte, legte die Öffnung der Flasche an meine Lippen und tat, als würde ich trinken. Der Trick war ganz einfach. Man verhinderte mit der Zunge an der Öffnung, dass Flüssigkeit aus der Flasche kam, und schluckte dann einmal. Ich kannte diese Männer nicht, darum war ich lieber vorsichtig, auch wenn sie nett wirkten.

»Also Mädchen, kommen wir zum Klabautermann.« Smith rückte näher an die Lampe, die Flasche noch immer in der Hand. Bis auf das Licht der Kerze war alles um mich herum stockdunkel. Ich hörte nur das Knarren von Holzdielen und das Schnarchen der Männer. Wie unheimlich das war. Dieses Gefühl weit draußen auf dem offenen Meer zu sein, mit nichts außer ein paar Holzstücken und Stofffetzen. Zu wissen, dass der Einzige, der uns hier beobachtete, der helle Mond hoch über unseren Köpfen war. Und unter uns nichts als tiefe Schwärze.

»Man sagt, der Klabautermann wäre ein kleines Kerlchen mit feuerrotem Haar«, flüsterte Smith.

»Ein Kobold!«, rief Bill dazwischen und erntete dafür einen ziemlich eindeutigen Blick von Smith. Dieser räusperte sich und sprach weiter: »Der Klabautermann lebt auf einem Schiff, jedoch ist er meist unsichtbar. Er macht sich durch Geräusche bemerkbar. Geräusche wie das Rütteln von Türen oder ein Knarren der Holzböden.«

Wie aus Protest knarrte es direkt neben mir. Unsicher blickte ich nach rechts. Dort war jedoch nichts.

»Ansonsten ist er recht friedlich, bemüht sich stets um das Wohl des Schiffes. Manche stellen ihm ein Glas Milch in eine Ecke, das mag er.« Smith nahm einen weiteren kräftigen Schluck aus der Flasche.

»Aber man sollte ihn nie wütend machen.« Warnend hob er den Zeigefinger. »Das kleine Kerlchen wirft gerne mit Sachen um sich, wenn es unzufrieden ist.«

Unmittelbar in meiner Nähe regte sich jemand in seiner Hängematte.

»Wenn er unsichtbar ist, wie will man wissen, wie er aussieht?«, fragte ich.

Bill kratzte sich verlegen am Kopf. »Na ja, man sagt, dass nur der Kapitän den Klabautermann sehen kann. Er ist der Einzige, der ihm würdig ist«, brummte er nach einiger Zeit.

Smith und Torren nickten.

»Ein Klabautermann verlässt niemals das Schiff, außer er mag den Kapitän nicht.«

Bei dem Gedanken daran, wie sich Silver mit dem kleinen Kobold stritt, musste ich lachen. »Kennt ihr mehr solcher Geschichten?«

Die Männer nickten.

Diesmal war es Torren, der das Wort ergriff. »Es gibt eine über die schwarzen Rabenfedern.« Er lehnte sich zurück, bis nur noch die dunklen Schatten des Kerzenlichts sein Gesicht streiften. Torren hatte genau wie Smith seine Flasche bereits ausgetrunken.

»Man sagt, wenn man eine schwarze Rabenfeder auf seinem Kissen findet, begegnet man bald dem Tod.« Torrens Stimme wurde immer leiser.

Ein eisiger Schauer kroch über meine Arme. Mit einem Mal hatte ich das Gefühl, die Temperatur auf dem Schiff war gesunken. »Und warum das?« Ungläubig schüttelte ich den Kopf.

»Anscheinend gab es einst einen Kapitän, der sich unsterblich in eine Frau mit schwarzen Haaren verliebte. Er nahm sie mit an Bord, was seine Leute nicht guthießen. Früher brachten Frauen auf Schiffen Pech«, sprach Smith. »Wie recht sie hatten, denn das Unglück war auf einmal ihr ständiger Begleiter. Sie gerieten in Stürme, Krankheiten rafften die Hälfte der Mannschaft dahin und kostbare Schätze wurden immer seltener entdeckt. Die Mannschaft machte kurzen Prozess mit der Dame und warf sie beim nächsten Sturm über Bord. Der Kapitän hielt es nicht aus, von seiner Liebsten getrennt zu sein, und sprang ihr hinterher. Sein Schluchzen hört man auch heute noch, wenn der Wind geht. Doch bevor die Frau ins kalte Wasser fiel, da verwandelte sie sich in einen Raben und flog davon. Sie kehrte allerdings immer wieder und legte demjenigen eine ihrer Federn auf das Kissen, der bald sterben sollte. Das ging so lange, bis irgendwann die ganze Mannschaft tot war und nur das leere Schiff auf offenem Meer trieb.«

Nun war die Stille zum Greifen. Wir alle schwiegen, dachten über die letzten Worte von Smith nach und blickten auf die flackernde Kerze, die immer kleiner wurde. Selbst das Schnarchen der anderen Männer schien mit einem Mal leiser als zuvor.

»Glaubt ihr daran?«, fragte ich nach einer Weile. Ich starrte auf die volle Flasche zu meinen Füßen.

»Man sollte jedem Seemannsgarn Glauben schenken«, murmelte Torren. Er stand auf und klopfte sich die Hände an den Hosen ab. »Erzählt man sich in deiner Stadt keine Geschichten?«

Ich schüttelte den Kopf. »Nur die üblichen Dinge: wie eine Stadt entstanden ist und wie der König zum König wurde.«

Er kratzte sich am Bart und zuckte dann gelangweilt mit den Schultern. »Ich wusste schon früh, warum ich lieber auf dem Meer Zuhause bin als in einer dieser Städte.«

»Seid ihr darum ...« Mitten im Satz brach ich ab und schwieg.

Seit wann war ich so neugierig? Normalerweise kümmerte ich mich nicht um die Dinge anderer.

»Du willst wissen, ob wir deshalb Freiheitskämpfer wurden?«, fragte Smith. Er stand auf und baute sich vor mir auf. So wie es aussah, hatte er meine Frage als eine Art Beleidigung aufgefasst.

Unwillkürlich erhob ich mich auch und machte einen Schritt zurück. »Tut mir leid, ich war zu neugierig.«

»Du dienst also der Regierung?«, hakte Torren nach. Er hatte die Arme vor der Brust verschränkt und beäugte mich mit dem gleichen misstrauischen Blick wie Smith.

»Ich diene niemandem«, erwiderte ich. Ich sah zu Bill. Er saß als Einziger weiterhin auf dem Boden. Die Locken bedeckten seine Augen wie eine Art Vorhang, ein Schutzmantel, welcher ihn von uns abgrenzte.

»Ich will nur keinen Ärger.« Mein Blick wanderte von Torren zu Smith und wieder zurück. Das Blickduell dauerte einen Moment, bevor Torren beschwichtigend die Hände hob. »Wie du vielleicht bemerkst, ist das ein heikles Thema. Wir kämpfen für das, woran wir glauben. Aber wir müssen auch akzeptieren, dass es Menschen gibt, die eine andere Meinung haben.«

»Danke«, antwortete ich.

»Ich sollte wieder an die Arbeit«, ergriff Bill unerwartet das Wort. Er erhob sich, richtete sein Hemd und lief an mir vorbei. »War nett mit dir zu reden«, fügte er leise hinzu und schenkte mir ein Lächeln.

»Und ich lege mich aufs Ohr.« Torren gähnte lautstark, sammelte die leeren Flaschen ein und verschwand.

Ich bückte mich, hob meine Eigene auf und nickte Smith zu. »Danke für die Geschichten.« Mit diesen Worten drehte ich mich um und verließ den Raum.

Auf dem Gang war es still. Sanft schaukelte das Schiff hin und her. Noch immer war es tiefe Nacht. Ich verabscheute die Regierung und dennoch befolgte ich ihre Regeln. Ich war eine Marionette, genau wie der König. Aber die Leute auf dem Schiff, Silver, Torren, Scetch, Bell, Bill, Smith und all die anderen, gaben viel für das, was sie für richtig hielten. Sie versteckten sich nicht hinter einer Mauer aus Lügen. Doch um welchen Preis? Sie wurden für ihre Überzeugungen gejagt. Wie merkwürdig diese Welt doch war.

Kurz schloss ich meine Augen und lehnte mich gegen die Wand. Ich stellte mir vor, wie die Wellen gegen den Schiffsrumpf schlugen, immer und immer wieder. Wie sie das Schiff forttrugen, hinaus aufs weite Meer. Wie winzig kleine Punkte wir Menschen doch waren, im Verhältnis zu der gigantischen Masse an Wasser.

»Geht es dir gut?«

Ich öffnete meine Augen und sah in das dunkle Schwarz. »Warum bist du Freiheitskämpfer geworden?«, fragte ich Silver.

Er stand direkt neben mir, hatte ein Buch unter seinem Arm. Doch er antwortete nicht darauf, sondern deutete den Gang entlang. »Weißt du noch, wo die Kabine war?«

Ich nickte.

»Vielleicht ruhst du dich etwas aus. In wenigen Stunden brechen wir auf. Ich habe Bell gebeten, dass sie dir ein paar Kleider von sich hinlegt.« Er deutete auf das Buch in seinen Händen. »Wenn du mich entschuldigst.« Lautlos wie ein Schatten schlich er an mir vorbei, zurück in seine Kajüte.

Ich blieb einen Moment stehen, bevor ich mich auf den Weg machte. Warum stellte ich auf einmal alles infrage?

»Sayen!«

Die sanfte Stimme riss mich aus dem Schlaf. Ich hatte von kleinen Männern mit rotem Haar und einer Frau, die fliegen konnte, geträumt. Müde rieb ich mir die Augen.

»Was?«, krächzte ich. Ich blickte in das Gesicht von Bell. Ihre Haare hatte sie unter demselben Tuch wie gestern verborgen.

»Wir sind da.« Sie lächelte und deutete aus dem Bullauge. »Ich hab dir Kleider auf den Stuhl gelegt. Sollten dir passen.«

Ich stemmte mich hoch, rieb mir über die Augen und blickte dann zu dem klapprigen Stuhl. »Danke.«

»Auf dem Tisch findest du Brot und etwas Wasser. Beeil dich besser, der Kapitän hat schlechte Laune.« Damit rauschte sie wieder aus der Kabine.

Ich richtete mich auf und tat, wie mir geheißen. Zuerst aß ich ein paar Bissen und trank das Wasser, anschließend zog ich mich an. Die Kleidung war ganz anders als meine eigene. Die Hose bestand aus einem feinen dunkelbraunen Stoff, der sich sanft um meine Beine schmiegte. Das Oberteil war weiß und aus dem gleichen bequemen Material.

Als ich an Deck kam, hatte sich bereits die Mannschaft versammelt.

Silver lief unruhig hin und her. Die Hände hatte er hinter dem Rücken verschränkt, den Kopf starr geradeaus gerichtet. »Solange ich nicht an Bord bin, will ich, dass ihr Ausschau nach der Regierung haltet. Wenn sie uns folgt, segelt ihr zum nächsten Treffpunkt, verstanden?« Seine Stimme donnerte über das Deck. Keiner widersprach ihm, alle nickten.

Während er weitere Anweisungen gab, blickte ich mich um. Direkt vor uns kam ein winziger Punkt in Sicht. Das Schiff hatte volle Fahrt, der Wind blies kräftig in die Segel. Man spürte die

Anspannung der Mannschaft deutlich. Je näher wir unserem Ziel kamen, desto unruhiger wurde es an Deck. Auch ich war angespannt und neugierig. Was würde mich auf dieser Insel erwarten?

Nach einiger Zeit wurde der Punkt immer größer und verwandelte sich langsam in eine Insel mit einer hohen Mauer aus Stein. Genau wie auf Silvers Zeichnung, nur dass sie in echt um einiges mächtiger wirkte. Gleich daneben gab es einen kleinen Anlegeplatz. Der Kapitän hatte recht behalten. Dort konnten mit Mühe und Not drei Schiffe nebeneinander anlegen. Und diese durften nicht größer sein als unseres.

Ich wartete, bis er fertig war, ehe ich zu ihm trat.

»Wie sieht der Plan aus?«

»Wir gehen hinein und suchen ihren König. Vielleicht finden wir so heraus, wo der Hinweis versteckt ist.«

Seine Stimmung war wirklich nicht die beste, das merkte ich schon allein an seinem Tonfall. Darum hakte ich nicht weiter nach, sondern wartete darauf, dass wir das Schiff verließen. Mit uns kamen Bell und einer der Matrosen, den ich bisher noch nie gesehen hatte. Er hatte schulterlanges dunkles Haar und graue Augen, die ins Leere blickten. Auch sonst schien er recht unscheinbar. Seine Kleidung war grau, seine Schuhe schwarz. Außerdem trug er keine Waffen, bloß eine einfache Umhängetasche.

»Also, wir marschieren einfach hinein und suchen den König?«, erkundigte sich Bell. Sie war die Erste, die vom Schiff herunterkletterte und elegant auf dem Holzsteg landete. Silver folgte ihr, danach kam der junge Mann und zum Schluss ich.

»Genau, die Bewohner der Stadt sind sehr gastfreundlich, daher sollte das kein Problem sein.«

Silver lief in solch einem Tempo los, dass wir anderen beinahe rennen mussten. Irgendetwas schien ihn zu beunruhigen.

Sobald der Steg endete, versanken meine Füße in feinem Sand. Von hier aus führte ein kleiner Weg hinauf zu einem Eingang in der Steinmauer. Die Mauer war so hoch, dass man keine Möglichkeit hatte, zu erkennen, was sich dahinter befand. Ein unbehagliches Gefühl breitete sich in meinem Magen aus, während der Wind sanft durch mein Haar strich.

»Vergesst nicht, ihr müsst immer die Wahrheit sagen«, rief Silver uns zu.

Ich nickte, auch wenn er es nicht sehen konnte, da er sich bereits wieder umgedreht hatte. So schwer konnte das doch nicht sein, oder?

Wir folgten dem Weg hinauf zum Tor. Dort erwarteten uns zwei Männer. Einer von ihnen war einen Kopf größer als der andere, hatte schulterlanges braunes Haar und einen grimmigen Gesichtsausdruck. Die teilnahmslosen Züge des Kleineren wurden von blonden Locken umrahmt. Er blickte in die Ferne und achtete gar nicht auf uns.

Ihre Kleidung bestand aus einem schlichten Oberteil und Hosen, alles in Hellblau. Waffen trugen sie keine, zumindest konnte ich keine entdecken. Wie ehemalige Gefangene sahen sie nicht gerade aus.

»Guten Tag«, begrüßte uns der größere Wachmann.

»Guten Tag, mein Name ist Silver. Meine Mannschaft und ich kommen, um mit eurem König zu sprechen. Wir sind auf der Suche nach dem Hinweis.«

»Ihr dürft mit dem König sprechen. Jeder ist hier willkommen, solange ihr eure Waffen vor dem Tor lasst.« Der fremde Kerl bedachte uns mit einem warnenden Blick.

Ich schluckte.

Silver warf seine Waffen in den Sand. Ein Schwert und zwei

kleinere Messer, mehr hatte er nicht dabei. Bell trug nur ein Messer bei sich und der unscheinbare Typ gar nichts. Auch ich hatte keine Waffen, darum hob ich meine Hände, um den beiden Wachen zu signalisieren, dass ich unbewaffnet war.

»Folgt mir«, sprach der Braunhaarige und öffnete das Tor.

Ich wartete, bis Silver und die anderen hindurch waren, dann folgte ich ihnen. Fandora war genau, wie Silver die Stadt gezeichnet hatte. Gleich zu Beginn waren wir umgeben von kleinen Häusern mit bunten Wänden. Und obwohl alles in verschiedenen Farben leuchtete, passte es irgendwie hierher. Es wirkte nicht kitschig und schon gar nicht eigenartig.

Während wir an gelben und roten Häusern vorbeiliefen, schwand das unangenehme Gefühl in meiner Magengegend immer mehr. Alles hier wirkte gemütlich. Die Sonne schickte ihre Strahlen auf die Erde, keine Wolke war zu sehen. Auf den Fensterbrettern standen Blumentöpfe, wilder Efeu rankte sich an den Hausfassaden hoch. Ein kleiner Brunnen stand in einem Garten und plätscherte vor sich hin, während ein Vogel mit einem mausgrauen Federkleid daraus trank.

Wir liefen durch enge Gassen, in denen uns fremde Menschen freundlich grüßten. Jeder hatte ein Lächeln auf den Lippen.

»Es ist wunderschön«, raunte ich Bell zu. Doch sie schien meine Worte nicht zu hören. Sie war viel zu sehr von der Umgebung fasziniert.

Silver hatte als Einziger den Kopf gesenkt. Ihn schien die Schönheit dieser Stadt nicht zu beeindrucken.

»Wie ihr sicherlich wisst, war diese Stadt vor einiger Zeit eine Gefängnisinsel. Inzwischen ist sie das aber nicht mehr und uns war es wichtig, den Menschen, die hier leben, ein schönes Zuhause zu bieten«, sprach der Wächter. Er deutete auf ein größeres himmelblaues Gebäude. »Das hier war früher die Ankunftshalle für die Verbrecher.« Er drehte sich kurz um, womöglich um sich zu vergewissern, dass noch alle da waren. »Ihr seid nicht die Ersten, die nach dem Hinweis suchen«, wechselte er unvermittelt das Thema. »So viele verirren sich hierher, aber bisher hat ihn keiner gefunden.«

Irritiert wandte ich meinen Blick von der bunten Umgebung ab. »Was heißt das? Warum hat ihn keiner gefunden?«, fragte ich.

Silver bedachte mich mit einem warnenden Blick. Sein Plan beinhaltete wohl auch, dass wir anderen schwiegen, während er sich um das Geschäftliche kümmerte.

»Weil er an einem Ort versteckt ist. Und wenn man nicht die Wahrheit sagt, muss man die Insel verlassen.«

Ich versuchte, meine Gedanken zu ordnen. Die beiden Sätze hatten nichts miteinander zu tun. Man konnte nur vermuten, was der Wächter sagen wollte. Die Menschen, die bisher nach dem Pergament gesucht hatten, waren nicht fündig geworden, da sie zuvor von der Insel verwiesen wurden.

»Und wo ist dieser Ort?«, hakte ich nach.

»Der Ort ist auf dieser Insel.«

Ich unterdrückte ein Seufzen und lief weiter, ohne eine weitere Frage zu stellen. Anscheinend ging es hier nicht ausschließlich darum, die Wahrheit zu sagen. Man musste auch die richtigen Fragen stellen.

Wir liefen eine Weile den kleinen Weg entlang, bis auf einmal keine bunten Häuser mehr da waren. Vor uns lag nur eine Wiese. Etwas weiter oben auf einem Hügel stand eine Burg und rechts lag davon ein dichter Wald. Eine orange Flagge mit drei Türmen in der Mitte wehte auf dem höchsten Punkt der Burg.

»Ich bin mir sicher, euch wird das Zuhause des Königs gefallen.« Der Wächter nickte uns freundlich zu, bevor er den Hügel hochlief.

»Warum hat man die Mauer nicht entfernen lassen, wenn dies keine Gefängnisinsel mehr ist?«, fragte Bell. Sie hatte ihren Blick von der Landschaft losgerissen.

»Sie dient als zusätzlicher Schutz.«

Bell stellte eine weitere Frage, aber ich war mit meinen Gedanken bereits woanders. Warum gehörte diese Stadt zu den fünf mächtigsten? Sie war kleiner als Taian und wirkte nicht bedrohlich. Was machte sie so mächtig?

Von hier schienen die farbigen Häuser winzig. Sie alle waren nach einem exakten Muster angeordnet, dazwischen lagen die Gassen mit den Blumen und dem wilden Efeu. Am rechten Stadtrand entdeckte ich den See, den Silver ebenfalls gezeichnet hatte. Nur von den drei dunklen Türmen fehlte jede Spur, aber womöglich verdeckte sie der Wald.

»Sayen?«

Überrascht sah ich auf. Wir waren vor der Burg angelangt. Silver war stehen geblieben und schien auf mich zu warten, während die anderen einen Torbogen aus Stein durchquerten.

»Es ist einfach unglaublich hier.«

Selbst die Burg war ein reines Kunstwerk. Blumenmuster waren auf der Außenmauer zu erkennen. Ein großer Apfelbaum stand genau neben dem Eingang und auch sonst blühte alles in der Umgebung. Die Fenster waren aus buntem Glas und schimmerten im Licht der Sonne. Die Dächer der Burg leuchteten kirschrot. Als wir den Torbogen hinter uns ließen und unter dem hochgezogenen Eisentor hindurchliefen, gelangten wir in den Burghof. Menschen huschten umher, gingen ihrer Arbeit nach. In der Mitte stand ein Brunnen, der um einiges größer war als der, den ich vorhin gesehen hatte. Hühner gackerten um die Wette, während Bell einem Jungen mit einem Pferd auswich. Auch hier grüßte uns jeder freundlich.

»Wartet einen Moment, ich werde den König fragen, ob er Zeit für euch hat«, ordnete der Wächter an. Bevor jemand etwas einwenden konnte, war er zwischen den Menschen verschwunden.

»Ich will hier leben«, raunte Bell uns zu. In ihren Augen entdeckte ich ein sonderbares Glitzern. »Warum brechen wir nicht die Suche nach dem Buch ab und bleiben?«, fügte sie hinzu und knuffte Silver freundschaftlich.

Doch dieser machte nur genervt einen Schritt zur Seite. »Du würdest keinen Tag überleben«, prophezeite er.

»Bisher hat doch alles geklappt«, versuchte ich, ihn zu beruhigen. Danach musterte ich den Kerl aus Silvers Mannschaft. Er hatte bisher kein Wort gesagt und schien in etwa so begeistert zu sein wie der Kapitän.

»Als Prinzessin der Diebe wirst du natürlich ein geübtes Auge haben. Also, schau dich einfach mal um und sag mir, was dir auffällt.« Silver nickte mir auffordernd zu.

Unsicher fing ich an, die Leute zu beobachten.

Eine ältere Frau schöpfte mit einem Tonkrug Wasser aus dem Brunnen. Der Junge mit dem Pferd hievte einen Sack auf den Rücken seines Tieres. Eine Frau in meinem Alter flocht einer jüngeren Version von sich selbst Zöpfe.

»Siehst du es?«, fragte Silver.

Gleich neben uns begrüßten sich zwei Herrn mit weißen Haaren. Eine Frau hob ihr Kind auf den Arm und winkte uns zu. Egal wohin ich blickte und wen ich ansah, es wirkte, als ob sie alle immer nur lächelten. Jeder von ihnen strahlte, doch ihre Augen und der Rest ihrer Gesichter blieben ausdruckslos. Diese Menschen mochten zwar die Wahrheit sagen, aber ihre Ausdrucksweise war falsch. Sie wirkten wie lächelnde Statuen in einem Theaterstück.

»Ich sehe es«, antwortete ich langsam.

»Was?«, fragte Bell.

Ehe ich ihr antworten konnte, kam der Wächter zurück.

»Der König erwartet euch in seinem Aufenthaltsraum. Er ist nicht erfreut darüber, gestört zu werden, aber er ist neugierig und will seinen Besuch kennenlernen.« Er drehte sich eilig um und lief zu einer breiten Steintreppe.

Wir folgten ihm wieder und ließen die lächelnden Menschen mit ihren Masken hinter uns.

Die Burg war von innen genauso prächtig wie von außen. Landschaftsgemälde hingen an den Wänden und direkt darunter hatte man bunte Blumen in farbenfrohen Vasen platziert. Langsam wunderte ich mich, denn es musste sehr viel Arbeit sein, jeden Tag frische Blumen aufzustellen.

Der Aufenthaltsraum entpuppte sich als rundes Zimmer mit hohen Fenstern. In der Mitte stand ein Tisch mit einem weißen Tuch. Um ihn hatte man Sessel platziert. Einer von ihnen war größer als die anderen und von einem stattlichen Königsblau. Darin saß ein Mann, etwa Mitte vierzig, mit blauer Kleidung. Er trug einen grauen zurechtgestutzten Bart und einen ebensolchen Schnurrbart. Sein Haar war sorgfältig gekämmt, die braunen Augen hatte er wachsam auf uns gerichtet. An seinem Oberteil hing ein Anstecker mit drei Türmen. Irgendetwas an ihm beunruhigte mich, doch ich konnte nicht genau sagen, was genau es war. Ich war mir nur sicher, dass es von seinen Augen ausging. Das Braun in ihnen wirkte matt.

»Eure Majestät.« Silver verneigte sich. Wir anderen folgten seinem Beispiel.

»Seine königliche Hoheit, Sire Johann von Fandora, bittet euch Platz zu nehmen«, sprach der Wächter. Auch er verneigte sich und verließ dann eilig den Raum.

Es dauerte nicht lange, da kam eine Handvoll Diener herein. Sie richteten die Stühle, ließen uns Platz nehmen, brachten uns Getränke und tischten uns Speisen auf.

Erst als einigermaßen Ruhe eingekehrt war, räusperte sich der König. »Und ihr seid?«, fragte er. Er griff nach seinem goldenen Kelch, in dem eine rote Flüssigkeit schwamm.

»Mein Name ist Silver, ich bin der Kapitän dieser Mannschaft. Bei mir sind Sayen, Bell und Conu.«

Nun erfuhr ich endlich den Namen des mysteriösen Kerles.

Conu schwieg weiterhin und starrte auf eine rote Frucht mit grünen Stacheln direkt vor seinem Platz.

»Wie kann ich euch behilflich sein?«, fragte Seine Majestät. Sein Blick blieb etwas länger an Silver hängen.

»Wir suchen den Hinweis«, antwortete ich, um die Stille im Raum zu vertreiben und um mich auf was anderes als auf diese seltsamen toten Augen zu konzentrieren.

»Den Hinweis, tatsächlich.« Der König nippte an seinem Getränk.

»Wenn Ihr uns helfen könntet, wären wir Euch zu großem Dank verpflichtet«, fügte Silver hinzu. Er wirkte angespannt. Seine Haltung war verkrampft und immer wieder fuhr er sich durch das dunkle Haar.

Der König lehnte sich zurück und verschränkte die Finger ineinander. »Erzählt mir ein wenig über euch.«

Silver blickte auf den Tisch, Bell klammerte sich an ihrem Glas fest und Conu schien etwas Interessantes vor dem Fenster entdeckt zu haben. Auch ich wich seinem Blick aus. Diesmal aber nicht wegen der eigenartigen Augen.

»Fangen wir bei ihm an.« Er deutete auf Conu. Der junge Mann sah kurz zu Silver und dann zurück zum König. Kein Wort kam über seine Lippen.

»Nur nicht schüchtern, erzähl mir etwas über dich.« Der König trommelte ungeduldig mit den Fingerknöcheln auf den Tisch.

»Das geht nicht«, kam es auf einmal von Silver.

Erstaunt sah Seine Majestät den Kapitän an. »Ach und warum nicht?«

»Seine Zunge.« Silver lehnte sich in seinem Sessel zurück. »Man hat sie ihm herausgeschnitten, als er noch ein Junge war.« Ein kleines Lächeln wanderte über seine Gesichtszüge. Jetzt begriff ich, warum er ihn mit auf diese Mission genommen hatte. Wer nicht sprechen konnte, erzählte auch keine Lügengeschichten.

Nachdenklich strich sich der König übers Kinn. »Interessant, und warum?«

»Ich bin mir nicht sicher. Mir wurde aber erzählt, dass er zu neugierig war. Er geriet wohl an die falschen Leute, hat zu viele Fragen gestellt und zack war die Zunge ab.« Silver streckte die Zunge heraus und fuhr mit seinem Zeigefinger daran entlang.

»Interessant.« Der König schüttelte langsam den Kopf. »Ich würde nicht leben wollen, wenn ich nicht sprechen könnte.«

Bei den Worten zuckte Conu zusammen.

Nun war ich diejenige, die den Kopf schüttelte, wenn auch nur ganz leicht. Vielleicht hätte jemand dem König erklären sollen, dass es, obwohl man immer die Wahrheit sagen musste, nicht immer angebracht war, diese auszusprechen.

»Und du? Du wirkst nicht wie ein Kind der See. Deine Haut ist ganz bleich«, fuhr Johann fort. Er blinzelte kein einziges Mal, während er mich ansah. Als hätte er Angst, irgendeine Regung in meinem Gesicht zu verpassen, die eine Lüge entlarvte.

Silver stieß mich kaum merklich unter dem Tisch an.

Ich räusperte mich und rutschte ein Stück auf dem Sessel zurück, um weiteren Tritten zu entgehen.

»Ich wohne direkt am Meer, bin aber eine einfache Diebin.«

»Eine Diebin in meinem Palast? Muss ich mein Gold vor dir verstecken?« Der König hob belustigt die linke Augenbraue.

»Wegen des Hinweises bin ich hier, nicht wegen des Goldes«, antwortete ich. Hitze stieg mir ins Gesicht. Auf einmal war ich mir nicht mehr sicher, ob ich tatsächlich die Wahrheit gesagt hatte. Mir waren all die Kostbarkeiten durchaus aufgefallen. Die goldenen Bilderrahmen, die uralten Vasen von hohem Wert, die Vorhänge aus feinsten Stoffen und die edlen Sessel, in denen man versank.

Doch der König nickte nur gelangweilt. Er griff nach einer roten Traube, warf sie in die Luft und fing sie geschickt mit dem Mund auf.

»Und was ist mit ihr?« Er zeigte auf Bell.

Die richtete sich in ihrem Sessel auf und erwiderte seinen Blick. Falls sie nervös war, ließ sie es sich nicht anmerken.

»Bist du auch nur wegen des Hinweises hier?«

»Ja.«

Der König blinzelte, griff nach der nächsten Traube und warf sie erneut geschickt in seinen Mund.

»Das ist ja fast schon langweilig mit euch.«

»Wo finden wir den Hinweis?«, fragte Silver. Noch immer wirkte er angespannt. Seine Hände umklammerten die Kanten des Holztisches.

»Auf dieser Insel.« Der König lächelte. Es war kaum zu übersehen, wie sehr er es genoss, die Macht zu haben.

»Und wo genau auf der Insel?«, fragte ich nun. Langsam hatte ich genug von den Spielchen.

»An einem geheimen Ort.« Das Lächeln des Königs wurde immer breiter. »Ihr stellt nicht die richtigen Fragen, das ist euer Fehler.«

»Vielleicht war das alles ein Fehler«, flüsterte Bell.

Conu neben ihr nickte.

»Von mir aus.« Silver seufzte. »Wo genau auf der Insel, an welchem geheimen Ort, finden wir den Hinweis?«

»An *dem* geheimen Ort.« Das Lächeln verschwand vom Gesicht des Königs. »Nun bin ich dran mit einer Frage. Bell, so war dein Name, oder?«

»Ja, Sire.«

»Verheimlichst du jemandem in dieser Runde etwas?«

Sie öffnete den Mund, um etwas zu sagen, schloss ihn aber wieder.

»Sieh an, ein wunder Punkt«, murmelte der König. Mit einem Mal schienen ihn die roten Trauben nicht mehr zu interessieren.

»Wem verheimlichst du etwas?«, fragte er weiter. Er beugte sich näher zu Bell. »Sag uns den Namen.«

»Ich kann nicht«, antwortete sie.

»Das ist leider eine Lüge, denn du kannst sehr wohl.« Er nickte einem der Diener zu. Dieser packte Bell unsanft am Ellbogen und zerrte sie aus dem weichen Sessel.

»Hey!«, rief sie wütend und schüttelte die Hand ab. »Ich finde den Ausgang schon selbst.« Der Zorn stand ihr ins Gesicht geschrieben. »Viel Glück euch«, sagte Bell, ehe sie, ohne unsere Antwort abzuwarten, verschwand.

»So einfach geht das.« Der König lehnte sich entspannt zurück, die kalten Augen auf das Essen vor sich gerichtet. »Verheimlichst du jemanden an dem Tisch etwas?«, fragte er an mich gewandt.

Darüber musste ich nicht nachdenken. »Ja, Sire«, wiederholte ich Bells Worte.

»Wem verschweigst du etwas?«

»Demjenigen, dem ich etwas verschweige.« Meine Antwort entlockte dem König mit den seltsamen Augen ein Lachen.

»Sieh an, du hast dazugelernt.« Anerkennend nickte er. »Nun darfst du mich etwas fragen.«

Ich betrachtete die vielen exotischen Speisen, ihre bunten Farben, und wie frisch sie alle aussahen. Schon beim Anblick lief einem das Wasser im Mund zusammen. Manchmal schien die Welt ungerecht zu sein. Zumindest kam es mir so vor, wenn ich darüber nachdachte, wie sich die Adligen ihre Bäuche vollschlugen und die Reste achtlos wegwarfen. Doch heute durfte ich mich nicht davon ablenken lassen.

»Wissen Sie überhaupt, wo der Hinweis versteckt ist?«

»Natürlich.« Der König wirkte überrascht.

Meine nächste Frage musste ich klug wählen. Silver hatte bereits gefragt, wo sich der Hinweis befand, und der König war seiner Frage gekonnt ausgewichen.

Schweigend blickte ich in die leeren braunen Augen. Dieses Spiel mit der Wahrheit beherrschte der König deutlich besser.

»Befindet sich der Hinweis auf der Burg?«

Johann schob den Teller von sich. »Nein, tut er nicht.« Er machte eine rasche Bewegung mit der Hand und die Diener räumten das Geschirr ab. Ihm war egal, ob wir noch aßen oder nicht. Er ignorierte, dass die meisten Teller voller Speisen waren. Lieber demonstrierte er seine Macht.

»Silver.« Der König wandte sich an den Kapitän.

Dieser hob den Kopf. Er hatte weder getrunken noch von den Speisen gekostet.

»Von wo kommst du?«

»Ich komme aus Puera Lisa.«

»Die Stadt ganz im Norden?« Die Neugierde des Königs war erneut geweckt.

»Genau, die Stadt im Norden«, antwortete Silver.

»Man sagt, sie wurde vor einiger Zeit von der Weltkarte verbannt wegen eines Vorfalls.«

Nun war ich es, die neugierig zu Silver sah. Ich hatte noch nie davon gehört, dass man Städte wegen irgendwelchen Dingen verbannte.

»Das stimmt.«

Der König strich sich durch den Bart, als würde er angestrengt nachdenken. Nach einer Weile erhob er sich, stützte sich dabei mit den Handflächen auf dem Tisch ab. »Ich habe eine Besprechung, wenn ihr mich bitte entschuldigt.«

Über diese plötzliche Verabschiedung war sogar ich erstaunt. Innerlich hatte ich mich bereits auf ein weiteres Verhör vorbereitet. Im Kopf war ich alle möglichen Fragen durchgegangen, die er mir stellen könnte. Zweifelsfrei wollte er uns loswerden und suchte wie bei Bell unsere Schwachpunkte. Doch nun schien er Wichtigeres vorzuhaben.

»Und der Hinweis?«, fragte ich eilig.

»Ihr dürft euch auf der Insel umsehen, da ihr meine Gäste seid. Aber wenn ihr Lügen erzählt, müsst ihr gehen.«

Die Diener öffneten die Tür des Aufenthaltsraumes und positionierten sich direkt daneben. Ihre Gesichter waren starr, kein Lächeln, keine Emotionen, nichts.

Der König schritt mit erhobenem Haupt an uns vorbei, schenkte uns keinen Blick mehr.

Ich sah zu Silver. Auch er wirkte ratlos.

»Halt!«, rief ich. Einige Augenpaare waren nun auf mich gerichtet. Meine Wortwahl war alles andere als angemessen gewesen. »Eure Majestät, bitte erlaubt mir eine letzte Frage.«

Der König drehte sich nicht um. Er stand bereits zwischen Tür und Angel, hatte uns den Rücken zugewandt.

»Und was für eine wäre das?«, fragte er gelassen.

»Wenn Ihr nach dem Hinweis suchen müsstet, wo auf Fandora würdet Ihr anfangen?«

Kapitel 10
Das Buch der Namen

Ich sehe, du verstehst, worum es geht und wie man die richtigen Fragen stellt.«

Sein Tonfall war neutral, aber ich konnte mir nur allzu gut vorstellen, dass er nicht erfreut über meine Frage war. Als Diebin durfte man niemals auffallen und mit dieser Frage hatte ich mir gerade selbst eine Zielscheibe auf den Rücken genagelt.

»Wenn ich in Fandora nach dem Hinweis suchen müsste, würde ich es zuerst unten in der Stadt an dem kleinen Brunnen mit den Schnitzereien versuchen.« Als die letzten Worte seine Lippen verließen, verschwand er endgültig aus dem Raum.

»Für eine Diebin bist du ganz schön schlau.« Silver nickte mir anerkennend zu und stand ebenfalls auf. »Wir müssen so schnell wie möglich zu diesem Brunnen, bevor noch andere nach dem Hinweis suchen.« Er folgte dem Beispiel des Königs und rauschte aus dem Zimmer.

Conu und ich eilten ihm nach.

Als wir aus der Burg ins Freie traten, hatten sich dicke Wolken vor die Sonne geschoben.

»Es regnet sicher bald«, bemerkte Silver.

»Ist das ein Problem?«, vergewisserte ich mich.

Inzwischen war der Platz vor der Burg beinahe menschenleer. Die alten Frauen trugen ihre Waren in die Häuser. Die Kinder waren verschwunden und auch der Junge mit dem Pferd war wie vom Erdboden verschluckt.

»Im Grunde nicht, aber wir sind hier auf dem offenen Meer, auf einer kleinen Insel. Ich kann mir gut vorstellen, wenn es hier einmal regnet, dann richtig.«

Silver hatte gerade seinen Satz beendet, als ein besonders dicker Tropfen auf meiner Nasenspitze landete. In der Ferne hörte man das Grollen des Donners.

»Wir sollten uns beeilen«, stellte ich fest und wischte das Wasser mit meinem Ärmel weg.

Conu deutete auf den großen Brunnen in der Mitte des Platzes, fasste sich an die Stirn und schnipste mit den Fingern.

»Das ist nicht der Brunnen«, erwiderte Silver nur. »Hier gibt es keine Schnitzereien. Bestimmt meinte er einen der Brunnen unten im Dorf, an denen wir vorhin vorbeigekommen sind.«

In Gedanken ging ich den Weg noch einmal durch. Mir fiel der Brunnen ein, an dem der Vogel getrunken hatte, aber auch dieser hatte keine Schnitzereien gehabt. Zumindest erinnerte ich mich nicht daran.

»Am besten fragen wir die Leute. Immerhin sind sie gezwungen, uns die Wahrheit zu sagen«, schlug Silver vor.

»Das ist eine tolle Idee. Wo fangen wir an?« Ich sah einer älteren Frau nach, die dem Beispiel der anderen Bewohner folgte und eilig in einem Haus verschwand.

»Entweder fürchten sie sich vor Regen oder sie wollen uns aus dem Weg gehen.« Silver schüttelte den Kopf. »Ein Grund mehr, warum wir uns beeilen sollten. Hier stimmt etwas ganz und gar nicht.«

»Da kann ich dir nur zustimmen.«

Zu dritt liefen wir wieder denselben Weg entlang wie vor wenigen Stunden. Dem ersten Tropfen folgten weitere. Die Wolken über unseren Köpfen wurden dunkler und bedrohlicher. Sie verdeckten nun den größten Teil der Sonne und sorgten dafür, dass kein einziger Sonnenstrahl mehr seinen Weg hindurch fand. Das Ganze hatte eine Untergangsstimmung.

»Das bringt nichts«, rief Silver irgendwann.

Conu deutete auf ein kleines schwarzes Haus vor uns. Lichter brannten, die Tür stand etwas offen. Direkt davor gab es einen Garten, in dem die Pflanzen ungehindert wuchsen. Selbst das Gras reichte mir bis zu den Knien. Über der Tür hing ein Schild: Herberge.

»Warum suchen wir uns kein Haus mit einer fröhlichen Farbe?«, fragte ich.

»Hast du Angst?« Silver konnte sich das Lachen nicht verkneifen. Seine Haare waren nass und hingen ihm wirr ins Gesicht. »Wenn wir schon hier sind und Licht brennt, können wir sicher eine kleine Pause einlegen. Vielleicht wissen die Bewohner etwas über diesen Brunnen.«

»Von mir aus.« Ich lief durch den Garten und wich den wild wachsenden Rosenbüschen aus.

Silver öffnete die Tür etwas weiter und trat ein.

Innen brannten Lichter, die Wände waren schwarz wie die Hausfassade. Eine Treppe führte nach oben, auf dem Boden lag ein roter Teppich. In dem hell erleuchteten Raum standen zwei blaue Sessel, daneben ein Tischchen. Es war warm, was an dem Kamin in der Ecke lag. Darin brannte knisternd ein Feuer, während draußen der Himmel Tränen vergoss.

Etwas weiter vorn befand sich ein langer Tisch, dahinter gab es ein Regal mit Messingschlüsseln. Hinter dem Tisch stand eine Frau mit blonden Locken. Sie trug ein rotes Kleid, ihre Augen waren stark geschminkt und ihr Mund blutrot angemalt.

»Hat der Regen euch hierhergetrieben?«, fragte sie mit einer leicht kratzigen Stimme. Vor ihr lag ein aufgeschlagenes Buch.

»Genau, wir wollen nicht unhöflich sein, aber wir können bei dem Regen nicht weiter«, antwortete Silver. Er musterte den Raum mit den dunklen Wänden.

»Ihr dürft bleiben, aber ich muss eure Namen wissen, damit ich sie aufschreiben kann.« Ein unheimliches Lächeln zeichnete sich auf ihrem Gesicht ab. Der Regen klopfte gegen die Fenster.

»Muss das sein?«, fragte Silver skeptisch.

»Das sind nur Namen, oder gibt es ein Problem?« Das Lächeln war verschwunden. Ihre Augen wirkten beinahe so dunkel wie Silvers. »Außerdem ist mir zu Ohren gekommen, dass ihr nach dem Hinweis sucht. Ich weiß, wo ihr suchen müsst.«

Conu schüttelte eilig den Kopf.

»Euer Freund spricht nicht?«

»Nein, ihm wurde die Zunge herausgeschnitten«, antwortete Silver.

Obwohl ich es bereits wusste, kroch ein eisiger Schauer über meine Arme. Ich hatte mir öfters auf die Zunge gebissen oder sie mir verbrannt, wenn ich eine warme Suppe gegessen hatte. Das allein tat weh. Wie war es erst, wenn einem die Zunge ... Ich schüttelte eilig den Kopf, bevor ich weiter darüber nachdenken konnte.

Die Frau zuckte nur gelangweilt mit den Schultern. »Mit Zungen kann man gute Liebestränke mischen.«

Ich musterte die Dame. Ihr Gesicht war anders als die der Dorfbewohner. Sie wirkte nicht wie eine lächelnde Puppe. Auch ihre Augen waren nicht so kalt und starr wie die des Königs.

»Ich höre deinen Herzschlag nicht so laut wie den deiner Begleiter«, wandte sie sich plötzlich an mich.

»Sayen, mein Name ist Sayen.« Ich deutete auf das Buch vor ihr. Hoffentlich würde sie keine weiteren Fragen zu meinem Herz stellen.

Silver warf mir einen fragenden Blick von der Seite zu, aber ich ignorierte ihn.

»Ah.« Erfreut rieb sie sich die Hände, nahm die schwarze Feder neben ihrer rechten Hand und schrieb schwungvoll meinen Namen aufs Papier.

»Und ihr?«, fragte sie weiter in die Runde.

»Mein Name ist Silver und das hier ist Conu.«

Das zufriedene Lächeln stahl sich zurück auf ihre blutroten Lippen. »Ihr dürft gerne meine Gäste sein.«

»Wir bleiben nur solange dieses Unwetter andauert«, antwortete Silver.

Ein Blick aus dem Fenster sagte mir allerdings, dass das schlechte Wetter noch eine Weile anhalten würde. Der Himmel war pechschwarz, kein einziger Sonnenstrahl fand mehr seinen Weg durch das Wolkenmeer.

»Ist lange her, dass es hier geregnet hat. Wird wohl etwas dauern, bis es vorbei ist«, murmelte die Frau und fuhr mit dem linken Zeigefinger unsere Namen nach.

»Sie haben gesagt, Sie wissen, wo wir den Hinweis suchen müssen. Was können Sie uns darüber sagen?«, fragte ich.

Conu setzte sich auf einen der Sessel, während Silver sich ans Fenster stellte und hinaussah.

»Den Brunnen mit den Schnitzereien sucht ihr, oder?«

Ich nickte.

»Vergesst den Brunnen, damit vergeudet ihr Zeit. Wenn ihr den Hinweis wollt, müsst ihr bei den Türmen am Rand der Stadt suchen. Ihr findet ihn in einer Uhr.« Sie war bei Silvers Namen stehen geblieben und blickte auf einmal überrascht auf. »Ist Silver dein wirklicher Name?«, fragte sie.

Der Kapitän zögerte, den Blick noch immer nach draußen

gerichtet. »Ich habe diesen Namen erhalten, also wird es mein Name sein.«

Die Antwort schien ihr auszureichen. Sie schloss das Buch und griff hinter sich in das Regal mit den Schlüsseln.

»Für den Fall, dass ihr müde seid.« Lächelnd legte sie drei kleine Schlüssel vor uns auf den Tresen.

»Wie teuer?«, fragte Silver. Er wirkte müde, unter seinen Augen sah man schwarze Schatten. Vermutlich hatte er letzte Nacht kein Auge zugetan. Ich hatte auch nicht viel geschlafen, aber müde war ich nicht. Vielleicht lag das an der ganzen Aufregung.

»Oh, ihr habt bereits bezahlt.« Die Frau kam hinter dem Holztisch hervor. Ihr rotes Kleid reichte bis auf den Boden und schimmerte leicht im Licht. Feine Stickereien waren in den Rock eingearbeitet, er sah kostbar aus. Viel zu kostbar für jemanden, der wirkte, als ob er kaum Zimmer vermietete. Bis auf unsere drei Schlüssel fehlte kein einziger. Für was brauchte man auf einer ehemaligen Gefängnisinsel mitten auf dem Meer überhaupt eine Herberge? Hier wimmelte es nicht von Besuchern. Silver hatte recht, etwas stimmte ganz und gar nicht.

»Wir haben nicht bezahlt«, widersprach ich.

»Doch, das habt ihr.« Ihr Grinsen wurde breiter. »Mit eurem Namen.«

Kapitel 11
Augen so dunkel wie die Nacht

Der Regen dauerte an. Noch immer zuckten Blitze über den Himmel und das ferne Grollen deutete darauf hin, dass das Unwetter nicht aufgehört hatte.

»Ich werde mich eine Runde aufs Ohr legen«, sagte Silver irgendwann. Immer wieder waren ihm die Augen zugefallen. Aber wer konnte es ihm verübeln? Hier drinnen war es warm und gemütlich. Die Frau des Hauses war bereits seit einiger Zeit verschwunden. Sie hatte sich mit einem kurzen Nicken verabschiedet und war die Treppe hinaufgeeilt. So wie es aussah, erwartete sie bei diesem Wetter keine neuen Gäste.

»Kommst du klar?«, fragte Silver.

Ich setzte mich in einen der blauen Sessel. Er war so weich, dass ich einsank. Behutsam strich ich über die Lehne. Kassie und ich hatten nur alte Holzstühle in unserem Zuhause. Wenn man darauf gesessen hatte, spürte man beim Aufstehen jeden Knochen.

»Falls ich Hilfe brauche, schreie ich.«

»Und ich tue so, als würde ich schlafen«, antwortete er, bevor er Richtung Treppe verschwand.

Der Regen klopfte immer noch unablässig ans Fenster. Kleine Tropfen liefen die Scheibe hinab wie Tränen, die niemand zu trocknen vermochte.

»Ich weiß, du sprichst nicht, aber wie lange kennst du Silver schon?«, fragte ich.

Conu sah mich nicht an, sondern beobachtete die Tropfen. Dann hob er seine Hand und streckte alle fünf Finger in die Höhe. Seine Hände waren dreckig und schwielig. Kleine Narben zeichneten sich auf der sonnengebräunten Haut ab.

»Fünf Jahre?«

Er schüttelte den Kopf, den Mund hatte er zu einem schmalen Strich zusammengepresst.

»Fünf Monate?«

Diesmal nickte Conu eilig und zeigte mit der Hand auf mich, bevor er fragend die linke Augenbraue hob.

»Oh, ich kenne ihn erst seit ein paar Tagen.« Ich richtete mich etwas im Sessel auf. Ich war zwar nicht müde, aber es war so gemütlich, dass ich Angst hatte, doch irgendwann einzuschlafen. »Vertraust du ihm?«

Keine Reaktion ...

»Ich meine, würdest du deinem Kapitän vertrauen?«

Ein Blitz jagte über den Himmel, gefolgt von einem unheimlichen Donner.

Ich zuckte zusammen. Unwetter mochte ich nicht. Bei Unwetter verließen die Menschen ihre Häuser nicht, daher konnte ich nur in meinem Zimmer sitzen und abwarten, bis sie sich verzogen hatten.

Conu stand auf, lief zu seiner Tasche und öffnete sie. Dann zog er ein Notizbuch, eine Feder und ein kleines Tintenfass daraus hervor. Er schlug eine Seite auf, riss ein leeres Blatt heraus und schloss das Buch wieder. Erneut hörte man, wie es donnerte, diesmal deutlich kräftiger als zuvor.

»Was ...« Ich beobachtete, wie er die Feder nahm und in das Tintenfass tunkte. Danach legte er das Papier auf den Tresen und schrieb etwas darauf.

»Wo hast du schreiben gelernt?«, fragte ich eilig. Ich wusste nicht, wie es in anderen Städten war, aber bei uns konnten nur wenige Menschen lesen oder schreiben. Ich hatte es Kassie zu verdanken.

Conu kam wieder zurück, setzte sich hin und hielt mir das Blatt unter die Nase. Seine Schrift war schwungvoll, die Buchstaben reihten sich eng aneinander. Langsam schüttelte ich den Kopf. » Ich verstehe die Sprache nicht.« Silver hatte in der gleichen Sprache geschrieben. Im ersten Moment wirkte es wie unsere Worte, aber wenn man genauer las, bemerkte man, dass die Buchstaben falsch angeordnet waren. Manche Begriffe ergaben gar keinen Sinn.

Enttäuscht ließ er die Hand sinken.

»Hat dir Silver das beigebracht?«

Auf einmal wendete Conu das Blatt und reichte es mir erneut. Die Tinte war hindurchgedrückt, wenn auch nur ganz leicht. Jetzt konnte ich die Wörter entziffern.

»Du hast geschrieben, dass du ihm vertraust«, las ich vor. Ich schnaubte. »Das ist also euer Trick? Ihr schreibt rückwärts?« Bei dem Gedanken musste ich lächeln. Es war einfach, aber ziemlich klug durchdacht.

»Hat er dir das beigebracht?«

Conu nickte.

»Dieser kleine Wicht.« Ich dachte an den Vertrag, den Silver geschrieben hatte. Ihm war bewusst gewesen, dass ich kein Wort darauf verstand.

Conu stand auf und holte die Tinte und die Feder vom Tisch. Er schrieb neue Worte ganz unten rechts auf das Blatt.

»Du fragst, warum ich wütend bin?«

Er nickte.

»Ich bin nicht wütend, ich habe nur gerade bemerkt, dass mich Silver übers Ohr gehauen hat.«

Nun lächelte Conu.

»Du magst ihn, oder?«

Erneut schrieb er schwungvolle Buchstaben auf, bevor er mir eilig das Blatt unter die Nase hielt.

»Er hat dich gerettet? Vor was hat er …« Ich hielt inne, als ich einen Schatten am Rande meines Blickfelds entdeckte.

»Ihr seid nicht müde?«

Die Gastgeberin stand hinter mir. Neugierig beugte sie sich über das Papier mit den wenigen Buchstaben.

»Darf ich mich kurz mit deiner Freundin unterhalten?«, fragte sie an Conu gewandt.

Er nickte und lief eilig mit dem Blatt in Richtung Treppe. Als er am Tresen vorbeikam, schnappte er sich einen Schlüssel.

Nur zu gerne hätte ich ihn gebeten zu bleiben. Ungern blieb ich allein mit ihr. Sie strahlte etwas aus, was mir Unbehagen bereitete.

»Ich mache mir einen Tee, möchtest du auch einen?« Sie strich sich eine ihrer blonden Locken aus der Stirn. Den roten Mund hatte sie wieder zu einem breiten Lächeln verzogen.

Mein Hals fühlte sich mit einem Mal staubtrocken an. Es war schon einige Zeit her, seit ich etwas getrunken hatte. Das warme Wasser würde die Kälte in meinen Knochen vertreiben.

»Gerne«, antwortete ich.

Sie nickte, erhob sich und verließ den Raum.

Zurück blieb ich mit dem Klang des Regens, der leise gegen das Fenster klopfte.

Doch es dauerte nicht lange, da stand die Frau wieder vor mir. In den bleichen Händen hielt sie ein Tablett mit einer silbernen

Teekanne und zwei kleinere Behälter ganz in Schwarz. Dampf stieg aus der Kanne..

»Es ist eine Mischung aus Brennnesseln, Kamelie und Holondbeeren.« Sie stellte das Tablett auf das Tischchen, schenkte uns ein und setzte sich mir gegenüber in den anderen Sessel. »Soll die trüben Gedanken vertreiben und Träume hervorrufen, die dir deine Zukunft zeigen.« Sie umfasste ihre Tasse mit beiden Händen und blies den Dampf fort.

»Danke.« Ich nahm meine Tasse und blickte in die dunkelrote Flüssigkeit. Kleine Blätter und schwarze Punkte wirbelten darin umher.

»Erzähl mir, Mädchen, warum reist du mit dem Mann mit den nachtschwarzen Augen?«

Ich schluckte. Wir waren dem Verhör des Königs entkommen und nun gab es bereits ein neues. Warum waren diese Leute so versessen darauf, die Wahrheit hinter allem zu finden und die Lügen der Bewohner aufzudecken?

»Ich suche das Buch, aber das wisst Ihr ja.«

»Und was machst du, wenn du nicht gerade ein Buch suchst?« Sie nahm einen Schluck aus dem Becher, ehe sie ihn auf den Tisch stellte.

»Ich bin eine Diebin. Und wer seid Ihr?« Meine Aufmerksamkeit lag voll und ganz auf ihren Augen. Darin funkelte eine gewisse Neugier, aber auch Vorsicht.

»Das hätte ich mir denken können, deine Augen sind unruhig. Ich bin die Besitzerin dieses kleinen Häuschens.«

»Meine Augen sind unruhig?«, fragte ich zögerlich. Der vertraute Geruch von Brennnesseln stieg in meine Nase.

»Du beobachtest jede noch so winzige Regung. Jede Unachtsamkeit, jeden Fehler, als würdest du nur darauf warten, dich anzuschleichen und deine Hände mit Wertsachen anderer zu füllen.« Sie lehnte sich zurück, blickte mir dabei, ohne zu blinzeln, in die Augen. »Deine Augen sind grau«, bemerkte sie gelangweilt. »Unruhige graue Augen wie die der Katzen unten am Ufer, die hoffen, dass die Fische von selbst aus dem Wasser springen.«

»Ich mag Katzen«, antwortete ich und stellte meinen Tee ebenfalls auf das Tischchen.

»Man sagt, dass die Augen die Farbe von den Dingen annehmen, die man oft fühlt oder sieht«, fuhr sie fort.

»Ihre Augen sind grün.«

»Wie die Hoffnung oder die Natur vor meinem Häuschen, die ich tagein, tagaus vor mir habe.« Sie lächelte. Ihre Zähne waren strahlendweiß, kein einziger Makel war zu erkennen.

»Und warum habe ich graue Augen? Das Meer, welches ich jeden Tag sehe, ist blau.«

»Oh, mein Kind.« Sie lachte auf und schüttelte den Kopf. »Und wenn du die Sonne jeden Tag sehen würdest, hättest du keine gelben Augen. In dir tobt ein Sturm der Gefühle. Ein Kampf zwischen deinem Herz und deinem Verstand. Und genauso grau wie das Auge des Sturms leuchten auch deine Augen.«

Unbewusst griff ich an meine Brust.

»Du hättest besser darauf aufpassen sollen.« Mit ihren schlanken Fingern deutete sie dorthin, wo meine Hand lag. »Manche Dinge kommen nicht wieder, wenn man sie verliert.«

Rasch stand ich auf und entfernte mich einige Schritte von ihr. »Ich sollte mich nun auch ausruhen«, sagte ich mit zitternder Stimme. Ich nahm den letzten Schlüssel vom Tresen und stieg die hölzernen Stufen hoch.

»Du hast deinen Tee nicht getrunken«, rief die Dame mir hinterher, doch ich ignorierte sie und lief einfach weiter.

Die obere Etage hatte eine niedrige Decke. Vor mir lag ein langer Gang, der nur spärlich beleuchtet war. Während ich den Flur entlangging und nach der Zimmertür zu meinem Schlüssel suchte, musste ich den Kopf einziehen, damit ich nicht an der niedrigen Decke anstieß. Die Siebzehn war die letzte Tür.

Ich öffnete sie und schloss direkt hinter mir ab. Im Zimmer war es kühler als unten. Es war klein, besaß ein Bett und einen Tisch. Gleich neben dem Bett gab es ein Rundfenster, durch welches der Mond sein helles Licht schickte. Ich setzte mich auf die Matratze, zog die Schuhe aus und wickelte die kratzige Decke bis hoch zu meinem Hals. Der Regen wurde schwächer, die dunklen Wolken waren verschwunden. Was zurückblieb, war die Nacht.

Und so sehr ich es auch versuchte, ich konnte nicht schlafen. In meinen Gedanken spukte die Stimme der Dame umher. Und immer wieder fragte ich mich, was Silver wohl erlebt haben musste, dass seine Augen so dunkel wie die Nacht waren.

Kapitel 12
Drei Türme und eine Schar Vögel

Irgendwann war ich in einen traumlosen Schlaf gefallen. Es war noch immer dunkel draußen, als ich plötzlich hochschreckte. Eine Gestalt mit einer Kerze in der Hand stand an der Tür und schien mich zu beobachten. Wie vom Blitz getroffen richtete ich mich auf und versuchte, nach meinen Stiefeln zu greifen. Bis mir einfiel, dass mein Messer nicht mehr darin war.

»Ich wollte dich nicht wecken.«

Für einen Moment schloss ich die Augen und seufzte laut. »Du hast mir einen Schrecken eingejagt!«, sagte ich lauter als beabsichtigt.

Silver stieß sich von der Tür ab, stellte die Kerze auf den kleinen Tisch und setzte sich auf meine Bettkante. Das schwache Licht des Mondes schien ihm direkt ins Gesicht. Er wirkte ausgeruht.

»Ich habe Conu bereits geweckt, der Regen hat aufgehört.« Er warf einen Blick aus dem Fenster.

Müde rieb ich mir die Augen, während ich die Decke enger um meinen Körper schlang.

»Warum brechen wir nicht auf, wenn die Sonne scheint?«, fragte ich. Ich hatte das Gefühl, dass ich müder als zuvor war.

»Weil uns die Zeit davonrennt.« Er runzelte die Stirn, stand auf und musterte die Kerze. Das kleine Licht erhellte nur einen Teil des Raumes und allzu lange würde es nicht mehr brennen, dafür war der Docht zu kurz.

»Wir suchen bei den drei Türmen nach dieser Uhr, hoffentlich finden wir dort etwas.« Er strich sich das dunkle Haar aus dem Gesicht, sodass ich einen Blick auf seine kleine Narbe oberhalb des Auges erhaschte.

»Woher hast du die Narbe?«

Etwas irritiert blickte er zu mir und griff mit seiner linken Hand danach. »Diese?«, fragte er unsicher.

»Ja.«

»Ich bin von einem Baum gefallen.« Er zuckte mit den Schultern. »Mein Bruder hat mir oft Märchen erzählt von Riesen, die so groß sind wie die Berge. Ich wollte auch so groß sein, also bin ich auf einen Baum geklettert und einer der Äste war morsch.« Silver sah hoch zur Decke, als ob dort der Märchentext stehen würde.

»Das ist süß.« Ich verzog die Lippen zu einem spöttischen Lächeln, wie er es sonst tat.

»Heldenhaft, nicht süß«, korrigierte er mich. »Hast du Geschwister?«

Ich dachte darüber nach. Meine Eltern waren früh gestorben, ich erinnerte mich im Grunde nur an ihre Namen und das rote Haar meiner Mutter. Alle anderen Erinnerungen glichen den Schatten an den Wänden.

»Ich weiß es nicht«, sagte ich.

»Du weißt es nicht?«

Ich zuckte ratlos mit den Schultern. »Ich erinnere mich nicht an Geschwister, aber ich habe nie gefragt. Meine Eltern starben ziemlich früh.«

Nachdenklich fuhr er sich übers Kinn. »Vermisst du sie?«

»Ich weiß es nicht«, sagte ich wieder.

»Du weißt ziemlich wenig, Prinzessin der Diebe.« Er schnaubte, schenkte mir dabei aber ein Lächeln.

»Wenn ich andere Kinder mit ihren Eltern sehe, dann vermisse ich sie. Ich hab mir immer vorgestellt, wie es wäre, wenn ich jemanden hätte, zu dem ich gehen könnte, wenn mir etwas fehlt oder ich Probleme habe. Aber ich habe Dan und Kassie und sie sind meine Familie. Außerdem kann ich nichts vermissen, was im Grunde niemals Bestandteil meines Lebens war.«

»Verstehe.« Im Schein der Kerze wirkten seine Züge viel ernster, dennoch war er durchaus ein attraktiver Mann.

Als er meinen Blick bemerkte, räusperte er sich. »Wir warten unten auf dich.« Mit einem kurzen Nicken lief er zur Tür. »Und Sayen ...«

»Ja?«

»Wenn das hier vorbei ist, bringe ich dich zurück nach Taian.«

Mit diesen Worten schloss er hinter sich die Tür. Ich rieb mir noch ein letztes Mal die Augen, bevor ich die Decke von mir schob und meine Füße auf den kalten Boden stellte. Ich zweifelte keine Sekunde an seinen Worten. Nur brauchte ich das Buch der Zukunft, um es Dan zu bringen. Und damit mein Plan gelingen konnte, musste ich es vor Silver finden. Wenn er das herausfand, würde er mich wohl eher auf dem Meeresgrund wünschen als wieder zurück nach Taian.

Draußen war es noch immer dunkel. Die Sterne funkelten um die Wette, während ein rauer Wind um die Dächer pfiff. Meine Kleidung war zwar wieder trocken, dennoch vermisste ich das warme Bett und die kratzige Decke um meine Schultern. Die Dame war verschwunden. Unten im Eingangsbereich fehlte ebenfalls jegliche Spur von ihr.

»Hast du deinen Schlüssel hingelegt?«, fragte Silver Conu.

Dieser nickte und blickte skeptisch zum Himmel.

»Ich weiß, es ist noch früh. Aber wir haben schon zu viel Zeit verloren, wir müssen den Hinweis suchen.« Silver schloss die Tür der Herberge hinter uns.

»Und wie stellen wir das an?«, fragte ich leise. Nur in wenigen Häusern brannte bereits Licht und wecken wollte ich niemanden, darum fuhr ich in diesem Flüsterton fort: »Die Türme liegen hinter dem kleinen Waldabschnitt. Aber wir haben keinerlei Informationen, wo wir die Uhr finden.«

»Wir müssen es einfach versuchen.« Silver lief an mir vorbei und durchquerte eilig den kniehohen Rasen.

Conu schenkte mir ein kurzes Lächeln, ehe er seinem Kapitän folgte.

Mein Blick glitt an der pechschwarzen Fassade hinauf bis zum obersten Stock des Hauses, in dem Licht brannte.

»Sayen?«, hallte Silvers Stimme durch die Nacht.

»Ich komme«, rief ich und folgte den beiden in die engen Gassen.

Unterwegs begegneten wir keiner Menschenseele. Alles wirkte wie ausgestorben. Nur vereinzelte Lichter zeigten, dass hier jemand wohnte.

»Unheimlich.« Ich hatte die Arme vor der Brust verschränkt, um mich etwas vor der Kälte zu schützen. Während der Nacht waren die Temperaturen gesunken. Zum Glück steckten meine Füße in dicken Stiefeln.

»Bist du nicht oft nachts unterwegs?« Silver drehte sich nicht um, während er sprach.

Wir liefen gerade an den letzten Häusern vorbei, bis wieder eine Graslandschaft vor uns lag. Weiter oben stand die Burg. Das

Kirschrot der Fassade wirkte im Schein des Mondes matt und glanzlos.

»Doch, aber nicht in einer mir völlig fremden Stadt.« Das Gras unter meinen Füßen fühlte sich weich an. Mit jedem Schritt sank ich darin ein. Der Regen hatte ganze Arbeit geleistet und den Boden aufgeweicht.

»Wenn ich nicht falschliege, dann müssen wir nur an diesen Bäumen vorbei und schon sind wir bei den Türmen«, erklärte Silver. Er führte uns in die Nähe des kleinen Waldes.

»Gibt es hier auch böse Feen oder sonstige Wesen aus Schauermärchen?«, fragte ich und spielte damit auf Sanses an.

»Bisher weiß ich von nichts, aber alles an dieser Stadt scheint mir schauderhaft.«

Im Wald war es stockfinster. Nur ganz schwach drang ab und an ein wenig Mondlicht durchs Geäst. Spitze Blätter streiften meine Wangen, dürre Wurzeln schienen sich um meine Beine zu winden.

Silver führte uns vorbei an alten Bäumen mit spröder Rinde und breiten Stämmen. Ihre Äste wirkten wie Klauen, die nach uns griffen.

Bis auf unsere Schuhe, die in der moorartigen Landschaft schmatzende Geräusche hinterließen, hörte man nichts.

»Irgendwie hat der Wald von außen viel kleiner gewirkt«, fluchte Silver nach einer Weile. Er befreite sich von einigen Ästen, die sich in seinen Haaren verfangen hatten, und eilte dann weiter.

»Da vorne sieht es aus, als ob der Wald zu Ende wäre«, merkte ich an. Ich bildete das Schlusslicht unserer kleinen Gruppe. Unsicher drehte ich mich immer wieder um und vergewisserte mich, dass nicht plötzlich etwas hinter mir stand. Als ich wieder nach vorne sah, bewegte sich etwas unmittelbar in meiner Nähe.

Ein schwarzer Fleck richtete sich neben einem Baumstamm auf, erhob sich und stieg in die Luft. Auf ihn folgten weitere dunkle Schatten, die mit lautem Kreischen auseinanderstoben. Überrascht wich ich zurück, stieß mit dem Rücken gegen einen Baum und schaffte es irgendwie, meine Haare in einigen Ästen zu verheddern.

»Das waren Vögel«, folgte auch schon gleich Silvers Erklärung, welcher weiterlief, ohne sich noch einmal umzudrehen.

Ich befreite meine Haare und beeilte mich, den beiden hinterherzulaufen.

Endlich war der Waldabschnitt zu Ende. Und da waren sie.

Wie Riesen ragten sie vor uns auf. Drei schwarze Türme, einer größer als der andere. Ihre Zinnen schienen die Wolken zu berühren. Wilder Efeu rankte sich das Gestein empor.

Am Boden wuchsen Stiefmütterchen in dunkelblauer Farbe. Sie hatten ihre Köpfchen gesenkt.

»Das waren früher Wachtürme. Von hier konnte man die Gefangenen besser beobachten und im Notfall Alarm schlagen«, erklärte Silver.

»Irgendwie sehen sie unheimlich aus.« Ich legte den Kopf in den Nacken und blickte nach oben. Die Dächer der Türme waren spitz und berührten den Himmel, an dem die Sterne allmählich verblassten.

»Am besten geht jeder von uns in einen der Türme und sucht nach der Uhr.« Ohne unsere Antworten abzuwarten, lief Silver nach links.

»Warte!«, rief ich. »Was ist, wenn dort jemand ist?« Zwar drang kein Lichtschein nach außen und auch sonst schien niemand hier zu sein, aber wenn ich eines wusste, dann, dass Stille verdächtig war.

»Es wirkt nicht, als ob jemand da wäre, aber seid vorsichtig.« Mit diesen Worten drehte er sich endgültig um und lief in Richtung des ersten Turmes.

Conu rieb sich die Hände und deutete auf den mittleren.

»Ist gut, ich nehme den letzten.« Zuversichtlich nickte ich ihm zu, bevor ich mich auf den Weg machte. Je näher ich dem Gebäude kam, desto neugieriger wurde ich. Was würde mich erwarten?

Die Tür war niedrig und bestand aus dunklem Holz. Die Klinke war aus Eisen und ein Stückchen weiter oben gab es einen Türklopfer aus Messing in der Form einer Sonne. Ich drückte prüfend die Klinke hinunter. Zu meinem Erstaunen war nicht abgeschlossen.

Drinnen war es stockdunkel Es dauerte einige Zeit, bis sich meine Augen ein wenig an die Lichtverhältnisse gewöhnt hatten.

Vor mir lag eine breite Wendeltreppe, die nach oben führte. Vorsichtig hielt ich mich mit einer Hand am Geländer fest und stieg Stufe für Stufe hoch. Ich beschleunigte mein Tempo auch nicht, als ich irgendwann sicherer war, was meine Schritte im Dunkeln anbelangte. Immerhin wusste ich nicht, ob ich allein hier war.

Nach einer halben Ewigkeit erreichte ich endlich die Turmspitze. Völlig außer Atem lehnte ich mich gegen die kühle Steinwand. Hier oben war es dank zweier Fenster deutlich heller. Bald ging die Sonne auf. Als ich hinausblickte, hatte sich der Himmel bereits aufgehellt und der Mond versank am Horizont. Gut für mich, denn so hatte ich wenigstens etwas Licht.

»Dann wollen wir mal sehen, wo sich die Uhr verbirgt«, flüsterte ich. Hier oben gab es nicht viel. Ein Schreibtisch, auf welchem ein einzelnes Buch lag, eine Kerze, die schon bessere Tage gesehen hatte, und an der Wand ein Regal. Darin befanden sich weitere Bücher. Direkt vor mir stand eine schmale Truhe, der Deckel war geöffnet. Stoffe hingen über den Rand.

Ich kniete mich hin, griff hinein und zog heraus, was darin verborgen war. Die Stoffschichten fühlten sich ganz leicht an. Mit ihnen fiel etwas Schweres auf den Holzboden. Automatisch stand ich auf und wich einen Schritt zurück, versuchte zu erkennen, was dieses Etwas war. Meine Finger griffen danach, fühlten eine ebenmäßige Fläche. Ich hob es auf, hielt es gegen das Licht. Es entpuppte sich als kleiner Kopf mit blonden Locken. Ein Puppenkopf. Seine Augen bestanden aus schwarzen Knöpfen, die Stoffe bildeten ein langes Kleid. Ich legte das Spielzeug zurück in die Kiste und suchte weiter. Dabei wandte ich alles an, was ich in den letzten Jahren gelernt hatte. Menschen versteckten ihre Wertsachen immer an denselben Orten. Ich öffnete jedes Buch, um zu schauen, ob es Hohlräume gab. Auch der Schreibtisch war vor mir nicht sicher, jede Schublade wurde rausgezogen und darunter nach Verstecken oder geheimen Fächern gesucht. Ich tastete alles ab, selbst die dicken Wände des Turms. Am Ende kniete ich mich auf den staubbedeckten Boden, versuchte die Dielenbretter anzuheben, doch eine Uhr fand ich nicht. Irgendwann hatte ich jeden Flecken abgesucht. Meine Fingernägel waren eingerissen, meine Hände dreckig vom vielen Staub. Außerdem war ich mir sicher, dass das ein oder andere Spinnennetz in meinen Haaren hing.

Hier gab es keine Uhr.

Ich lief die Stufen wieder hinunter, diesmal schneller. Erleichterung überkam mich, als ich die offene Tür erreichte. Draußen auf der Wiese wäre ich beinahe in Silver hineingerannt.

»Was ist los?«, fragte ich.

Ein Kratzer zog sich über seine rechte Wange, außerdem hatte er dunkle Striemen im Gesicht. Er hielt sich den linken Arm. Auch an den Händen hatte er Kratzer und kleine offene Wunden.

»Einige der Stufen waren morsch. Ich bin etwas unsanft auf den Boden geknallt«, erklärte er.

»Hast du dir wehgetan?« Der Kratzer war nicht wirklich tief und ansonsten schien auch alles heil zu sein.

»Du brauchst dir keine Sorgen zu machen, mir geht es gut.« Er zwinkerte mir zu und drehte sich dann zu Conus Turm um. Dort brannte Licht.

»Meinst du, Conu hat etwas gefunden?«, fragte ich zaghaft. Leider sah man nicht, was dort vor sich ging, die Fenster waren zu weit oben.

»Ich weiß es nicht«, erwiderte er in demselben zaghaften Tonfall. »Hast du etwas gefunden?«

»Bis auf eine Puppe und ein paar Bücher nichts. Weit und breit keine Spur von einer Uhr.« Kopfschüttelnd sah ich ihm in die Augen.

Er nickte. »Ich auch nicht. Bei mir gab es ebenfalls Bücher und ein kleines Bett. Mehr habe ich nicht entdeckt.«

Bisher gab es also keinen Hinweis auf die Uhr, nur eine Handvoll Kindersachen. Die Puppe ...

»Warte!« Ein Gedanke nistete sich in meinem Kopf ein. Was, wenn ... »Ist das nicht eigenartig?«

Silver kniff die schwarzen Augen zusammen. »Was?«

»Es sind Wachtürme, aber dort oben gibt es Bücher und ein kleines Bett wie für ein Kind und eine Puppe.«

Ich konnte sehen, wie er nachdachte und auf einmal der gleiche Gedanke, der in meinem Kopf spukte, auch ihm in den Sinn kam.

»Ob hier einmal ein Kind gelebt hat?« Doch noch im selben Moment, in welchem die Worte über seine Lippen kamen, schüttelte er den Kopf. »Das macht nicht viel Sinn. Warum sollte man die Dinge eines Kindes auf drei Türme verteilen? Und wer würde wollen, dass sein Kind hier aufwächst?«

»Ich weiß es nicht«, seufzte ich. »Vielleicht hat jemand es versteckt?«

»Ein Kind versteckt?« Sein Blick glitt zum Turm, in dem weiterhin Licht brannte, und dann zurück zu mir. »Da?«

»In Taian gab es einmal ein Mädchen, etwas jünger als ich. Sie hat sich in den Sohn eines Wachmannes verliebt. Irgendwann wurde sie schwanger, aber sie wusste, sie würden ihr das Kind wegnehmen. Der Sohn des Wachmannes wollte nichts davon wissen, denn für ihn war das alles keine ernste Sache, und die Eltern des Mädchens waren streng. Sie glaubten, dass ein Kind vor der Ehe Unglück bedeutet. Sie hat sich in einem alten Schuppen unten am Meer versteckt oder besser gesagt ihr Kind.« Ich machte eine kurze Pause, um auf Silvers Reaktion zu warten.

»Du denkst also, dass sich hier etwas Ähnliches abgespielt hat?«

»Vermutlich. Warum sonst sollte man Kindersachen hochbringen?«

Das machte wenigstens ein bisschen Sinn, allerdings half es uns auch nicht weiter.

»Keine Ahnung.«

Ich seufzte. »Gut, dann lassen wir das Rätselraten und schauen bei Conu weiter.«

Wieder fasste er sich an den Arm, in dem wahrscheinlich noch immer der Schmerz pochte.

»Ich bleibe unten und halte Wache«, erklärte er.

Der Sturz hatte ihm offensichtlich mehr zugesetzt, als er zugeben wollte.

»Gut, wir beeilen uns.«

Er nickte und positionierte sich im Schatten eines Baumes.

»Ach, und Silver«, rief ich auf halbem Weg.

»Was?«

»Pass das nächste Mal besser auf.«

»Versprochen, Prinzessin der Diebe«, erwiderte er und lehnte sich mit einem Lächeln auf den Lippen an den Baum.

Kapitel 13
Veilchen für Viola

Die Tür stand offen. Als ich den Turm betrat, hörte ich von oben leise Geräusche. Unten war es wie im anderen Turm stockfinster. Aber je höher ich hinaufstieg, desto heller wurde es. Die Geräusche wurden lauter und mit einem Mal stand ich im obersten Raum.

Conu saß im Schneidersitz auf dem Boden. Neben sich hatte er Bücher gestapelt, zwei Fackeln brannten in Halterungen an der Wand.

»Conu?« Ich lief näher und beugte mich über ihn.

Er schloss das Buch, legte es auf den Stapel mit den anderen und schnappte sich das nächste.

»Was machst du?«, fragte ich. Ich setzte mich neben ihn. Seine Haare hingen ihm ins Gesicht und er starrte konzentriert auf die Seiten. Krampfhaft hielt er den Buchrücken fest, blätterte Seite für Seite um, bevor er das Buch zu den anderen legte und nach einem neuen griff. Das Spiel wiederholte sich einige Male, bis ich meine Hände auf das gerade geöffnete Buch legte.

Endlich sah er auf. Conu wirkte erstaunt. Als ob er mich gar nicht bemerkt hätte, weil er so gefangen gewesen war in einer Welt aus Buchstaben.

»Was machst du?«, wiederholte ich.

Er stand auf, klopfte sich den Staub von der Hose und lief hinüber zu einem kleinen Regal. Das oberste Brett war kaputt und hing schief herunter. Die anderen beiden waren noch intakt.

Gleich daneben lag seine Tasche, die er wohl dorthin gelegt hatte, damit sie ihm nicht im Weg war. Er griff hinein und zog wieder das handliche Tintenfass, die Feder und ein Blatt hervor. Zusammen mit diesen setzte er sich wieder neben mich und schrieb. Er wartete erst gar nicht ab, bis die Tinte trocken war, sondern drehte das Blatt um und hielt es mir vors Gesicht.

»Uhr?«, las ich. »Du suchst nach einer Uhr in den Büchern?«

Er nickte.

»Okay, das ist eine gute Idee. Ich suche einmal den Rest ab.«

Conu reagierte gar nicht mehr, hatte sich über das nächste Buch gebeugt, die Hände schwarz von der Tinte.

Ich erhob mich also wieder und blickte mich im Raum um. Dieser war ähnlich eingerichtet wie das andere Turmzimmer. Es gab Regale mit Büchern, zwei Truhen standen auf dem Boden und ein Schreibtisch direkt neben einem der Fenster. Ich öffnete die Truhen. Die erste war bis auf einige Staubkörner leer. Die andere Truhe enthielt verschiedene Gegenstände. Ein kleines, in Leder gebundenes Buch, welches man verschließen konnte, stach mir sofort ins Auge.

»Conu!«, rief ich, ohne mich umzudrehen. Ich löste die Bänder, die das Buch zusammenhielten, und öffnete es. Es entpuppte sich als eine Art Tagebuch. Über jedem neuen Eintrag stand ein Datum. Die Schrift war klein, beinahe unleserlich. Manchmal gab es skizzenhafte Zeichnungen, Umrisse, schwarze Linien oder Punkte, die zusammengefügt ein Bild ergaben. Es gab Bilder von den Türmen, von der Sonne, den immer gleichen Blumen oder dem Mond mit einem Gesicht.

»Schau dir das mal an.« Ich warf ihm das Buch zu.

Geschickt fing er es auf, öffnete es und fuhr dann behutsam über die Seiten.

Ich wandte mich wieder um und blickte in die Truhe. Conu konnte bestimmt besser lesen als ich. Vielleicht schaffte er es, etwas zu entziffern.

Die nächsten Dinge, die ich in der Truhe fand, waren kleiner. Ein Beutel mit Blumen, die bei der kleinsten Berührung auseinanderbrachen, so alt waren sie. Ein weiteres Buch, das aber leere Seiten hatte. Steine in jeglichen Formen und Größen, weitere Stoffstücke und ein kleines rosafarbenes Kästchen.

Behutsam holte ich es heraus und drehte es im Licht hin und her. Es war aus Holz, die Farbe war verblasst. Bestimmt war es früher ein kräftiges Rosa gewesen. In den Deckel des Kästchens hatte man einen Strauß Blumen geritzt. Blumen schienen hier eine besondere Bedeutung zu haben.

Hinter mir erklang ein Klopfen. Ich legte das Kästchen zurück und wandte mich dann wieder an Conu. Er klopfte auf den Holzboden, bis er merkte, dass meine Aufmerksamkeit ihm galt. Erneut hielt er mir ein Stück Papier entgegen. Ich griff danach, drehte es um und las.

Sie würde ein Kind der Wahrheit werden.

»Ich verstehe nicht?« Unsicher sah ich zu ihm. Doch er reichte mir schon das nächste Papier.

So schön wie der Mond und die Sonne zugleich.

Auch daraus wurde ich nicht wirklich schlau. Er musste meine fragende Miene gedeutet haben, schnappte sich daraufhin ein neues Blatt und schrieb eifrig drauflos.

Sie hatten ein Kind. Wuchs hier auf, weil sie arbeiteten. Name war Viola. Lieblicher Gesang bis sie schlief, nette Worte für Zukunft.

In meinem Kopf setzten sich die Wörter zu einer Geschichte zusammen.

»In den Einträgen wird von einer Viola geschrieben? Ich nehme mal an, das war das Kind. Darum liegen in den Türmen so viele Kindersachen. Und ihre Eltern arbeiteten hier.«

Conu lächelte und reichte mir das Buch. Er hatte es an einer Stelle aufgeschlagen, an der dieselben Blumen gezeichnet waren wie auf dem Kästchen.

»Das unten am Turm sind keine Stiefmütterchen, das sind Veilchen.« Behutsam fuhr ich über die Zeichnung. »Aber das alles macht keinen Sinn.« Verzweifelt klappte ich das Buch zu. »Hier hat doch niemand gewohnt. Bis auf das Kinderbett, die Tische und Regale gibt es nichts, was darauf hindeutet, dass man hier oben leben könnte.«

Ich seufzte auf und lehnte mich mit dem Rücken gegen die Kiste. »Und Uhren gibt es auch keine.«

Conu fuhr sich durch die dunklen Haare. Auf einmal wirkte er enttäuscht.

»Aber ich nehme das Buch mit, vielleicht hilft es mir, diese Stadt besser zu verstehen.«

Er stand auf, verstaute die Tinte und die Feder wieder in seiner Tasche.

»Glaubst du, hier ist noch jemand? Also, dass diese Viola noch immer da ist?«

Conu schüttelte nur den Kopf. Er deutete wieder auf das Buch.

Ich schlug es auf und blickte auf das Datum. Falls Viola hier lebte, war sie inzwischen erwachsen, aber die ganzen Spinnennetze und die Staubschicht sprachen dagegen.

»Und jetzt?« Meine Stimme war mehr ein leises Flüstern. Nun merkte ich, dass ich müde war. Manchmal holten Enttäuschungen einen zurück in die Realität. Hier war keine Uhr. Bestimmt hatte die Dame uns in die Irre geführt. Obwohl, sie konnte nicht lügen, also musste etwas Wahres an ihrer Aussage dran gewesen sein.

Conu zuckte ratlos mit den Schultern, als wollte er mir sagen, dass er auch nicht wusste, was wir machen sollten.

»Ob schon andere nach dem Hinweis gesucht haben?« Die Frage stellte ich mehr mir selbst als Conu. Wo würde ich das Pergament verstecken?

Conu kam wieder zu mir. Er half mir, die Sachen einzusammeln und zurück in die Truhe zu legen. Als auch das letzte Stück Stoff verstaut war, schloss ich den Deckel.

»Dann lass uns mal nach Silver schauen.« Ich sah mich noch einmal in dem Raum um, suchte nach einer Uhr oder einer Zeichnung, aber nichts.

Conu hatte bereits eine der Fackeln gelöscht, es wurde augenblicklich dunkler, als mir zwischen all den Schatten etwas auffiel.

Ich bückte mich noch einmal zur Truhe und griff nach dem einzelnen Gegenstand, den wir in der Eile vergessen hatten. Es war das rosafarbene Kästchen mit dem Blumenmuster.

»Veilchen für Viola«, sprach ich und strich über das Kästchen, versuchte es aufzuschließen. Dafür musste ich meine ganze Kraft aufwenden, der Deckel schien wie angeklebt zu sein.

Conu streckte mir auffordernd die linke Handfläche entgegen.

»Vielleicht hast du mehr Glück.« Ich reichte ihm das rosafarbene Ding.

Auch er hatte Mühe. Sein Gesicht war vor Anstrengung schon rot angelaufen, als sich der Deckel mit einem leisen »Plopp« öffnete. Doch das war nicht das einzige Geräusch, das sich einen Weg durch die Stille bahnte. Eine Melodie erklang, wenn auch nur ganz schwach. Es war ein einfaches Stück mit Tönen, die sich im Kopf einnisteten. Eine Melodie, die einem wohl noch Tage später durch die Gedanken geisterte.

»Was?« Verwundert starrte ich auf das Kästchen. Die Musik

kam dort heraus. Am Deckel klebte ein runder Spiegel, oder besser gesagt das, was davon übrig war. In der Mitte des Kästchens gab es einen Boden, darauf war ein Kind mit einem Kleid platziert, das sich im Kreis drehte. Immer und immer wieder, im Takt der Melodie. Das Innere selbst war wohl einmal farbenprächtig gewesen. Aber jetzt, im schwachen Schein der Fackel, wirkte alles genauso matt und trostlos wie die Burg des Königs bei Nacht.

»Zauberei!«, kam es mir über die Lippen. Zum Glück hielt ich das Kästchen nicht in den Händen, vor Schreck hätte ich es sicher fallen lassen.

Conu lächelte nur und schüttelte den Kopf. Er deutete auf den Deckel, senkte ihn ein wenig, sodass ich immer noch hineinsehen konnte. Das Mädchen drehte sich nicht mehr. Erst als er den Deckel wieder öffnete, begannen die Musik und der Tanz von Neuem.

»Eine Art Mechanismus?«

Er nickte.

»Erstaunlich.« Fasziniert beobachtete ich, wie er die Öffnung einige Male zuklappte und wieder aufschloss. Bis die Melodie nur noch ganz leise war.

Conu drückte mir das eigenartige Kästchen in die Hände und zog sein Schreibwerkzeug wieder hervor.

Langsam hatte ich mich daran gewöhnt, dass er seine Worte aufschrieb. Denn auch er hatte eine Stimme. Eine, die lebte, wenn er sie zu Papier brachte.

Spieluhr!

Ich schüttelte den Kopf. »Eine Spieluhr?«

»Sayen, Conu!« Die Stimme von Silver übertönte die Musik.

Ich klappte das Kästchen zu und blickte aus dem Fenster. Von hier oben wirkte er winzig.

»Was ist los bei euch?«, rief er hoch.

»Wir haben die Uhr!«

»Was?«

»Die Uhr!« Mit der anderen Hand zeigte ich auf das Kästchen, was keinen Unterschied machte. Auf diese Entfernung sah er bestimmt nur Umrisse.

»Dann kommt runter!«

Ich zog den Kopf zurück und deutete Conu mit dem Daumen nach oben, dass wir nun gehen konnten.

Er hob ebenfalls die Hand und zeigte auf die von ihm beschrifteten Papiere.

»Nimm sie mit, ich bin schon mal unten. Und vergiss die Fackel nicht.« Ich schnappte mir das Tagebuch und machte mich an den Abstieg. Mit einem Mal fühlte sich alles ein bisschen leichter an. Ohne dass ich es bemerkt hatte, war eine Last von meinen Schultern gefallen. Unten angekommen, wartete Silver ungeduldig.

»Hast du den Hinweis?« Noch immer hielt er sich den linken Arm. Hoffentlich hatte er sich nichts gebrochen.

»Geht es dir wirklich gut?«, fragte ich. Das Kästchen in meinen Händen fühlte sich kostbar an.

»Jaja ...« Er versuchte zu lächeln, verzog aber gleich wieder das Gesicht.

»Wie hast du das überhaupt geschafft? Bist du direkt auf den Arm gefallen?« Während ich auf seine Antwort wartete, fiel mein Blick auf die Blumen, die ich irrtümlicherweise für Stiefmütterchen gehalten hatte.

»Ja, zum Glück war nur eine der unteren Treppenstufen morsch. Wäre ich tiefer gefallen, täte mir sicherlich nicht bloß der Arm weh. Aber es geht mir wirklich gut.« Er ließ den Arm los und schenkte mir ein aufmunterndes Nicken.

Mir entging der Schmerz, der in seinen Augen aufblitzte, als er den Arm sinken ließ, allerdings nicht.

Er lief zurück zum Waldrand. »Wenn wir zurück auf dem Schiff sind, lasse ich das anschauen.«

»Wir sollten Veilchen mitnehmen.« Ich bückte mich und fuhr behutsam über die Köpfe der Blumen.

»Ich schätze es wirklich, dass du ein Auge für schöne Dinge hast, aber ich bin mir nicht sicher, was Blumen auf einem Schiff nützen.« Er schloss die Augen und lehnte sich an einen Baum.

»Sie scheinen eine große Rolle zu spielen. Überall im Turm und auch im Buch sind Zeichnungen davon. Außerdem wirken sie schmerzlindernd und schlaffördernd«, erwiderte ich.

Überrascht öffnete er die Augen. »Woher weißt du das?«

»Ich kann eben mehr als stehlen.« Ich riss einige der kleinen Dinger ab und legte sie in das Tagebuch. Eines von Kassies Lieblingsbüchern handelte von Pflanzenkunde und es standen viele nützliche Dinge darin. Auch wenn ich nicht mehr viel davon wusste, so erinnerte ich mich zumindest an die heilende Wirkung dieser Blume.

»Wo ist Conu?«, fragte Silver.

»Im Turm, aber er sollte bald kommen.« Im obersten Zimmer des Turmes brannte weiterhin Licht.

»Und was steht auf dem Hinweis?«

»Ich bin nicht dazu gekommen, ihn zu suchen. Aber Conu hat herausgefunden, dass es sich bei der Uhr um diese Spieluhr handelt.« Ich hob das Kästchen etwas höher, damit er es sah.

»Und da soll ein Hinweis enthalten sein?« Misstrauisch blickte er darauf.

»Wahrscheinlich im Inneren, wo der Mechanismus versteckt ist.« Bei dem Wort Mechanismus konnte ich nicht anders, als den Kopf zu schütteln.

Silver bemerkte meinen seltsamen Blick. »Was ist?«, fragte er.

»Ich hab so etwas noch nie gesehen, es ist wunderschön.«

»Leider müssen wir es wohl zerstören, um den Hinweis zu finden.« Behutsam nahm er mir das Kästchen aus der Hand.

Gerade wollte ich ihn bitten, auf eine andere Weise an den Hinweis zu gelangen, als auf einmal laute Geräusche zu uns drangen. Aufgeschreckt sahen Silver und ich in die Richtung, aus welcher sie kamen.

Sechs Wachleute tauchten wie aus dem Nichts auf. In ihren Händen hielten sie Schwerter. Zwischen ihnen lief der König. Er war unbewaffnet, aber selbst im Schein des Mondes erkannte man seinen siegessicheren Gesichtsausdruck. Er trug einen langen hellblauen Mantel, der ihn bedrohlich wirken ließ. Seine Schritte waren selbstsicher, das Haupt erhoben. Es war eine pure Demonstration seiner Macht.

»Warum wundert mich das nicht?«, kam es von Silver. Er stieß sich vom Baum ab und richtete sich auf. »Wie können wir helfen, Eure Majestät?«, wandte er sich an den König, der nun unmittelbar vor uns stehen blieb.

Die Wachleute bildeten einen Halbkreis um uns. Die Waffen hatten sie direkt auf unsere Kehlen gerichtet.

»Ich hätte gerne den Hinweis.«

»Wir haben ihn nicht gefunden«, entfuhr es mir. Ich versuchte mich vor Silver zu stellen, damit das Kästchen in seinen Händen nicht auffiel.

»Es war nett, mit euch zu essen und zu plaudern, aber jetzt sehen wir den Tatsachen einmal ins Auge.« Der König räusperte sich. »Ich will das Ding in euren Händen.«

Silver legte mir eine Hand auf die Schulter und schob mich sanft, aber bestimmt zur Seite.

»Warum?«, fragte er.

»Weil es Eigentum dieser Insel ist. Darin befindet sich der Hinweis.«

»Dann war das alles ... eine Art Spiel? Damit wir hierbleiben, bis wir den Hinweis finden, nur um ihn gleich wieder abgeben zu müssen?«

»Das ist kein Spiel, Kapitän.« Beim Wort Kapitän verschränkte der König die Arme vor der Brust. Er deutete mit einem kurzen Nicken auf seine Wachleute. »Das Buch ist eine gefährliche Waffe. Warum sollten wir unseren Hinweis leichtfertig einer Gruppe von Freiheitskämpfern überlassen?«

Niemand von uns sagte etwas. Die Stille schien zum Greifen, wie eine dunkle Gewitterwolke hing sie über unseren Köpfen.

»Das Kästchen.« Der König streckte auffordernd seinen Arm in Silvers Richtung aus.

Dieser zögerte, wich meinem Blick aus. Er wusste genauso gut wie ich, dass wir in der Unterzahl waren. Irgendwann gab er nach und drückte Seiner Majestät die Spieldose in die Hände.

»Ich danke euch.« Dann drehte der König seinen Arm und ließ das Kästchen vor einem seiner Männer fallen.

Dieser verstand, hob das Schwert und spaltete die Spieluhr in zwei Teile.

»Nein!«, rief ich und wollte eingreifen, aber Silver packte mich am Arm und zog mich zurück. »Willst du deine Hände verlieren?«, fragte er und hielt mich fest.

Die Melodie verstummte, das kleine Mädchen verlor ihre Beine und den Kopf, ging unter zwischen all den anderen Einzelteilen und den Scherben des Spiegels. Das aufwendige Muster aus Veilchen wurde mit jedem weiteren Hieb unkenntlicher, bis von der Spieluhr nur noch winzige Stücke übrig blieben.

Der König hob wieder seine Hand, die Wache richtete sich auf und hielt die Schwertspitze erneut in unsere Richtung.

»Warum?«, fragte ich. Wut baute sich in mir auf. Ich konnte nicht einmal erklären, warum ich so wütend war. Doch dieses Ding hatte so kostbar gewirkt, seine Melodie war wunderschön gewesen.

»Wir verstecken den Hinweis immer an einem neuen Ort. Wäre sonst auch langweilig.« Er griff nach den Teilen und holte ein kleines metallenes Kästchen hervor, das zwischen Zahnrädern und Spiegelsplittern lag. Der König öffnete es und beförderte das Pergament zutage. »Da haben wir ihn.« Er faltete ihn zusammen und steckte ihn dann in die Tasche seines Mantels.

»Wir finden das Buch auch so«, sagte Silver trotzig. Er ließ mich los und richtete sich vor dem König auf.

Doch der schien sich nicht für seine Worte zu interessieren. »Beeilt euch besser, denn die Regierung ist auf dem Weg hierher.«

Das war der Moment, in dem ich das erste Mal sah, dass Silver Panik bekam. Seine Hand seines gesunden Armes hatte er zur Faust geballt, seine Augen waren vor Schreck geweitet. »Was?«, kam es ihm über die Lippen.

»Du hast schon richtig gehört. Wir haben sie informiert, sobald ihr meiner Burg den Rücken gekehrt habt.« Da war es wieder, dieses unheimliche Lächeln, das er uns schon am Vortag geschenkt hatte, als Bell gehen musste. Er genoss es, die Macht über den Hinweis zu besitzen.

»Ich würde verstehen, wenn ihr deswegen so schnell wie möglich die Stadt verlassen wollt.« Zufrieden gab er seinen Männern ein Zeichen. Zwei der Wachleute lösten sich aus dem Halbkreis und kamen auf uns zu.

Silver machte einen Schritt zurück und hob abwehrend den gesunden Arm. »Wir schaffen es auch allein.« Er drängte sich am König vorbei und lief in den dunklen Wald, dicht gefolgt von einem der Wachmänner.

»Conu!« Erst jetzt fiel mir auf, dass er fehlte. Das Licht im Turm brannte nicht mehr. Endlich entdeckte ich ihn am Eingang. Er musste uns gehört haben, zumindest rannte er in unsere Richtung.

»Wir müssen hier weg!«, rief ich ihm zu.

Mehr als einen ratlosen Blick erhielt ich dafür nicht. Aber erklären konnte ich ihm die ganze Geschichte unterwegs.

»Das Buch in deinen Händen bitte auch.«

Zuerst verstand ich nicht, was der Wachmann neben mir wollte. Erst als eine Hand sich um meinen Arm schloss, fiel mir wieder ein, dass ich das Tagebuch umklammerte.

»Nein!«, widersetzte ich mich und entzog mich seinem Griff.

»Das Buch«, knurrte er erneut, griff fester zu und riss an dem ledergebundenen Einband.

Ich lehnte mich mit all meinem Gewicht zurück, versuchte mit den Fingern Halt zwischen den Seiten zu finden, rutschte langsam ab. Dadurch verlor ich für einen Moment das Gleichgewicht und prallte gegen den weichen Mantel des Königs. Gerade noch konnte ich mich festhalten, bevor ich auf dem Boden landete. Eilig befreite ich mich aus dem Stoff. Das Buch war während unserer Rauferei auf den Waldboden gefallen. Blitzschnell hob ich es auf, ehe es dem Wachmann in den Sinn kam.

»Behalt das Buch, aber macht, dass ihr wegkommt!« Die selbstsichere Miene des Königs war verblasst und stattdessen wirkte er, als hätte er in eine Zitrone gebissen. Er strich einige Male angewidert über die Stelle des Mantels, an der ich meine Hände gehabt hatte.

»Verzeihung«, entschuldigte ich mich, bevor ich zusammen mit Conu den Rückweg antrat. Die Wachleute folgten uns, den

König in ihrer Mitte. Und so verschwanden die schwarzen Türme, die wie Riesen wirkten, aus meinem Blickfeld. Zurückblieben die Reste einer Spieluhr, deren Melodie nie wieder erklingen würde.

Kapitel 14
Geklaute Geheimnisse

Auf dem Rest des Weges verfiel ich in Tagträumereien. Meine Finger krallten sich so fest um das Tagebuch, dass meine Knöchel weiß hervortraten. Mit jedem Schritt schienen meine Füße in den Boden einzusinken. Und mit jeder Minute schwand meine Hoffnung. Die Regierung war unterwegs, wenn sie uns erwischte, war alles umsonst. Je näher wir dem Meer kamen, desto deutlicher schmeckte man die salzige Luft auf der Zunge, spürte den Wind in den Haaren. Doch all die Dinge vertrieben nicht die Angst und den bitteren Geschmack, der wie zähe Flüssigkeit an meinem Gaumen klebte.

Conu lief neben mir, den Kopf gesenkt, sodass schwarze Strähnen vor seine Augen fielen. Erst als wir bei der Mauer angelangten, wo Silver bereits wartete, hob er den Kopf. Auf dem Weg hierher hatte ich ihm in knappen Sätzen erklärt, was passiert war.

»Wir kriegen das wieder hin«, flüsterte Silver uns zu und wandte sich dann an den König, der uns zusammen mit den Wachen bis zum Tor begleitet hatte.

»Majestät, trotz der unschönen Umstände möchten wir Euch für die Gastfreundschaft danken. Die Stadt der Wahrheit ist wahrlich eine besondere Stadt«, sagte er, den Ton neutral, als ob nichts vorgefallen wäre.

»Ich weiß Eure Worte zu schätzen, Kapitän, und dennoch hoffe ich, dass dies das letzte Zusammentreffen war. Gute Heimreise.« Mit diesen Worten kehrte der König uns den Rücken zu, die Hand siegessicher auf den Mantel gelegt, in dem der Hinweis verborgen lag. Die Wachen folgten ihm und zurückblieben Conu, Silver, die zwei Wachmänner, die schon gestern an der Mauer gestanden hatten, und ich.

»Und jetzt?« Ich sah zu Silver, versuchte irgendeine Gefühlsregung in seinem Gesicht zu erkennen. Doch er trug einmal mehr seine undurchdringbare Maske.

»Wir gehen zum Schiff und suchen in der nächsten Stadt. Wenn der König die Wahrheit gesagt hat, was ich annehme, kriegen wir bald Besuch.«

Conu schüttelte immer wieder den Kopf.

»Wir können nicht zurück«, erwiderte Silver, als er die Reaktion seines Matrosen mitbekam.

»Ich stimme Silver zu. Die Nacht bei der Dame im schwarzen Haus, der unheimliche Wald und die Türme haben mir gereicht. Versuchen wir es in der nächsten Stadt.«

Besänftigend legte ich Conu meine Hand auf die Schulter.

»Verzeihung«, unterbrach uns der Wachmann mit dem blonden Haar. Er entfernte sich von seinem Kollegen und kam auf uns zu.

»Ihr habt von der Dame im schwarzen Haus gesprochen.« Die grünen ausdruckslosen Augen hatte er auf mich gerichtet.

»Ja, was ist mit ihr?« Das ungute Gefühl, das mir in letzter Zeit oft im Nacken saß, kämpfte sich an die Oberfläche.

»Habt ihr der Dame eure Namen verraten?« Er kam näher, sodass ich seinen Atem auf meiner Haut spürte.

»Und hat sie diese aufgeschrieben?«, folgte gleich die nächste Frage.

»Das haben wir und ja, warum?« Mit jedem Wort wuchs mein Unbehagen.

Silver wirkte als Einziger nicht wirklich betroffen. Seine ganze Aufmerksamkeit galt dem Schiff, das im Hafen lag, seinem Schiff. Immer wieder drehte er den Kopf in Richtung des offenstehenden Tores.

»Fragt mich, was es mit dem Buch auf sich hat, ich muss euch die Wahrheit sagen«, flüsterte der Wachmann.

»Was hat es mit dem Buch auf sich?«, wiederholte ich. Die nächsten Sekunden fühlten sich an wie Stunden. Wie Sandkörner, die durch ein Glasgefäß prasselten, eines nach dem anderen. Und sobald das letzte Korn den Boden berührt hatte, wurde das Gefäß umgedreht und das Spiel begann von Neuem.

»Wenn eure Namen drinstehen, kennt die Dame eure Geheimnisse«, kamen ihm die Worte nach einer Ewigkeit über die Lippen.

Mit einem Mal war das Schiff im Hafen vergessen. Silvers Aufmerksamkeit galt nun dem jungen Mann. Ruckartig drehte er den Kopf in seine Richtung. »Was?«, fragte er.

»Wenn eure Namen in dem Buch stehen, dann ...«

»Das wissen wir, aber was bedeutet das genau?«, ging ich dazwischen. Meine Stimme wurde schrill. Ungläubig starrte ich in die grünen Augen, als stünde dort die Antwort, die ich suchte. Doch Leere war das Einzige, was ich in ihnen erkannte.

»Die Dame verfügt über eine Gabe. Wenn sie eure Namen kennt, notiert sie diese in ihrem Buch. Fährt sie mit der Hand darüber, weiß sie eure Geheimnisse.«

Meine Finger, die sich bis gerade noch krampfhaft um das Tagebuch geschlossen hatten, ließen mit einem Mal los. Das Buch fiel auf den sandigen Boden.

»Und wie macht man das rückgängig?«, fragte ich sogleich.

Der Wachmann schien zu überlegen, doch dafür hatte ich keine Zeit. Ich achtete gar nicht auf die überraschten Rufe von

Silver, sondern rannte los. Ich durchquerte die engen Gassen, sprintete weiter an etlichen Blumenstöcken vorbei. Menschen wichen mir aus, auf ihren Gesichtern dieses eigenartige Lächeln, die Augen leer. Ich rannte weiter, vorbei an bunten Häusern, den Brunnen und den Wegweisern aus Holz.

Als ich schon völlig außer Puste war, kam das schwarze Haus endlich in Sicht. Sogar jetzt, da die Sonne hoch am Himmel hing, wirkte es dunkel und düster, als könnten selbst die hellsten Strahlen die Hausfassade nicht erreichen.

Auch hier verlor ich keine Zeit, durchquerte eilig den Garten und öffnete die schwere Tür.

Im Haus war niemand. Kein Licht brannte, nur die Sonne spendete Helligkeit, schien durch die Fenster, an denen man die Spuren von eingetrockneten Wassertropfen erkennen konnte. Das Buch lag aufgeschlagen auf dem Tisch, die Feder und das Tintenfass daneben. Ich ließ die Tür offen, schlich leise hinein. Auf einmal wirkte der Raum viel größer. Die Wärme vom Vortag war verschwunden und Kälte nahm ihren Platz ein. Ich hatte das Gefühl, ich würde ewig durch den Raum gehen, bis ich endlich an dem Tisch aus dunklem Holz angelangte. Die Fächer mit den Schlüsseln waren alle belegt. Keiner fehlte, niemand schien hier zu sein. Behutsam berührte ich das Buch. Ein eigenartiges Kribbeln erfüllte meinen Körper, kroch meinen Arm hinauf und breitete sich bis hinunter in meine Zehenspitzen aus.

»Was willst du?«, erklang die raue Stimme der Dame. Ohne jeglichen Laut zu verursachen, hatte sie es geschafft, neben mir aufzutauchen. Die blonden Locken hatte sie hochgesteckt. Vereinzelte Strähnen fielen ihr über die Schulter, umrahmten das makellose Gesicht und die Lippen. Diese waren heute in einem noch dunkleren Rot angemalt.

»Ich klaue das Buch«, sagte ich, griff im selben Moment nach dem Gegenstand und riss ihn an mich. Er war schwerer als gedacht. Wie Blei lag er in meinen Händen, schien mich zu Boden zu ziehen.

»Das ist ein großer Fehler.« Mahnend hob sie den Zeigefinger, an dem ein schmaler schwarzer Ring steckte.

»Das sind unsere Namen, wir können damit machen, was wir wollen.« Eilig brachte ich ein paar Meter Abstand zwischen uns.

In ihren Augen funkelte auf einmal dieselbe Leere wie bei allen Bewohnern der Insel.

»Wenn du mir meine Namen stiehlst, nimmst du mir meine Kraft.« Traurig schüttelte sie den Kopf.

»Was für eine Kraft?« Wieder wagte ich es, einige Schritte in Richtung Tür zu machen. Diese Frau war unheimlich.

»Hinter jedem Namen steckt eine Geschichte und dadurch, dass ihr mir eure verraten habt, habe ich einen Teil eurer Geschichte gesehen. Diese Geheimnisse kann ich für viel Geld verkaufen. Das Buch ist magisch, stammt aus einer anderen Zeit. Es lässt mich zwischen den Zeilen lesen.«

Ich schnaubte. »Warum sollte jemand wildfremde Geheimnisse haben wollen?«

»Oh, mein Mädchen«, begann sie belustigt. »Die Leute zahlen viel für Geheimnisse von anderen. Sie lieben es, solche Dinge zu erfahren. Je schrecklicher, desto besser. Für deines mit dem Herz würden sie eine hohe Summe hergeben.« Sie lächelte, weiße Zähne blitzten hervor.

»Für so was zahlt ihr?« Ich lachte auf, spürte den Türrahmen in meinem Rücken.

»Viele Leute zahlen dafür. Mit der Zeit wurden die Menschen auf der Insel immer verschlossener und haben sich kaum getraut, etwas zu sagen, aus Angst zu lügen. Darum kaufen sie Geheimnisse, damit sie sich über andere unterhalten können.« Besänftigend hob sie ihre bleichen Hände, ließ mich und das Buch nicht aus den Augen.

»Das sind unsere Geheimnisse«, fuhr ich sie an. »Welche Menschen wollen diese Informationen?«

Für einen kurzen Moment schwieg sie, schien nachzudenken, was sie nun sagen sollte. »Die Leute von der Insel, der König und die Regierung.«

Mein Puls raste, meine Hände kribbelten dort, wo ich das Buch umschlossen hielt. »Die Regierung?«, fragte ich mit leiser Stimme.

»Aber ja, für das Geheimnis des Kapitäns mit den schwarzen Augen haben sie mir ein halbes Vermögen bezahlt.«

Ich schluckte. Ein Kribbeln wanderte meinen Arm entlang, hinterließ einen Schauer auf meiner Haut und das, obwohl die Sonne so viel Wärme spendete. Auf einmal begann ich zu frieren.

»Was für ein Geheimnis?«

Die Dame schüttelte den Kopf. »Das kann ich dir nur für noch mehr Geld verraten.«

Innerlich fluchte ich, dass ich kein Bargeld hatte. Andererseits meldete sich mein schlechtes Gewissen. Was auch immer es war, es handelte sich dabei um Silvers Geheimnis und das ging weder mich noch sonst wen etwas an.

»Ich werde jetzt gehen.« Ich drehte mich um und lief aus dem Haus, in der Hand noch immer das Buch.

»Du wirst diesen Kampf verlieren, denn das, was du suchst, wirst du nicht in dem Buch finden!«, rief sie mir nach.

Ich ignorierte ihre Bemerkung und machte mich auf den Weg zum Hafen. Folgte den schmalen mit Steinen gepflasterten

Gassen hinab zum Meer. Die Dorfbewohner schenkten mir dasselbe ausdruckslose Lächeln, dieselben freundlichen Worte wie vorhin. Und obwohl sie alle dazu verdammt waren, die Wahrheit zu sagen, fühlte ich mich umgeben von einem Netz aus Lügen, falscher Freundlichkeit und leeren Blicken.

Irgendwann kam die Mauer in Sicht. Nun war ich diejenige, die lächelte. In meinem Rücken lagen die kirschrote Burg mit den farbigen Fenstern, die drei Türme, der kleine Wald und die Trümmer der Uhr. Ich wusste jetzt, warum diese Stadt so mächtig war. Die Wahrheit war ein lukratives Geschäft.

»Sayen!«

Silver befand sich bei der Mauer. Ratlos stand er da, das Tagebuch in seinen Händen. Auch Conu war neben ihm, hatte sich ebenfalls über das Buch aus dem Turm gebeugt.

»Ich hab das Buch!«, rief ich und rannte weiter. Doch mit einem Mal war meine Freude wie weggeblasen, denn die Erde unter meinen Füßen fing zu beben an. Nur ganz kurz, gerade so lange wie ein Wimpernschlag und so sanft, dass ich im ersten Moment dachte, ich hätte mir das eingebildet. Doch gleich darauf folgte ein weiteres Beben, eines das kräftiger war als das zuvor.

Bevor Silver etwas sagte, wusste ich Bescheid. »Die Regierung!« Wütend lief ich schneller, versuchte, das Nächste zu ignorieren. »Hier!« Atemlos kam ich neben den Wächtern zum Stehen. Ich hielt ihnen das Buch direkt unter die von der Sonne gebräunte Nase. »Was müssen wir tun, damit man unsere Geheimnisse nicht mehr entschlüsseln kann?«

»Die Namen müssen durchgestrichen werden«, erklärte der Wächter, während seine Augen einen Punkt hinter mir fixierten.

»Ich habe kein Schreibzeug.« Ein Gefühl von Hilflosigkeit kroch durch meinen Körper. Wenn sie erst einmal hier waren, was würden sie mit uns machen? Mit einer Diebin und zwei Freiheitskämpfern?

Conu neben mir klatschte in die Hände. Er kniete sich hinab zu der Tasche und reichte mir Tinte und Feder.

»Danke!« Eilig schlug ich das Buch auf. Blätterte an all den Namen vorbei, bis ich zu unseren kam. Schwungvolle Buchstaben in solch einer schönen Schrift, dass es beinahe schade war, diese Wörter durchzustreichen. Aber ich tat es. Ich zog drei saubere Linien durch unsere Namen und sofort fühlte ich mich befreit von einer unsichtbaren Last. Das Kribbeln war weg, der Druck auf meiner Brust von mir gewichen.

»Damit sind eure Geheimnisse wieder sicher.« Der Wächter nickte mir zu.

»Gut, dann verlassen wir jetzt die Insel.« Erleichtert wollte ich das Buch schließen, blätterte aber zuvor durch die Seiten, um mich zu vergewissern, dass mir nichts entging. Auf der ersten Seite verweilte ich kurz. Und da sah ich ihn. Einen Namen, der mir ziemlich bekannt vorkam.

»Wir müssen los!« Silvers Hand legte sich auf meine Schulter, kräftig und bestimmt. »Kommst du?«, hakte er nach.

Meine Finger fuhren über den Namen, spürten die schwungvollen Linien nach. Ich schloss das Buch und stand eilig auf.

»Hier, besser wir verschwinden.« Silver reichte mir das Tagebuch und zusammen eilten wir durchs Tor. Das Buch der Dame ließ ich zurück. Ich hatte kein recht, die Geheimnisse der Bewohner mitzunehmen.

»Danke«, sagte ich und schenkte dem blonden Mann ein kurzes Lächeln. Doch wie zuvor nahm er mich nicht wahr und blickte an uns vorbei zum Horizont. Der andere Wachmann hingegen schloss das Tor hinter uns mit solch einer Wucht, dass ich befürchtete, er würde die ganze Mauer zum Einsturz bringen. Sein Blick war genauso ausdruckslos wie der aller Bewohner, aber Misstrauen schimmerte hindurch.

»Ihre Blicke sind unglaublich leer«, flüsterte ich.

»Sie haben Angst, etwas Falsches zu sagen, haben vielleicht gar ihre Geheimnisse verloren.« Silver schüttelte den Kopf. »Aber schau lieber da.« Er zeigte auf das offene Meer.

In der Ferne entdeckte ich vier große Schiffe in demselben Blauton wie die Wellen.

»Schnell!«, ermahnte uns Silver. Er rannte den Weg entlang, dicht gefolgt von Conu und mir. Wie Verrückte hetzten wir in Richtung unseres Schiffes.

Sand stob zur Seite, gelangte in meine Schuhe und unter meine Kleidung, kratzte bei jeder Bewegung, aber meine Gedanken fokussierten sich auf die blauen Schiffe am Horizont.

Bell stand bereits am Heck und winkte hektisch. »Beeilt euch gefälligst! Ich will meinen Kopf noch eine Weile behalten!«

Bei den Worten musste ich lachen, was vielleicht auch an der Anspannung lag. »Wir auch!«, rief ich zurück.

Wir hangelten uns die Strickleiter hoch. Scetch stand an der Reling und bedachte mich mit einem bösen Blick, bevor er Platz machte, damit auch Silver an Bord konnte. Ich ignorierte ihn so gut es ging.

»Anker lichten! Setzt die Segel!«, befahl der Kapitän, ehe seine Füße das Holz des Schiffes berührten. Alle rannten los, um dafür zu sorgen, dass wir so schnell wie möglich wegkamen. Ich ging der Mannschaft aus dem Weg, stellte mich an die Reling und behielt unsere Verfolger im Auge, während überall Hektik herrschte. Ich hasste es, untätig herumzustehen, aber besser so, als im Weg zu sein.

Wir fuhren los, die Regierung im Nacken. Auch wenn es nur vier Schiffe in weiter Ferne waren, so wirkten sie sogar von hier aus mächtig und bedrohlich. Ich gab es nicht gerne zu, aber ich war neugierig. Wer waren diese Leute? Zu gerne wollte ich das wissen, aber mein Leben war mir wichtiger, darum schickte ich ein stilles Gebet in den Himmel, dass uns jene Menschen niemals erreichen würden.

»Wir müssen um die Insel herum!«, rief Bell. Sie stand inmitten all des Chaos und erteilte Befehle. »Bleibt so dicht am Festland wie möglich, damit wir keine Zeit verlieren!«

Der Wind blies kräftig, sorgte dafür, dass wir schneller vorankamen.

»Macht, was sie sagt! Eng an der Insel entlang. Wir nutzen die Mauer als Tarnung. Bis die Regierung an Fandora vorbei ist, sind wir schon hinter den nächsten Städten verschwunden!«, donnerte nun auch Silvers Kommando über das Deck.

Ich lehnte mich an das Holz und schloss die Augen. Weitere Stimmen drangen durch das Rauschen der Wellen und das Heulen des Windes. Stiefel schlugen hart auf die Planken, Wasser spritzte über die Reling. Ich wusste nicht, wer oder was die Regierung war, doch wirkte es, als wäre sie überall. Sie hatte ihre Augen und Ohren in jeder Stadt und ihre Schiffe schienen eins zu sein mit den Wellen.

Irgendwann, ich hatte bereits aufgehört mir Gedanken über die Zeit zu machen, kehrte Ruhe ein. Erst dann öffnete ich meine Augen.

Silver stand neben mir, den Blick nach vorne gerichtet, mit der Hand hielt er sich wieder seinen lädierten Arm. Die restlichen Männer huschten weiterhin über das Schiff, jedoch in einem ruhigeren Tempo.

Ich sah mich um, entdeckte aber kein einziges der blauen Schiffe mehr. Dafür tauchten links und rechts von uns die Umrisse anderer Städte auf.

»Wir haben sie abgehängt«, meinte Silver. »Zumindest vorerst.« Er strich sich das dunkle Haar aus den Augen, das etwas nass geworden war. Dunkle Striemen befanden sich auf seinen Wangen, vermutlich noch von seinem Sturz.

Mein Herz klopfte, als ich in die dunklen Augen sah. Die Narbe darüber, die aus Tagen stammte, an welchen er ein kleiner Junge gewesen war. Tage, an denen er sich bestimmt keine Gedanken um Fluchtmöglichkeiten machen musste. Wie schnell man erwachsen wurde, erwachsen werden musste.

»Was sind das für Orte?«, fragte ich und zeigte auf die Landschaften aus hohen Hügeln, Bäumen und Felswänden neben uns.

»Ich weiß es nicht genau. Das ganz links mit den grünen Flächen und dichten Wäldern ist Trelian, die Stadt der Bäume. Aber die anderen sagen mir nichts. Ich werde mich später damit befassen. Zuerst will ich, dass wir so viel Abstand wie möglich zur Regierung bekommen.«

»Willst du dich nicht verarzten lassen?« Ich deutete auf seinen Arm und die Striemen an seinen Händen.

»Sei nicht so fürsorglich, man könnte meinen, du machst dir Gedanken um mich«, murmelte er mit spöttischem Unterton.

»Keine Sorge, so weit sind wir noch nicht. Aber ein kranker Kapitän ist kein nützlicher.« Ich sah hinaus aufs Meer, beobachtete das Wasser unter uns. Wie tief es wohl war? Und was sich darunter wohl alles verbarg?

»Danke.«

Überrascht drehte ich meinen Kopf in Silvers Richtung. Er wich meinem Blick aus.

»Für?«, fragte ich leise.

»Dass du zurück bist und unsere Namen durchgestrichen hast.« Er räusperte sich. »Das war wirklich mutig, kleine Diebin.«

Darauf konnte ich nicht antworten. Ich wusste nicht, was ich sagen sollte, also schüttelte ich einfach den Kopf.

»Was war überhaupt los?« Silver stellte sich vor mich. »Als du auf das Buch geschaut hast, bist du auf einmal ziemlich bleich geworden.« Er beugte sich ein wenig herunter, um mit mir auf Augenhöhe zu sein.

Ich erwiderte den Blick, dachte einen Moment lang nach. Sollte ich es ihm sagen?

»Als ich im Turm war, hab ich dieses Tagebuch gefunden.« Ich tippte auf das Buch in meinen Händen. »Die Wachleute hatten ein Kind. Viola. Und der erste Name in dem Buch der Dame war ...«

»... Viola«, beendete er meinen Satz. »Was glaubst du, bedeutet das?«

Unsicher zuckte ich mit den Schultern. »Ich weiß es nicht. Darum habe ich das Tagebuch mitgenommen. Wir wissen zwar jetzt, dass die Leute Geheimnisse verkaufen, aber ich habe das Gefühl, dass ich es besser verstehe, wenn ich dieses Buch lese. Ich will erfahren, wer Viola war und warum ihr Name als Erstes aufgeschrieben wurde.«

Silver nickte nachdenklich.

»Hey, ihr beiden.« Bell drängte sich an uns vorbei, ließ sich zwischen uns fallen und streckte ihre Füße von sich. »Wenn das nicht eine schreckliche Stadt war.« Sie schloss die Augen und holte tief Luft. »Also, wo ist er?«, fragte sie und öffnete ein Auge.

»Er?« Silver hob fragend die linke Augenbraue.

»Na, der Hinweis.«

Der Kapitän schüttelte den Kopf. »Wir haben ihn nicht. Der

König hat ihn uns weggenommen, und ehe wir ihn zurückholen konnten, war das mit der Regierung.« Mit seiner Hand fuhr er die Reling entlang. »Aber wir besuchen zuerst die restlichen drei Städte. Vielleicht brauchen wir diesen Hinweis gar nicht. Sonst müssen wir eben noch einmal zurück.«

Die Freude in Bells Gesicht verschwand augenblicklich. Auch die anderen Männer an Bord schienen innezuhalten. Hatten sie uns die ganze Zeit belauscht?

»Ihr habt das Pergament nicht?«, fragte nun auch Scetch, der mit energischen Schritten auf uns zulief.

»Nein, wir hatten keine Chance«, raunte Silver. Er rieb sich über das Kinn, als müsse er angestrengt nachdenken. »Aber das macht nichts.«

»Wie, das macht nichts?« Einer der Matrosen, ein junger Kerl mit kräftigen Armen und breiten Schultern, zog seinen Schlapphut vom Kopf und warf ihn vor sich auf den Boden. »Wir verschwenden so viel Zeit für all das, so viele Nerven, und dann haben wir nichts?«

»Wesley«, sagte Silver. Er bedachte ihn mit einem warnenden Blick. »Daran hat niemand Schuld.«

»Und ob!«, kam es auf einmal von Scetch. »Wenn du sie nicht mitgenommen hättest, hätten wir den Hinweis. Es ist eigenartig, wie sehr uns die Regierung auf den Fersen ist, seitdem sie hier ist.«

Ich öffnete den Mund, um ihm eine passende Antwort an den Kopf zu knallen, doch im letzten Moment entschied ich mich dagegen. Er hatte ein Problem mit mir und das würde nicht kleiner werden, wenn ich Streit provozierte. Er hatte sich seine Meinung über mich bereits gebildet.

»Genau!«, kam es von einer anderen Seite.

»Schluss!« Silver stieß sich von der Reling ab. »Sie ist Teil dieser Mannschaft wie jeder von euch und entweder ihr vertraut ihr wie ich oder ihr geht.«

Die Stimmung war am Gefrierpunkt angelangt. Keiner sagte mehr etwas. Der Hut von Wesley lag noch auf den Planken und wirkte wie ein trostloser schwarzer Fleck auf dem hellen Holz.

Nach einiger Zeit des Schweigens lief Silver über das Deck zu seiner Kajüte. »Geht wieder an eure Arbeit!«, rief er.

Ich folgte ihm, versuchte Schritt zu halten.

»Was ist?« Er drehte sich um und blickte mir in die Augen.

»Danke.«

»Nur weil ich mich vorhin bedankt habe, musst du dich nicht auch bedanken. Es ist normal, dass die Mannschaft zusammenhält«, erwiderte er und lehnte sich an die Tür seiner Kabine.

»Das weiß ich zu schätzen, und als kleines Dankeschön möchte ich dir etwas geben.« Ich streckte ihm das Tagebuch entgegen.

Unsicher nahm er es mir ab. »Was soll ich damit?«

»Schlag die erste Seite auf«, befahl ich ihm.

Er zögerte erneut, tat aber, was ich sagte. Verwundert wich er zurück, stieß gegen die verschlossene Tür. »Was?« Fassungslos starrte er auf die aufgeschlagene Seite.

»Du kannst ihn haben.«

»Sayen ...« Er griff ins Buch und nahm das Pergament, das ich zwischen die ersten Seiten geklemmt hatte. »Ist das der Hinweis?«

»Ja.«

»Wie ...« Er schüttelte den Kopf.

»Ich bin eine Diebin.« Mit diesen Worten drehte ich mich um und lief wieder zurück an Deck.

Kapitel 15

Der Blick auf die Wahrheit

Ich lag in der kleinen Kammer, welche ich nun mein Eigen nannte. Meinen Kopf hatte ich auf ein Kissen gebettet, die Decke um meinen Körper geschlungen. Inzwischen hatte ich mich an das Schaukeln gewöhnt, es beruhigte sogar. Immer wieder war ich eingenickt und wieder aufgewacht, um dann ratlos über Deck zu laufen. Die Mehrheit der Besatzung ging mir aus dem Weg. Wahrscheinlich dachten auch sie, dass die Regierung wegen mir hier war.

Es war so einfach gewesen, den Hinweis zu stehlen. In dem Moment, in welchem ich dank des Wachmanns das Gleichgewicht verloren hatte und gegen den König geknallt war, bot sich mir die Gelegenheit, in seine Manteltasche zu greifen. Seine Majestät war viel zu abgelenkt gewesen, um etwas davon mitzubekommen.

Ich schlug die Decke zur Seite, stand auf und verließ die Kammer. Draußen war es Nacht, die Wolken zogen über das Himmelszelt, eine nach der anderen.

Bell hatte mir neue Kleidung gebracht. Eine enge dunkle Hose und ein ebenso dunkles weites Hemd. Warm war diese Kleidung nicht, aber wenigstens wurde ich so die Sandkörner los, die seit heute Morgen an meinem alten Oberteil geklebt hatten.

Flinn stand am Steuerrad und pfiff vergnügt ein Lied, während der Wind durch seinen langen orangen Bart fuhr. Bill stand neben ihm. Die beiden lachten über irgendetwas.

Ich setzte mich auf eine Kiste, die nahe an der Reling stand.

Das Meer war mir vertraut. In meiner Heimat hatte ich es jeden Tag gesehen, hatte sein stetiges Rauschen gehabt. Es war das Einzige, das ich aus meinem alten Leben mitgenommen hatte. Wie es Dan und Kassie wohl ging? Das Lachen der Männer vermischte sich mit dem Klang der Wellen. Heute wehte ein stürmischer Wind, darum schlug das Wasser kräftig gegen die Bordwand.

Meine Hand wanderte zu der Stelle an meiner Brust, unter der mein Herz lag. Ich hörte, wie es pochte, wie es gleichmäßig im Takt schlug. Doch die Kälte, die sich daruntergemischt hatte, spürte man selbst durch das Hemd.

»Bist du nicht müde?«

Überrascht drehte ich mich um und blickte in Smiths Gesicht. Dieses auffällige Schlangentattoo würde ich überall wiedererkennen. In seiner rechten Hand hielt er einen Krug, mit der linken stützte er sich an einem der Masten ab.

»Kann nicht schlafen«, erklärte ich mit einem Lächeln. Unsere letzte Unterhaltung war nicht gerade gut ausgegangen.

»Warum setzt du dich nicht ...« Bevor er weitersprach, nahm er einen kräftigen Schluck. »Zu uns? Wir versuchen Flinn wachzuhalten, damit er nicht einschläft und einen falschen Kurs einschlägt.« Er lachte laut, nahm einen weiteren Schluck und deutete dann mit der Hand auf Bill und Flinn.

Ich drehte meinen Kopf in deren Richtung. Im Grunde genoss ich es, allein zu sein, aber es war eine gute Möglichkeit, mehr über sie zu erfahren. »Gerne«, antwortete ich also und verließ meinen Platz.

»Magst du auch?«, fragte er und deutete auf den Krug.

Eilig schüttelte ich den Kopf. Noch immer spürte ich den eigenartigen beißenden Geruch in meiner Nase, seit ich das erste Mal daran gerochen hatte.

Smith zuckte nur mit den Schultern und zusammen liefen wir zu den anderen.

»Sayen.« Bill lächelte und schob sich mit einer raschen Bewegung die längeren Locken aus der Stirn. Diese fielen gleich darauf wieder vor seine Augen.

»Bist du nicht die Diebin, die den Hinweis verloren hat?«, brummte Flinn, ohne aufzusehen.

»Ich hab ...« Seufzend brach ich mitten im Satz ab und schüttelte den Kopf. »Silver hat den Hinweis, ich hab ihn ihm gegeben«, erklärte ich, nachdem ich mir sorgfältig meine Worte überlegt hatte.

Flinn kratzte sich nachdenklich an der Stirn. »Wir geben alle sehr viel für diese Mission, weißt du.«

»Flinn«, murmelte Smith. Er trank den letzten Schluck und wischte sich dann mit dem Hemdsärmel über den Mundwinkel. »Lass sie in Ruhe.«

»Sie soll es ruhig wissen.« Flinn nickte einige Male. »Denn wenn sie es nicht weiß, wie soll sie erahnen, warum wir heute so wütend waren?«

»Warum sucht ihr das Buch?«, fragte ich auf einmal. »Warum ist es euch so wichtig?«

»Weil wir Freiheitskämpfer sind«, antwortete Smith und streckte die Hand mit dem Krug in die Höhe. »Und wir sind verdammt stolz darauf.«

»Es ist wichtig, dass wir das Buch finden. So viele Menschen suchen es und wollen es für ihre Zwecke missbrauchen. Die Regierung hat uns alle unter Kontrolle. Stell dir vor, was sie mit dem Buch alles anstellen könnte.« Flinn seufzte bei seinen eigenen Worten. »Und wir wollen es einfach nur vernichten.«

Seine Worte gruben sich in meine Gedanken. Irgendetwas auf dieser Reise hatte mich verändert, mich nachdenklicher gemacht.

»Ihr tut das alles also für andere? Ihr sucht das Buch, um dafür zu sorgen, dass niemand diese Macht missbraucht?«

Wieder nickte Flinn. »Aye, du klingst, als ob du das nicht tun würdest.«

Nachdenklich betrachtete ich das Holz unter meinen Schuhen. Ich hatte mich auf die Mission begeben, um das Buch zu finden, genau wie sie. Aber ich hatte es wegen des Geldes getan. Inzwischen war ich mir allerdings nicht mehr sicher, ob ich Dan das Buch bringen sollte. Er würde es an den Meistbietenden verkaufen, egal welche Absichten diese Person hatte.

»Ich würde gerne mehr über euch erfahren, über die Freiheitskämpfer.«

Smith lächelte zufrieden bei meinen Worten. »Du willst also mehr über uns erfahren?«, fragte er.

Ich erwiderte seinen forschenden Blick. »Ja.«

»Als die Regierung vor einiger Zeit beschlossen hat, das Zepter an sich zu reißen und alle Städte zu kontrollieren, gab es eine Handvoll Männer und Frauen, die das nicht zulassen wollten, denn die Regierung verfolgte ständig nur ihre eigenen Pläne. Sie tat, was ihr half, aber vergaß, dass sie dabei anderen schadete. Die Männer und Frauen, die sich gegen die Regierung wehrten, brauchten einen Namen. Sie nannten sich die Freiheitskämpfer, da sie für Gerechtigkeit, Frieden und Freiheit kämpften. Sie sprachen aus, was Menschen wie sie dachten. Setzten sich für die Schwachen ein und gaben ihr Leben für andere«, erklärte er. Er betrachtete dabei den Krug in seinen Händen und fuhr nachdenklich darüber.

»Das ist der Unterschied zwischen uns und der Regierung. Wir denken nicht bloß an uns selbst«, kam es nun von Flinn.

»Genau!«, stimmte Bill ebenfalls zu.

»Sie entfernen die Menschen, die anders denken. Ihnen ist es lieber, wenn wir alle Körper ohne Seelen sind. Unsere Gedanken sollen wie ihre sein«, brummte Flinn.

»Warum? Was ist so schlimm daran, wenn man eine eigene Meinung hat?«, fragte ich.

Die Wellen schlugen kräftig gegen die Schiffswand. Für einen Moment geriet ich aus dem Gleichgewicht und konnte mich gerade noch halten. Den dreien schien das nichts auszumachen.

»Manche Menschen fürchten Andersdenkende. Jeder hat das Gefühl, dass seine Meinung die einzig wahre ist. Darum gibt es Kriege und Machtkämpfe, weil bestimmte Leute den Rest der Menschheit von ihren Gedanken überzeugen wollen«, erwiderte Flinn. Er legte den Kopf in den Nacken und blickte zu den Sternen. »Könntest du Bell wecken? Ich bin müde und sie hat das bessere Auge bei Nacht«, wandte er sich an Smith.

»Ich werde mich auch verabschieden. Die Müdigkeit ruft«, gähnte ich.

»Aye.« Flinn hob den Daumen, den Blick immer noch nach vorne gerichtet.

»Danke euch für das Gespräch«, fügte ich hinzu, bevor ich mich von den Männern verabschiedete und in Richtung Kajüten lief. Unterwegs begegnete ich Scetch. Er hatte sich an einen Türrahmen gelehnt und betrachtete seine Fingernägel, als ob es daran etwas äußerst Interessantes gäbe.

»Die anderen können dir vertrauen, aber ich werde das nicht«, zischte er leise. Damit drehte er sich um und verschwand im Inneren des Schiffes. Ich wartete einen Augenblick, zählte die Sekunden, die langsam zu Minuten wurden, ehe ich den gleichen Weg einschlug. Eigentlich wollte ich wieder zurück in meine Kajüte und die restliche Nacht schlafen, aber vor Silvers Tür blieb ich stehen. Wie ich ihn kannte, war er wach und las in seinen Büchern. Ich klopfte dreimal, wie ich es immer bei Kassie getan hatte.

Die Tür ging auf und ein ziemlich mürrisch dreinblickender Silver sah auf mich herab. Die Haare standen etwas ab, das Hemd war halb geöffnet. »Entweder gefällt dir deine Kabine nicht oder du liebst es, mich nachts zu wecken.«

»Netter Versuch, aber du schläfst nicht.« Ich deutete hinter ihn, wo noch Licht brannte.

Er murmelte ein paar Worte, die ich gekonnt ignorierte, und öffnete dann die Tür ganz, damit ich eintreten konnte. Auf dem Schreibtisch herrschte wieder Chaos. Überall lagen Papier, Bücher und sonstige Dokumente. Das Tintenfass war auf den Boden gefallen, die Farbe hatte sich bereits auf dem hellen Holz verteilt. Zwei Kerzen brannten in Glasgefäßen vor sich hin.

»Wie kann ich dir helfen?« Er ließ sich auf seinen Stuhl fallen, verschränkte die Hände ineinander und sah erwartungsvoll zu mir hoch.

»Warum bist du Freiheitskämpfer geworden?« Ich griff nach dem Tintenfass und stellte es auf den Schreibtisch. Diese Frage hatte ich ihm schon einmal gestellt und keine Antwort darauf erhalten.

Er holte tief Luft, schnappte sich ein Papier und hielt es mir entgegen. »Was ist das?«, fragte er.

»Papier?« Verwundert sah ich ihn an.

»Und warum ist es Papier?« Mit einem Lächeln auf den Lippen legte er es wieder auf den Tisch. »Du hast mit Smith gesprochen, oder?«

»Ja.« Ich setzte mich auf das gemachte Bett und blickte zu den beiden Kerzen.

Silver seufzte. »Willst du nun auch eine Freiheitskämpferin werden?«

»Nein, das nicht. Ich halte mich lieber aus all dem raus.« Mein Blick wanderte weiter zu seinem linken Arm. »Wie geht es deiner Verletzung?«

Er blickte an sich herab. »Besser, aber ich kann die nächsten Tage den Arm nicht belasten.« Nachdenklich nahm er eines der Bücher vom Schreibtisch. Es hatte einen dunklen Einband mit silbernen Sternen und war dicker als die anderen. Silver drehte es hin und her und fuhr über die Sterne. »Ich nehme an, du willst wissen, was auf dem Hinweis steht?«

»Ja, aber ich bin nicht deswegen hier.« Ich stand wieder auf, strich mir die roten Haare aus der Stirn und lief durchs Zimmer.

»Wenn du mir erzählst, was dich belastet, dann kann ich dir vielleicht helfen«, sagte er.

»Warum hat Scetch einen Hass auf mich?« Immer wieder tauchten die finsteren Gesichtszüge des jungen Mannes in meinen Gedanken auf. Dieser Blick, voller Abscheu und Wut.

»Seine kleine Schwester wurde von der Regierung verschleppt.« Silver hatte sich zurückgelehnt, spielte mit der Feder in seiner rechten Hand. Sein Blick war in die Ferne gerichtet. Für einen kurzen Moment erinnerte er mich an den blonden Wachmann.

»Er gibt sich die Schuld daran, weil er versprochen hat, auf sie aufzupassen. Als sie kamen und sie mitnahmen, brach seine Welt zusammen. Er hat getrunken. Etliche Monate lang, bis wir ihn gefunden haben. Seitdem hat er damit aufgehört und setzt sich nun für die Freiheitskämpfer ein.« Er öffnete das Buch und notierte einige Wörter.

»Aber ich bin nicht die Regierung und ich habe seine Schwester nicht mitgenommen«, erwiderte ich wütend.

»Nein. Tief im Inneren gibt er sich wohl selbst die Schuld daran, du weißt ja, wie das ist.« Er sah kurz auf, lächelte und notierte wieder ein paar Worte. »Es ist einfacher, jemand anderen für etwas zu hassen, was er nicht getan hat, als sich selbst die Schuld zu geben.«

Wieder war ich an dem Punkt angelangt, an welchem ich nichts mehr zu sagen wusste. In mir tobte ein Sturm, eine innere Wut, die mich verzweifeln ließ. Seit ich hier an Bord war, hatte sich einiges verändert, ich hatte mich verändert. Davor gab es nur Dan, Kassie und mich. Alles andere war mir egal. Aber nun legte ich Wert darauf, was andere von mir dachten und was richtig oder falsch war.

»Das ist zum Mäusemelken«, fluchte ich.

»Was?« Irritiert sah Silver auf.

»Erzähl mir von dem Hinweis, das bringt mich vielleicht auf andere Gedanken.«

Er nickte, öffnete eine Schublade und nahm das Pergament hervor. *»Der Glaube daran, dass du es finden kannst, wird dir helfen.«*

Müde rieb ich mir die Augen. So langsam schlich sich die Müdigkeit wieder an. »Damit kann ich noch weniger anfangen als mit dem ersten Hinweis«, murmelte ich.

»Warten wir ab, was auf den anderen drei steht.« Er ließ das Schriftstück in der Schublade verschwinden und beugte sich abermals über das Buch.

»Was machst du da überhaupt?« Mit wenigen Schritten war ich bei ihm, bevor er es schließen konnte.

Ich öffnete den Mund, doch Silver war schneller.

»Denk dir nichts dabei«, sagte er, als er meinen Blick bemerkte. Ich lag falsch mit der Annahme, dass er vorhin etwas hineingeschrieben hatte. Tatsächlich hatte er ein Bild gezeichnet. Es waren nur schemenhafte Umrisse, Striche, eilig aneinandergereiht. Doch auch so erkannte ich, dass es sich um ein Bild von mir handelte. Es war ein Bild, wie ich nachdenklich in die Ferne blickte.

»Ich mache das immer.« Als Beweis blätterte er ein paar Seiten zurück. Skizzen vom Schiff, von Bell und einigen aus der Mannschaft kamen zum Vorschein. Die Karte von Fandora war ebenfalls darin. Neben Städten, Schiffen und Menschen gab es aber auch Landschaften und Blumen.

»Wer hätte das gedacht?« Beim Anblick der Zeichnungen musste ich lächeln. Ich griff nach dem Buch und blätterte die Seiten durch.

»Was willst du damit sagen?« Er nahm es mir wieder aus den Händen, schloss es und legte es in die Schublade.

»Damit will ich sagen ...« Ich stützte mich am Schreibtisch ab und beugte mich näher zu ihm. »Dass ich im ersten Moment dachte, du bist ein grimmiger Kapitän ohne jegliche Interessen, aber du scheinst ein netter Kerl zu sein.«

Er seufzte, erhob sich und lief hinüber zu dem kleinen Bücherregal. »Mach dich lieber nützlich, wenn du mich schon nicht in Ruhe lässt.« Er schnappte sich drei der Werke und warf sie mir eines nach dem anderen zu.

Gerade rechtzeitig bekam ich sie zu fassen.

»Die nächste Stadt liegt weiter weg. Wir werden also einige Zeit unterwegs sein. Vielleicht machst du dich schlau und liest ein paar Dinge nach.« Er deutete auf die Bücher in meinen Händen. »Und wenn du damit fertig bist, gibt es noch reichlich mehr. Stocken wir deine Ortskenntnisse etwas auf, Prinzessin der Diebe.« Mit den Worten ließ er sich wieder auf seinen Stuhl fallen.

Ich setzte mich aufs Bett, lehnte mich an die Holzwand und schlug das Erste der drei auf. In ihm ging es um die Erzählungen und Legenden der Städte. Nichts, was ich mir normalerweise durchgelesen hätte. Direkt neben meinem Gesicht stand eine der Kerzen auf einem kleinen Regal. Sie spendete nur wenig Licht.

Silver war schon nach einigen Sekunden wieder in einen Berg Papiere vertieft.

»Ist das so gut?«, fragte ich auf einmal.

»Was?« Er sah auf.

»Das Licht auf meinem Gesicht, falls du mich wieder zeichnest«, antwortete ich, um ihn aufzuziehen.

Dafür bekam ich jedoch nur ein Augenrollen zur Antwort.

Teil 3 – Die dritte Stadt

Kapitel 16
Die nächste Stadt auf der Karte

Als ich am nächsten Morgen erwachte, war ich im ersten Moment verwirrt. Ich lag auf Silvers Bett, auf meinem Bauch das halb gelesene Buch, auf dem Boden die anderen beiden. Die Kerze zu meiner Rechten war erloschen. Von Silver selbst fehlte jede Spur, allerdings herrschte Ordnung in der Kajüte. Der Schreibtisch war völlig frei von Dokumenten, die Bücher lagen an ihrem Platz. Nur der dunkle Fleck auf dem Boden deutete darauf hin, dass gestern Chaos gewesen war.

Ich stand auf, rieb mir den Schlaf aus den Augen und streckte mich ausgiebig.

Danach sammelte ich die Bücher ein und verstaute diese ebenfalls ordentlich im Regal. Mein Blick glitt zu der Schreibtischschublade, in die Silver gestern das Pergament und das Buch gelegt hatte. Ob er dort all seine kostbaren Dinge aufbewahrte?

Doch als ich die Schublade öffnete, war sie leer. Kein Pergament, kein Buch, nicht einmal ein Tintenfass lag darin.

Ich schloss sie wieder und verließ das Zimmer, bevor mich das schlechte Gewissen ereilen konnte.

Da helllichter Tag war, war der Großteil der Mannschaft auf den Beinen. Die Sonne stand hoch am Himmel und brannte erbarmungslos auf unsere Köpfe. Keine einzige Wolke war zu sehen.

»Sayen!«

Ich wich einigen Leuten aus, folgte der Stimme und drängte mich mit einem kurzen Nicken an Bill vorbei.

»Sayen!«, erklang wieder die Stimme von Bell. Sie stand am Steuer und hatte sich einen viel zu großen Hut aufgesetzt, welcher mich an den Schlapphut des aufbrausenden Wesley erinnerte.

»Guten Morgen.«

»Du hast lange geschlafen und den Halt verpasst.« Sie drehte sich zu mir um und hielt das Steuer nur noch mit einer Hand fest. Um ihr Handgelenk baumelten viele bunte Bänder. Irrte ich mich oder war ein neuer Stoffstreifen dazugekommen?

»Halt?« Verwundert deutete ich auf ihren Arm. »Hattest du dieses honiggelbe Armband gestern schon?«

Sie hob ihren Arm gegen das Licht der Sonne. Zufrieden lächelte sie. »Nein, das ist aus Zelia. Ich trage für jede Stadt ein Armband. Und ja, wir haben dort haltgemacht, um unseren Proviant aufzufüllen. Aber du hast tief geschlafen, darum haben wir dich nicht geweckt.«

Wie aus Protest knurrte mein Magen. Es war eine Weile her, seit ich etwas gegessen hatte. Peinlich berührt hielt ich mir die Hand auf den Bauch, um ein weiteres Knurren zu verhindern, was natürlich nicht half. »Wo ist Silver?«, versuchte ich abzulenken.

»Er ist irgendwo an Deck und ruht sich aus. Ich hab ihn länger nicht mehr gesehen. Aber wenn du magst, kannst du Smith in der Kombüse einen Besuch abstatten. Vielleicht braucht er deine Hilfe und so kommst du schneller an Essen«, schlug sie vor. Sie griff mit der rechten Hand wieder ans Steuer. Wind blies ihr durch das Haar, wehte ihr den Hut beinahe vom Kopf und doch lächelte sie. Es war ein freundliches Lächeln, eines, das selbst in ihren Augen weiterstrahlte.

»Du bist glücklich hier, oder?« Ich warf einen Blick auf die bunten Perlen in ihren Haaren und die Stoffstücke an ihren Armen. Wenn jedes davon für eine andere Stadt stand, dann war sie in ihrem Leben auch an einigen Orten gewesen.

»Mein Zuhause ist das Meer, der Wind mein ständiger Begleiter, wie könnte man glücklicher sein?«, antwortete sie. »Ich trage sie übrigens, um jeder Stadt, die ich besucht habe, meinen Respekt zu zollen.« Bell hatte meinen Blick bemerkt und deutete mit dem Kinn auf den Arm. »Also wenn du wieder nach Taian gehst, musst du mir eines besorgen.«

In meinem Kopf tauchten die Bilder meiner Stadt auf. Die engen Gassen, die mit Steinen gepflasterten Straßen, die kleinen Marktstände und die Menschen, die wie Ameisen um die vielen Schiffe herumwuselten. Ich dachte an Dan, wie er jeden Abend im selben Wirtshaus saß, Tag für Tag, und es ihm niemals langweilig wurde. Wie Kassie völlig vertieft über ein Buch gebeugt war und mir mit einem energischen Winken zu verstehen gab, dass sie in Ruhe lesen wollte. In Taian gab es viele Farben mit einer Bedeutung. Blau stand für das Meer, Schwarz für die unerforschten Flecken ganz tief im Wasser. Rot galt dem Frühling, wenn es wärmer wurde und alle Bewohner bunte und kräftige Farben trugen. Grün galt der Hoffnung und an manchen Tagen sah man Stoffstücke in dieser Farbe vor Fenstern hängen. Das bedeutete, dass dort jemand wohnte, der krank war oder kurz vor dem Tod stand. Weiß war unsere Flagge mit einem schwarzen Schiff als Symbol. Sie stand für Taian. Gelb trug man, wenn ein Kind zur Welt kam.

»Versprochen.« Ich lief über das Deck und sah den Menschen zu, wie sie gewissenhaft ihre Arbeit taten. Bevor ich jemandem im Weg stand, machte ich mich auf zu Smith. Er warf gerade eine Handvoll Kräuter in einen Topf. Neben ihm befand sich wie immer ein Krug, randvoll mit der selbstgebrauten Mixtur.

»Sayen«, rief er vergnügt. »Wie kann dir ein alter Mann behilflich sein?«

In der Kombüse war es ziemlich warm. Außerdem lagen überall verstreut Waren herum und nahmen eine Menge Platz weg. Smith griff nach einem dreckigen Lappen neben dem Kessel und wischte sich die Schweißperlen von der Stirn.

»Kann ich dir behilflich sein? Ich habe das Gefühl, ich stehe hier nur untätig herum.« In einem Korb lagen einige Zitronen aufeinandergestapelt. Ich griff danach. »Wofür so viele?«

»Gut für die Gesundheit«, murmelte er. Er schnappte sich ein Messer, um eine Paprika zu zerteilen. »Du kannst im Kessel umrühren«, lautete seine Antwort.

Ich rollte die Ärmel hoch, strich mir die Haare hinter die Ohren und tat, was er sagte.

Wir sprachen nicht viel, konzentrierten uns auf das Kochen.

Als wir endlich fertig waren, war ich müde und verschwitzt, aber zufrieden. Ich nahm mir eine Portion und einen Krug Wasser. Nach einiger Zeit in der warmen Kombüse war ich froh, als ich hinaus an die frische Luft konnte. Der Seewind tat gut, selbst die Sonne auf meiner Haut schien mich aufblühen zu lassen. Und so saß ich da, aß und trank, während die Landschaft an mir vorbeizog. Von Wüstengegenden bis zu hohen Bergen und Orten voller Gebäude gab es alles. Ich malte mir in Gedanken aus, was für Städte das sein mochten. Erfahren würde ich es wohl nie.

Und so wiederholten sich die Tage, reihten sich aneinander wie die Wörter einer Geschichte. Tagsüber half ich, wo ich konnte. Oft blieb ich in der Küche und bereitete zusammen mit Smith das karge Essen vor. Die Lebensmittel wurden eisern rationiert, aber damit hatte ich kein Problem. Ich hatte noch nie ein Leben geführt, in welchem es jeden Tag warme Mahlzeiten und Nachspeise gab.

Abends sah ich Bell dabei zu, wie sie das Schiff durch die Nacht brachte und selbst bei schwachem Mondschein oder schlechtem Wetter nicht die Geduld verlor. Später, wenn ich schon etwas müde war, ging ich zu Silver. Wir sprachen selten, meist waren wir beide in unsere Arbeit vertieft. Ich hatte viel über die Städte erfahren, das meiste wusste ich aber bereits. Dennoch half es mir, all das besser zu verstehen. Die Städte befanden sich im Krieg, wenn auch in einem stillen. Sie griffen sich nicht an, sondern gingen sich gegenseitig aus dem Weg. Jeder Ort hatte seine Besonderheit und alle wollten so mächtig wie möglich sein.

Wenn mir die Augen zufielen, ging ich in meine Kammer, zog die Decke über den Kopf und schlief, bis die Sonne mich weckte.

An einem Abend war ich wieder einmal bei Silver. Ein aufgeschlagenes Buch auf den Beinen, die Hände auf dem rauen Papier, während meine Augen vor Müdigkeit beinahe zufielen. Doch ich kämpfte dagegen an, zuckte zusammen, wenn mein Körper kurz davor war, ins Reich der Träume hinüberzugleiten.

»Schläfst du?«, wollte Silver wissen.

»Nein!«, meinte ich rasch und richtete mich etwas auf.

»Tatsächlich?« Ein flüchtiges Lächeln huschte über seine Lippen. »Du zuckst dauernd und deine Augen sind öfter geschlossen als offen. Kannst du die Buchstaben überhaupt noch lesen?« Er selbst zeichnete wieder an einer neuen Karte. Bestimmt war es die für die nächste Stadt. Gefragt hatte ich ihn deswegen noch nicht. In meinem Kopf tauchten aber etliche Möglichkeiten auf. Es gab eine Stadt aus Eis, eine, die mitten im kargen Land existierte, und eine, in die man nur gelangte, wenn man den Eingang, der sich hinter einem Wasserfall versteckte, fand. In manchen Büchern wurde auch von der Stadt aus Nacht und Tag geschrieben oder von einem Ort, an dem die Menschen Masken trugen. Doch so sehr ich versuchte, zwischen den Zeilen zu lesen, ich konnte nicht erahnen, welche von all diesen Flecken auf der Landkarte zu den mächtigsten gehörten.

»Ich glaube, das bringt mir nicht viel.« Ich schloss das Buch und legte es neben mich. »Mein Gefühl sagt mir, dass ich mir das Tagebuch aus Fandora genauer ansehen sollte.«

»Das kannst du auch machen.« Er gähnte, sobald das letzte Wort über seine Lippen gekommen war.

»Wann schläfst du eigentlich?« Diese Frage hatte ich mir schon oft gestellt. Ab und an hatte ich zwar mitbekommen, dass er für kurze Augenblicke verschwand, um sich hinzulegen, doch in der Nacht schien er niemals zu schlafen. Wenn ich zu Bett ging, war er noch wach, und selbst wenn ich morgens früher als geplant erwachte, stand er bereits an Deck und besprach den Kurs mit Flinn oder Bell. Auch an Tagen, an denen ich aus einem Traum hochschreckte und mir die Beine vertrat, um wieder einen klaren Kopf zu bekommen, brannte noch Licht.

»Ich schlafe genug«, erklärte er und fluchte gleich darauf, weil er erneut gähnen musste. »Es gibt Wichtigeres als zu schlafen.« Er streckte sich ausgiebig. Seinem Arm schien es besser zu gehen, auch die anderen Kratzer waren verheilt. »Komm lieber einmal her.« Auffordernd klopfte er auf den Schreibtisch.

Ich stand auf und stellte mich neben ihn. Vor mir lag der Entwurf einer Karte. Die Tinte war noch nicht ganz trocken und glänzte im Licht der Kerze. Arkaris stand rechts oben in der Ecke.

»Was erwartet uns diesmal? Wir durften immerhin schon in eine Stadt, in welcher die Gier so groß ist, dass sich alles in Gold und Silber verwandelt und an einen Ort, an dem Geheimnisse verkauft werden.« Ich beugte mich tiefer hinab. Es war eine Stadt mit kleinen Seen, vielen Hügeln und Waldlandschaften. Es gab einige Häuser, ein etwas Größeres stand abseits, umgeben von einem Garten, zumindest wirkte es wie einer. In der Mitte verlief ein breiter Fluss, auf den Silver Schiffe gezeichnet hatte. Die Stadt war groß und besaß mehr Grünfläche als Fandora oder Sanses. Neben dem Namen waren Sonne, Sterne und ein Mond gezeichnet. Dunkle Wolken befanden sich am rechten Rand und gleich daneben hatte er ein offenes Buch mit feinen Linien gemalt. Für jedes noch so kleine Detail hatte er ein Auge.

»Du lächelst. Woran liegt es?« Seine Stimme war direkt an meinem Ohr, sein Atem auf meiner Haut.

»Wieso kannst du das so gut? Und woher weißt du all das?« Ich richtete mich auf und sah zu ihm hinunter.

»Hier.« Er schlug zwei Bücher neben der Karte auf. Darin gab es viel Text, aber auch einige Skizzen.

»Ich füge einfach alles zusammen, was die Menschen im Laufe der Jahre über die Städte erfahren haben.«

»Das ist ein Talent, das du weiterverfolgen solltest. Für jemanden, der so begabt ist, zahlen die Leute viel.«

Meine Worte schienen ihn in irgendeiner Weise getroffen zu haben, denn Silver schüttelte den Kopf. In seinen Augen brodelte eine Gefühlswelt von Machtlosigkeit, Wut und etwas, was ich nicht deuten konnte.

»Sag solche Dinge nicht.« Er tippte auf die Karte. »Das ist unser Ziel.« Sein Zeigefinger verweilte auf dem großen Gebäude.

»Befindet sich dort der Hinweis?« Seine eigenartige Reaktion war mir nicht entgangen, aber die Frage danach hob ich mir für später auf.

»Das weiß ich nicht, jedoch stand in einem der Bücher, dass hier ein verbotener Ort ist. Die Bewohner wollen nicht, dass Besucher diesen Platz betreten. Wo sonst sollte man einen Hinweis verstecken?«

Nun war ich wieder wach. Zwei der Pergamente besaßen wir schon. Hoffentlich würden wir bald das nächste in den Händen halten.

»Was ist das überhaupt für eine Stadt?«

»Arkaris nennt sich auch die Stadt der Kunst.« Er nahm die Feder wieder in die Hand und zeichnete neben den Mond und der Sonne noch weitere Sterne. »Die Leute lieben alles, das mit Kreativität zu tun hat. Sei es Geschichten schreiben, Theater spielen, Dinge erfinden und ja, auch zeichnen gehört dazu.«

»Das klingt spannend«, sagte ich. Doch so sehr ich mich darauf freuen wollte, da saß ein Gefühl in meiner Brust, das mich warnte. Jede Stadt hatte aufregend geklungen und doch war es bisher in keiner von ihnen einfach gewesen, an die Hinweise zu gelangen.

»Gibt es irgendetwas, auf das wir achten müssen?«

Er hielt inne und schien nachzudenken. »Nicht dass ich wüsste, aber ich weiß nicht viel über diese Stadt.« Neben die Sterne zeichnete er dunkle Wolken. »Wie dem auch sei, diesmal werden wir fast alle anwesend sein«, fuhr er fort.

Warum würde Silver seine ganze Mannschaft mitnehmen? »Ist das nicht zu riskant, falls etwas auf der Insel passiert oder die Regierung wieder auftaucht?« Ich runzelte die Stirn, beobachtete, wie er den letzten Strich setzte, ehe er die Sachen beiseitelegte und sich zu mir umdrehte.

»Die Regierung wird ein paar Tage brauchen, bis sie uns findet. Außerdem meidet sie Städte, in welchen Träumer leben.« Er erhob sich aus dem Stuhl, legte mir beide Hände auf die Schultern und beugte sich zu mir herab. »Darum sollten wir versuchen, einen klaren Kopf zu behalten. Aber meine Mannschaft braucht auch einmal eine Pause. Es wird ihnen gut tun, sich einige Zeit an Land aufzuhalten.«

Ich spürte den Druck seiner Hände und bemerkte den ernsten Tonfall seiner Stimme.

Er ließ mich wieder los und lief zur Weltkugel.

»Das ist verrückt«, sagte ich und schüttelte den Kopf.

»Was meinst du?« Er nahm einen der roten Pfeile, die daneben lagen, und steckte ihn in eine kleine Fläche.

»Bis vor Kurzem habe ich nur diese eine Stadt gekannt und jetzt sehe ich so viele.«

Bevor Silver etwas darauf erwidern konnte, klopfte es energisch an der Tür.

»Ja?«, rief er.

Die Tür wurde aufgestoßen und Bell betrat das Zimmer. Ihr Strahlen war nicht zu übersehen. Es reichte von einem Ohr zum anderen, während die Perlen in ihren Haaren hin- und herschwangen. »Wir erreichen Land«, meinte sie aufgeregt.

Zufrieden wandte sich Silver von der Weltkugel ab. »Gut, dann sollten wir uns bereit machen. Ruf die Mannschaft zusammen, es geht bald los.«

Genau so schnell wie sie gekommen war, war sie wieder aus dem Raum verschwunden. Zurück blieb Stille.

Ich freute mich, auch wenn ich gerne noch ein paar Minuten geschlafen hätte. Aber dafür hatte ich keine Zeit mehr. »Dann treffen wir uns an Deck?«, fragte ich.

»Ja, ich komme gleich.«

Ich verließ das Zimmer und lehnte mich draußen für einen

Moment an die geschlossene Tür. Arkaris, die Stadt der Kunst ... Immer wieder wirbelten diese Worte durch meine Gedanken. Wie ein Blatt in einem tosenden Sturm.

Wesley stapfte an mir vorbei, den Hut tief ins Gesicht gezogen. Dicht hinter ihm kamen Bill und Smith. Vergnügt klopften sie sich gegenseitig auf die Schultern.

Erst als sie mich passiert hatten, setzte ich meinen Weg fort. Die meisten waren bereits an Deck. Doch ich hatte etwas zu erledigen. Eilig betrat ich meine Kajüte. Es war dunkel, aber das störte mich nicht. Mittlerweile wusste ich, wo was stand. Vorsichtig tastete ich mich voran. Meine Finger berührten die Decke, tasteten sich weiter zum Kissen. Darunter lag das Buch aus Fandora. Ich nahm es, drückte es an mich und wollte gerade wieder hinaus, als etwas meine Fingerspitzen streifte. Es war weich und hinterließ ein sanftes Kitzeln auf meiner Haut. Ich wich zurück und presste meine Hand ganz eng an meinen Körper. Stimmen drangen von außen herein. Wortfetzen, die in meinen Gedanken keinen Sinn ergaben. Mein Herz klopfte, schlug gegen meine Brust, zumindest der Teil, der nicht kalt und starr war.

Ich holte tief Luft, griff mit meiner Hand nach dem weichen Etwas, umfasste es und zog daran. Es war ganz leicht. Ich trat hinaus in den Gang, ignorierte die Menschen, die an mir vorbeiliefen, und blickte auf meine Hände. Darin lag eine schwarze Rabenfeder. Entsetzt ließ ich sie fallen und machte einen Schritt zur Seite. Die Legende kam mir in den Sinn. Die Legende über die Rabenfeder und deren Bedeutung.

Kapitel 17
Das schwarze Wasser und das Spiel

Geht es dir gut? Du bist ganz bleich?« Silver hatte sich über die Reling gebeugt, der Wind fuhr durch seine dunklen Haare.

»Ja, ich bin nur müde«, lautete meine Antwort. Gleich nachdem ich mich vom Schock erholt hatte, hatte ich die Rabenfeder über Bord geworfen. Bestimmt wollte mir Scetch einen Streich spielen. Doch diese Genugtuung würde ich ihm nicht geben.

»Wenn du meinst.« Er warf mir einen kurzen Blick zu, bevor er wieder hinaus auf das schwarze Wasser starrte. Ich tat es ihm gleich und versuchte zu erahnen, was darunter verborgen lag. Man konnte es drehen und wenden, wie man wollte. Das Meer blieb das größte Geheimnis der Welt. Darin verbargen sich Schätze, Schiffe und Überreste aus längst vergangenen Zeiten.

Und während meine Gedanken um ungelöste Rätsel kreisten, tauchte Arkaris auf.

Flinn, der hinter dem Steuer stand, jubelte.

Unwillkürlich musste ich lächeln und spürte, wie meine Aufregung zunahm. Arkaris leuchtete in der Dunkelheit. Kleine Lichter tanzten über den Boden, wiesen den Weg. Erst beim Näherkommen sah ich, dass es sich um Fackeln handelte. Wir fuhren durch den breiten Fluss. Links und rechts von uns gab es Häuser, grüne Flächen und Menschen, die hin- und herliefen. Mittlerweile war es später Abend und dennoch wirkte es, als wäre die ganze Stadt auf den Beinen.

Das Wasser rauschte neben mir, vermischte sich mit den Klängen von Musik. Die Häuser waren klein, manche Fassaden waren mit bunten Bildern verziert worden.

Sobald das Schiff endlich vor Anker lag, konnte ich es kaum erwarten, von Bord zu gehen. Meine Neugierde wuchs mit jeder Sekunde.

»Wenn die Sonne aufgeht, treffen wir uns wieder hier. Scetch und Torren haben sich bereit erklärt, an Bord zu bleiben. Haltet eure Augen und Ohren offen, wir müssen herausfinden, wo der Hinweis versteckt ist«, rief Silver.

Ein Nicken und Murmeln ging durch die Menge. Dann verließen die Ersten das Deck. Ich hielt mich zurück, ließ den anderen den Vortritt.

Bell tat es mir nach. Auch sie hatte sich etwas abseits hingestellt und beobachtete, wie immer weniger Menschen zurückblieben.

»Aufregend, oder?«, fragte sie an mich gewandt.

»Es ist atemberaubend, aber das war Fandora auch.« Ich verließ das leicht schwankende Schiff. Direkt unter uns befand sich ein Steg. Einige Meter weiter führte eine breite Treppe zur Stadt hinauf. Fackeln wiesen den Weg, ihr Licht funkelte so hell wie die Sterne am Himmelszelt. Ich erklomm die Stufen und drückte das Buch enger an meinen Körper.

Die Treppe endete nach zehn Tritten, und sobald ich mich mit beiden Füßen auf den Pflastersteinen befand, tauchte Bell neben mir auf. »Wollen wir uns zusammen umsehen?«, fragte ich sie.

Vor uns gab es noch mehr Fackeln und Häuser. Bei einigen standen die Türen offen, Licht brannte, die Bewohner unterhielten sich. Bunte Lichterketten hingen an den Balkonen, Musik spielte.

»Verzeihung, aber wer seid ihr?«

Bell und ich drehten uns fast gleichzeitig in die Richtung, aus welcher die Stimme kam.

Rechts von uns stand eine junge Frau. Sie hatte ihr blondes Haar, das ihr bis zur Hüfte reichte, zu einem Zopf frisiert, trug ein schneeweißes Kleid und einen Blumenkranz in den Haaren. An jedem ihrer Finger steckten Ringe, an manchen sogar drei. Um ihre Augen entdeckte ich hellblaue Farbe, genau wie in den Spitzen ihrer Haare.

»Wir sind ...« Ja, wer waren wir überhaupt? Freiheitskämpfer, die das Buch wollten, und die Frau mit den roten Haaren?

»Wir sind auf der Suche nach dem Hinweis. Verzeiht unser plötzliches Auftauchen, aber wir kommen in friedlicher Absicht.« Silver lief die Stufen hoch, trat neben mich und verbeugte sich leicht vor der Fremden.

»Dann nehme ich einmal an, die fünfzehn anderen Leute gehören auch zu eurer Mannschaft?« Neugierig beobachtete sie Silver. »Ihr solltet nicht einfach so in eine Stadt hineinspazieren, ohne euch vorzustellen. Immerhin befinden wir uns in schwierigen Zeiten.«

»Mein Fehler, ich bin der Kapitän. Wir haben unsere Waffen an Bord gelassen«, erklärte er ruhig.

»Ihr habt Glück, dass unsere Stadt anders ist. Wir heißen Besucher willkommen, solange sie gute Absichten hegen.« Sie lächelte. Ihre Augen waren in demselben kühlen Blau wie die Farbe auf ihrem Gesicht. Es erinnerte mich an das Eis, das im Winter an manchen Hausfassaden hing. Ihre Haut war sonnengebräunt und schimmerte im Licht der Fackeln.

»Wir kommen mit guten Absichten, versprochen.« Silver fuhr sich durchs Haar.

»Dann heiße ich euch gerne willkommen. Mein Name ist Blue wie die Elfe.«

Irritiert beugte ich mich zu Bell. »Was für eine Elfe?«

»Ich habe keine Ahnung«, raunte sie.

Silver hingegen schien alles andere als irritiert zu sein. Er lächelte freundlich zurück und reichte ihr die Hand. »Ich bin Silver.«

»Lassen wir die beiden und machen uns auf die Suche.« Bell stieß mir den Ellbogen in die Rippen.

»Aua«, rief ich, während Blue und Silver schon in ein Gespräch vertieft waren. »Von mir aus.« Ich kehrte ihnen den Rücken und folgte ihr.

»Also, wo fangen wir an?« Bei einer Hausfassade blieb sie stehen. Jemand hatte ein Mädchen darauf gezeichnet, welches neben einer Laterne stand und in den Himmel blickte. »Für die, die wir in unserem Herzen tragen«, las ich laut vor, was direkt darüber geschrieben stand.

»Schön, nicht?«

Ich nickte nur und sah noch einmal nach Silver und Blue. Sie hatte ihre Hand auf seine Schulter gelegt und lachte.

»Sayen?«

Die Stimme von Bell brachte mich dazu, mich wieder zu konzentrieren.

»Willst du lieber zurück?«

Doch ich verneinte. Wenn ich schon die Möglichkeit hatte, an einem anderen Ort zu sein, wollte ich mir das nicht entgehen lassen.

Wir setzten unseren Weg fort. Die Gasse vor uns führte einen Hügel hinauf, vorbei an Häusern und Menschen. Nicht alle grüßten uns und nicht jeder blickte in unsere Richtung, wenn wir vorbeiliefen. Aber ehrlich gesagt war mir das lieber als die falsche Freundlichkeit in Fandora.

»Sayen, schau mal!« Bell packte mich am Arm und deutete energisch auf ein Schild. Es stand neben einem Haus, auf das eine Blumenwiese gemalt worden war. Das Dach war braun und einige Ziegel fehlten.

Treten Sie ein, wenn Sie Ihre Zukunft wissen wollen!

»Bell, lass uns weitergehen.« Doch sie hörte mich gar nicht, sondern zog mich näher heran. Neben dem Schild befand sich eine Holztür, die einen kleinen Spalt offen stand. Ein eigenartiger Geruch lag in der Luft, biss in meiner Nase und brachte mich zum Niesen. »Ist das Lavendel?«, keuchte ich. Genervt rieb ich mir über die Nase.

»Kann sein«, antwortete Bell geistesabwesend. Völlig fasziniert betrachtete sie die wenigen Worte. »Wir sollten hineingehen und schauen, was die Zukunft sagt!«

Ich schüttelte den Kopf. »Hast du vergessen, was wir gerade suchen? Ein Buch, mit welchem man die Zukunft sieht. Wenn die Person, die das Schild geschrieben hat, wirklich die Zukunft lesen könnte, müsste doch niemand mehr nach dem Buch suchen«, erinnerte ich sie. Auch in Taian gab es Menschen, die solche Dienste anboten. Dahinter verbargen sich aber bloß Leute mit einer guten Menschenkenntnis. Meistens wollten die Kunden immer das Gleiche hören. Wie reich sie in Zukunft werden würden, oder dass sie den richtigen Partner fanden.

»Wenn du meinst.«

Ich lief weiter und Bell kam widerwillig mit.

»Glaubst du daran?«, fragte sie auf einmal. Die Straßen vor uns wurden immer enger, sodass wir bald hintereinander laufen mussten, wenn wir nicht ständig entgegenkommenden Leuten ausweichen wollten. Ich hatte keine Ahnung, wohin wir gingen, also folgte ich Bell einfach.

»An das Buch?« Bei dem Wort Buch schienen sich einige der Bewohner nach uns umzudrehen. Eilig lief ich weiter. »Ich glaube nicht an solche Dinge. Wie will ein Buch die Zukunft sehen?«, antwortete ich nach einer Weile. Die Straße wurde wieder breiter.

»Es gab vor einigen Jahren einmal eine Stadt, in der gab es Magie, oder besser gesagt eine Handvoll Leute, die sich damit auskannten. Warum sollte es so ein Buch nicht geben?« Sie drehte sich im Laufen um und zuckte mit den Schultern. »Ich glaube gern an solche Sachen. Die Realität ist schon befremdlich genug.«

»Vielleicht sollten wir das Wort Buch nicht so oft benutzen«, riet ich.

Eine Gruppe von Jugendlichen blieb stehen, sobald sie uns sahen. Der Älteste von ihnen war kaum sechzehn Jahre alt und doch wirkte er reifer als gleichaltrige Kinder in Taian. Er beobachtete uns, die Hände in den Hosentaschen, die Schultern gesenkt.

Ich konzentrierte mich auf den Weg vor uns, darauf bedacht, Bell nicht zu verlieren.

Nach einigen Metern endete die Straße und vor uns tauchte ein großer, runder Platz auf. Dort gab es Marktstände, noch mehr Lichter und eine Ansammlung von Menschen. Die Musik, die ich bislang nur aus der Ferne gehört hatte, wurde lauter. Stimmen drangen an mein Ohr, fremde Gerüche lagen in der Luft.

»Ist das nicht Conu?« Überrascht zeigte ich auf einen Stand am Rande des Geschehens. Ein etwas dicklicher Mann stand davor, hielt sich den Bauch und strich sich über den sorgsam gepflegten Schnurrbart. Auf dem Markttisch lagen allerlei Gegenstände. Bunte Bänder, wie sie Bell trug, kleine Bücher, Insekten, die das Zeitliche gesegnet hatten, runde Kugeln, die im Licht schimmerten, und Fläschchen mit Flüssigkeiten.

Conu stand davor, hielt eines der Fläschchen in der Hand und drehte es hin und her. Die Stirn hatte er dabei in Falten gelegt, als müsse er angestrengt nachdenken.

»Lass uns hingehen und schauen«, erwiderte Bell.

Mir war nicht entgangen, wie sehr ihre Aufmerksamkeit von den Bändern eingenommen wurde.

»Zahlende Kundschaft.« Der Mann mit dem Schnurrbart grinste erfreut. Er strich sich über die Glatze und machte einen Schritt zur Seite, damit wir seine Ware begutachten konnten.

Ich tippte dem Matrosen auf die linke Schulter.

Erschrocken wich er zurück und hätte beinahe das Fläschchen losgelassen, konnte es aber im letzten Moment festhalten. Er umklammerte es mit beiden Händen, sodass ich nicht lesen konnte, was darauf stand.

»Was ist das?« Ich deutete darauf.

Doch er schüttelte nur energisch den Kopf, als wolle er mir nicht sagen, für was es gut war.

»Verstehe.« Ich wandte mich wieder zu Bell um, die gerade ein grasgrünes und ein schwarzes Armband gegen das Licht der Laterne hielt.

»Hast du Geld dabei?«, fragte sie an mich gewandt. »Ich kann mir nur eines leisten. Aber beide passen so fabelhaft.«

»Leider nicht«, gab ich zu. Ich könnte es stehlen, aber das hielt ich für keine gute Idee.

Sie verzog das Gesicht, seufzte laut und legte dann das grasgrüne zurück zu den anderen. Ihre freie Hand zog zwei Münzen aus ihrer Tasche. Beide drückte sie dem sichtlich zufriedenen Verkäufer in die Hand.

»Schwarz wie die Farbe von Arkaris. Kannst du es mir umbinden?« Bell streckte mir ihren Arm entgegen.

»Warte kurz.« In meiner Hand hielt ich noch immer das Tagebuch. Ich legte es direkt neben mich auf den Tisch zwischen die Glaskugeln und Fläschchen. Dann nahm ich Bell das Armband ab und knotete es an ihrem Handgelenk fest. Nur einen Moment achtete ich nicht darauf, was um mich herum passierte. Ein Moment, der so flüchtig war, dass man ihn verpasst hätte, wenn man geblinzelt hätte. Ein Augenblick, in welchem eine fremde Hand an mir vorbeigriff, sich das Buch schnappte und genau so schnell wieder verschwand.

Ich realisierte es leider zu spät, denn als ich mich umdrehte, war der Dieb gerade dabei, in der Menge unterzutauchen.

»Hey!«, rief ich. Ich ließ Bell und Conu stehen, rannte zwischen den Menschen hindurch und nahm die Verfolgung auf.

Der Dieb schlängelte sich an den Ständen vorbei und lief weiter die Straße entlang. Er wählte die Richtung, aus der Bell und ich gekommen waren.

»Bleib stehen!«

Doch natürlich tat er das nicht. Er hielt das Buch fest und wagte einen Blick zurück, bevor er in einem schnelleren Tempo weiterrannte. Die Menschen wichen ihm aus, Verwunderung war auf ihren Gesichtern zu erkennen.

»Sayen?«

Vor mir entdeckte ich Silver und Blue. Doch auch dafür hatte ich keine Zeit und keinen Atem, darum hetzte ich weiter. Wir kamen am Schiff und den vielen Fackeln vorbei. Und langsam begriff ich, wohin der Dieb rannte. In der Ferne wurden die Fackeln weniger, bis schließlich die Dächer in der Dunkelheit verschwanden.

Ich sammelte all meine Kräfte, ignorierte das Brennen meiner Lunge und legte noch einmal Tempo zu. Ich streckte meine Hand aus und griff nach dem Ärmel des Diebes. Meine Finger umschlossen den Stoff, krallten sich fest und rissen daran.

Der Dieb stolperte durch den plötzlichen Ruck und landete auf allen vieren. Das Buch wurde davongeschleudert und flog in hohem Bogen über unsere Köpfe hinweg. Es kam direkt vor einem Felsvorsprung auf und blieb zum Glück liegen, ehe es die Böschung hinab ins Wasser fallen konnte. Erleichtert atmete ich auf.

Diesmal war ich schneller. Völlig außer Atem schnappte ich mir das Buch und drückte es an mich. »Was sollte das?«, fragte ich an den Dieb gewandt.

Er hatte sich auf die Seite gerollt, sodass ich nun sein Gesicht sah. Es war der Junge von vorhin, der mich und Bell beobachtet hatte. An der Schulter war sein schwarzes Oberteil eingerissen. Auch er japste nach Luft und hielt sich schmerzverzerrt den Kopf.

»Ich spiele meine Rolle«, keuchte er zwischen zwei Atemzügen. Langsam richtete er sich auf, die Hand hatte er noch immer an den Kopf gepresst, die Augen zusammengekniffen.

»Was für eine Rolle?« Ich sah mich suchend um und vergewisserte mich, dass keiner seiner Freunde uns gefolgt war.

»Ich bin der Dieb.« In seinen Worten lag eine solche Selbstverständlichkeit, dass ich nicht anders konnte, als fassungslos den Kopf zu schütteln.

»Du bist der Dieb?«, hakte ich nach.

»Ja, ich bin der Dieb.« Er schenkte mir einen Blick, der darauf hindeutete, wie wenig er von mir hielt.

»Und warum beklaust du mich?« Inzwischen musste ich nicht mehr so gierig Luft holen.

»Weil du die bist, die beklaut wird. Und ich bin der Dieb.« Der

Junge stand auf, spuckte auf den Boden und wischte sich dann über den Mundwinkel. Er hatte längeres bräunliches Haar, in dem ab und an eine hellere Strähne aufblitzte. Seine Augen waren grün wie die Steine, welche die reichen Adelsdamen in Taian um ihre Hälse trugen.

Bei seinem Anblick musste ich kurz schlucken. Das unordentliche Haar, der wütende Blick, das zerfetzte Oberteil und die Augen, die für ihr Alter schon viel zu viel gesehen hatten, erinnerten mich an jemanden. An eine Person, die mir sehr vertraut war. An mich selbst.

Kapitel 18
Das Mädchen, das in den Himmel blickte

Also, ich bin die, die beklaut wird, und du der Dieb?«, wiederholte ich seine Worte.

»Ja, das ist deine Rolle.« Unsicher sah er sich um. »Du musst mir das Buch wiedergeben.«

»Warum sollte ich? Ich verstehe nicht einmal, von welchen Rollen du sprichst oder von was für einem Spiel?«

»Wir sind hier in der Stadt der Kunst. Diese Stadt lebt durch die Kreativität und wir alle spielen unsere Rolle. Es ist eine Art Theaterstück«, erklärte er.

Ich hatte keine Ahnung, was ich darauf erwidern sollte. Wirklich verstehen konnte ich es nicht. Nur eines wusste ich mit Sicherheit: Das Buch würde ich nicht mehr aus den Augen lassen.

»Wenn du mich entschuldigst, ich muss meine Freunde finden.« Damit drehte ich mich um und lief den mit Fackeln beleuchteten Weg erneut entlang. Die Dunkelheit und den Dieb ließ ich hinter mir, obwohl seine Worte noch eine Weile in meinen Gedanken widerhallten. Auch diese Stadt schien ihre Geheimnisse zu haben.

Ich wanderte vorbei an den Häusern, an der Zeichnung mit dem Mädchen und der Laterne, vorbei am Schild mit der Wahrsagerin, vorbei an den vielen Lichtern und Menschen, bis mir auf halbem Weg Silver entgegenkam. Von Blue fehlte jede Spur.

»Was war gerade los bei dir?«, fragte er und stellte sich unter ein Hausdach, in den Schutz der Dunkelheit.

Ich folgte ihm, nachdem ich mich versichert hatte, dass der Junge mir nicht gefolgt war.

»Es ist etwas Seltsames passiert«, flüsterte ich.

Silver beugte sich näher zu mir. »Und warum flüsterst du?«

»Weil ich das Gefühl habe, die Menschen hier sind sehr aufmerksam.« Ich lehnte mich an die Hausfassade, die kalte Mauer im Rücken half mir nachzudenken. »Ich war vorhin mit Bell unterwegs und wir haben über das Buch der Zukunft gesprochen. Dabei hatte ich das hier in der Hand.« Ich deutete auf das Tagebuch. »Die Leute schienen uns zu beobachten. Auf einmal war da dieser Junge, der mir einfach das Buch geklaut hat. Er ist davongerannt und ich hinterher.«

Silver unterbrach mich mit einem spöttischen Lachen. »Das habe ich gesehen.«

»Wie auch immer. Ich habe es zurückgeholt. Und dann hat er mir erklärt, dass er der Dieb wäre und ich die Person, die beklaut wird. Dass er nur seine Rolle spielt.«

Silver lehnte sich neben mich an die Wand. Er wirkte ebenfalls ratlos. »Seine Rolle?«, fragte er, sobald ich meinen letzten Satz beendet hatte.

»Ja, seine Rolle. Er hat gesagt, dass die Stadt der Kunst von der Kreativität lebt und dass es eine Art Theaterstück gibt, welches gespielt wird.«

»Eine Art Theaterstück ...« Nachdenklich hielt er inne.

»Hast du jemals davon gehört oder gelesen?« Irgendetwas sagte mir, dass diese Begegnung eine weit größere Bedeutung hatte, als ich im ersten Moment angenommen hatte. Da steckte weit mehr dahinter.

»Diese Blue hat mir vorhin was in der Art erzählt ...« Er stockte. »Sie sagte, ich wäre derjenige, der das Buch zurückholt«, vollendete er den Satz.

Mein Körper erstarrte zu Eis. Die Kälte, die wohlbehütet in meinem Herzen gefangen war, schien sich in meinen gesamten Körper auszubreiten.

»Was hat sie noch gesagt?«

»Ich dachte, sie meint das Buch der Zukunft.« Ohne meine Frage zu beantworten, trat er wieder aus der Dunkelheit und lief den Weg hinauf, den Bell und ich vor Kurzem gegangen waren.

»Silver!«, rief ich ihm nach, aber er reagierte nicht. Es schien, als wäre er so in seine Gedanken vertieft, dass er nicht mehr mitbekam, was um ihn herum passierte. Die Leute wichen ihm aus. Manche schüttelten den Kopf, als sie sahen, wie kopflos er dem Pfad folgte, beinahe rannte.

Mit einem genervten Schnauben eilte ich ihm hinterher. »Silver!«, versuchte ich es noch einmal, doch auch diesmal erhielt ich keine Reaktion.

Erst als wir den Marktplatz erreichten, bekam ich ihn am Arm zu fassen. »Bleib bitte stehen!«, befahl ich.

»Das Haus auf dem Plan mit dem Garten, erinnerst du dich daran?«, raunte er. Er nahm meine Hand von seinem Arm, hielt sie fest und zog mich mit sich, immer weiter, an den Marktständen vorbei.

»Ja, was ist damit?« Unsicher folgte ich ihm. Es fühlte sich eigenartig an, ihm so nah zu sein, meine Hand in seiner, und doch protestierte ich nicht.

»Ich soll mich dort mit Blue treffen. Vielleicht kann sie uns helfen.«

Während ich seine Worte verarbeitete, beobachtete ich die

Menschen um uns herum. Der Marktplatz war groß, die Händler hatten ein Lächeln für jeden ihrer Kunden. Die Kundschaft selbst beinhaltete alle Altersstufen. Überall liefen die Leute umher, feilschten oder ließen sich von eigenartigen Waren beeindrucken. Der Geruch von gebratenem Essen stieg mir in die Nase. Immer wieder wich ich jemandem aus und stolperte beinahe über meine eigenen Füße, so eilig lief Silver voran.

Von Conu und Bell fehlte jede Spur. An dem Stand mit den Fläschchen standen nun andere Kunden, welche die Glasbehälter gegen das Licht der Laternen hielten und über die darin schwimmenden, farbigen Flüssigkeiten staunten.

Irgendwann war der Markt zu Ende. Es folgte ein schmaler Weg, links von uns war wieder der Fluss und rechts gab es Grünflächen mit ein paar vereinzelten Häusern. Noch immer wiesen uns die Fackeln den Weg. Ihr Licht leuchtete gespenstisch in der sonst so düsteren Nacht.

Je weiter wir liefen, desto weniger Menschen kamen uns entgegen. Die Musik, die ich vorhin gehört hatte, wurde dafür erneut lauter. Es war eine Melodie, die Besitz von einem ergriff, sich festklammerte und nicht mehr losließ.

»Wer spielt um diese Uhrzeit?«, fragte ich. Ich mochte Musik. Das war damals auch ein Grund gewesen, warum ich Dan zugestimmt hatte, dass wir uns abends in seiner Lieblingsgaststätte trafen, um zu verhandeln. Die Lieder dort gefielen mir. Doch diese Musik war anders, fast wehmütig.

»Ich glaube, die Menschen hier feiern sehr gerne.«

Seine Hand hielt weiterhin meine fest. Auf einmal fand ich die Nähe zu ihm gar nicht mehr seltsam, sondern angenehm. Und so liefen wir den Weg entlang, bis schließlich eine Mauer in Sicht kam. Baumkronen ragten darüber hinaus, Efeu schlängelte sich an den Steinen empor, Blumen wuchsen wild rundherum und zwischen all den Pflanzen hörte man das Rauschen des Wassers, das sich mit der traurigen Melodie vermischte. Das war also der Garten, von dem Silver gesprochen hatte.

Das Tor ragte bestimmt zwei Meter hoch in den Himmel. Es stand offen. In sein Holz waren Sonne, Mond und Sterne geschnitzt worden. Ich musste den Drang unterdrücken, darüber zu streichen. Es war unglaublich schön. Vage erinnerte ich mich an die Spieluhr, die durch die Schwerthiebe des Wachmanns zerstört worden war.

Blue stand davor, die Hände ineinander gefaltet, den Kopf in den Nacken gelegt. Selbst im Mondlicht schimmerte ihre Haut goldbraun und das Blau ihrer Haare vermischte sich mit dem strahlenden Weiß des Kleides.

»Du hast es gefunden«, bemerkte sie mit einem freundlichen Lächeln. Nun entdeckte sie auch mich. Eilig ließ ich Silvers Hand los.

»Sayen, nicht wahr?«

Ich nickte, machte einen Schritt zur Seite, um an ihr vorbeizuspähen. Hinter ihrem schlanken Körper erhob sich ein weißes Gebäude. Menschen standen davor und sprachen miteinander. Ein Feuer brannte in einem Steinkreis, außenrum gab es noch mehr Wiese und exotische Blumen. Der ganze Ort hatte etwas Magisches an sich.

»Kommt mit, ich will euch was zeigen.« Auffordernd winkte sie uns heran und eilte durch das Tor.

Ich wartete, bis Silver ihr hinterherlief, erst dann folgte ich den beiden.

Der Garten war groß. Es gab viele Bäume, die meisten von ihnen standen direkt an der Mauer und bewegten sich ganz leicht im Wind. Daneben wuchsen Rosenbüsche, deren Dornen mir schon beim Anblick wehtaten.

»Hier findet man Pflanzen aus aller Welt«, erklärte Blue, als sie meinen staunenden Blick sah.

Einige der Blumen streckten ihre Köpfe dem Mond entgegen. Verwundert blieb ich stehen. Blühten Blumen nicht nur tags?

»Das sind Nachtkerzen oder auch Gespensterkraut. Sie blühen in der Abenddämmerung und schließen sich, sobald die morgendlichen Sonnenstrahlen den Boden berühren.«

»Ihr seid nicht die Ersten, die den Hinweis suchen, und bestimmt nicht die Letzten. Inzwischen haben wir uns daran gewöhnt, wir finden es sogar gut.«

Mittlerweile waren wir beim Feuer angelangt. Eine Frau mit bunten Perlen in den Haaren, ähnlich wie bei Bell, tanzte im Takt der Melodie. Die Augen hatte sie geschlossen, summte leise und auf ihrem Gesicht lag der Ausdruck vollster Zufriedenheit.

»Warum findet ihr das gut?« Silver beachtete die Frau kaum, während ich nicht anders konnte, als hinzusehen. Sie war nicht die Einzige, die tanzte. Um sie herum gab es noch mehr Menschen, die der Musik folgten und sich dazu bewegten.

Ein Mann saß im Schneidersitz auf dem Boden, vor sich eine weiße Leinwand, auf der er rote Farbe verteilte, die an seinen Händen klebte.

»Kunst ist unglaublich inspirierend. Und jeder Mensch hat ein Talent, jeder kann kreativ sein, wenn er möchte. Und wenn man seinen Gefühlen und Gedanken Gehör schenkt, wird die Kunst noch schöner. Die Menschen, die unsere Stadt betreten, nehmen immer ein bisschen davon mit und tragen es hinaus in die Welt«, erklärte sie.

»Gibt es bei euch auch Orte, an denen ihr eure Kreativität ausleben könnt?« Die Frage war an mich gerichtet. Blue war direkt vor mir stehen geblieben.

Ich dachte einen Moment lang nach, versuchte mir die Stadt im Wasser vorzustellen. Vor meinem inneren Auge erschien Taian mit den hohen Türmen und den Schiffen im Hafen. Die Matrosen in ihren Einheitskleidern und die Wachmänner des Königs, die ihre Runden drehten. Der Palast, der vor Reichtum strotzte, während die meisten in kaputten Häusern mit löchrigen Dächern hausten. Bei uns wurden die Häuser nicht bemalt, es gab keine Musik auf offener Straße und keine Frauen mit bunten Perlen, die im Licht des Mondes tanzten.

»Bei uns wird auf andere Sachen Wert gelegt«, antwortete ich ihr wahrheitsgemäß. Mit Kunst und Kreativität verdiente man leider nur schlecht Geld. Es existierten zwar Leute bei uns, die Bilder malten, Lieder sangen oder Theaterstücke aufführten, aber die meisten von ihnen waren nicht gut und verdienten kaum Geld. Diejenigen, die ihre Arbeit besonders gut machten, wurden vom König in den Palast geholt.

»Wie schade, dabei kann man genau damit ausdrücken, wer man wirklich ist.« Sie schenkte mir ein Lächeln, drehte sich wieder um und lief die Stufen zum Eingang des Gebäudes hinauf.

»Hier war vor langer Zeit einmal ein altes Theater.«

Säulen standen direkt neben der Treppe, und als ich meine Hand danach ausstreckte, spürte ich den kalten Stein unter meinen Händen.

Blue öffnete die Tür, die genau wie das Tor mit verschiedenen Schnitzereien verziert war.

»Hört ihr die Musik?«, fragte sie.

»Kaum zu überhören«, kam es von Silver. Er betrat als Erster das Gebäude, während Blue die Tür offen hielt.

Im Inneren fanden wir einen großen Raum vor. Alles war in Weiß gehalten, Fackeln standen auf den Seiten, beleuchteten den unteren Bereich, während es nach oben hin immer dunkler wurde. An der Decke tanzten die Schatten über bunte Bilder. Schon wieder entdeckte ich überall die Motive von dem Mond, der Sonne und den Sternen. Weiter vorn gab es eine erhöhte Plattform, ein dicker roter Vorhang versperrte die Sicht auf das, was dahinter verborgen lag.

»Warum immer diese Motive?« Ich lief durch den Raum, betrachtete die einzelnen Bilder, die miteinander ein Ganzes ergaben. All die Farben und Muster, die Linien und Formen, alles fügte sich zusammen.

»Das sind die Symbole unserer Stadt. Der Mond steht für die stillen Gedanken, die wir in uns tragen. Die Sterne für all das Erlebte, das irgendwie miteinander in Verbindung steht. Und die Sonne für den Neuanfang, da sie jeden Tag von Neuem aufgeht und wir jeden Tag die Chance haben, Dinge zu verändern.« Ihre Stimme nahm einen seltsamen Klang an. Als ob sie sich in allen Ecken des Raumes zugleich befände und sprechen würde.

»Und die anderen Bilder wurden für die Städte gezeichnet?« Silver trat näher an die Wand heran. Ganz behutsam fuhr er die Linien nach.

Ich folgte seinen Bewegungen mit den Augen. Dort, wo er sich befand, war ein Baum gemalt worden. In den Blättern hingen bunte Lichter. Das Mädchen, welches ich vorhin an einer Hausfassade entdeckt hatte, stand darunter und sah in den Himmel, der über ihrem Kopf gezeichnet war. Rechts von ihr lag eine Maske im Wasser, ein Schiff fuhr gleich daneben entlang und ein Vogel zog seine Kreise über einem Palast aus Gold und Silber. Eine Stadt schien im Meer unterzugehen, eine andere lag auf einem Hügel.

Es gab ein Bild, das komplett weiß war. Schneeflocken wanderten daran entlang, schlängelten sich hoch bis zu den hellen Strahlen der Sonne. Eine andere Zeichnung zeigte eine Frau, die lange, bunte Gewänder trug und zu Noten tanzte. Ein weiteres Kind saß in der Dunkelheit, nur der schwache Schein einer Laterne spendete ihm Licht. Seine Hände waren von Schmutz überzogen, genau wie seine Wangen. Es hielt eine Kugel und blickte traurig darauf.

Vermutlich hätte ich noch stundenlang diese Kunstwerke bewundern können, wenn ich nicht zwischen all den bunten Strichen und Bildern etwas entdeckte hätte, das mich von den anderen Zeichnungen wegzog.

»Veilchen.« Ich lief hinüber zu dem Bild gleich neben dem Podest. Es war eine Blumenwiese und inmitten all der Grün- und Orangetöne reckten blaue Veilchen ihre Köpfe in die Höhe.

»Dieses Bild ...« Ich tippte auf die Blumen. »Das steht für Fandora, nicht wahr?«

»Genau, jedes Bild symbolisiert eine Stadt. Jeder, der uns besucht, erzählt uns Geschichten und Abenteuer. Unser Ziel ist, dass sie hier weiterleben und niemals in Vergessenheit geraten. Denn das ist das Schöne an Bildern oder Worten, während wir sterben, bleiben sie für die Ewigkeit.« Blue fuhr sich durch die hellen Haare. In ihrem Blick lag ein gewisser Stolz. »Es hat Jahre gedauert, bis wir das alles fertiggestellt hatten. Und so traurig es auch klingen mag, aber die Menschen würden es schaffen, diesen Ort mit einer einzigen Bewegung zu zerstören.« Sie warf einen kurzen Blick zu Silver. »Darum heißen wir jeden willkommen. Wir wollen, dass dieser ewige Streit ein Ende hat, dass die Menschen sich an die Bilder und die Geschichten erinnern und merken, dass sie nur alle zusammen ein Gesamtbild ergeben.«

Silver wandte sich ab und räusperte sich. »Ich habe in einem Buch gelesen, ihr empfangt hier normalerweise keine Besucher. Doch so wie es aussieht, tut ihr es.«

»Nicht jedes Buch sagt die Wahrheit.« Blue zuckte mit den Schultern. »Wir lassen natürlich nicht jeden herein, jedoch habe ich dein Interesse für solche Dinge direkt gesehen und sie ...« Blue stockte.

»Ich bin einfach mitgekommen«, vollendete ich ihren Satz. So wirklich böse sein konnte ich ihr nicht.

Blue lächelte. Sie lief zum Podest, zog sich daran hoch, setzte sich hin und ließ die Beine baumeln. »Aber wie es scheint, bewunderst du solche Sachen auch.«

»Ich habe so etwas nur noch nie gesehen. Es ist wunderschön.« Erneut wanderte mein Blick zu dem Mädchen unter der Laterne. »Und wofür steht sie?«

»Sie steht für die, die wir in unseren Herzen tragen«, sprach sie die Worte aus, die ich bereits an der Hausfassade entdeckt hatte.

»Mortem, die Stadt der Toten.«

Bei Silvers Worten kroch mir ein Schauer über den ganzen Körper.

»Wieder richtig. Du scheinst dich mit den Städten auszukennen.« Blue nickte anerkennend.

»Ich lese sehr viel«, meinte er und wandte sich wieder den Bildern zu. »Falls du dich fragst, Sayen, das ist eine Stadt, die nur von den Toten besucht werden kann.« Er lief auf die andere Seite des Raumes.

Ich tat es ihm gleich.

»Eine Stadt, die ausschließlich Tote besuchen können?« Kurz musste ich auflachen, bis ich merkte, dass niemand sonst lachte und es ihm ernst war. »Wie sollen Tote Städte besuchen?«

»Das weiß ich auch nicht, ich lebe ja noch«, erwiderte er. Mit der ausgestreckten Hand fuhr er wieder über die Bilder. Auf einmal hielt er inne. Seine Hand zitterte leicht.

»Was ist?«, raunte ich ihm zu.

»Puera Lisa, die Stadt, die von der Karte gestrichen wurde.«

Blue lächelte bei den Worten.

Kapitel 19

Die Rolle des Betrunkenen

Das Bild unter Silvers Händen zeigte nicht wirklich viel. Es war ein Glas, dessen obere Hälfte zerbrochen war, und Scherben, die auf dem Boden lagen.

»Wir sollten langsam, aber sicher den Hinweis suchen«, sagte er eilig. »Wir verlieren viel zu viel Zeit.«

Das Bild mit den Scherben blieb in meinen Gedanken hängen. Irgendwann würde er mir bestimmt mehr darüber erzählen. »Genau, wo finden wir den Hinweis?«, wandte ich mich an Blue.

»Eure Mannschaft ist unten bei den Gasthäusern, falls ihr sie sucht.« Blue antwortete nicht auf meine Frage, sondern schwang sich elegant vom Podest. »Das hier ist ein Theater. An manchen Tagen führen wir unsere Stücke auf.« Sie zeigte auf den roten Vorhang.

»Und was hat das mit dem Hinweis zu tun?« Silver fuhr sich durchs Haar. In seinen Augen lagen wieder so viele Emotionen und Gedanken, dass ich mich wunderte, wie er so ruhig bleiben konnte, obwohl in seinem Inneren ein Sturm tobte.

»Wenn ihr den Hinweis wollt, müsst ihr eure Rolle spielen.« Blue lief auf den Ausgang zu. »Jeder Künstler verbirgt sich hinter einer Maske und eure Aufgabe ist es, diese fallenzulassen.« Sie zwinkerte uns zu, öffnete die Tür und deutete in den Garten. Erst jetzt vernahm ich wieder die Musik. Irgendwann hatte ich mich wohl daran gewöhnt. Das Feuer brannte weiterhin und die Menschen tanzten genau wie vorhin zu der Melodie. Alles war wie zuvor, nur dass mir all die bunten Bilder nicht mehr aus dem Kopf gingen.

»Blue«, sagte ich.

Sie hatte bereits die letzte Treppenstufe hinter sich gebracht, drehte sich aber noch einmal um.

»Welches Bild steht für Taian?« Die Frage brannte mir regelrecht auf der Zunge.

»Das Schiff, hast du es nicht gesehen?« Sie nickte mir noch einmal zu. »Spielt eure Rollen und ihr werdet Teil dieser Stadt. Nur wer Teil hiervon wird, kann den Hinweis sehen.«

»Das Schiff, natürlich ...« Ich nickte und wandte mich an Silver. »Und was nun?«

»Ich glaube, wir sollten anfangen, unsere Rollen zu spielen.«

Auf einmal war mir kalt. Ich schlang meine Arme um den Oberkörper und sah hinüber zu den Nachtkerzen, den gelben Blumen, die wie magisch vom Mond angezogen wurden. »Und wie stellst du dir das vor?«

Blue war zwischen all den Leuten verschwunden.

Silver reagierte als Erster. Er durchquerte den Garten, lief auf das Tor zu und wählte den Weg zurück zum Marktplatz.

Auch ich ließ das Theater hinter mir. Diesen sonderbaren Ort würde ich wohl nie vergessen.

»Du bist die, der das Buch geklaut wird, oder?«, vergewisserte er sich.

»Und du der, der es wiederfindet.«

»Dann wissen wir ja, was wir zu tun haben.«

Wir näherten uns dem Marktplatz. Die Stimmen der Menschen wurden lauter, der Geruch nach Essen stieg mir erneut in die Nase. Auch jetzt fiel mir wieder auf, wie viele Fassaden bunt angemalt waren. Die meisten Bilder erkannte ich wieder. Ja, Blue hatte recht. Während wir von dieser Welt gingen, blieben die Worte und Bilder für die Ewigkeit.

In meinen Händen hielt ich noch immer das Tagebuch. Es war nur ein Buch von einem Menschen, den ich nicht kannte, aber dennoch fühlte es sich kostbar an. Darin standen Geschichten. Worte, die Viola vor langer Zeit aufgeschrieben hatte.

»Liege ich richtig in der Annahme, dass ich das Buch noch einmal aus den Augen lassen soll, damit es gestohlen wird?« Ich blieb zwischen den Markständen stehen.

Silver tat es mir gleich. »Genau, wir müssen es versuchen.« Er griff nach einer metallenen Dose, die auf dem Tisch vor uns lag. »Wir werden nämlich beobachtet«, raunte er mir zu. Silver öffnete den Deckel, schnupperte kurz daran, verzog das Gesicht und stellte die Dose zurück an ihren Platz.

Ich ließ meinen Blick über die Menschenmenge schweifen. Alle wirkten beschäftigt. Aber vielleicht spielten auch die Menschen hier nur ihre Rolle. Eine ältere Dame mit gräulichem Haar drängte sich an mir vorbei. Automatisch rückte ich ein Stück weg, spürte das Holz des Tisches in meinem Rücken.

»Wer?«, fragte ich zaghaft. Ich fühlte mich zwar beobachtet, aber so sehr ich mich anstrengte, ich entdeckte niemanden, der sich nicht auf die Auslagen konzentrierte.

»Der Händler mit dem Schnurrbart und der Glatze wirft immer wieder einen kurzen Blick in unsere Richtung.« Silver griff nach dem nächsten Gegenstand. Es handelte sich dabei um einen kleinen, unförmigen Schwan aus Glas.

»Vier Taler, das ist ein guter Preis.« Die Verkäuferin, die hinter dem Tisch stand, deutete mit ihren Fingern auf das Tierchen.

»Tut mir leid, ich habe kein Geld«, antwortete Silver. Er stellte das Tier neben die Metalldose, bevor er den Markttisch wechselte.

Ich tat es ihm nach, versuchte die wütenden Blicke der Händlerin zu ignorieren.

Silver hatte recht. Der Mann, von dem Bell das Armband hatte, sah immer wieder zu uns. Er stand nicht weit entfernt und verkaufte gerade einem kleinen Mädchen eine Haarklammer. Sie fragte ihn etwas und er gab Antwort, aber sobald das Kind zufrieden wegging, war seine volle Aufmerksamkeit wieder bei uns.

»Ich habe eine Idee«, meinte ich. Ich drehte mich mit dem Rücken zu ihm und stellte mich dichter neben Silver. »Ich gehe wieder dorthin und lasse das Buch stehen. Dann warten wir, bis der Junge kommt, das Buch klaut und du es zurückbringst.«

Der Freiheitskämpfer nickte zustimmend und blieb, wo er war.

Ich hingegen schlenderte von Stand zu Stand, immer in die Richtung des Mannes mit dem Schnurrbart.

Dieser bediente in der Zwischenzeit eine Frau mit kurzen schwarzen Haaren und viel zu übertrieben geschminkten Lippen.

Sie entschied sich für ein Fläschchen mit blauer Flüssigkeit.

Als er sich wieder umdrehte, um nach uns Ausschau zu halten, stand ich vor ihm.

»Zahlende Kundschaft.« Mit einem vielsagenden Lächeln fuhr er sich über die Glatze.

»Ich schaue mich gerne um«, entgegnete ich. Genau wie vorhin machte er einen Schritt zur Seite, sodass ich seine Ware besser sehen konnte.

Ich widmete mich diesmal den Fläschchen, las auf den Etiketten, was sich darin verbarg. Die Tinkturen versprachen viel. Es gab alles, von einer neuen Singstimme, einem außergewöhnlichen Zeichentalent bis hin zu dichterem Haar. Und all diese wundervollen Dinge waren anscheinend in wenigen Tropfen Flüssigkeit verborgen.

Eine Diebin zu sein, war nichts Ehrenhaftes. Es war nicht in Ordnung, aber den Leuten falsche Hoffnungen zu verkaufen, war in meinen Augen weitaus schlimmer.

Ich nahm ein Fläschchen mit einer dunkelroten Flüssigkeit in die Hand. Es war schwerer als die anderen. Während ich das Etikett laut vorlas, legte ich das Tagebuch direkt daneben.

»Schenkt dir ein zweites Leben.« Ich schnaubte. »Wie soll das funktionieren?«, fragte ich den Händler.

Dessen Miene verzog sich schlagartig. Das freundliche Lachen war wie weggewischt. »Wenn du nichts kaufst, dann verschwinde.«

Das Tagebuch lag noch immer auf dem Tisch. Ich drehte ihm den Rücken zu, tat, als läge meine gesamte Aufmerksamkeit beim Verkäufer. »Wie teuer ist denn so ein Fläschchen?«

»Neun Taler, ein sehr günstiger Preis.« Er kniff die Augenbrauen zusammen.

Bei seinen Worten wäre mir beinahe die Luft im Hals steckengeblieben. Das war viel Geld. Viel zu viel für ein bisschen Wasser mit Farbe, die am Ende womöglich giftig war.

»Verschwinde.« Er machte eine wegscheuchende Bewegung.

Ich tat, was er sagte, und lief eilig wieder zu Silver.

»Kann es sein, dass diese Stadt so einflussreich ist, weil sie den Leuten überteuerte Dinge und falsche Hoffnungen verkauft?« Genervt verschränkte ich die Arme vor der Brust. Damit entlockte ich Silver ein Grinsen.

»Die Stadt ist von Bedeutung, weil sie die einzige ist, die sich nicht von der Regierung kontrollieren lässt. Sie hat nicht einmal einen Herrscher.«

Überrascht sah ich ihn an. »Wer hat dann die Verantwortung für alles?«

»Eine Handvoll Stadtleute, soweit ich weiß. Jedoch wohnen die auf der anderen Seite des Flusses.«

Dabei musste ich an Blues Worte denken. »Sie halten sich aus dieser ganzen Streitsache raus, oder?«

»Genau. Sie versuchen sogar, für Frieden zu sorgen, aber einer allein nützt nicht viel.« Silver deutete mit dem Kinn in Richtung des Mannes. »Hat es geklappt?«

»Nein, das Buch steht noch da.«

»Warum hast du es überhaupt mitgenommen?«

Ratlos zuckte ich mit den Schultern. »Ich hatte Angst, jemand würde es mir wegnehmen.«

»Und darum hast du es mitgenommen, um es dir gleich darauf stehlen zu lassen?« Er schüttelte den Kopf.

»Konzentrier dich lieber«, ermahnte ich ihn.

Und so standen wir eine Weile bei den Waren und beobachteten die Menschen um uns herum. Doch es tat sich nichts. Das Buch blieb, wo es war. Nicht einmal der Verkäufer kümmerte sich darum. Damit wir nicht auffielen, wechselten wir immer wieder den Ort. Trotzdem änderte sich die Lage nicht. Der Junge, der mir das Buch gestohlen hatte, kam nicht wieder.

»Das bringt nichts«, sagte ich nach einer Weile. Die Kälte, die der raue Wind mit sich brachte, hatte meinen Körper schon längst eingehüllt. Ich fror, dagegen half selbst die Wärme, welche die Fackeln spendeten, nicht mehr.

Silver schien es ähnlich zu gehen. Er wirkte erschöpft, versuchte sich aber, so wenig wie möglich anmerken zu lassen.

»Ich hole das Buch zurück.« Zielstrebig lief ich auf den Stand zu, wartete, bis sich der Verkäufer um einen anderen Kunden kümmerte, und nahm das Tagebuch wieder mit.

Die Menschenmenge um uns herum löste sich langsam auf.

Nur vereinzelt sah man Leute. Manche Standbesitzer räumten bereits ihre Ware ein.

»Lass uns irgendwohin gehen, wo es warm ist«, schlug ich vor. Ich presste das Tagebuch dicht an mich und rieb meine Hände aneinander, um wenigstens ein wenig Wärme zu erzeugen.

»Dann lass uns wieder Richtung Schiff gehen, vielleicht finden wir unterwegs eine andere Möglichkeit.«

Silver und ich liefen also den inzwischen bekannten Weg hinab zum Hafen. Auch hier waren kaum Menschen unterwegs. Es schien, als ob die Stadt der Kunst doch noch zur Ruhe kam. Selbst die Musik wurde mit jedem Schritt leiser, bis sie schließlich ganz verstummte.

»Willst du mir eigentlich irgendwann einmal etwas über Puera Lisa erzählen?«, fragte ich, während wir an dem Laden mit der Wahrsagertafel vorbeikamen. Meine Nase juckte automatisch beim Gedanken an den Geruch von Lavendel.

»Über diese Stadt gibt es nicht viel zu berichten. Sie wurde vor einiger Zeit verbannt. Ende der Geschichte.« Der Tonfall in seiner Stimme machte mir deutlich, dass er nicht darüber sprechen wollte, also stellte ich ihm keine weiteren Fragen.

Wir kamen an der Zeichnung mit dem Mädchen vorbei. Auch hier erinnerte ich mich wieder an Blues Worte. »Gibt es diese Totenstadt wirklich?«

»Ich habe sie selbst nie gesehen. Man weiß im Grunde nicht einmal, wo sie liegt. Viele behaupten, man muss über den Rand der Welt fahren, um sie zu finden, aber da wir inzwischen wissen, dass die Erde eine Kugel und keine Scheibe ist …« Er hielt inne. »Na ja, vielleicht ist es auch nur eine Legende.«

»Dan hat mir immer davon erzählt, dass er damals zu seinen Seefahrerzeiten gewarnt wurde, über den Rand des Meeres zu fahren. Das hat er mir jedes Mal erzählt. Ich soll auf keinen Fall zu weit fahren, denn alles hat irgendwann ein Ende.« Das Bild des alten Seebären tauchte vor meinem inneren Auge auf. Wie er auf seinem Holzstuhl im ›Blauen Pfeil‹ saß, den Hut auf den graumelierten Haaren, den Krug vor sich.

»War er Matrose?«, hakte Silver nach. »Du hast schon oft von ihm gesprochen, aber nie darüber, was er macht. Genau wie von dieser Kassie.«

»Ja, vor langer Zeit. Inzwischen ist er zu alt und hat sich ein glückliches Leben mit seiner Frau aufgebaut ... zumindest bis die Regierung sie mitgenommen hat.«

Ich hatte erwartet, dass er darüber wütend werden würde, aber Silver nickte nur leicht. »Und was macht er jetzt?«

»Er sitzt in seinem Lieblingsgasthaus, trinkt und hilft mir und Kassie zu überleben.«

»Warum haben sie seine Frau weggebracht?«

Die Musik um uns herum war zwar verschwunden, aber dafür drang ein Stimmengewirr an mein Ohr. Gleich neben uns stand ein Haus mit einem Holzschild, welches schief vom Dach herunterhing. Auch hier gab es ein Bild an der Hausfassade. Es war das Bild der tanzenden Dame mit dem bunten Gewand, die zu Musiknoten tanzte.

»Sie hat sich für die Rechte anderer eingesetzt«, erklärte ich knapp.

Die Tür des Hauses ging auf und das Stimmengewirr wurde lauter. Ein sichtlich angeheiterter Bill torkelte auf die Straße. In jeder Hand hielt er einen Krug, auf dem Gesicht hatte er ein breites Grinsen.

»Kapitän!«, rief er lallend. Der eine Krug entglitt ihm, schlug auf den Pflastersteinen auf und zerbrach.

»Verzeihung ...« Er setzte sich auf den Boden und griff mit seinen Händen nach den Scherben. Dabei schüttete er sich den Inhalt des zweiten Kruges über seine Hose. Die dunklen Locken hingen vor seinem Gesicht, und egal wie oft er sie sich hinter die Ohren strich, sie fielen immer wieder nach vorne.

»Lass das!« Ich kniete mich neben ihn und schlug ihm auf die Hand, als er erneut nach den Scherben griff. »Bist du betrunken?« Im Grunde war meine Frage überflüssig.

»Ich spiele meine Rolle«, brachte er nach einigen Anläufen hervor.

»Deine Rolle?« Silver kam zu uns und kniete sich ebenfalls vor den Matrosen. »Was ist deine Rolle?«

»Ich bin der Betrunkene, der allen seine Lebensgeschichte erzählt.« Erschöpft ließ er sich zurückfallen.

»Wer hat dir das gesagt?« Mit einer raschen Bewegung nahm ich ihm den zweiten Krug ab und stellte ihn an die Hauswand, bevor auch dieser zu Bruch ging.

»Die Frau mit den blauen Haaren.« Er hustete einige Male und hielt sich daraufhin stöhnend den Kopf. »Alles dreht sich.«

»Komm, wir bringen dich aufs Schiff.« Silver legte den Arm um ihn und zog ihn hoch.

»Meine Rolle ...« Wieder musste Bill husten.

»Vergiss deine Rolle«, erwiderte Silver. Dann wandte er sich an mich: »Ich bringe ihn zurück, vielleicht kannst du dich etwas umsehen. Bin gespannt, was Blue dazu zu sagen hat.«

»Mach ich.« Ich wartete, bis Silver mit Bill verschwunden war, ehe ich das Lokal betrat. Drinnen schlug mir eine Hitze entgegen, die sofort alle Kälte aus meinen Knochen vertrieb. Ohne groß zu suchen, entdeckte ich gleich mehrere Leute aus Silvers Mannschaft. Wenigstens waren die nicht betrunken.

Wie auch im ›Blauen Pfeil‹ gab es hier einige Tische und Bänke. Es gab eine Bar, an der kräftige Getränke ausgeschenkt wurden, an den Wänden waren farbige Muster zu sehen.

Der aufbrausende Wesley hockte in einer Ecke, die Beine auf einen Stuhl gestellt, den Hut vors Gesicht gezogen. Neben ihm saßen Conu und Bell. Als diese mich sah, winkte sie wie wild mit den Händen.

Ich schlängelte mich an den anderen Menschen vorbei und ließ mich auf den Stuhl gegenüber von Bell fallen.

»Wo warst du?«, fragte sie aufgeregt.

»Mir wurde das Buch gestohlen.« Ich legte das Tagebuch vor mich auf den Tisch. »Ich habe es wiedergeholt und Silver getroffen.«

»Der Kapitän ist auch hier?«, brummte Wesley. Er blickte nicht einmal auf bei seinen Worten.

»Er bringt gerade Bill zurück aufs Schiff«, erklärte ich. »Und was macht ihr?«

»Wir haben uns etwas umgehört und dann wurde es auf einmal bitterkalt.« Bell lehnte sich gähnend zurück. »Darum sind wir ins Warme. Ich wollte eigentlich meine Zukunft lesen lassen, aber die beiden Herren fanden das eine hirnrissige Idee.« Sie rollte mit den Augen.

»Was es auch ist«, meinte ich lächelnd.

»Magst du was trinken?« Bell erhob sich von der Bank, streckte sich ausgiebig und gähnte noch einmal.

»Ich dachte, du hast kein Geld?«

Doch Bell schnaubte nur belustigt. »Was magst du, Sayen?«

»Irgendwas, das mir nicht die Sinne vernebelt.« Bevor ich zu Ende sprechen konnte, war Bell verschwunden.

»Die halten uns alle zum Narren«, schimpfte Wesley. Erst jetzt brachte er es fertig, sich aufzurichten, den Hut zurückzuschieben und mir kurz zuzunicken, ohne mich dabei anzusehen.

»Von wem sprichst du?«

»Na, von den Bewohnern dieser Stadt.« Er zog seinen Krug näher heran, blickte hinein und seufzte auf. »Alles verweichlichte Sumpfhühner«, brummte er, ehe er das Gefäß von sich stieß.

»Willst du mir vielleicht deine Laune erklären?«, versuchte ich es.

Doch Wesley hatte den Hut wieder vors Gesicht gezogen.

»Dann eben nicht.«

Selbst Conu wich meinem Blick aus. Auf einmal war der Faden an seinem Hemd viel interessanter.

»Hier, es ist eine einfache Kräutermischung.« Bell war hinter mich getreten und stellte mir einen Becher mit einer dampfenden Flüssigkeit vor die Nase.

»Seid ihr fündig geworden?«, fragte sie, bevor sie sich zurück auf die Bank setzte.

»Danke und nein, nicht wirklich.« Erst jetzt merkte ich, wie viel Kraft mich diese Warterei in der Kälte gekostet hatte. Ich spürte, wie die Erschöpfung mich übermannte.

»Obwohl ...« Ich umfasste mit beiden Händen den warmen Becher. »Diese Blue hat uns erklärt, dass wir eine Rolle spielen müssen, um den Hinweis zu finden.«

Bell rümpfte die Nase. »Ja, das wurde uns auch gesagt.«

»Wirklich?« Schlagartig war meine Müdigkeit weg. »Wann?«

»Als du verschwunden bist, ist sie bei mir aufgetaucht und hat mir gesagt, was ich tun soll. Bei Conu war es eine andere Frau.«

Verwirrt sah ich sie an. »Sie ist aufgetaucht, als ich verschwunden bin?« Das würde ja bedeuten, dass sie regelrecht darauf gewartet hatte, dass ich mich von dem Marktstand entfernte.

»Ja, sie hat gesagt, wir hätten alle eine Rolle und das Ganze wäre ein Theaterstück.«

»Und was sind eure Rollen?« Ich nahm einen Schluck aus dem Becher, verbrannte mir aber gleich die Zunge.

»Es ist noch heiß«, erklärte mir Bell bei meinem Gesichtsausdruck.

»Danke ...«

»Ich musste einen Typen schlagen, mit dem Bill eine Wette gemacht hat«, kam es von Wesley.

»Wie meinst du das?« Meine Neugierde wuchs mit jedem Wort.

»Bill hat mit einem Kerl gewettet, dass er mehr trinken kann. Dabei hat er irgendwas geschwafelt von seinem Leben. Meine Rolle war es, die beiden zu unterbrechen und dem Typen eine reinzuhauen. Hab ich gemacht.« Er nahm den Hut vom Kopf und deutete auf sein rechtes Auge.

Erst jetzt erkannte ich, dass es blau und geschwollen war.

»Ouh ...« Ich wusste nicht, was ich dazu sagen sollte.

Im gleichen Moment betrat Silver das Lokal. Er sah sich suchend um, bis er uns entdeckte und zu uns kam.

»Er schläft vorerst einmal. Scetch und Torren waren nicht gerade erfreut darüber, dass ich ihr Kartenspiel unterbrochen habe, aber wenigstens ist Bill versorgt.« Er deutete auf den Becher vor mir. »Ich hoffe, du trinkst nicht auch. Eine betrunkene Person am Abend reicht mir.«

Ohne dass er es mitbekam, umfasste Bell mit beiden Händen ihren Krug und ließ ihn unter dem Holztisch verschwinden.

»Kapitän, wann brechen wir auf?«, fragte Wesley. Der Hut saß wieder ordentlich auf seinem Kopf und diesmal sah man das blaue Auge deutlich.

»Was ist denn mit dir passiert?«, überging Silver die Frage.

»Blue hat ihm die Rolle eines Schlägertypen gegeben«, antwortete ich für ihn.

Wesley nickte bestätigend.

»Also habt ihr auch alle eine Rolle?« Silver schien genauso verwundert darüber zu sein wie ich vor wenigen Sekunden.

»Ja, Bill war der Trinker, Wesley der Schläger, und Conu?«

Der Matrose zeichnete eilig mit dem Zeigefinger eine Figur auf den Tisch. Immer und immer wieder, bis ich erkannte, dass es sich dabei um das kleine Fläschchen handelte, das er auf dem Marktplatz in den Händen gehalten hatte.

»Was ist damit?«, fragte ich, doch Conu hatte keine Gelegenheit, mir darauf zu antworten, denn auf einmal wurde er von Silver unterbrochen: »Wenn wir schon dabei sind, wo ist das Tagebuch?«

Silver richtete diese Frage an mich.

Ich wollte gerade auf den Tisch deuten, als mir auffiel, dass sich, bis auf unsere Getränke, nichts mehr darauf befand. »Wirklich?« Ich schnaubte und stand eilig auf. »Wer hat das Buch?« Panik stieg in mir auf. Es durfte doch nicht wahr sein, dass ich zum zweiten Mal an diesem Tag beklaut wurde. Man müsste meinen, als Diebin wüsste ich es besser und könnte auf meine Sachen aufpassen.

»Ich hatte den Hut vor dem Gesicht«, kam es von Wesley.

»Ich habe Getränke geholt«, erklärte Bell.

Conu schüttelte nur traurig den Kopf.

»Das darf doch nicht wahr sein!« Wütend ballte ich meine Hände zu Fäusten.

»Beruhig dich, wir finden es wieder.« Silver sah sich um.

Bell war ebenfalls aufgestanden und half bei der Suche.

Ich quetschte mich an den Menschen vorbei, bis ich an der Bar angelangte. Unruhig sah ich mich um. Ich war wütend, aber mehr auf mich selbst. Womöglich hatte ich uns gerade die Chance verbaut, den Hinweis zu finden.

Alles suchte ich ab, beobachtete jede noch so kleine Bewegung. Doch das schwarze Buch blieb verschwunden.

»Sayen ...« Silver legte mir die Hand auf die Schulter. »Ich glaube, wenn ich etwas stehlen würde, wäre ich längst über alle Berge.«

Für einen Moment schloss ich die Augen. Das alles war ein gut durchdachter Plan. Bill trank dank einer Wette so viel, dass Wesley eingriff, und als es zur Schlägerei gekommen war, hatte Bill die Flucht ergriffen und war auf uns gestoßen. Jede der Rollen hatte eine Bedeutung, auch wenn sie im ersten Moment unwichtig erschien.

»Das alles war ...« Die letzten Worte blieben mir im Hals stecken, sobald ich eine Gestalt mit längerem braunem Haar und grünen Augen neben der Tür erspähte.

»Silver!« Aufgeregt deutete ich auf den Jungen. Ich drängte mich wieder durch die Menge, direkt auf den Dieb zu.

Silver folgte mir.

Der Junge drehte sich um, die eine Hand hatte er bereits an der Türklinke. Sobald er uns sah, konnte ich regelrecht fühlen, wie er Panik bekam. Blitzschnell rannte er in die Nacht hinaus.

Silver nahm die Verfolgung auf.

Auch ich wollte den beiden hinterher, als Bell sich auf einmal zwischen uns stellte.

»Ich habe ihm das Buch gegeben«, erklärte sie mir mit schuldbewusster Stimme.

Kapitel 20
Als alle ihre Maske fallen liessen

»Was?« Meine Gedanken waren noch bei dem Jungen.

»Meine Rolle war es, dir das Buch wegzunehmen und ihm zu bringen. Ich hab es getan, weil ich wusste, dass wir nur so an den Hinweis kommen.« Sie ließ die Schultern hängen.

»Es tut mir leid.«

»Wann?« Irritiert versuchte ich, mich daran zu erinnern, wann mir das Buch abhandengekommen war.

»Als ich dich gefragt habe, was du trinken möchtest. Ich habe Geld von ihr bekommen.« Sie öffnete die Handfläche und deutete auf die neun Taler, welche darin lagen. »Ich wollte mir doch das andere Armband davon holen.«

»Mach dir keine Sorgen, das alles war ein Plan. Ich muss jetzt aber los. Geht zurück zum Schiff!« Die letzten Worte rief ich, denn ich war bereits dabei aus dem Lokal zu stürmen. Ich rannte die Straße hinunter, am Wasser entlang. Das Ganze rief unschöne Erinnerungen in mir hervor. An diesem Punkt hatte ich mich heute schon einmal befunden.

Wie zuvor ging mir ziemlich schnell die Puste aus. Wenigstens begegnete ich diesmal kaum Menschen und verlor keine wertvolle Zeit mit Ausweichen. In der Ferne erkannte ich die Umrisse von Silver und dem Jungen, aber sie waren viel zu weit weg.

Ich rannte weiter, spürte nur den Boden unter meinen Füßen

und hörte das Rauschen des Wassers in meinen Ohren. Der seltsame Duft von Lavendel lag wieder in der Luft, aber meine Gedanken waren woanders, sodass ich mich im Moment nicht damit beschäftigen konnte.

Die beiden bogen in die Ecke ein, in der die Dunkelheit das Licht vertrieb. Die Fackeln nahmen hier ein Ende.

Plötzlich tauchte eine Gestalt vor mir auf.

»Flinn?« Überrascht bremste ich ab und konnte mich gerade noch an einer Hausmauer festhalten, bevor ich in den Steuermann knallte.

»Sayen?« Er schien genauso verwundert über unsere Begegnung zu sein wie ich.

»Lass mich raten, du hast auch eine Rolle erhalten?«

Unsicher kratzte er sich am Kopf, wollte etwas erwidern, aber ich war zu sehr mit der Verfolgungsjagd beschäftigt.

»Wir sehen uns auf dem Schiff.« Ich rannte an ihm vorbei, verlangsamte gleich darauf mein Tempo, als ich im Zwielicht sah, dass ich vor einer Treppe stand.

Von Silver und dem Jungen fehlte jede Spur.

Ich tastete mich langsam die Stufen hinab. Der Boden unter meinen Füßen wurde mit einem Mal weicher, als stünde ich auf Sand.

»Silver?!«, rief ich laut. Der Wind fuhr durch meine Haare und wirbelte sie durcheinander. Ich lief weiter, versuchte auf jedes Geräusch zu achten. Mit der Zeit gewöhnte ich mich an die Dunkelheit. Es war wie im Turm auf Fandora.

Immer wieder musste ich an Blue denken. Sie hatte uns die Rollen zugeteilt. Hatte dafür gesorgt, dass wir alle wie Puppen in ihrem Stück mitspielten.

Auf einmal hörte ich Stimmen, dann ein lautes »Platsch«.

»Silver!«, rief ich erneut in die Dunkelheit. Doch die einzige Antwort, die ich erhielt, war das Rauschen des Meeres.

Ich eilte weiter, rannte am Wasser entlang. Hier wurde es wenigstens etwas heller. Das Licht des Mondes und die Fackeln am anderen Ufer ließen mich meine Umgebung deutlicher erkennen.

»Sayen.« Silvers Stimme drang zwischen den Wellengeräuschen zu mir hindurch.

»Wo bist du?«, rief ich zurück.

»Warte!«

Ich hielt an und versuchte zu erkennen, wo er war. Der Wind wehte hier unten um einiges kräftiger als in der Stadt. Fröstelnd rieb ich mir über die Arme.

Wie aus dem Nichts tauchte er auf. Auch er hatte die Arme vor der Brust verschränkt, stapfte durch den Sand und blieb vor mir stehen.

»Es tut mir leid«, sagte er nur. Dann lief er zurück.

Ich folgte ihm, sank immer tiefer in den weichen Sand ein. »Was?«, fragte ich. Langsam hatte ich es satt, dass er immer davonlief und ich ihm hinterherrennen musste.

Wir stiegen die Treppe hinauf, und erst als wir die Fackeln erreichten, blieb er stehen. Seine dunklen Haare waren nass, genau wie die Ärmel seines Hemdes.

»Was tut dir leid?« Ich suchte nach dem Buch in seinen Händen, aber da war nichts.

»Ist er dir entkommen?«, fragte ich zögerlich.

»Ja und Nein. Ich hab ihn erwischt, aber er wollte das Buch nicht hergeben. Wir haben darum gekämpft und mit einem Mal lag es im Wasser.«

Das erklärte das Geräusch vorhin.

»Das Buch ist irgendwo dort unten?« In Gedanken versuchte

ich, eine Lösung zu finden. Ich hatte so darauf gehofft, darin Antworten zu finden. Bis jetzt wusste ich immer noch nicht, wer diese Viola war und warum sie in dem Buch mit den Geheimnissen gestanden hatte.

»Es ist im Wasser, Sayen. Die Strömung ist ziemlich stark«, erklärte er mir.

Ein Gefühl der Machtlosigkeit überkam mich. Es war beinahe, als ob ich etwas verloren hätte, was mir wichtig war, dabei handelte es sich nur um ein Buch. Mich machte der Gedanke traurig, dass jemand sich die Mühe gemacht hatte, alles sorgsam niederzuschreiben, und nun lag sein Werk auf dem Grund des Meeres. Das Salzwasser würde sich in die Tinte fressen und alles vernichten, was an Viola erinnerte. Nicht jedes Bild und nicht jedes Wort überdauerte die Ewigkeit.

Wie Blue gesagt hatte, mit einer einzigen Bewegung konnten wir Menschen gewisse Dinge zerstören. Hätte ich das Buch auf dem Schiff gelassen, wäre es womöglich niemals Teil dieses dämlichen Spieles geworden.

»Sayen, du kannst nichts mehr machen. Es ist weg«, kam es wieder von Silver.

Ich ignorierte seine Worte und drehte mich um, um erneut durch die Dunkelheit zu laufen, verzweifelt die Suche fortzusetzen.

»Sayen ...« Silver schnappte sich meinen Arm und zog mich an sich. »Das Buch ist weg, verstanden?«

»Damit ist wohl auch der Hinweis weg.« Ich schnaubte und befreite mich aus seinem Griff. »Ich verstehe nicht, warum es genau dieses Buch sein musste.«

»Was weiß ich. Vielleicht wollte Blue die Geschichten darin für ihre Bilder nutzen.« Jetzt war es Silver, der die Stimme erhob. »Ich habe getan, was ich konnte.«

»Ja, du hast es verloren!« Ich schüttelte den Kopf, da ich im gleichen Moment meine Worte bereute. »Tut mir leid, das war nicht fair. Ich glaube, der wenige Schlaf und das viele Lernen in den letzten Tagen war einfach zu viel.«

Er nickte verständnisvoll. »Das ist es für uns alle.«

»Und was machen wir jetzt? Der Hinweis ist wohl weg und die Antworten im Buch ebenfalls.«

Die Spieluhr war zerstört, das Tagebuch auf dem Grund des Meeres. Die Geschichte von Viola war zu Ende, bevor ich überhaupt wusste, wie sie begann.

»Ich denke, wir suchen weiter«, antwortete er.

»Und wo fangen wir an?« Müde rieb ich mir die Augen. Dieses ganze Rollenspiel hatte uns kein bisschen näher an den Hinweis gebracht, eher im Gegenteil.

»Am besten gehen wir noch einmal zurück und sehen weiter.«

Ich stimmte seinem Vorschlag zu und gemeinsam machten wir uns auf den Rückweg. Inzwischen brannten nicht mehr alle Fackeln, die Lichter erloschen nach und nach. Die letzten Menschen verschwanden, die Stadt der Kunst brauchte eine Pause.

»Sind die anderen schon auf dem Schiff?«, unterbrach Silver meine Gedanken.

»Ich denke ...« Ein Schatten löste sich von der Hausmauer. Ein Gesicht mit kurzen orangen Haaren und einem längeren Bart trat ins Licht der verbliebenen Fackeln.

»Flinn?« Silver zuckte zusammen. »Ich habe dich hier nicht erwartet«, fügte er hinzu.

»Tut mir leid, dass ich vorhin einfach weitergerannt bin, aber ich wollte das Buch wiederbekommen.« Erst jetzt fiel mir wieder ein, dass der Steuermann gar keine Gelegenheit hatte, mit mir zu sprechen. Ich hatte blind die Verfolgung aufgenommen.

»Du hast doch von einer Rolle gesprochen, oder?« Flinn stemmte die Hände in die Hüfte.

»Ja, hattest du auch eine?«, vergewisserte ich mich.

»Ich musste hier warten, bis Silver wieder zurückkommt. Meine Rolle ist, dass ich ihm eine Botschaft ausrichte.« Er strich sich über den Bart. »Ich dachte schon, ihr kommt nicht mehr.«

Silver schüttelte die Reste des Wassers aus seinen Haaren, wischte sich die letzten Tropfen mit dem Hemdärmel ab und wandte sich dann wieder an Flinn. »Was für eine Botschaft? Ich hab dich vorhin wohl übersehen.«

»Du sollst zum Theater, zu der Frau mit den blonden Haaren, aber alleine.« In Flinns Blick schienen etliche Fragezeichen aufzutauchen. »Was auch immer es damit auf sich hat«, murmelte er.

»Ich nehme an, sie will mir den Hinweis geben.« Silver nickte erfreut. Seine Stimmung hellte sich schlagartig auf.

»Sie hat alleine gesagt, oder?«, bemerkte ich. Momentan konnte ich Silvers Euphorie nicht teilen. Das Treffen hieß nicht, dass wir den Hinweis wirklich bekamen.

»Ja, das waren ihre Worte«, bestätigte Flinn.

»Gut, ich mache mich mal auf den Weg. Wir treffen uns auf dem Schiff.« Silver wollte sich abwenden, als ich ihn am Arm zurückhielt.

»Ich gehe zurück zum Lokal und schaue, ob die anderen noch dort sind.«

»Das ist ein guter Plan.« Mit diesen Worten verschwand der Freiheitskämpfer endgültig.

»Was hat es mit den Rollen auf sich? So etwas Verwirrendes habe ich noch nie erlebt.« Flinn machte sich kopfschüttelnd auf den Rückweg. »Ich bin auf dem Schiff«, rief er und hob zum Abschied kurz die Hand, ohne sich allerdings umzudrehen.

Ich lief ebenfalls los, eilte durch die leeren Straßen. Die Kälte und der Wind wurden immer unerträglicher. Aber wenigstens hatte ich ein Ziel vor Augen.

Auch diesmal entdeckte ich wieder Hausfassaden mit Bildern. Die meisten von ihnen waren mir zuvor gar nicht aufgefallen. Manche waren versteckt, andere ganz klein.

Ich fand das Bild von dem Schiff, den Mann ohne Worte und etwas, das aussah wie eine Perlenkette.

Es schien sich nicht viel in dem Gasthaus verändert zu haben. Das Stimmengewirr war jetzt nur noch lauter. Bell und Conu saßen am gleichen Platz, Wesley wirkte, als sei er eingenickt. Der Hut hing schief auf seinem Kopf, das blaue Auge hatte er geschlossen, den Mund offen.

»Hast du das Tagebuch?«, fragte Bell, sobald ich in ihrer Nähe war.

Ich schüttelte den Kopf.

»Silver und der Junge haben sich gestritten und das Buch ist dabei im Meer gelandet.«

Conu blickte überrascht auf.

»Das Tagebuch ist verloren und Silver ist auf dem Weg zu Blue. Vielleicht erhält er den Hinweis, auch wenn er im Grunde seine Rolle nicht zu Ende gebracht hat.«

Bell trommelte mit den Fingern auf dem Holztisch herum. »Was waren denn eure Rollen?«, fragte sie neugierig.

»Ich war diejenige, der das Buch gestohlen wurde, und er musste es wiederbeschaffen«, erklärte ich.

»Na dann, ich bin mir sicher, Blue gibt ihm den Hinweis.« Gelassen ließ sie sich zurücksinken. »Ich hole mir jetzt das Armband.«

Conu schüttelte eilig den Kopf.

»Nicht?« Verwundert sah Bell zu ihm hinüber.

»Vielleicht solltest du das Geld sparen«, schlug ich vor und deutete auf die vielen Stoffstreifen an ihren Armen, die ihr beinahe bis zum Ellbogen reichten.

Auch diesmal schüttelte Conu den Kopf. Er streckte Bell seine Hände entgegen.

»Du willst das Geld?« Misstrauisch kniff sie die Augen zusammen. »Warum?«

Er nahm eine Hand herunter und zeichnete mit seinen Fingern die Form eines Fläschchens.

»Du willst dir eines der Fläschchen kaufen, oder?«

Bei meinen Worten nickte er.

»Hast du kein Geld?« Bell seufzte.

»Du hast doch schon genug Armbänder«, meinte ich besänftigend.

Bell verzog ihr Gesicht, beförderte aber die Taler hervor und ließ sie auf den Tisch fallen. »Ich hoffe, du investierst in etwas Gutes.«

Das brauchte sie Conu nicht zweimal sagen. Er nahm das Geld, steckte es in die Tasche und stand auf.

»Kommst du anschließend zum Schiff?«, wandte ich mich an ihn.

Er nickte und rauschte hinaus in die kalte Nacht. Hoffentlich hatte er Glück und der eigenartige Mann mit dem Schnurrbart hatte seinen Stand noch nicht geschlossen.

»Warum?« Bell schüttelte abermals den Kopf.

»Das war nicht einmal dein Geld.« Ich blickte hinüber zu Wesley, der weiterhin seelenruhig zu schlafen schien. »Dafür bringe ich dir ein besonders schönes Armband aus Taian mit, versprochen«, fuhr ich fort.

»Versprochen?«, vergewisserte sie sich.

»Versprochen.« Ich hielt meine Versprechen. Jedoch konnte ich bei diesem hier nur hoffen, dass Bell überhaupt noch mit mir sprach, wenn ich das magische Buch stahl.

»Lass uns zum Schiff gehen.« Bell klatschte kurz vor Wesleys Gesicht in die Hände.

Erschrocken zuckte er zusammen und konnte sich gerade noch fangen, bevor er vom Stuhl fiel. Der Hut hingegen hatte weniger Glück.

»Geht das auch leiser?«, grummelte er vor sich hin, hob den Hut auf und klopfte ihn so gut es ging ab.

»Wir gehen«, kommandierte Bell, erhob sich und öffnete die Tür.

Ich folgte ihr zusammen mit Wesley.

Der Wind rauschte durch den Türspalt, und sobald ich ganz im Freien stand, war es vorbei mit der Restwärme.

Wesley hielt seine Kopfbedeckung fest und auch Bell warf einen misstrauischen Blick zum Himmel.

»Das sieht nach Sturm aus«, murmelte Wesley.

»Sturm?« Verwundert sah ich ebenfalls hoch. Doch bis auf ein paar Wolken war der Nachthimmel klar.

»Warts ab, wir sollten zurück aufs Schiff«, riet Bell.

Während die anderen vorausgingen, suchte ich vergeblich nach Anzeichen für einen Sturm. Bis auf den Wind konnte ich nichts dergleichen entdecken. Das war der Vorteil an der Wohnung, die Kassie und ich uns teilten. Sie lag so weit unter der Erde, dass man von Stürmen nicht viel mitbekam.

»Kommst du?«, rief Bell.

»Und was ist mit Conu?« Mir war nicht wohl bei dem Gedanken, dass er allein mit dem bulligen Mann verhandelte.

»Der findet den Weg selbst. Vertrau mir, er hat einen guten Orientierungssinn«, beruhigte sie mich.

Ich schenkte ihren Worten Glauben und eilte den beiden hinterher.

Endlich kam das Schiff in Sicht. Der Großteil der Mannschaft stand schon an Bord.

Bell betrat das Schiff zuerst, dichtgefolgt von Wesley, der den Hut immer noch fest in seinen Händen hielt.

Ich wartete einen Moment in der Dunkelheit, sah zu, wie immer mehr Fackeln erloschen. Doch weder Silver noch Conu tauchten auf.

»Sayen, kommst du?« Bell hatte sich über die Reling gebeugt.

»Bin schon auf dem Weg.« Ich drehte mich um und lief die Gangway hinauf. Es fühlte sich falsch an, die Stadt zu verlassen, aber wie Silver gesagt hatte, wir mussten uns beeilen.

»Diese Melodie!« Bell schnaubte genervt.

»Melodie?« Verwundert hielt ich inne. Tatsächlich, da war sie wieder.

Der Klang der Wellen, die sich an der Küste brachen, war zwar um einiges lauter, aber wenn man genau hinhörte, war da dieses Stück. Es war die gleiche Musik wie zuvor. Dasselbe Stück, mit dem traurigen, fast schon melancholischen Klang.

»Sie geht mir nicht mehr aus dem Kopf.« Bell verdrehte genervt die Augen. »Warum spielen sie eigentlich immer das Gleiche?«

Das hatte ich mich auch schon gefragt. Aber wenn ich an das alte Theater und all die Bilder dachte, musste ich zugeben, dass die Musik passte. Diese Stadt bewahrte Geschichten auf, nicht nur in den Herzen, sondern auch mithilfe von Kunst und Kreativität. Es waren wohl nicht immer schöne Geschichten, manche waren vielleicht längst Vergangenheit, während andere in diesem Moment neu geschrieben wurden.

»Sind wir komplett, bis auf die beiden Herren?«, rief Bell über Deck.

Es dauerte nicht lange, da kam die Antwort von Flinn: »Komplett!«

Der Wind um uns wurde immer stärker, zog und zerrte an unserer Kleidung und unseren Haaren.

»So schwer kann das doch nicht sein, den Weg zurückzufinden«, fluchte Bell. Immer wieder warf sie einen Blick zum Himmel. »Wenn wir jetzt weiterfahren, können wir den Wind optimal nutzen.«

»Ich bin mir sicher, sie kommen bald.« Ich hatte meinen Satz nicht einmal zu Ende gesprochen, da tauchten in der Ferne zwei Schatten auf.

»Na endlich …« Bell seufzte erleichtert auf. Man merkte deutlich, wie die Anspannung von ihr abfiel.

Die beiden Gestalten entpuppten sich tatsächlich als Silver und Conu. Zu zweit eilten sie zum Schiff.

»Macht euch bereit!«, kommandierte Bell.

»Du bist nicht der Kapitän«, kam sogleich die Antwort von Scetch, der abseits an der Reling stand und auf die andere Seite der Stadt blickte.

»Das nicht, aber ich würde einfach mal behaupten, dass es auch in seinem Interesse liegt, die Stadt zu verlassen«, antwortete sie ihm im selben gleichgültigen Tonfall, den er selbst angeschlagen hatte.

Wenigstens verhielt er sich nicht nur mir gegenüber so. Doch Bell schien das weit weniger auszumachen. Sie verdrehte kurz die Augen, setzte dann das immer gleiche Lächeln auf und winkte Silver und Conu erfreut zu.

»Das hat aber gedauert«, sagte sie, sobald beide an Bord waren.

Conu hielt mit beiden Händen eine Flasche umklammert. Er wirkte sichtlich zufrieden, als hätten sich durch seinen Einkauf auf einmal seine Probleme gelöst.

Silver hingegen schien alles andere als glücklich. Mit düsterer Miene lief er zu Flinn und wechselte ein paar Worte, bevor er wieder zu uns kam.

»Wir verlassen diese Stadt. Sind wir komplett?«, fragte er Bell.

»Ja, alle da und bereit aufzubrechen.«

Mit meinen beiden Händen umklammerte ich die Reling und lehnte mich so weit darüber, dass ich das Gefühl hatte, die Wellen würden als Nächstes nicht gegen die Bordwand, sondern gegen mein Gesicht schlagen. Ein leicht salziger Geschmack lag auf meiner Zunge und der Wind roch nach Meer, nach Freiheit, so albern das auch klingen mochte.

»Lass dich nicht fallen«, kam es von Silver.

»Ich habe es nicht vor«, erwiderte ich. In meinen Gedanken erschien ein Bild, wie ich in die Tiefen des Wassers sprang, die Kälte von meinem Körper Besitz ergriff und für einen Moment würde die Welt ganz still sein.

»Wir legen gleich ab.« Seine nächsten Worte brachten mich dazu, mich umzudrehen. Er stand vor mir, die Arme vor der Brust verschränkt, die Lippen hatte er zu einem schmalen Strich zusammengepresst.

»Du siehst nicht gerade glücklich aus«, stellte ich fest. »Falls es wegen meines komischen Anfalls bezüglich des Buchs war, vergiss es. Wir können es nicht ändern.«

Doch Silver schüttelte nur genervt den Kopf. »Es liegt nicht an dir. Diese Blue wollte mir den Hinweis nicht geben und hat gesagt, wir sollen sofort die Stadt verlassen.«

Verwundert sah ich ihn an. »Warum?«

»Weil wir die Rollen nicht beendet haben.«

»Warum ist ihr das so wichtig?«

»Keine Ahnung, aber wir werden das Rätsel auch ohne diesen Hinweis lösen.« Er wandte sich ab, um seiner Mannschaft Befehle zu erteilen.

Ich versuchte mir währenddessen, die Umrisse der Stadt einzuprägen. Irgendetwas sagte mir, dass dies nicht mein letzter Aufenthalt in der Stadt der Kunst war. Womöglich würde ich weder die Bilder im Theater noch diese eigenartige Melodie jemals wieder aus dem Kopf bekommen. Selbst jetzt schienen die Töne ununterbrochen durch die Dunkelheit zu tanzen.

Eine Person lehnte sich neben mich an die Reling. Es war Conu, das Fläschchen hielt er noch immer umklammert.

»Ich hoffe, es hat sich gelohnt.«

Behutsam fuhr er über das Etikett, das sich in der Mitte der Flasche befand. Eine Art Aufkleber mit einer kleinen krakeligen Schrift darauf. Dann reichte er mir, wenn auch zögerlich, die Flasche.

»Danke«, murmelte ich und nahm sie ihm aus der Hand.

Conu – Deine Rolle ist es, Sayen die Flasche zu bringen. Sobald die gesamte Mannschaft wieder auf dem Schiff ist. Nicht vorher, sonst geht der Hinweis verloren.

Verwundert zuckte ich zusammen. Beinahe hätte ich das Behältnis fallen lassen. Diese Sätze standen zuoberst. Der Rand der Etikette löste sich bereits vom Flaschenhals. Weiter unten befand sich etwas deutlich Interessanteres:

Wie nennt sich das Stück?

»Das Stück ...welches Stück.« Ich drehte und wendete die Flasche, aber das waren die beiden einzigen Hinweise.

»Das war also die ganze Zeit deine Rolle? Du hast dieses Fläschchen schon früher entdeckt und darum das Etikett mit deinen Händen abgedeckt!« So langsam fügte sich alles zusammen. »Welches Stück?«

Conu deutete in den Himmel. Aber als ich hochblickte, fand ich nichts Besonderes. Es waren weiterhin keine Wolken zu sehen.

»Was meinst du?«

Erneut deutete er in den Himmel, diesmal energischer.

»Conu ...« Doch endlich verstand ich, was er mir sagen wollte. Da war sie wieder, diese Melodie.

»Stopp!«, rief ich eilig, rauschte hinüber zu Silver und rüttelte an seinem rechten Oberarm. »Warte! Ich muss zurück an Land!«

»Warum? Wir legen gleich ab.« Er schien genau so viele Fragezeichen in seinen Gedanken zu haben wie ich bis gerade eben.

»Wartet auf mich!« Mit diesen Worten drehte ich mich um und kletterte von Bord.

Nur noch vereinzelte Fackeln brannten, schenkten trostloses Licht in der Finsternis, in welcher man kaum die bunten Bilder erkannte. Unterwegs begegnete ich keiner Menschenseele, selbst die Tür des Lokals war fest verschlossen. Gespenstische Ruhe lag über der Stadt. Doch ich ließ mich davon nicht unterkriegen. Ich lief den Weg hinauf, den ich bereits etliche Male gegangen war. Das Schild der Wahrsagerin war verschwunden und auch die Tür schien zu. Als hätten alle die Flucht ergriffen, sobald wir das Schiff betreten hatten.

Inzwischen kroch auch ein gespenstischer Nebel über den Boden, dazu kam das Heulen des Windes.

Mein Ziel war das alte Theater. Je näher ich ihm kam, desto weniger wurden die Lichter. Nur dank des Mondes fand ich den richtigen Weg und stand schon bald vor der prächtigen Mauer des Gartens. Das Tor war zu meinem Glück nur angelehnt.

Ich öffnete es schnell und schlüpfte hinein. Hier schien alles beim Alten. Das Feuer brannte, die Menschen tanzten. Die Blumen der Nacht blühten, während andere ihre Köpfchen gesenkt hielten.

»Blue?« Meine Stimme klang auf einmal seltsam gepresst. Ich lief an den Menschen vorbei, wurde immer wieder angerempelt oder ermutigt zu tanzen.

»Lass einfach los«, forderte die Frau mit den Perlen im Haar. »Wenn du loslässt, wirst du frei sein.«

So gerne ich ihr das glauben wollte, jetzt gerade war loszulassen kein guter Plan.

»Blue?« Ich lief die weißen Stufen hinauf, drängte mich an den hohen Säulen vorbei und öffnete die Tür mit den wunderschönen Schnitzereien.

Blue saß in der Mitte des Theaters auf dem Boden, den Kopf gesenkt, die Hände gefaltet.

»Blue?«, sprach ich sie erneut an, diesmal leiser.

Sie reagierte nicht.

Langsam näherte ich mich ihr, Schritt für Schritt, einen Fuß nach dem anderen. Die Stille im Raum sorgte dafür, dass ich mich unbehaglich fühlte. Ständig war ich umgeben von dem Rauschen des Meeres, dem Wind und den Gesprächen der Mannschaft. Dieses alte Theater aber gab mir das Gefühl vollkommener Isolation von der Außenwelt.

»Blue?«, versuchte ich es ein drittes Mal. Doch sie schien wie weggetreten. Also legte ich ihr eine Hand auf den Rücken.

Die junge Frau zuckte zusammen und drehte sich ruckartig zu mir um. »Sayen!« Erstaunt blinzelte sie. »Ich dachte, es dauert länger.« Blue erhob sich und richtete ihre Frisur, die bei der ruckartigen Bewegung verrutscht war.

»Conu hatte die letzte Rolle, oder?« Ich streckte ihr das Fläschchen entgegen. Die Flüssigkeit darin war pechschwarz und erinnerte mich an Silvers Augen.

»Die hatte er.« Sie nickte anerkennend.

»Und warum hat Silver den Hinweis nicht bekommen?« Irritiert zog ich meine Hand zurück, als Blue durch den Raum lief, die Hände hinter dem Rücken verschränkt.

»Ihr alle hattet eure Rollen und jeder von euch war nötig, um den Hinweis zu finden.« Bei einem Bild mit Sonnenblumen blieb sie stehen.

»Warum sollte Silver zuerst zu dir? Das verstehe ich nicht. Und was hatte mein Buch damit zu tun?« Der Gedanke an das Buch machte mich wütend, ließ mich für einen Moment wieder diese Machtlosigkeit fühlen. Ich umklammerte das Fläschchen fester.

»Ich musste noch etwas mit ihm klären.« Sie deutete in Richtung des Bildes von Puera Lisa, das zerbrochene Glas. Die Zeichnung hatte sich verändert. Die Scherben waren noch da, aber das Glas war nicht mehr leer. Irgendjemand hatte eine schwarze Uhr darin gezeichnet.

»Ich wollte das Bild beendet haben und er wusste, was fehlte.« Zufrieden faltete sie die Hände.

»Eine Uhr in einem zerbrochenen Glas?« Ich konnte nicht wirklich nachvollziehen, warum genau dieses kleine Detail das Bild komplettieren sollte.

»Du wirst es irgendwann verstehen. Es braucht Zeit, aber am Ende fügt sich alles zusammen.«

Ich schnaubte. Die Flasche in meinen Händen fühlte sich mit einem Mal so unreal an. Ich spürte, wie sich die Flüssigkeit meinen Bewegungen anpasste, hin- und herschwappte.

»Und was für ein Trank ist das?«

»Das weiß ich nicht. Ich hab irgendein Gefäß ausgesucht und das alte Etikett entfernt. Aber vielleicht kann er euch von Nutzen sein.«

Misstrauisch blickte ich auf den dunklen Inhalt des kleinen Glases. Was auch immer es war, es war den immensen Preis nicht wert.

»Dieses Lied, wie heißt es?« Die ganze Zeit war es da gewesen, aber Blue hatte recht behalten. Erst wenn wir unsere Rollen spielten, waren wir in der Lage, den Hinweis zu sehen, obwohl er sich immer direkt vor unserer Nase befunden hatte.

»Es ist ein uraltes Stück, das ein Händler vor etlichen Jahren zu uns gebracht hat. Er bat uns, seinen Namen nur zu nennen, wenn jemand danach fragt. Er lautet *Ein Ort, an welchem ohne den Stern Kreativität niemals einen Platz hatte.*«

»*Ein Ort, an welchem ohne den Stern Kreativität niemals einen Platz hatte?*«, wiederholte ich. Das ergab noch weniger Sinn als die bisherigen Hinweise.

»Genau, das waren seine Worte. Ich hoffe, du kannst damit etwas anfangen.« Sie lief weiter zu dem Mädchen neben der Laterne. »Einen Rat will ich dir aber mitgeben.«

»Was für einen?«

Blue blickte zu Boden, im Hintergrund hörte man weiterhin die traurigen Klänge der Melodie. Es dauerte einen Moment, bis sie wieder aufsah. In ihrem Blick lag etwas, das mich unbewusst einen Schritt zurückweichen ließ.

»Du musst aufpassen«, sagte sie leise. »Wenn ich eines gelernt habe, dann dass man nur sich selbst vertrauen sollte. Du scheinst klug zu sein, also schau auch richtig hin.«

Ihr Rat erinnerte mich an Silvers Worte in Fandora. Aber was hatte es damit auf sich? Vor was sollte ich mich hüten und worauf musste ich achten?

»Gibt es etwas bei Taian, das geändert werden muss?«, fragte sie auf einmal.

Ich hatte gar nicht bemerkt, wie sie zum anderen Ende des Raumes gelaufen war, direkt zu der Zeichnung mit dem Schiff.

Taian war bekannt für die vielen Schiffe, die Handelsrouten und den Fischfang. Und eigentlich passte das Bild perfekt, beschrieb die Stadt genau. Ich erinnerte mich an meine letzten Tage dort. Als die Wachen des Königs mich durch halb Taian gejagt hatten, und wie ich dank der Hohlräume unter der Stadt entkommen konnte. Ja, das Schiff passte und doch war Taian viel mehr als das. Es war all die bunten Farben und Lichter, all die verschiedenen Menschen, die unterschiedlichen Emotionen und Geschichten. Der kleine Markt direkt am Meer, die Sterne, die man in der Nacht sah. Es war die Musik in den Wirtshäusern, die stillen Gedanken, die man hegte, wenn man allein in der Dunkelheit saß. Die mächtigen Mauern des Palastes, die großen Häuser und das Essen, das diesen salzigen Beigeschmack hatte. Es war all die Schiffe und die Männer, die tagein, tagaus zur See fuhren.

»Wellen ...« Ich hielt die Türklinke mit einer Hand fest, drückte sie hinunter und atmete noch einmal tief durch.

»Die Wellen beim Schiff, ich würde sie blauer und höher machen.« Mit diesen Worten verschwand ich in die kühle Nacht, in welcher der Nebel den Garten bereits erreicht hatte. Das Feuer schien höher zu lodern als zuvor, die Tänze ausgelassener zu sein und diese Melodie ... Ich war mir sicher, ich würde sie genau wie die Bilder nie wieder vergessen.

Kapitel 21
Die Suche geht weiter

Schönheit lag im Auge des Betrachters. Manche nannten den Sonnenaufgang wunderschön, andere konnten sich für bestimmte Farben oder Muster begeistern. Es gab Leute, die entdeckten Schönheit nur in den Augen anderer, und manche von ihnen gingen so kostbar mit diesem Ausdruck um, dass man meinen konnte, die Schönheit auf dieser Welt wäre begrenzt.

Ich entdeckte die Schönheit Tag für Tag im tiefen Blau des Meeres, das in den unterschiedlichsten Farben schimmerte. Am Tag wirkte es beinahe türkis, in der Nacht kohlrabenschwarz – und wenn man sich tief genug hinabbeugte, konnte man den salzigen Geschmack auf seiner Haut spüren.

»Sayen?«

Ich hatte nicht einmal die Gelegenheit, meine Augen ganz zu öffnen, da flog bereits ein roter eckiger Gegenstand in meine Richtung. Gerade noch rechtzeitig hob ich den rechten Arm schützend vors Gesicht.

»Was soll das?«, fauchte ich und warf das Buch in die Richtung seines Besitzers zurück.

Silver machte sich nicht einmal die Mühe herüberzuschauen, er bückte sich, während das Buch über ihn hinwegsegelte und gegen eines der Regale prallte.

»Du bist eingeschlafen«, erklärte er. »Und du sprichst im Schlaf, was nicht gerade hilft.«

Ich richtete mich auf. Tatsächlich war ich eingenickt. Neben mir türmte sich ein Stapel Bücher auf. Das letzte Buch, mit dem ich mich befasst hatte, besaß einen dunkelblauen Einband mit Mond, Sonne und Sterne vorne drauf. Es war ein dünnes Buch und enthielt Informationen zu Arkaris, der Stadt der Kunst. Gebaut wurde sie vor langer Zeit, niemand erinnerte sich mehr wann genau. Zuerst verspottete man diesen Ort. Er war ein Platz für Menschen, die gerne kreativ waren, offen für neue Dinge und sich für die Kunst interessierten. Doch nicht jeder sah in diesen Sachen einen Nutzen. Denn damit verdiente man kein Geld, außer man war wirklich gut darin. Die Menschen, die nach Arkaris kamen, waren oft Verstoßene oder solche, die in anderen Städten kein Glück hatten. Hier war jeder willkommen und jeder hatte die Möglichkeit, sein Talent zu fördern.

Immer mehr Menschen gaben sich der Kunst hin, verliebten sich in die wunderschönen Gemälde, die Musik und das Theaterspiel.

Die Stadt wuchs und wuchs und bald traute sich niemand mehr, etwas dagegen zu sagen. Denn die Leute bemerkten, dass Kreativität so individuell wie ihre Bewohner war. Es war wichtig, dass die Menschen taten, was ihnen Freude bereitete, auch wenn es nur dafür da war, dass sie für einen Tag einfach alles um sich herum vergaßen.

Im Gegensatz zu den anderen Städten hatte es in Arkaris keine Adligen, keinen König und keine Königin. Es gab immer fünf Oberhäupter, die jedes Jahr neu gewählt wurden. Sie repräsentierten das Wohl der gesamten Stadt und sorgten dafür, dass es keine Streitereien oder sonstige Unstimmigkeiten gab. Dadurch fühlten sich die Bewohner gleichgestellt. Auf einmal wurde man nicht mehr für das ausgelacht, was man gerne machte. Hier war jeder auf seine Art und Weise kreativ.

Ganz besonders war das Theater. Dort malte man seit Jahren Bilder, welche die einzelnen Städte symbolisierten und verdeutlichen sollten, dass jede von ihnen wichtig war, denn nur zusammen ergaben sie ein Gesamtbild.

»Hast du was herausgefunden?«, wollte Silver wissen. Er beugte sich über ein Buch mit braunem Einband.

Inzwischen war ein Tag vergangen, seit wir die Stadt der Kunst hinter uns gelassen hatten. Es war wieder einer dieser Abende, an denen ich bei Silver saß und versuchte, mehr über die Städte zu erfahren. Dabei geisterten Blues Worte durch mein Gedächtnis.

»Nicht wirklich. Blue hat uns das meiste erzählt. Mich fasziniert diese Stadt aber immer noch.« Ich nahm das dünne Buch erneut zur Hand. »Es ist die einzige Stadt, die keinen Herrscher benötigt. In Taian gibt es eine klare Trennung der Schichten.«

Silver sah auf. »Wie meinst du das?«

»Der König lebt in seinem Palast. Der Adel befindet sich immer in seiner Nähe, ganz selten findet man die reichen Leute bei uns am Hafen.«

»Das war bei uns auch so. Die Reichen wohnten in ihren teuren Behausungen und die untere Schicht musste hart arbeiten.« Er schüttelte den Kopf. »Aber so ist es leider oft.«

»Wenn wenigstens die Regierung was dagegen machen würde«, sagte ich leise.

»Du glaubst, das könnte sie?« Jetzt schien Silver seine gesamte Aufmerksamkeit auf meine Worte zu richten.

»Warum nicht? Sie ist doch so mächtig.«

Er schnaubte. »Und dennoch hat sie noch niemand zu Gesicht bekommen. Vielleicht hat sie auch so genug zu tun.« Silver schloss das braune Buch. »Wenigstens ist sie uns nicht mehr auf den Fersen, zumindest wirkt es so. Wenn wir Glück haben, schaffen wir es, vor ihr an die Hinweise zu gelangen.«

Ich stand auf, bevor meine Augen ein weiteres Mal zufielen. Vielleicht sollte ich nach draußen zu Bell. Die frische Nachtluft würde mich sicher aufwecken.

»Leider hat uns auch der dritte Hinweis nicht wirklich geholfen«, wiederholte ich, was Silver vor einem Tag gesagt hatte, als ich ihm von Blues Worten erzählt hatte. Ihre letzten Sätze erwähnte ich dabei bewusst nicht.

»Ich habe das Gefühl, erst alle Hinweise zusammen werden uns helfen.«

»Das ist gut möglich. Hoffen wir es. Ich gehe mal und lasse dich allein. Wir sehen uns morgen.« Ich durchquerte den Raum und ließ die Geschichten der Städte, die vielen Bücher und Zeichnungen hinter mir. Vom andauernden Suchen wurde ich müde. Meine Augen brannten, da ich die letzten Stunden bei schwachem Kerzenschein auf winzige Buchstaben gestarrt hatte. Aber egal wie oft ich las, ich fand nichts Nützliches. Das Einzige, was ich bemerkte, das sich dabei veränderte, war mein Leseverhalten. Durch das ständige Lesen gewöhnten sich meine Augen an die Buchstaben und fassten Worte, Begriffe und Sätze viel schneller auf als früher.

An Deck war es ruhig. Bell stand am Steuerrad, pfiff vergnügt ein Lied, den Blick in die Ferne gerichtet. Torren, Smith und Bill erzählten sich vermutlich wieder Schauergeschichten, während Scetch irgendwo herumlungerte. Flinn und Conu schliefen bestimmt, genau wie der schlechtgelaunte Wesley, der seinen Schlapphut gerne tief ins Gesicht zog, damit er nicht mit uns sprechen musste. Silver würde wieder die ganze Nacht wachbleiben und seine Zeit damit verbringen, Bücher zu lesen, die er schon etliche Male gelesen hatte.

Ich kannte nicht alle Leute an Bord, aber ich wusste um die Gewohnheiten vieler.

»Du schläfst auch nie, oder?«, begrüßte mich Bell. Ihr schien das raue Wetter nichts auszumachen. In den letzten Stunden hatte es erneut angefangen zu winden. Es war der gleiche kalte Wind wie in Arkaris. Doch sie stand da, beide Hände am Steuerrad und ein breites Lächeln im Gesicht.

»Doch, doch«, murmelte ich und gähnte. »Ich lege mich gleich hin und schlafe, bis die Sonne aufgeht.«

»Das klingt toll. Würde ich auch gerne, aber Flinn schläft sicher noch.« Bells fröhliche Art war ansteckend. Selbst solche Aussagen verpackte sie so, dass man nicht das Gefühl bekam, es könnte sie stören. Mittlerweile wusste ich allerdings genau, dass es sie nervte, da sie bestimmt ebenfalls müde war und schlafen wollte.

»Ich denke, bis er kommt, kann ich dir Gesellschaft leisten.« Ich setzte mich vor dem Steuerrad auf den Boden, die Reling und das Rauschen der Wellen im Rücken.

»Sehr gut, das freut mich. Dann können wir ja die Zeit nutzen, um unsere Freundschaft aufzufrischen.«

»Wie denn?«, fragte ich und schlang die Arme um meine Knie. Ich versuchte, die Kälte zu vertreiben, die sich langsam anschlich.

»Erzähl mir mehr über dich und Taian. Hast du Geschwister? Wo leben deine Eltern, als was arbeitest du?« Bell schien gar nicht mehr mit den Fragen aufzuhören. Die Worte sprudelten nur so aus ihrem Mund.

»Stopp, Stopp!« Lachend hob ich die Hände. »Also, über Taian gibt es nicht so viel zu berichten. Es ist bekannt für den Fischfang, die Handelsrouten und seine Schiffe. Ich bin mir nicht sicher, ob ich Geschwister habe, da meine Eltern schon früh gestorben sind und ich nichts Genaueres darüber weiß. Ich lebe zusammen mit meiner Freundin Kassie in einem verfallenen Haus. Und ich arbeite als Diebin.«

»Und wer ist diese Kassie?«, bohrte sie weiter.

»Durch einen Freund habe ich sie kennengelernt. Sie ist einfach nur toll, du würdest sie mögen. Sie liebt Bücher, spannende Erzählungen und dank ihr kann ich Lesen und Schreiben.«

»Klingt nach einem netten Menschen. Was sind deine Stärken und Schwächen?« In ihrer Stimme merkte man deutlich die Neugierde.

»Ist das eine Art Aufnahmeritual?« Ich versuchte eine bequemere Position zu finden, was gar nicht so einfach war.

»Nein, keine Sorge, das hast du schon hinter dir.« Sie fuhr sich über das Gesicht. »Ich bin bloß neugierig.«

Ich sah in den Himmel, an dem dunkle Wolken entlangzogen.

»Ich kann nicht kämpfen ...«, gestand ich nach einer Weile. Das Rauschen der Wellen war so nah an meinen Ohren, als läge ich direkt im Meer.

»Ich kann nicht zeichnen ...« Meine Gedanken wanderten auf einmal zu Silver. Dieser Blick, den er immer aufsetzte, wenn er zeichnete. Die eine Augenbraue höher als die andere, den Mund zusammengekniffen, eine Hand in den Haaren.

»Ich weiß nicht alles ...« Silver hatte bestimmt jedes Buch in seinem Regal etliche Male gelesen. Er hatte auf so vieles eine Antwort. Auch Bell war schon an vielen Orten gewesen, kannte fremde Namen, neue Städte, wusste, wie die Menschen am anderen Ende der Welt waren.

»Und deine Stärken?« Sie hatte den Kopf leicht geneigt, sah mich von oben herab an, als würde sie ahnen, was ich gleich sagen wollte.

»Ich werde nicht seekrank ...« Ratlos zuckte ich mit den Schultern. »Im Menscheneinschätzen bin ich ebenfalls nicht schlecht ...« Aber war das wirklich eine Stärke?

»Und wie sieht es bei dir aus?«, fragte ich, als mir auch nach langem Nachdenken nichts mehr einfiel.

»Ich habe nur Stärken.« Sie zwinkerte mir zu.

»Tatsächlich?« Irritiert sah ich sie an. Jeder hatte Schwächen.

»Ich bin gut im Navigieren, kenne mich mit den Sternen aus. Ich kann so ziemlich alles tragen, außerdem kann ich mit Wörtern umgehen ...«

Bevor sie weitersprach, hob ich eilig die Hand. »Gar keine Schwächen?«

»Nein, und wenn ich eine habe, wandle ich sie in eine Stärke um.« Zufrieden nickte sie. »Sagen wir, ich singe grauenhaft, dann ist meine Stärke, dass ich mit meinem Gesang Ratten vertreibe.«

Bei ihren Worten musste ich lachen. Bell tat es mir nach und irgendwann konnten wir gar nicht mehr aufhören, bis aus einer Ecke ein lautes, aber bestimmtes »Ruhe!« kam.

»Das ist klug«, brachte ich hervor.

»Und macht das Leben einfacher.« Erneut nickte sie, sichtlich zufrieden. »Wenn du die Dinge positiv siehst, können sie nicht negativ werden.«

»Merke ich mir.« In Gedanken versuchte ich meine negativen Sachen positiv zu formulieren, aber es gelang mir nicht. Was war positiv daran, sein halbes Herz hergegeben zu haben?

»Von wo kommst du überhaupt?«, fragte ich auf einmal. Mir war aufgefallen, dass ich das gar nicht wusste.

»Ich hab schon immer auf dem Meer gelebt. Mein Vater war ja Kapitän. Meine Mutter kam aus einer Stadt namens Cesselia, die Stadt der Musik.«

»Die Stadt der Musik? Dann musst du ...«

»Nein, glaub mir, ich habe keine Gesangskünste«, unterbrach sie mich mit einem Kopfschütteln. »Ich war auch nur als Baby dort, und sobald ich selbst stehen konnte, wollte ich hinaus aufs Meer.«

Ich lehnte mich mit dem Rücken an das raue Holz der Reling und dachte eine Weile darüber nach, was sie vorhin über positiv und negativ gesagt hatte. Vielleicht war es auch gut, wenn nicht immer alles positiv war.

Die nächsten Tage verliefen ähnlich wie die bisherigen. Ich half, wo ich konnte, meistens stand ich bei Smith in der Küche. Er war gar nicht so schweigsam, wie ich anfangs gedacht hatte. Mit jedem Essen, das wir gemeinsam zubereiteten, taute er ein Stück weiter auf. Er erzählte mir Geschichten, die meisten davon waren so schauderhaft wie die mit der schwarzen Rabenfeder. Manche von ihnen waren aber zuckersüß wie das Märchen von dem Mädchen mit den langen blonden Haaren, das in einem Turm lebte. Wenn Smith sprach, blühte er auf. Seine Augen strahlten und er untermalte all seine Worte mit Gesten. Sobald er etwas Unheimliches erzählte, wurde seine Stimme immer ein wenig tiefer.

Abends war ich oft bei Bell und ließ seltsame Fragen über mich ergehen. Inzwischen waren wir bei Sachen wie Lieblingsessen oder -farbe angelangt.

Silver erklärte mir irgendwann, dass das typisch für Bell war und sie alle an Bord ausfragte. Das war ihre Art, Menschen kennenzulernen und nach Gemeinsamkeiten zu suchen.

Auch bei ihm war ich oft, las mich durch Bücher und Städte. Manchmal saß ich bei Flinn, wenn Bell schlief. Wir sprachen nicht miteinander, aber ich genoss die Stille. Außerdem mochte ich es, die Geräusche des Meeres direkt neben mir zu haben, und sobald ich die Augen schloss, fühlte ich mich Taian ein Stückchen näher.

Die Leute auf dem Schiff gingen jeden Tag freundlicher mit mir um. Manche von ihnen grüßten mich mittlerweile sogar, auch wenn es bloß ein kleines Nicken war. Nur Scetch hielt sich fern von mir und bedachte mich ständig mit bösen Blicken.

Die Tage vergingen wie im Fluge, die Nächte zogen an uns vorbei wie die Wolken bei einem Sturm.

Als Bell die Nachricht verbreitete, dass wir uns der nächsten Stadt näherten, konnte ich nicht mehr an Schlaf denken. Ich lief an Deck umher und machte mir Gedanken, was uns wohl diesmal erwarten würde. Irgendwann, als ich es gar nicht mehr aushielt, klopfte ich wieder einmal mitten in der Nacht an Silvers Tür.

»Heute bist du aber ganz schön spät«, murmelte er und gähnte.

Sobald ich das Zimmer betrat, schloss ich die Tür hinter mir.

»Ich will es wissen.«

Sein Schreibtisch war eigenartigerweise aufgeräumt. Nur sein Zeichenbuch lag darauf, die anderen Bücher standen im Regal.

»Die Stadt?« Er setzte sich in seinen Stuhl, lehnte sich zurück und verschränkte die Hände vor dem Bauch.

»Genau, wie heißt die vierte Stadt?« So langsam fühlte ich mich wie ein kleines Kind, dem eine Überraschung versprochen wurde und das es nicht ertrug, nicht zu wissen, was genau diese Überraschung war.

»Malufra.« Mehr sagte er nicht, er sah mich einfach an, wartete wahrscheinlich auf meine nächste Frage.

»Damit kann ich nicht viel anfangen«, räumte ich ein, obwohl ich mir sicher war, dass er sich dessen bewusst war.

»Du hast schon darüber gelesen.« Silver war müde und hatte noch nicht geschlafen, das war unschwer zu erkennen. Sein Bett war gemacht, seine Augenlider senkten sich immer mehr und damit er nicht einschlief, schien er sich anderweitig abzulenken.

»Malufra.« Der Name sagte mir etwas. Doch in den letzten Tagen hatte ich so viel über Städte gelesen, dass ich nicht alles behalten konnte.

»Die Stadt liegt im Nordosten und ist eine der größten. Ihre Bewohner verstecken sich gerne.« Er versuchte, ein Gähnen zu unterdrücken, und hielt sich die rechte Hand vor den Mund.

»Hast du vor, heute noch zu schlafen?« Zielstrebig lief ich zur Weltkugel

»Brauch ich nicht«, antwortete er.

»Als Dan einmal gestürzt ist und sich offensichtlich ein Bein gebrochen hatte, ist er lieber mit schmerzverzerrtem Gesicht einige Tage damit durch die Gegend gehumpelt, als zuzugeben, dass er sich was gebrochen hat.« Ich ging in die Knie, um besser die Namen der Städte lesen zu können. Der Großteil der Fläche war blau. Unglaublich, wie groß das Meer war und wie winzig die Städte daneben wirkten.

»Und was hat das mit mir zu tun?«

»Er ist genauso stur wie du«, fuhr ich fort.

Malufra lag tatsächlich im Nordosten. Direkt an seinen Grenzen lagen andere Städte, aber nur eine von ihnen kannte ich wegen des Namens. »Malufra liegt gleich neben Prestan, der Stadt der Farbe.« Langsam fuhr ich über den runden Fleck. In der Stadt der Farben waren die Häuser bunter als in Fandora. Dort sollte es mehr Farben geben als auf der gesamten restlichen Welt. Die Leute trugen jeden Tag etwas Neues, alte Dinge verarbeiteten sie weiter. Es war eine hilfsbereite Stadt, aber sie kam ganz gut allein klar und schottete sich deshalb von anderen ab. Betreten durfte man sie nur, wenn man einen Antrag stellte, und der wurde sehr selten genehmigt. Darum gab es nicht viele Bilder oder Geschichten.

»Richtig erkannt, und ich bin nicht stur, sondern vernünftig.«

»Wenn du meinst«, flüsterte ich und fuhr mit dem Zeigefinger weiter zu dem beinahe herzförmigen Fleck mit dem Namen Malufra.

»Kriege ich einen weiteren Hinweis?«

»Du siehst die Stadt bald.«

Genervt stöhnte ich auf und lief zum Bücherregal.

»Kannst du mir wenigstens sagen, welches der Bücher mir helfen könnte?«

Doch Silver sagte nichts mehr. Bestimmt würde er mich so lange auf die Folter spannen, bis das Schiff anlegte.

Ich ging die Bücher der Reihe nach durch, versuchte mich daran zu erinnern, ob ich sie schon gelesen hatte oder nicht. Bei einem besonders dicken blieb ich stehen. Sein Einband war von einem kräftigen Violetton.

Das hatte ich noch nie gesehen. War es neu? Vorsichtig zog ich es heraus, sodass keines der anderen Bücher mitkam.

Als ich es aufschlug, stieg mir der vertraute Buchgeruch in die Nase. Das Papier war dicker als bei den restlichen Werken im Regal.

Doch auf meine Neugierde folgte gleich eine Enttäuschung. Die Seiten waren leer. Irgendwie hatte ich mir mehr erhofft.

Ich stellte es zurück an seinen Platz und drehte mich wieder zu Silver um.

»Du hast gewonnen«, meinte ich in der Hoffnung, er würde nachgeben. Doch vom Kapitän kam kein Wort. Als ich näher trat, sah ich auch warum.

Er schlief. Seine Augen waren geschlossen, der Kopf hing auf einer Seite, der Mund stand leicht offen. Die linke Hand lag auf dem Tisch, die andere hing schlaff herab. Wenigstens ruhte er sich endlich einmal aus.

Zufrieden verließ ich das Zimmer. Ich hatte zwar außer dem Namen nichts herausgefunden, aber morgen war auch noch ein Tag.

Teil 4 – Die vierte Stadt

Kapitel 22
Von Menschen, die ihre Gesichter verbargen

Nachdenklich hob ich eine Zitrone nach der anderen auf, bevor ich sie der Reihe nach in den Korb zurücklegte. In der Kombüse war es wie immer unerträglich warm, aber das machte mir nicht mehr viel aus. Ich beobachtete, wie Smith energisch in einem Topf rührte, sich zwischendurch über die Stirn wischte und dann leise fluchte. Die Wörter, die seinen Mund verließen, hatte ich noch nie in dieser Kombination gehört, aber der Tonfall allein sagte aus, dass es keine netten waren.

Ich ließ die letzte Zitrone geräuschvoll auf die anderen fallen.

»Kann ich dir wirklich nicht helfen?«, fragte ich zögerlich.

»Nein, nein …« Er murmelte wieder einige Worte. »Wir haben viel zu wenig da. Ich bin froh, wenn wir endlich Land unter die Füße bekommen.«

»Wie bist du eigentlich hierhergekommen?«

Überrascht sah er auf und hielt mit seinen hektischen Bewegungen inne. »In die Kombüse?«

»Auf das Schiff.« Ich stellte den Korb zu den anderen Sachen und wischte mit einem Lappen über die kleine, ohnehin schon saubere Arbeitsfläche.

»Oh …« Nachdenklich blickte er an die Decke. »Das ist lange her. Ich war Koch in einer heruntergekommenen Spelunke.« Fluchend fiel ihm auf, dass er weiterrühren musste. »War aber nicht wirklich schön dort. Immer unzufriedene Kunden, die versuchten, ihre Sorgen mit Alkohol zu ertränken. Silver kam damals in meine Stadt und hat Leute gesucht, also hab ich mir gedacht, warum nicht.«

»Was für eine Stadt war das?«

Er schnalzte mit der Zunge. »Du bist sehr neugierig«, bemerkte er.

»Ich versuche nur, mehr über euch zu erfahren.«

»Zensat, die Stadt der Juwelen. Ein karges Fleckchen, wenn du mich fragst. Schöne Steine, so weit das Auge reicht, aber alle wertlos, da es viel zu viele davon gibt.« Er schüttelte den Kopf und wischte sich über die schweißnasse Stirn. »Du bist aus Taian, oder?«

»Genau.« Ich faltete den Lappen so klein wie möglich und legte ihn neben den Korb mit den Zitronen. Langsam ging mir die Arbeit aus.

»Isst man dort wirklich rohen Fisch mit Schuppen und Augen direkt aus dem Meer?« Er schnappte sich eines der scharfen Messer und schnitt Kräuter damit. Sofort breitete sich ein exotischer Duft im Raum aus.

»Nicht dass ich wüsste.« In Taian gab es viel Fisch, aber ich hatte noch niemanden gesehen, der einen fing und direkt hineinbiss.

»Und der König, sieht der aus wie ein Fisch?« Smith warf die grüne klein gehackte Menge ins Wasser.

»Nein, warum?« Bei dieser Vorstellung musste ich lachen.

»Ein Freund von mir hat behauptet, er wäre oft in Taian. Aber dann hat er wohl übertrieben.« Lächelnd schnappte er sich das nächste Bündel Kräuter. »Taian und Zensat liegen nahe beieinander.«

Ich lehnte mich an das Gestell hinter mir. »Tatsächlich? Wie klein diese Welt doch ist.«

»Das ist sie.«

Er schnipselte auch diese Portion ins Wasser, rührte einmal kräftig um und klatschte dann zufrieden in die Hände. »Aus nichts habe ich etwas hinbekommen.«

»Das hast du.« Mein Magen knurrte bei dem Duft. Aber Smith hatte recht, viel Proviant war nicht mehr da.

»Kann ich dich was fragen?«

»Nur zu, frag ruhig«, brummte Smith.

»Weißt du mehr über Malufra? Silver will mir nichts darüber sagen.«

Smith lachte. »Das glaube ich sofort. Er hält die Stadt nicht für sonderlich wichtig.«

»Das wird ja immer spannender.«

Auch der Koch lehnte sich zurück und verschränkte die Arme vor der Brust. »Es ist die Stadt der Masken, Schönheit ist ein wichtiger Teil davon.«

Langsam fiel es mir wieder ein. Malufra, die Stadt der Masken.

»Als die Stadt gegründet wurde, gab es eine Königin.« Smith räusperte sich. »Sie war wahrlich wunderschön. Ihr Gesicht soll so perfekt gewesen sein, dass Künstler nicht in der Lage waren, diese Perfektion auf Leinwand zu bannen.«

»Es gibt also keine Bilder von ihr?«

»Nein, niemand war imstande sie zu zeichnen. Sie war so wunderschön, dass man die schönsten Melodien und Geschichten in ihrer Anwesenheit vergaß. Doch nicht nur das.« Er machte eine Pause und hob den linken Zeigefinger.

»Die Leute waren so fassungslos, wenn sie die Königin sahen, dass sie kein Wort herausbrachten. Mit der Zeit fühlte sich die hübsche Dame immer unbehaglicher. Sie konnte sich mit niemandem unterhalten.«

»Ist das wahr?«

»Man sagt es sich. Es gab viele Menschen, die das bezeugten. Doch die Königin wurde immer unglücklicher und Tränen strömten über ihr Gesicht. Verzweifelt suchte die Stadt nach einer Lösung und schon bald hatten sie eine.«

»Masken!«, rief ich.

Zufrieden nickte Smith. »Die Königin setzte sich Masken auf und damit sie nicht allein war, trugen auch die Bewohner von Malufra welche. Sie stellen viele von ihnen her, haben sich darauf spezialisiert. Seit diesem Tag konnte sich die Königin wieder mit den Menschen unterhalten. Ihre Schönheit aber vererbte sich immer weiter und darum trägt jeder ihrer Nachfahren eine Maske. Auch die jetzige Königin von Malufra.«

Ich hatte darüber gelesen. In einem der Bücher gab es einen kurzen Text. Ich konnte mir nicht vorstellen, dass eine ganze Stadt Masken trug.

»Müssen wir auch welche tragen?«

»Das musst du den Kapitän fragen. Er hat sich darüber sicherlich Gedanken gemacht.« Smith nahm den sauber gefalteten Lappen in die Hand. »Vielleicht sagst du ihm, dass das Essen bereit ist. Sonst kommen wir am Ende an und keiner will was vor Aufregung.«

»Aye, Aye.« Ich schenkte ihm ein letztes Lächeln, bevor ich mich aus dem warmen Raum schob. Im Gang war es gleich angenehmer.

Eilig machte ich mich auf den Weg zu Silver. Seit letzter Nacht hatte ich ihn nicht mehr gesehen.

Die Tür zu seiner Kajüte war angelehnt. Eigenartig.

Vorsichtig stieß ich sie auf.

»Silver?«

Der Freiheitskämpfer stand am Bücherregal.

»Hast du es herausgefunden?«, fragte er ohne eine Begrüßung.

»Malufra, Stadt der Masken.« Ich schloss die Tür hinter mir. »Was suchst du?« Verwundert lief ich näher.

Silver ging in die Hocke, fuhr mit dem ausgestreckten Finger die Bücher entlang, die Stirn in Falten gelegt.

»Ein Buch fehlt ...« Er schüttelte immer wieder den Kopf.

»Bist du sicher?« Ich stellte mich neben ihn, ging sie Reihe für Reihe durch, aber nichts fiel mir auf.

»Ja, es war ein besonders dickes.«

Ich zuckte unbewusst zusammen. »Ein violettes?«

»Woher weißt du das?« Er stand auf, warf dem Regal noch einen Blick zu, bevor er seine ganze Aufmerksamkeit auf mich richtete.

»Ich hab es gestern gesehen, aber ich hab es nicht genommen.« Abwehrend hob ich die Hände.

»Sicher?«

»Silver ...« Ich machte einen Schritt zurück. »Du kannst gerne alles durchsuchen, was du willst, aber lass dir eines von einer Diebin sagen. Nie würde ich zugeben, etwas gesehen zu haben, das ich selbst gestohlen habe.«

»Das ist wahr.« Er seufzte auf. »So wichtig war es so oder so nicht. Ich wundere mich nur, wer eine Verwendung dafür haben könnte.«

»Das taucht bestimmt wieder auf. Ich soll dir von Smith ausrichten, dass das Essen fertig ist.«

Genau in dem Moment öffnete sich die Tür ruckartig und Bell trat ein. »Land in Sicht!«

»Smith wird nicht glücklich sein«, murmelte Silver.

Da konnte ich ihm nur zustimmen.

Es war helllichter Tag, als wir Malufra erreichten. Das Schiff hatte angelegt, aber Silver hatte die Mannschaft dazu aufgefordert, erst zu essen, bevor eine kleine Gruppe an Land gehen sollte. Viel zu sehen gab es nicht. Vor uns lag ein hoher Hügel, links daneben ein dichter Wald und rechts eine graue hohe Mauer.

»Scetch, Sayen und Bell, ihr kommt mit mir. Der Rest geht in die Stadt, auf der anderen Seite des Waldes. Dort findet ihr bestimmt Proviant und sonstige Sachen, schaut aber, dass immer zwei an Bord sind, falls etwas passiert«, befahl Silver.

»Muss das sein?«, warf Scetch ein. Er saß abseits und hatte die Augen zu schmalen Schlitzen verengt.

»Du kannst auch hierbleiben, mir egal.« Silver wandte sich an Bell und mich. »Malufra liegt gleich hinter dem Hügel, trotzdem müssen wir uns beeilen. Sobald die Sonne untergeht, lassen sie niemanden mehr hinein.«

Silver gab ein paar letzte Anweisungen, dann ging es los. Zu dritt verließen wir das Schiff.

Scetch hatte seine Meinung nicht geändert. Lieber blieb er mit bösen Blicken an Deck, statt mit mir zusammen einen Hügel hochzulaufen.

Dieser entpuppte sich als anstrengender als gedacht. Die Erde unter meinen Schuhen war weich. Es schien fast, als hätte es oft geregnet in letzter Zeit. Immer wieder rutschte ich ab, konnte aber im letzten Moment Schlimmeres verhindern.

Silver und Bell ging es ähnlich.

Oft hatte ich das Gefühl, ich kam keinen Schritt weiter. Außerdem zog sich der Aufstieg in die Länge. Aus der Ferne hatte der Hügel viel kleiner gewirkt.

Oben angekommen, musste ich kurz verschnaufen.

»Ich komme gleich«, rief ich, als Silver sich auf halbem Weg umdrehte.

Er und Bell waren weitergelaufen.

Der Ausblick ließ mich für einen Moment den anstrengenden Aufstieg vergessen. Von hier konnte man weit ins Land blicken.

Der Wald war riesig, zog sich unter uns in die Länge. In der Ferne sah man hohe Berge, die Wüstenlandschaft, die mir bereits während der Fahrt aufgefallen war, noch mehr Bäume und Gebiete, die aus Felsen bestanden. Es gab Türme in bunten Farben, Seen und Flüsse, die sich durch die Ortschaften zogen.

Hier oben fühlte ich mich wie ein Vogel, der seine Flügel ausstreckte und durch die Lüfte sauste. Alles wirkte so winzig, als hätte es keine Bedeutung.

»Unglaublich«, flüsterte ich. Ein Gefühl von Übermut ergriff mich. Ich stellte mir vor, wie es jetzt wohl wäre, meine Arme auszubreiten und einfach loszufliegen. Was natürlich gar nicht möglich war, aber allein der Gedanke ließ mich glücklich sein.

Der Wind in den Haaren, die kleinen Punkte unter mir, die unterschiedlichen Landschaften, die jeweils Teil einer Stadt waren. Städte, die alle so besonders waren, dass man manchmal vergaß, wie wunderbar es war auf dieser Welt zu sein.

»Ich hab dich noch nie so glücklich gesehen.« Bell war plötzlich neben mich getreten. Sie musste wohl bemerkt haben, dass ich zurückgeblieben war.

»Es ist einfach überwältigend«, antwortete ich voller Bewunderung. »Diese bunten Flecken, die Gebäude und die Landschaft.«

»Und jetzt stell dir vor, wie winzig die Menschen sind«, sagte Bell und lachte. »Kleine Figürchen, die man von hier oben gar nicht erkennen kann.«

»Trotzdem scheinen sich die Menschen mächtig genug zu fühlen, um alles zu regieren«, kam es plötzlich von Silver. Er befand sich einige Meter vor uns und dennoch hatte er jedes Wort verstanden. »Können wir weiter?«

»Wir kommen, Kapitän.« Bell knuffte mich freundschaftlich in die Seite und beeilte sich dann, weiterzugehen.

Ich folgte ihnen, ließ es mir aber nicht nehmen, immer wieder kurz stehen zu bleiben, um die Landschaft genauer anzusehen.

Wie unglaublich es doch war, wie vielen Geschichten wir jeden Tag begegneten, wie vielen verschiedenen Orten und Menschen – und dazwischen schrieben wir unsere eigene.

Die grüne Wiese endete nach ein paar Schritten und wurde von einem gepflasterten Weg ersetzt. Dieser führte zu einem riesigen braunen Tor, welches Teil der Steinmauer war. Die Mauer musste dieselbe sein wie die, welche ich schon von Bord aus entdeckt hatte, auch wenn sie unten beim Wasser höher und wesentlich glatter gewirkt hatte. Wie es aussah, führte sie um die ganze Stadt herum. Sie war größer als Fandoras und so hoch, dass ich nicht einmal Spitzen von Häusern oder Türmen entdecken konnte. Malufra war eine völlig neue Herausforderung. Soweit ich wusste, hatte auch Silver nicht viel darüber herausgefunden. Zumindest hatte er meines Wissens nach diesmal keine Karte gezeichnet.

»Die Sonne geht bald unter, hoffentlich lassen sie uns noch rein«, murmelte er. Er schien angespannt. Seine Hände hatte er zu Fäusten geballt, sein Tonfall war nicht so selbstsicher wie sonst.

Das braune Tor lag nun direkt vor uns.

Zwei Männer in schwarzen Wächteruniformen standen davor. Umhänge, längere Hemden mit aufgerollten Ärmeln und dunkle Hosen, die in blank polierten Stiefeln steckten. Um ihren Oberkörper hatten sie jeweils ein Band geschlungen. Es hatte dieselbe Farbe wie Silvers verschwundenes Buch. Um ihre Hüften hingen Schwerter. Die Arme hatten sie hinter dem Rücken verschränkt. Viel sah man von ihren Gesichtern nicht, denn die lagen verborgen unter schlichten rabenschwarzen Halbmasken.

Silver kam als Erster bei den beiden Wächtern an. Dank der einheitlichen Uniform und der Masken konnte man sie kaum unterscheiden. Beide hatten braune schulterlange Haare, die zurückgebunden waren. Nur ihre Augen waren verschieden. Der eine hatte meerblaue, die gelangweilt in die Ferne blickten, und der andere grüne, die mich irgendwie an die Blätter des Waldes erinnerten.

»Wie können wir helfen?«, fragte der Blauäugige. Sein Blick richtete sich der Reihe nach auf uns, auf Silver blieb er ruhen.

»Guten Tag, ich bin Silver, ein einfacher Kapitän. Wir würden gerne zur Königin von Malufra«, antwortete Silver.

»Habt ihr eine Einladung?« Nun drehte sich auch der mit den grünen Augen in unsere Richtung.

»Die haben wir nicht, aber wir sind wegen des Hinweises hier. Falls es darum geht, einen Antrag zu stellen, so machen wir das natürlich.«

Der grünäugige Wächter schüttelte ganz leicht den Kopf. »Tut mir leid, dann könnt ihr Malufra nicht betreten.«

»Und der Antrag?«, fuhr Bell dazwischen.

»Wenn ihr einen solchen stellt, kann es bis zu einem Jahreswechsel dauern, bevor dieser angenommen wird. Die Königin will keine Fremden in ihrem Land«, erklärte er mit ruhiger Stimme.

»Aber wir sind nicht die Ersten, die den Hinweis suchen. Andere waren schon hier.« Silver gab nicht auf. Warum sollte er auch? Bisher hatten wir keine Probleme, die Städte zu betreten. Sanses war eine Handelsstadt, die waren Besucher gewohnt. Fandora war auch nicht abgeneigt, worüber ich mich nicht mehr wunderte, so kamen sie immerhin an Geheimnisse. Und Arkaris war, wie Blue gesagt hatte, ein gastfreundliches Land.

»Die werden wohl einen Antrag gemacht haben oder im seltenen Besitz einer Einladung gewesen sein.« Der Blauäugige schien gelangweilter als zuvor. »Ihr seid schon die Dritten, die es heute versuchen, aber auch euch können wir leider nur sagen ...«

»... ihr dürft die Stadt nicht betreten«, vervollständigte der andere Wächter den Satz.

»Wie kommen wir an eine Einladung?«, fragte ich nun. Irgendeine Lösung musste es schließlich geben.

»Wenn ihr die Königin persönlich kennt, bekommt ihr eine Einladung.«

Während Bell, Silver und die beiden Wächter weiterverhandelten, sah ich mich ein wenig um. Das Tor schien ziemlich massiv. Die Mauer war viel zu hoch, um darüber zu klettern, und sollte man es doch wagen, würden die Wachen einen bestimmt entdecken. Außer wir versuchten es unten am Wasser, aber dort war die Mauer viel glatter und es gab keine Kerben, um sich hochzuziehen.

Ich suchte weiter nach Möglichkeiten, zog sogar für einen Moment in Erwägung, die beiden Männer zu überfallen und einfach durchs Tor zu spazieren, aber als der Grünäugige meinen Blick bemerkte, schüttelte er wie vorhin den Kopf.

»Das Tor hat ein Schloss, welches mit einer Zahlenkombination geschützt ist. Ich würde es an deiner Stelle nicht versuchen.«

Mit seiner rechten Hand, die in einem dicken Handschuh steckte, deutete er auf das Schwert, das an der Hüfte hing.

»Das heißt, wir kommen hier nicht rein, außer wir reichen einen Antrag ein, der bis zu einem Jahreswechsel dauern kann, oder lernen die Königin persönlich kennen?«, fasste Silver zusammen.

»Richtig, darum bitten wir euch, zu gehen und den Weg für andere freizumachen.«

Hinter uns war niemand und es wirkte auch nicht, als ob heute noch jemand käme. Die Sonne sank immer weiter, die Schatten der Dunkelheit krochen über das Land und mit jedem Wort, das wir wechselten, neigte sich der Tag mehr dem Ende.

»Wir gehen, danke für die Auskunft.« Silver nickte den beiden Männern zu, drehte sich um und machte sich auf den Rückweg.

»Und wenn wir euch Geld geben?«

»Bell ...« Silver winkte sie zu sich. »Wir gehen ...«, sagte er erneut.

»Wir gehen ...«, wiederholte sie leise und verdrehte die Augen. »Irgendwann hätten sie nachgegeben«, raunte sie mir zu, hob kurz ihre Hand, um sich von den Männern zu verabschieden, und folgte dem Kapitän.

»Wie sieht der Plan aus?«, fragte sie, als wir außer Hörweite waren. »Wir haben doch einen, oder?«

»Wir gehen zurück aufs Schiff, warten auf den Rest der Mannschaft und segeln zur nächsten Stadt«, erklärte er. Auf einmal wirkte er ganz anders.

Ich erinnerte mich, wie angespannt er auf dem Hinweg gewesen war. Nun schien die Nervosität wie weggeblasen. War er vielleicht sogar froh, dass wir nicht hineindurften? Das ergab keinen Sinn.

»Das ist der Plan?« Bell blieb stehen. Fassungslos sah sie ihn an. »Wir geben auf?«

»Nein, aber wir können nichts machen.« Er hob kurz die Hände und ließ sie wieder fallen. »Ich kann nicht zaubern, tut mir leid.«

»Du tust aber auch nichts, was dafür sorgen würde, dass wir hineinkönnen«, stellte sie fest. Bell verschränkte die Arme vor der Brust und richtete sich auf. »Es gibt immer einen Weg ...«

Silver schloss verärgert die Augen. »Ja, das mag sein, jedoch bleibt uns keine Zeit für Diskussionen mit Wachleuten. Wir haben drei Hinweise und ich bin mir sicher, der vierte ist genauso verwirrend und nicht hilfreich.«

»Und was, wenn nicht?« Bell schnaubte. »Die Männer auf dem Schiff haben sich dir angeschlossen, weil sie für etwas kämpfen.«

»Sie sind Freiheitskämpfer, das ist mir bewusst«, antwortete er ziemlich wütend. »Sie machen es, um der Regierung eins auszuwischen. Ihr Ziel ist es, das Buch vor ihr zu finden und zu vernichten.«

Ich stand abseits, beobachtete, wie die beiden stritten, und überlegte fieberhaft, was ich dagegen tun konnte. Aber Bell und Silver waren stur, jeder von ihnen wollte recht haben und irgendwie hatten sie es auch.

»Sie? Ich dachte, du verfolgst das gleiche Ziel.« Misstrauisch kniff sie ihre Augen zusammen. »Du hast gesagt, du bist einer von uns.«

»Das bin ich, aber ich benutze es nicht als Ausrede für unüberlegtes Handeln.« In seinen Augen tobten die Gefühle einem Sturm gleich.

Doch Bell ließ sich davon nicht einschüchtern. Sie öffnete den Mund, um erneut etwas zu sagen, doch diesmal hob ich meine Hand.

»Schluss!«, rief ich. »Alle beide! Das bringt nichts. Ich gebe zu, ich würde nicht so einfach aufgeben und den Hinweis kampflos hierlassen, aber leider muss ich zugeben, es bringt noch weniger, wenn wir wertvolle Zeit verlieren.«

»Wenn ihr meint.« Bell drängte sich an Silver vorbei und lief den Hügel hinab. Immer wieder sank sie in der weichen Erde ein oder rutschte beinahe aus, doch das hinderte sie nicht daran, die Arme weiterhin vor der Brust zu verschränken.

»Wir könnten bei Nacht versuchen, über die Mauer zu gelangen«, schlug ich vor.

»Und dann warten, bis sie uns gefangen nehmen? Sodass wir einige Tage hier verbringen und die Regierung uns einholt?« Er seufzte. Auf einmal wirkte er ziemlich niedergeschlagen. »Jeder Hinweis ist wichtig, nur will ich keine Zeit verschwenden.«

Natürlich hatte er recht, aber die Regierung war uns zuletzt in Fandora begegnet. Es bestand also Hoffnung, dass sie nun anderen Suchenden nachjagte.

»Wir gehen zur nächsten Stadt und von mir aus können wir auf dem Rückweg erneut hier vorbei.«

»Du wirst schon wissen, was richtig ist«, antwortete ich.

Die Farbe des Himmels war von einem hellen Orange zu einem dunklen Rot übergegangen. Die Sonne tauchte langsam zwischen den Bergspitzen unter.

»Lass uns zurückgehen, ich rede mit Bell.« Silver stand direkt vor mir. Die schwarzen Augen auf das Wasser am Fuß des Hügels gerichtet, die Haare vom Wind zerzaust. Er ließ die Schultern hängen, seine Selbstsicherheit der letzten Tage war verflogen, die Maske abgelegt.

Ich erinnerte mich vage an den Kapitän, dem ich am ersten Tag begegnet war. Den Kerl, der sich über mich lustig gemacht hatte, mich über Bord werfen wollte, zurück ins Meer ... Doch dieser Silver war anders, war irgendwie echt. Er war zwar schlau und talentiert, aber auch er war alles andere als perfekt. Er machte Fehler, wusste nicht immer eine Antwort. Am liebsten hätte ich ihn umarmt, aber ich war nicht der Mensch, der einfach so jemanden umarmte, und Silver wirkte nicht wie jemand, der wusste, wie er damit umgehen sollte. Also standen wir uns schweigend gegenüber wie zwei Fremde, die sich zum ersten Mal sahen, und doch waren wir alles andere als fremd.

»Du denkst viel nach«, sagte er nach einer Weile. »Was geht dir momentan durch den Kopf?«

»Warum sind deine Augen eigentlich so schwarz?« Es passte nicht zur Situation und es waren auch nicht die Gedanken, die mir jetzt gerade durch den Kopf gingen, aber es lenkte mich von unserer Niederlage ab.

»Dunkelbraun, nicht schwarz. Bei uns in Puera Lisa gab es viele Leute mit dieser Augenfarbe. Dazu gibt es sogar eine Geschichte. Die erzähle ich dir ein anderes Mal.« Er lächelte, wenn auch nur ganz leicht, aber es reichte aus, um mich ebenfalls zum Lächeln zu bringen.

»Und was gab es sonst noch bei euch außer nachtschwarzen Augen und Geschichten über Riesen?«

»Auf alle Fälle keine Prinzessin der Diebe, die heimlich den Leuten Dinge klaut und auffälliges rotes Haar hat.« Das Lächeln wandelte sich in ein spöttisches Grinsen.

»Klingt langweilig.« Ich tat, als müsse ich vor lauter Langeweile gähnen.

»Eher ziemlich erholsam«, gab er zurück.

»Keine Sorge, bald bist du mich los.« Ich zwinkerte ihm zu und wagte mich dann an den schwierigen Abstieg.

»Fast schade.« Silver überholte mich auf halbem Weg. Er schien keine Probleme mit der rutschigen Erde zu haben.

Als ich nach einer Ewigkeit unten ankam, war er bereits auf dem Schiff. Die Nacht war hereingebrochen und mit ihr kam wieder die Kälte.

An Deck war es ruhig. Flinn stand an der Reling und kratzte sich am Hinterkopf. Von Bell war nichts zu sehen.

»Was war los bei euch?«, fragte der Steuermann.

»Wir haben den Hinweis nicht. Leider kommen wir nicht in die Stadt.«

»Hmm ...«, brummte er. Damit war das Gespräch beendet.

»Die anderen sind nicht zurück«, meinte Silver. »Kann sein, dass sie über Nacht wegbleiben. Bei der Dunkelheit durch den Wald zu laufen, wäre keine gute Idee.«

»Dann brechen wir erst morgen auf?«, vergewisserte ich mich.

»Ich denke es. Auf alle Fälle suche ich jetzt Bell. Vielleicht ruhst du dich aus oder machst dich nützlich. Aber verlass das Schiff nicht.« Er wartete nicht auf eine Antwort, sondern verschwand im Inneren des Schiffes.

Darum musste er sich keine Sorgen machen. Ich würde das Schiff nicht verlassen, zumindest nicht gleich.

Kapitel 23
Eine nächtliche Mission

Ich hätte nicht gedacht, dass Wartezeit sich anfühlen konnte wie Stunden, die ganz langsam vorbeigingen, beinahe den Eindruck erweckten, nicht vorbeigehen zu wollen.

Der Mond schien durch das Bullauge, während die Sterne am Himmel wie Tausende kleine Diamanten funkelten.

Kurz bevor meine Augen endgültig zufielen, war es so weit. Flinn kehrte der Nacht den Rücken zu und stiefelte von Deck in Richtung Schlafkoje.

Ich stand auf und schlich auf Zehenspitzen zu dem Bündel, welches ich behutsam in einer Ecke platziert hatte. Schnell hob ich es auf und machte mich bereit. Vor der niedrigen Holztür blieb ich noch einmal stehen, legte mein rechtes Ohr daran und lauschte. Flinns Schritte waren nicht mehr zu hören, auch sonst war es still.

Vorsichtig drückte ich die Klinke hinunter und schlüpfte durch den Türspalt. Niemand war zu sehen, alle Lichter gelöscht. Nur Silver war bestimmt noch wach, aber der verließ um diese Zeit nie sein Zimmer.

Eilig schlich ich weiter. An Deck angekommen, duckte ich mich so gut es ging, rannte bis zur Außenwand und kletterte mit dem Bündel auf dem Rücken hinunter.

Den Hügel bewältigte ich diesmal mit einem solchen Tempo, dass ich oben das Gefühl hatte, ich wäre kurz vor dem Ersticken. Doch so verringerte ich die Gefahr, dass mich jemand entdeckte.

Falls Flinn zurückkam, würde er mich dank des hellen Mondlichts sofort sehen und Silver Bescheid geben.

Und das konnte ich gerade wirklich nicht brauchen.

Als ich wieder einigermaßen bei Atem war, lief ich geduckt weiter. Mein Weg führte nicht über die Pflastersteine zum Tor, sondern auf der anderen Seite ein Stückchen den Hügel hinab und dann geradeaus.

Wenn ich es richtig im Kopf hatte, befanden sich die Wachen rechts von mir in einigen Metern Abstand. Von dort aus sahen sie mich nicht, da mich der Hügel verdeckte.

Mit den Händen tastete ich die raue Mauer entlang.

»Perfekt«, flüsterte ich, platzierte den Beutel vor mir auf dem Boden und packte seinen Inhalt aus. Es handelte sich dabei um ein langes Seil und einen Enterhaken.

Ich band das Seil am Metall fest, holte aus und warf es so hoch, wie ich konnte. Es verfehlte sein Ziel, prallte ab und landete im weichen Gras. Fluchend hielt ich inne.

Das Geräusch war zum Glück leise gewesen, aber wenn ich das noch einige Male wiederholte, würde man auf mich aufmerksam werden.

Erneut holte ich aus, nahm mehr Anlauf und warf. Wieder prallte der Enterhaken ab, landete auf dem Boden.

Ein weiteres Mal versuchte ich es und diesmal traf ich. Ich zog am Seil. Es hielt!

Zufrieden näherte ich mich der Mauer. Das Seil band ich um meinen Oberkörper und zog es so fest, es ging. Mit den Händen suchte ich nach Rillen im Gestein, an denen ich mich hochziehen konnte. Es war schwieriger als gedacht, aber nicht unmöglich.

Auf die Hände folgten die Füße. Langsam, Bewegung um Bewegung, nur keine Hektik.

Meine Fingerspitzen griffen nach der Mauerkante. Ich zog mich hoch, krallte mich so gut es ging fest und beförderte meinen Körper auf die glatte Oberfläche.

»He!«

Eine laute Stimme drang von unten herauf.

Ich löste das Seil von meinem Oberkörper und warf es an der Innenseite hinab. Vor mir lag nichts als Schwärze. Was auch immer Malufra war, viel gab es nicht zu sehen. Die Mauern waren hoch, der Mond schien nur auf einen Fleck in der Ferne. Ein helles Schloss mit einigen Fenstern. Ab und an entdeckte ich kleine Hausdächer in einem Aschgrau. Direkt unter mir raschelte es. Unsicher machte ich einen Schritt zurück. Stein bröckelte.

»He!«, rief es wieder. Das Geräusch von Schritten wurde immer lauter.

Mir blieb nichts anderes übrig, ich musste springen.

Ich ging in die Knie und machte mich bereit, als auf einmal ein Schmerz durch meinen Hinterkopf zuckte. Ein Gegenstand hatte mich getroffen. Höllische Schmerzen wanderten von meinem Kopf den Nacken hinunter. Ich schloss die Augen und griff an die Stelle. Mir wurde schwindlig und ich geriet ins Schwanken. Dabei fiel ich über die Mauer und krachte in etwas hinein.

Der Schmerz breitete sich aus, lange dünne Arme berührten mein Gesicht, kratzten mich, zogen an meinen Haaren.

Ich schlug um mich, tat mir aber nur selbst weh.

Dann war sie auf einmal über mir, diese Dunkelheit. Das Mondlicht verschwand, meine Gedanken glichen einem Gebilde aus Nebelschwaden. Ein bitterer Geschmack breitete sich auf meiner Zunge aus.

Alles drehte sich, drehte sich immer schneller und schneller, bis auf einmal die Welt stillzustehen schien.

Blue

Es war dunkel. Die letzten Bewohner hatten den Markt verlassen, die Lichter waren erloschen. Schon seit einiger Zeit wehte ein rauer Wind um die Häuser.

Arkaris hatte in letzter Zeit immer weniger Besucher. Doch davon merkte man im ersten Moment nichts. Die Leute lachten nach wie vor zu später Stunde in den Gasthäusern, tanzten zu der traurigen Melodie, die jeden Tag spielte, und bewunderten die kunstvollen Bilder an den Fassaden. Blue saß auf dem kalten Boden im alten Theater, ihren Blick hatte sie auf das Gemälde mit dem zerbrochenen Glas und der Uhr darin gerichtet.

Es waren einige Tage vergangen, seitdem der Mann mit den dunklen Augen und die Frau mit den roten Haaren die Stadt verlassen hatten. Ob ihnen der Hinweis genutzt hatte?

Ein Schaben an der Tür ließ die Frau mit den blonden Haaren aufblicken.

»Stella?«, fragte sie. Doch nicht einmal die Schatten an der Decke antworteten ihr. Alles war still, selbst die Musik fand ihren Weg nicht hierher. Sie drehte sich wieder um und konzentrierte sich auf das zerbrochene Glas an der Wand. Was musste eine Stadt anstellen, um verbannt zu werden? Selbst Arkaris, eine Stadt, die sich gegen so viele Regeln wehrte, wurde nicht verbannt. Bei ihnen gab es keinen Herrscher, die Regierung hatte auch nicht viel zu sagen und doch stand ihr Name auf etlichen Landkarten.

Die zerbrochenen Scherben erinnerten Blue an die Träume und Hoffnungen der Bewohner von Puera Lisa. Was wohl mit ihnen geschehen war? Hatten sie Glück und konnten fliehen oder nahm die Regierung sie mit?

Es war nicht der erste Abend, an dem sie dasaß und sich Gedanken darüber machte. Das hatte sie von ihrer Mutter. Diese war auch ein Mensch gewesen, der sich mehr um das Wohl anderer sorgte als um ihr eigenes.

Das alte Theater und die Idee mit den Bildern waren ebenfalls ein Teil ihrer Familie. Schon seit Generationen wurde dieser Ort behütet. Blue hatte selbst keine dieser Städte gesehen. Sie hatte nur darüber gelesen oder Geschichten gehört.

Schon wieder schabte es an der Tür, gefolgt von einem Beben.

»Stella?«

Diesmal antwortete sie. Die Tür ging auf und eine Frau mit blonden kurzen Haaren und froschgrünen Augen streckte ihren Kopf herein. »Du wirst es nicht glauben«, sprach sie hektisch.

»Was werde ich nicht glauben?« Blue stand auf, klopfte sich den Schmutz vom hellblauen Kleid und sah auf. Blau war ihre Lieblingsfarbe. Es erinnerte sie immer an ein Märchen, das ihr ihre Mutter früher erzählt hatte. Es handelte von Blue, einer Elfe, die auf einer winzigen Insel lebte. Sie verließ die Insel nie, da sie sich verantwortlich dafür fühlte. Die Elfe kümmerte sich jeden Tag um den einzigen Baum auf der Insel und die einzigen drei kleinen Blumen. Jeden Tag stand sie auf, holte Wasser und pflückte die kaputten Blätter vom Baum. Das tat sie, bis sie irgendwann starb. Man bemerkte ihren Tod erst Jahre später, als ihr lebloser Körper bereits eins mit dem alten Baum geworden war. Die Menschen wunderten sich darüber, denn die drei Blumen und der Baum kamen ganz gut ohne die Elfe zurecht, aber sie hatte es immer als ihre Aufgabe angesehen und wollte diese gut erfüllen, egal was andere darüber sagten.

»Sie sind hier …« Stella schluckte. Auch von hier aus sah Blue, dass ihre Hände zitterten.

»Bist du sicher?« Sie lief auf Stella zu, schob sie sanft zur Seite und betrat den Garten. Heute gab es kein Feuer und niemand tanzte. Nur wenige Laternen brannten. Da war es wieder, dieses eigenartige Beben.

»Sie kündigen sich immer so an ...« Stella war ihr leise gefolgt, die Arme um ihren dünnen Körper geschlungen. Die Panik stand ihr ins Gesicht geschrieben.

»Das war zu erwarten. Wie sonst sollten sie kommen? Sie wollen bemerkt werden, ohne großen Auftritt geht gar nichts.« Blue schnaubte und kniff ihre Augen zu schmalen Schlitzen zusammen. »Dann sollten wir sie doch begrüßen, nicht wahr?« Sie wartete gar nicht auf eine Antwort, sondern schritt den schmalen Pfad entlang, der hinunter in die Stadt führte. Sie traf niemanden auf ihrem Weg, aber sie entdeckte neugierige Gesichter an den Fensterscheiben. Kleine Kinder drückten ihre Nasen dagegen, während Mütter schimpften und sie aufforderten, sich in ihren Zimmern zu verstecken.

Blue setzte ihr freundlichstes Lächeln auf, richtete ihre Frisur und strich ihr Kleid glatt, während sie sich mit gleichmäßigen Schritten dem Anlegeplatz der Schiffe näherte.

Das nächste Beben führte dazu, dass auch die letzten Bewohner die Lichter in den Häusern löschten und sich dahin verkrochen, wo sie sich sicher fühlten. Blue hatte keine Angst. Angst war eines der Gefühle, das sie schon vor einiger Zeit in den hintersten Winkel ihrer Gedanken verbannt hatte. Doch auch sie musste sich eingestehen, dass mit jedem Schritt Richtung Hafen ihre Beine mehr zitterten.

Das dunkelblaue Schiff war weit größer als all die anderen, die hier bereits angehalten hatten. Die Segel waren mitternachtsblau, wehten bedrohlich im Wind. Ein aufwendiges weißes Muster war an die Außenfassade gezeichnet worden. Aber es hatte nichts mit den Bildern in Arkaris gemein. Das Muster enthielt winzige Symbole. Es waren Zeichen von anderen Städten.

Blue entdeckte auch den Mond, die Sonne und die Sterne. Die Zeichen standen für Macht und Überlegenheit. Ein kalter Schauer wanderte über ihre nackten Arme. Doch sie schluckte die Unsicherheit hinunter, hob das Kinn etwas höher und schritt näher an das Schiff heran.

Zwei Gestalten standen direkt neben der letzten Fackel, bevor die Stufen hinab ins Wasser führten. Sie trugen dunkelblaue Mäntel und Kapuzen, die ihre Gesichter verbargen. Als Blue noch näher kam, hob einer von ihnen den Arm. Diese Warnung reichte ihr aus und sie blieb stehen. Arkaris war keine Stadt, die sich verteidigen konnte. Die Menschen hier wussten vielleicht, wie man mit einfachen Waffen umging, aber einen Kampf würden sie nicht gewinnen.

»Verzeihung, wie kann ich euch helfen?«, fragte sie so höflich, wie es nur ging. Normalerweise würde sie fragen, um wen es sich handelte, aber in diesem Fall war es überflüssig. Auch wenn Blue noch nie zuvor einen von ihnen gesehen hatte, so wusste sie ganz sicher, wer vor ihr stand.

»Oh, du kannst uns nicht helfen, die Frage ist eher, wie kann die Regierung dir helfen?« Die Stimme kam von weit weg. Blue blickte hoch in den Himmel, auch wenn sie wusste, dass dies absurd war.

Lange musste sie nicht suchen. Denn auf einmal stand eine Frau an der Reling, beide Hände auf das Holz gestützt. Diese steckten in Handschuhen, die sehr kostspielig aussahen. Blue sah auf ihre eigenen Hände und auf die vielen Ringe. Wie wenig Wert diese doch hatten.

»Ich komme runter«, rief die Frau. Ihre Stimme zerschnitt die Luft, machte, dass Blues Herz schneller schlug. Die Dame schritt die Gangway hinab, so elegant, als ob sie selbst die Königin von Arkaris wäre.

Vor Blue blieb sie stehen. Sie war einen Kopf größer, hatte wunderschönes, langes schwarzes Haar, das im Licht des Mondes schimmerte. Ihr Gesicht wirkte so jung und doch konnte Blue nicht sagen, wie alt die Dame war. Ihre Lippen waren blutrot, ein spöttisches Lächeln umgab sie. Sie trug ein schwarzes Kleid mit einem ebenso schwarzen Umhang und die dazu passenden Schuhe. Doch das Außergewöhnlichste an ihr waren definitiv ihre blauen Augen.

»Wem gehört diese Stadt?«, fragte sie.

Blue öffnete den Mund, aber keine Worte fanden den Weg hinaus. Das war ihr noch nie passiert. Diese Frau, obwohl sie genauso zierlich war wie sie selbst, schüchterte sie ein. Sie wusste nur nicht, woran es lag, an den intensiven Augen oder ihrer Ausstrahlung.

»Ich frage dich jetzt noch einmal, da du womöglich nicht ganz begriffen hast, wer vor dir steht. Wem gehört diese Stadt?« Das spöttische Lächeln wuchs mit jedem ihrer Worte, bis sich ihr ganzes Gesicht zu einer seltsamen Fratze verzogen hatte. In ihrem Blick lag so viel Abscheu, wie Blue noch nie untergekommen war.

Die Regierung war hier und das war seit Langem das erste Mal, dass Blue wieder Angst verspürte. Lähmende Angst, die sich bis tief in ihre Knochen grub und sich wohl für immer dort festsetzen würde. Sie knickte ein.

Silver

Er hatte sich über ein Buch gebeugt, das einige langweilige Texte zu Malufra enthielt. Es waren bunt ausgeschmückte Geschichten, irgendwelche Heldentaten von Fabelwesen, die es nicht gab, und von Leuten, die bestimmt noch nichts in ihrem Leben erreicht hatten.

Silver war genervt, aber aufgeben wollte er nicht. Er legte das Buch zur Seite und nahm sein eigenes zur Hand. Er blätterte durch all die Zeichnungen. Sein Vater hatte ihn immer dafür ausgelacht. Um so zeichnen zu können, müsse man Frauenhände haben, hatte er gesagt. Silver betrachtete seine Finger. Er schüttelte den Kopf und verdrängte den Gedanken daran. Über Tote sollte man nicht nachdenken.

Er blätterte weiter und blieb an der Zeichnung von Sayen hängen. Es war mehr eine Skizze, noch nicht beendet, aber auch so erkannte man deutlich ihre Umrisse. Wie sie in Gedanken versunken in einem Buch blätterte, das widerspenstige rote Haar und die kleinen Punkte um ihre Nase. In seinem Leben war er oft Dieben begegnet. Die meisten von ihnen waren skrupellos und würden selbst ihren engsten Freunden die Kehle durchschneiden, um an Gold zu kommen, aber Sayen war anders, auch wenn sie immer das Gegenteil behauptete.

Er dachte an ihren Blick, als die Spieluhr zertrümmert wurde. An ihr heiteres Gesicht, als sie entdeckt hatte, dass er zeichnete. Sie gab nicht auf, machte immer weiter, auch wenn sie alles andere als perfekt war. Unbewusst musste er lächeln. Sie war stur, aufbrausend und kannte sich mit den Regeln des Adels überhaupt nicht aus. Auch wenn sie nicht an Legenden glaubte, so waren sie immer irgendwo in ihren Gedanken.

Sayen löste etwas in ihm aus, ein warmes Gefühl in der Magengegend, einen berauschenden Zustand, den er am liebsten in hohem Bogen aus dem Fenster geworfen hätte, wenn man das mit Gefühlen machen könnte. Dieser Zustand erinnerte ihn an Puera

Lisa. Ein Ort, an dem er trotz vieler negativer Erfahrungen und Angst Menschen gehabt hatte, die ihm wichtig gewesen waren. Aber genau diese Angst hatte dafür gesorgt, dass er wie ein Feigling geflüchtet war, während alle anderen gekämpft hatten.

Er war schon immer klug gewesen, hatte sich für Bücher und Wissen interessiert. Neue Dinge faszinierten ihn und er liebte es, wenn er Sachen berechnen konnte. Rätsel waren seine Leidenschaft, und wenn es jemanden gab, der ein Geheimnis aufdeckte, dann war er es. Das war auch der Grund, warum er nicht gekämpft und sich stattdessen unter dem Schreibtisch seines Vaters versteckt hatte. Er hatte die Schiffe gezählt und wusste, es gab kein Entkommen. Der Tag lag nun schon einige Jahre zurück und doch sah er die Bilder klar und deutlich vor sich. Die Schiffe, die aufgetaucht waren, die dunklen Masten und diese Frau mit den tiefblauen Augen, die wirkte, als ob sie zehn Städte regieren könnte. An dem Tag, an dem die Regierung gekommen war, hatte sie nicht nur die Stadt von allen Karten gestrichen, nein, auch sein Leben hatte sie mit einem Schlag ausgelöscht.

Ein Klopfen an der Tür ließ ihn zusammenfahren. Eilig schlug er das Buch zu und verstaute es sicher neben den Hinweisen, die sie bis jetzt erhalten hatten.

»Bell?«, fragte er. Im Laufe der Zeit hatte er ein Gespür dafür entwickelt, wer bei ihm anklopfte. Wenn es zur späten Stunde war, dann war es immer Sayen. In den Stunden, in denen Flinn am Steuerrad stand, war es meistens Bell. Morgens war es Scetch, der mit ihm wichtige Informationen durchging, und kurz vor dem Essen war es Smith. Der Rest der Mannschaft klopfte nie. Nicht weil die Leute ihn fürchteten, sondern weil sie ihn respektierten und sich sicher waren, dass er das Richtige tat. Aber tat er das überhaupt?

»Irgendwann musst du mir dein Geheimnis verraten, warum du immer weißt, wann ich es bin.« Lächelnd trat sie ein. Um ihr Handgelenk baumelte wieder ein neues Armband. Sie war einer der weltoffensten Menschen, die er kannte. Bell konnte mit jedem umgehen, wusste immer, was sie sagen musste, und nur mit wenigen Worten konnte sie sich mitteilen. Darum vertraute er ihr auch.

»Ich hab einmal einer Hexe meine Seele dafür verkauft, seitdem kann ich es«, erwiderte er gelassen.

»Den Namen dieser Hexe musst du mir sagen, ich will das auch können.« Sie zwinkerte und setzte sich dann auf das einzige freie Eck des Schreibtisches.

»Wir müssen reden.«

Er kratzte sich nachdenklich an der Stirn. Das war nie ein gutes Zeichen. Bell vermied ernste Gespräche und blendete gerne unschöne Dinge aus.

»Worüber?« Er tat, als ob es ihn nicht sonderlich kümmerte, nahm das Buch von vorhin zur Hand und schlug es dort auf, wo er aufgehört hatte zu lesen.

»Als Allererstes wollte ich mich für das entschuldigen, was vor Malufra passiert ist. Ich bin etwas angespannt und genau darüber will ich mit dir reden, über die Regierung.«

Silver sah auf, den Finger noch immer neben dem letzten Satz im Buch. »Was ist mit ihr?«

»Wie viel weißt du über sie?« Bell lächelte nicht mehr. Ihr Gesichtsausdruck war mit einem Mal ernst.

»Nicht viel, ich kenne sie nicht, hab sie nie gesehen.« Dieser Satz war gelogen. Er hatte sie gesehen. Aber all das gehörte zu jenen Dingen, die er in eine Schublade ganz weit hinten in seinen Gedanken gepackt hatte und dort ließ.

»Und als sie Puera Lisa angegriffen haben? Hast du sie da auch nicht gesehen?«

Er blickte ihr in die Augen und schüttelte dann den Kopf. »Nein, ich habe ihre Gesichter nicht gesehen.« Silver stand auf und schlug das Buch zu. »Warum?«

»Weil ich so ein Gefühl habe, dass wir ihr bald begegnen, und ich will vorbereitet sein«, sagte sie leise. Das passte so gar nicht zu der selbstsicheren Bell, die es sogar mit einem Mann aufnehmen konnte, der drei Köpfe größer war als sie.

»Keine Sorge, noch einmal kommen sie mir nicht zu nahe.« Er lief zum Bücherregal und schob das Buch in die einzige freie Lücke. Für einen Moment zögerte er, den Finger noch auf dem Buchrücken.

Bell räusperte sich. »Und da wäre noch etwas anderes?«

»Was?« Silver drehte sich wieder um.

»Sayen ist weg.«

Kassie & Dan

Die junge Frau mit den blonden Locken schloss wie jeden Abend die Hintertür des Gasthauses mit zwei raschen Bewegungen ab. Das Geräusch des Schlüssels in der Nacht war das einzige, das die Ruhe durchbrach.

Sie schlang ihre braune Stofftasche enger um ihren Körper und beeilte sich, nach Hause zu kommen. Die Tasche hatte wie ihre Kleidung schon einige Jahre hinter sich. Löcher fraßen sich durch den Stoff, die Farbe war ausgeblichen.

Auf leisen Sohlen wählte sie den gleichen Weg wie immer. Die schmale Gasse, die an den eng aneinander liegenden Häuserreihen vorbeiführte, in Richtung des Marktplatzes. Hier wimmelte es wenigstens nicht wie auf dem Hauptweg von Betrunkenen.

Sie mochte die Nacht nicht, hatte großen Respekt vor jedem Geräusch, jeder Bewegung in der Dunkelheit. Schon so viele Geschichten waren an ihre jungen Ohren gedrungen. Von Mädchen, die verschwunden waren, Dieben, die einem ausraubten, und düsteren Gestalten, die nach anderen Dingen als Geld suchten.

Trotz allem wählte sie Tag für Tag diese Arbeit. Bediente jede Nacht die gleichen Gesellen, stand immer um die gleiche Zeit auf und kehrte um die gleiche Zeit zurück in ihr dunkles Zuhause.

»Was für ein schönes Leben, wenn man den helllichten Tag verpasst, da man arbeiten muss. Und für was? Man arbeitet, um zu überleben, aber hat dank der Arbeit keine Zeit für die schönen Dinge«, flüsterte sie vor sich hin. So leise, dass nicht einmal der Wind ihre Worte davontragen konnte.

Das Rauschen des Wassers wurde lauter. Mittlerweile hatte sie sich daran gewöhnt. Viele Menschen, die neu hierherkamen, bewunderten als Erstes das Wasser, die mächtigen Schiffe und die Pflastersteine, die im Licht der Sonne glänzten. Auf den Hauptstraßen von Taian war immer alles blitzblank. Den Müll, den Staub und den Abschaum, wie der König die Unterschicht gerne nannte, fand man in den engen Gassen.

Hier lebten die Menschen, die nicht viel hatten. Aber das sahen die Besucher nicht. Sie sahen nur die sauberen Hauptstraßen und den breiten Weg, der hoch in den prächtigen Palast führte.

Aber auch heute lief sie wie jeden Tag weiter, den Kopf gesenkt. Die Gedanken, die in ihrem Inneren Wut hervorriefen, ganz weit hinten verstaut.

Kassie Lavender hatte haselnussbraune Augen und engelsgleiche Locken. Ihr Gesicht war makellos wie Porzellan und ihr Lächeln brachte ihre Mitmenschen zum Strahlen.

Was viele nicht wussten, war, dass sie einst auch ein Mädchen aus adeligem Hause war. Ihre Eltern hatten viel Geld besessen und waren angesehene Gäste beim König. Doch dann verunglückten sie bei einem Schiffsausflug und Kassie wurde auf einmal nicht mehr gerne bei Hofe gesehen.

Das Geld verschwand, genau wie all ihr Besitz. Man nahm ihr alles weg, ließ sie auf der Straße zurück und steckte ihr drei Münzen in die Hände, die noch nie Arbeit gesehen hatten, damit sie wenigstens einen Tag überlebte.

Ihr Glück war es, dass sie genau dieses Geld einem Fremden gab, der ihr versprach, diesen Betrag zu verdoppeln, wenn sie nur Geduld hätte.

Jeder andere hätte das Mädchen übers Ohr gehauen, aber nicht Dan. Der alte Seebär meinte, was er sagte, und brachte ihr nach kurzer Zeit nicht nur ein frisches Brot, sondern auch sechs Taler.

»Glücksspiel«, hatte er ihr zugeflüstert und gelacht, dass man die schiefen Zähne sah.

Kassie lief weiter, ließ die Gedanken an die Vergangenheit hinter sich, bis endlich das alte Haus in ihr Sichtfeld kam, das sie Zuhause nannte.

»Ich dachte schon, ein Gespenst hätte dich eingepackt und mitgenommen.« Da stand er, wie beinahe jeden Abend. Dan Fillings, der Mensch, dem sie ihr Leben verdankte. Er trug seinen üblichen Hut auf den dünnen graumelierten Haaren. Das Hemd hatte er sorgfältig zugeknöpft, die Hände in den Hosentaschen und die Füße in den braunen Lederstiefeln, die er so abgöttisch liebte. In dem Punkt war er wie Sayen, die wollte sich auch nie von ihren Schuhen trennen.

Bei dem Gedanken an die rothaarige Diebin zuckte ein kleiner Schmerz durch ihre Herzgegend. Kassie hatte aufgehört, die

Tage zu zählen, die seit Sayens Abreise vergangen waren. Jeder Tag mehr ließ ihre Hoffnung schwinden, dass sie eines Tages wiederkam.

»Die wollen mich nicht, ich gleiche einem Engel, das weißt du doch«, sprach sie und lächelte freundlich.

»Aye Kind, du lächelst, aber man merkt, dass du krank vor Sorge bist.« Er richtete seinen Hut. »Sie kommt wieder.«

Kassie biss sich auf die Unterlippe. Der Schmerz hinderte sie daran, dass sie mitten auf der Straße wie ein kleines Kind in Tränen ausbrach.

»Das denke ich nicht«, seufzte sie und drückte die Tasche enger an ihren Körper.

»Sie sucht ein magisches Buch in einer Welt, in der es keine Magie gibt.« Er lachte und klopfte ihr beruhigend auf die Schulter. Sein Atem roch nach dem billigen Wein, den man im ›Blauen Pfeil‹ serviert bekam.

»Sie kommt wieder. Wenn einer wiederkommt, dann die kleine Diebin.« Er nickte, als ob er sich selbst zustimmen wollte.

»Du hast doch gesagt, dass deine Mannschaft überfallen worden ist. Die Männer sind zurückgekommen, ohne Sayen.«

»Aye, aber einer der Burschen hat mir bestätigt, dass es ihr gut ging. Sie hat nur das Schiff gewechselt, kluges Mädchen.« Er zog die Nase hoch und spuckte dann auf den Boden.

»Außerdem habe ich heute eine Nachricht von meiner Mannschaft erhalten. Sie haben es zur zweiten Stadt geschafft. Wer weiß, vielleicht ist Sayen wieder bei ihnen.«

»Sie sind wieder losgefahren?« Verwundert sah Kassie zu dem alten Matrosen.

»Richtig, sie sind schon vor einiger Zeit wieder in See gestochen.«

Ein bisschen Hoffnung gab es also noch. Vielleicht würden sie Sayen finden und wieder mitnehmen.

»Das diebische Ding ist zäher als das Leder meiner Schuhe.« Als Beweis deutete er auf die Sohle seiner Schuhe, die nur einige kleine Löcher aufwies.

»Das hoffe ich ...« Kassie blickte hoch zum Mond, der heute besonders dick am Himmel hing.

»Nur ...« Dan räusperte sich.

»Nur was?« Auf einmal wurde Kassie wieder nervös.

»Ich habe Meldungen von verlässlichen Quellen erhalten, dass auch die Regierung wieder auf der Suche nach dem Buch ist. Sie haben schon einige der Schiffe geschnappt und die Leute darauf verschleppt. Jeder, der auch nur nach den Hinweisen sucht oder gar ein Freiheitskämpfer ist, wird mitgenommen.«

»Dan! Das ist schrecklich!«, rief Kassie hysterisch. Ihre Stimme zerschnitt die Stille der Nacht.

»Das Mädchen ist zäh«, wiederholte Dan seine Worte.

Doch Kassie sah, wie ein unruhiger Schatten über seine Augen wanderte. Der alte Seebär hatte Sayen tief in sein Herz geschlossen, das wusste sie.

»Hast du jemals einen von ihnen gesehen?«, fragte sie zögerlich. Sie fror trotz der warmen Temperaturen.

»Von der Regierung?«

»Ja ...«

Er lachte auf. »Wenn ich jemals einen von ihnen sehen würde ...« Seine Stimme wurde immer leiser. »Dann kannst du dir sicher sein, dass ich ihm oder ihr persönlich die Kehle durchschneide. Aber diese Kreaturen, oder was sie sind, sind gerissen. Sie machen den Menschen Angst und genau diese Angst nutzen sie zu ihrem Vorteil.«

Kassie schluckte bei dem Gedanken daran.

»So viele Jahre auf See …« Er schüttelte den Kopf. »So viele Jahre habe ich getan, was von mir verlangt wurde, und dann das.«

Kassie wusste, dass er von seiner Frau sprach. Denn egal wie viel er trank, um den Kummer hinunterzuspülen, das Bild seiner geliebten Frau würde ihm nie aus dem Kopf gehen. Damals hatte man ihm das Herz gebrochen, in tausend kleine Stückchen zerteilt. Diese Narbe würde nie heilen, dafür war es zu spät.

»Sie hat niemandem etwas getan.« Er kniff seine Lippen zu einem schmalen Strich zusammen.

»Sayen wird das Buch finden und denen gehörig in den Hintern treten«, murmelte Kassie. »Das wird sie.«

Und wie jeden Abend ging Kassie auch an diesem allein in ihr dunkles Zimmer, schloss die Tür hinter sich und vergoss bittere Tränen. Nach einiger Zeit wischte sie sich über das Gesicht, ermahnte sich, stark zu sein, und legte sich ins Bett, um den nächsten Tag auf die übliche Weise beginnen zu können. Doch was sie nicht wusste, war, dass sich bald einiges ändern würde.

Kapitel 24
Die Frau mit dem zotteligen Haar

Als ich wieder zu mir kam, war die Welt um mich herum nicht mehr so dunkel. Ich befand mich umgeben von alten Holzkisten in einer Gasse, die nach abgestandenem Essen roch. Eine Frau mit langen blonden Haaren, die in alle Richtungen abstanden, hatte sich über mich gebeugt. In ihrer Hand hielt sie eine kleine Laterne. Doch was mich am meisten überraschte, war ihr Gesicht. Ihre Augen leuchteten dunkelviolett, aber das war das Einzige, was man sah. Der Rest war verborgen hinter einer grünweißen Maske mit buntem Blumenmuster.

»Du bist wach, endlich«, sagte sie und lehnte sich zurück.

»Was?« Verwirrt richtete ich mich auf, griff zeitgleich an meinen Hinterkopf, als ein plötzlicher Schmerz hindurchzuckte.

»Dein Haar ist komisch«, bemerkte sie. »Ist das normal, wo du herkommst?« Sie wollte nach einer meiner Haarsträhnen greifen, aber ich schlug ihre Hand weg.

»Gute Reaktion, gefällt mir.«

»Was ist hier los?« Diesmal schaffte ich es, mich aufzurichten und mich zwischen den Kistenbergen hochzuhieven.

»Du wolltest in die Stadt, bist von der Mauer gefallen, hast dir den Kopf angeschlagen, das Bewusstsein verloren und ich hab dich hierhergebracht«, erklärte sie.

»Und hierher ist wo?« Fragend sah ich mich um. Viel konnte ich nicht erkennen. Anscheinend befand ich mich mitten in der Stadt. Graue Häuserwände versperrten mir die Sicht. Die Straße vor uns war dreckig. Kisten lagen herum, es roch nach Müll und abgestandenem Wasser.

»Malufra, die Stadt der Masken.« Sie tippte sich an ihre eigene. »Du solltest dir auch eine anziehen, wenn du nicht auffallen willst.« Suchend sah sie sich um. »Irgendwo hab ich doch …« Zwischen zwei Kisten holte sie eine nachtschwarze Maske hervor. Feine silberne aufgemalte Linien zogen sich daran entlang, am rechten Rand war eine silberne Feder aufgeklebt worden. »Die kannst du haben. Vor einigen Jahren hat sie mir gehört, aber inzwischen habe ich eine andere.« Lächelnd reichte sie mir diese.

Zögerlich sah ich darauf, wusste nicht so recht, was ich tun sollte.

»Na, nimm schon.«

Ich tat, was sie sagte, nahm sie behutsam entgegen. Die Maske fühlte sich kalt an, aber leichter als gedacht.

»Jetzt erinnere ich mich.« Ich holte tief Luft. »Ich wurde von irgendwas getroffen und bin in die Dunkelheit gefallen.«

»Die Dunkelheit nennt sich Gebüsch.« Sie stemmte die Hände in die Hüften. »Wie heißt du überhaupt und was machst du hier?«

»Sayen, und ich suche die Königin.« Noch immer pochte der Schmerz gegen meine Schädeldecke, aber das würde sich wohl in der nächsten Zeit nicht ändern.

»Sayen, merkwürdiger Name. Genauso merkwürdig wie deine Haare. Von wo kommst du?«

»Taian, die Stadt aus Wasser«, antwortete ich geduldig.

»Dann suchst du bestimmt den Hinweis. Du kommst sicher nicht von so weit her, nur um diese prachtvolle Stadt zu sehen.« Sie lachte, was dank der Maske merkwürdig gedämpft klang.

»Ist dir nicht heiß mit diesem Ding?«, fragte ich.

»Man gewöhnt sich daran. Jeder trägt hier eine.«

»Und wie erkennt ihr euch?« Das musste seltsam verwirrend sein, wenn jeder sein Gesicht verbarg.

»Wir alle haben eine individuelle Maske.« Sie zuckte mit den Schultern. Sie trug einen roten Mantel, der einen hübschen Kontrast zur Maskenfarbe bildete. Darunter schien sie ein schwarzes längeres Kleid zu tragen, das bis zu ihren Knöcheln reichte. Ihre Füße steckten in roten Schuhen, die so gar nicht zu dem Gestank in der Gasse passten, dafür wirkten sie zu kostspielig.

»Zottel ist mein Name, und wenn du magst, bringe ich dich zu ihr.« Ihre Stimme klang, als würde sie lächeln, aber ich sah keine ihrer Gesichtsregungen.

»Diese Masken sind unheimlich«, murmelte ich und lief aus der Gasse. Links und rechts von mir standen Häuser. Sie alle waren unterschiedlich groß. Holzschilder hingen vor den Türen oder breiten Schaufenstern. In einem Haus brannte noch Licht, die Tür stand offen und Gelächter drang auf die Straße. Weiter vorne lag eine schwarze Bogenbrücke, deren Ende ich von hier aus nicht erkennen konnte. Dafür sah ich das weiße Schloss, das mir schon vorhin aufgefallen war. Nun war es nicht mehr so weit entfernt.

»Wie hast du mich hierhergebracht?« Immerhin wog ich auch etwas und Zottel sah nicht aus, als könnte sie mich tragen.

»Oh, die Wachen haben mir geholfen.« Sie hob den Daumen. »Sehr freundliche Menschen.«

»Die Wachen?« Vor lauter Verwunderung riss ich die Augen auf.

»Ja, sie wollten dich mitnehmen, aber ich habe gesagt, ich kenne dich. Sie waren so nett und haben mir Hilfe angeboten.«

»Tatsächlich?« Mein Erstaunen verwandelte sich in Misstrauen. »Aber sie haben mich am Tor gesehen und bestimmt auch auf der Mauer.«

»Vielleicht habe ich ihnen auch einfach viel Geld gegeben.« Sie zwinkerte mir zu. »Ich liebe spannende Geschichten. In Malufra passiert einfach zu wenig.«

»Spannende Geschichten.« Ich schnaubte und schüttelte ungläubig den Kopf. »Und du bringst mich zur Königin?«

»Sehr gerne, ich war schon lange nicht mehr dort. Sie ist etwas verrückt, aber das sind wir doch alle.« Wieder lachte sie und zog am Ärmel meines Hemds.

»Komm, beeilen wir uns. Wenn wir Glück haben, schmeißt sie gerade einen ihrer wunderbaren Maskenbälle.«

»Maskenbälle?« Doch bevor ich weiterfragen konnte, wurde ich in Richtung Brücke gezerrt.

Zottel hatte erstaunlich viel Kraft für ihre Statur. Das bewies wieder einmal, dass man niemanden nach seinem Äußeren beurteilen durfte.

»Kannst du mir ein wenig von Malufra erzählen?«

Wir überquerten den Fluss. Hinter mir lag die Stadt. In den Schaufenstern hatte ich Masken und Kleider entdeckt. Laternen beleuchteten den Weg, ähnlich wie in Arkaris, nur dass diese hier viel höher waren. Bedrohlich schaukelten sie über unseren Köpfen im Wind hin und her.

Nach der Brücke endeten die Häuser. Hier gab es nur grüne Fläche und vereinzelte Bäume, deren Stämme dicker waren, als die der Bäume in Fandora.

»Malufra ist bekannt für seine Masken. Früher kamen sehr viele Besucher. Die meisten wollten sich einfach eine Maske kaufen. Doch die Menschen hinterließen ihren Müll, verstießen gegen die Regeln oder sorgten für Ärger. Die Königin hatte genug davon und ließ die Mauer erhöhen. Seitdem kommen nur geladene Gäste in die Stadt.«

Hinter uns lagen kleine Häuserdächer und winzige Lichtpunkte in weiter Ferne. Gerne hätte ich die Stadt am Tag erkundet.

»Malufra ist unterteilt. Vorne beim Tor hast du die Grünfläche. Danach kommen die Geschäfte, Gasthäuser und Märkte. Hinter der Brücke liegt wieder eine Grünfläche. Sobald wir diese passiert haben, befinden wir uns am Palast.« Sie lief immer schneller, deutete ab und an auf das Schloss oder die Mauer, die am Rande wie ein Ungetüm hochragte.

»Und wo wohnt ihr?«

»Die Wohnungen der Bewohner liegen über den Läden. Wir wohnen in der Stadt, während die Königin in dem wunderschönen Schloss lebt. Sie kommt sehr selten zu uns, meist nur alle vier Jahreswechsel.«

»Ist sie wirklich so hübsch wie gesagt wird?« Ich erinnerte mich an Smiths Worte.

»Das weiß ich nicht. Sie trägt immer eine Maske wie alle Bewohner, aber ihre Augen sind schön.« Zottel fuhr sich durch ihre blonde Mähne. »Und ihr Haar glänzt wie Gold.«

In Gedanken versuchte ich mir auszumalen, wie diese Frau aussah, aber das war schwerer als gedacht. Selbst bei Zottel konnte ich nicht erahnen, wie sie wirklich aussah oder wie alt sie war. Die Maske verbarg einiges.

»Gleich da vorne geht es rein. Siehst du?«

Von Nahem wirkte das Schloss riesig. Die helle Fassade schien grell im Licht des Mondes, strahlte beinahe, und hob sich so von den aschgrauen Häusern ab.

Wir liefen über einen kleinen Kiesweg, der direkt zu dem prächtigen Gebäude führte.

»Nicht erschrecken, es wird gut bewacht.« Zottel drehte sich zu mir um.

Je näher wir kamen, desto mehr verstand ich Zottels Warnung. Das weiße Ungetüm lag nun direkt vor uns. Selbst wenn ich meinen Kopf in den Nacken legte, sah ich nicht bis ans Ende des höchsten Turmes. Insgesamt waren es drei Türme, der linke war der kleinste und an seiner Spitze wehte eine violette Fahne mit zwei schwarzen Masken darauf. Das Weiß der Fassade stach mir in den Augen. Kein Schmutz klebte daran, der Stein bröckelte nicht und nirgends sah man Dreck oder dunkle Flecken.

Rundherum gab es grüne Wiesen, bunte Sträucher und hohe braune Vasen, die in der Nähe des Eingangs standen. Auch hier stand eine Brücke, die aber viel kleiner war als die erste. Sie führte über einen Teich und endete kurz vor dem Schlosstor. Davor hatten sich vier Männer postiert, gekleidet wie die beiden Wachen vor dem Stadttor.

Doch sie waren nicht die Einzigen. An jeder Ecke wimmelte es von weiteren Wachleuten. Jeder von ihnen hatte ein Schwert an der Hüfte und eine Hand daraufgelegt, als müssten sie es gleich einsetzen.

Laternen gab es genau zwei. Diese standen neben den braunen Vasen und beleuchteten den Eingangsbereich.

Das Schloss besaß viele Fenster. Helle Vorhänge, die man zugezogen hatte, befanden sich dahinter und versperrten die Sicht ins Innere.

»Lass es uns versuchen«, forderte sie mich auf.

Wie gerne würde ich ihre gute Laune teilen, aber beim Anblick der Wachen und ihrer schwarzen Masken verflog mein Mut. Ich war eine Fremde in einer Stadt, in der ich gar nicht sein durfte.

»Und wenn sie mich gefangen nehmen?«, raunte ich Zottel zu.

Doch die fuhr nur mit der Hand durch die Luft, als wollte sie meine schlechten Gedanken vertreiben.

»Papperlapapp, in Malufra gibt es keine Gefangenen.«

»Was?«

Wir kamen den Wachen immer näher. Sie hatten ihre breiten Oberkörper bereits in unsere Richtung gedreht, bereit ihre Schwerter zu ziehen.

»Es gibt keinen Kerker. Wenn die Leute Unfug treiben, werden sie aus der Stadt verwiesen. Wer mordet, zahlt dafür den gleichen Preis.«

»Dann würde ich also der Stadt verwiesen werden?«

»Genau, außer du ermordest jemanden.« Ihr dumpfes Lachen drang an meine Ohren. »Aber die Bewohner wollen nicht von hier weg. Außer Wald, Wasser und irgendwelche belanglosen Städte gibt es dort draußen nicht viel.«

Nun waren wir vor dem massiven Tor angelangt.

Mein Puls raste, mein Mund war trocken. Trotzdem versuchte ich genauso selbstsicher zu wirken wie Zottel. Was nicht ganz so einfach war, da man jede meiner Gesichtsregungen sah, die alle Unsicherheit ausstrahlten. Die Maske selbst hielt ich in meiner linken Hand.

»Was wollt ihr hier?« Einer der Wachmänner machte einen Schritt auf uns zu. Er war der Einzige, der helles Haar hatte. Alle anderen hatten die gleiche Frisur wie das Wachpersonal vor der Stadt, braune längere Haare, die im Nacken zusammengebunden waren.

Ich wüsste nicht, wie man diese Männer voneinander unterscheiden sollte.

Seine Frage war an Zottel gerichtet. Mich beachtete er gar nicht, als wäre ich Luft.

»Sie will zur Königin, diese erwartet sie bereits«, log sie, ohne mit der Wimper zu zucken. Für eine spannende Geschichte tat sie wohl alles, von Wachpersonal bestechen bis hin zum Lügen.

»Ich brauche Namen, Ort und einen Grund.« Diesmal drehte er sich zu mir. »Und setzt Euch die Maske auf«, fügte er in einem ernsten Tonfall hinzu.

»Natürlich.« Eilig drückte ich das Ding auf mein Gesicht. Sie war etwas zu groß, aber davon ließ ich mich nicht beirren.

Zottel half mir, sie hinter meinem Kopf festzubinden. Ihre Finger waren flink, man merkte ihr die Übung an.

Die Maske fühlte sich ungewohnt an. Das Atmen mit diesem Ding war ganz anders. Ich hörte meine Atemzüge, spürte die Luft, die ich ausatmete an meinen Wangen. Mein Sichtfeld wurde begrenzt durch die schwarzen Ränder der ausgeschnittenen Augenlöcher.

Irgendwie fühlte ich mich eingesperrt, fast schon eingeengt. Wie ein Vogel in einem Käfig, dem man die Freiheit zu fliegen genommen hatte.

»Mein Name ist Sayen, ich bin aus Taian und möchte gerne zur Königin.«

»Taian?« Er sprach das Wort aus, als ob es sich dabei um etwas unter seiner Würde handelte.

»Sie ist eine entfernte Cousine meiner Tante«, sprang mir Zottel bei. »Sehen Sie diese feuerroten Haare? Hübsch, nicht wahr?«

»Ich würde eher gewöhnungsbedürftig sagen.« Er räusperte sich. »Und wie lange bleiben Sie?«

»Sobald ich mit der Königin gesprochen habe, gehe ich wieder«, antwortete ich ihm. Den Kommentar zu meinen Haaren schluckte ich hinunter.

»Und der Grund?« Er umfasste den Knauf des Schwertes fester.

»Sie will den Hinweis«, ging Zottel dazwischen.

»Den Hinweis ...« Er machte einen Schritt zur Seite und klopfte gegen das Tor.

»Sayen aus Taian will zur Königin, um nach dem Hinweis zu fragen.« Ein lautes Geräusch drang durch die Nacht, ähnlich wie das Knacken von Knochen, dann bewegte sich das Tor. Auch der andere Wachmann machte Platz.

»Viel Glück und vergiss nicht, mir alles zu erzählen.« Zottel drückte kurz meine Hand und winkte mir freundlich zu.

Zumindest sah man dank der Maske nicht, wie fassungslos ich war. Niemals hätte ich erwartet, dass ich so leicht ins Schloss kam und die Wachleute sich nicht wunderten, dass ich nur wegen des Hinweises zur Königin wollte. Bestimmt war ich nicht die Erste.

Mit vorsichtigen Schritten durchquerte ich den Torbogen und betrat einen hellen Gang mit einem roten Teppich, der direkt in eine große Halle führte. Das Tor fiel hinter mir zu und trennte mich von der Außenwelt.

Das Schloss selbst entpuppte sich als durch und durch weißes Gebilde. Auch innen schien alles von dieser Farbe zu sein, selbst die Dekoration war schneeweiß. An den Wänden hingen Gemälde von Leuten mit bunten Masken im Gesicht. Geradeaus führte eine breite Treppe nach oben, die sich ab der Hälfte teilte. An der Gabelung hing ein großes Bild von einer Frau mit langen blonden Haaren, welche fast das ganze Bild einnahmen. Sie trug ein schwarzes Kleid und eine ebenso schwarze Maske mit bunten Federn an den Seiten. Ihre Augen leuchteten blau und sie schien mich anzulächeln.

Der Boden bestand aus hellem Marmor, schimmerte im Licht, das von Kerzen auf Kronleuchtern an der Decke kam.

»Verzeihung.«

Das Schloss hatte mich so in Staunen versetzt, dass mir nicht aufgefallen war, wie ein älterer Herr neben mich getreten war. Er trug dieselbe Uniform wie die Wachleute, nur ohne farbiges Band.

Die Hände steckten in weißen Handschuhen. Seine Augen waren braun und leuchteten hinter einer gelben Maske hervor, welche die Form einer Sonne hatte. Dort wo sein Mund sein musste, war der Sonne ein breites Lächeln aufgemalt worden. Der Mann hatte schwarzgraues Haar, das sorgfältig zurückgekämmt war.

»Ihr seid?«, fragte er. Seine Stimme war weich und hatte einen vornehmen Klang.

»Sayen aus Taian«, brachte ich nach einer Weile hervor.

Mit den braunen Augen schien er mich zu prüfen. Er betrachtete mich, als müsse er ein äußerst kompliziertes Gemälde studieren. Der forschende Blick passte gar nicht zu dem breiten Grinsen der Maske.

»Sayen aus Taian, und Euer Grund?«

»Ich würde gerne mit der Königin sprechen, es geht um den Hinweis.« Unsicher sah ich mich um. Hatte Zottel nicht etwas von einem Maskenball gesagt? Es wirkte nicht, als ob momentan einer im Gange war.

»Der Hinweis.« Er kratzte sich am Kinn. »Sayen aus Taian.« Sein Blick glitt hoch zu der Decke.

Ich wagte es nicht, mich zu rühren. Also stand ich einfach da, atmete so flach wie möglich, damit er nicht hörte, wie nervös ich nach Luft schnappte. Unter der Maske war es ganz schön stickig. Gerne hätte ich mich gekratzt oder sie gerichtet, doch das traute ich mich nicht.

»Ich denke, die Königin wird kurz Zeit haben. Wenn Ihr mir bitte folgen würdet.« Er machte einen Schritt zur Seite, drehte sich ruckartig um und lief den Gang entlang.

Ich folgte ihm, behielt aber meine Umgebung im Auge. Weiterhin hingen überall Gemälde von Leuten mit Masken. Namen waren auf goldene Kärtchen geschrieben und befanden sich direkt unter den Bildern. Braune Vasen wie vor dem Schloss standen an den Seiten, bunte Blumengestecke auf dem Boden. Es wimmelte nur so von diesen mächtigen Kronleuchtern, die mit ihrem Gewicht bestimmt einen erwachsenen Menschen erschlagen konnten.

»Ist es kalt in Taian?«, fragte er auf einmal.

»Nicht wirklich ...« Seine Frage irritierte mich. Natürlich gab es bei uns die vielen Winde, die das Meer brachte. Aber wie auch in anderen Städten war es meist dank der Sonne tagsüber warm und nachts variierten die Temperaturen je nach Jahreszeit. Mehrheitlich zählte Taian aber bestimmt zu den wärmeren Städten.

»Erstaunlich«, murmelte er.

Zum Glück kamen wir schon bald zu zwei großen weißen Türen und mir blieben weitere Fragen erspart.

Sich überkreuzende Masken aus Gold waren auf der ebenmäßigen Fläche abgebildet. Die Griffe schienen aus demselben Material zu sein. Die Königin musste viel Geld besitzen.

»Einmal klopfen, kurz warten und dann eintreten.« Er verbeugte sich leicht und lief zurück zu seinem Platz direkt neben der Eingangstür.

Ich hob meine Hand, hielt aber kurz vor der Tür inne. Was würde mich dort drinnen erwarten? Jetzt konnte ich noch umkehren ...

»Einmal klopfen, kurz warten und dann eintreten«, wiederholte der Bedienstete. Seine Worte hallten durch den Gang.

Ich seufzte und tat es. Klopfte, wartete kurz und öffnete die Tür.

KAPITEL 25

DIE MASKE FÜR EINEN TAG

Der Raum war schwach beleuchtet durch vereinzelte Kerzen. Vor den beiden großen Fenstern hingen seidene Vorhänge und ließen das gedämpfte Mondlicht hindurch. Zwischen den Fenstern befand sich ein breiter Sessel auf einem Podest. Rechts und links davon standen schwarze Vasen mit Sonnenblumen. Die Köpfe der Blumen waren mit dünnen Fäden an der Decke befestigt worden. Die Fäden sorgten wohl dafür, dass die Pflanzen ihre Köpfe aufrecht hielten.

Es war kalt in dem Zimmer. Ein Fenster stand offen und gewährte der kühlen Nachtluft Einlass.

Mein Blick glitt zu der Gestalt, die auf dem Sessel saß. Es war eine zierliche Frau, die ihre schlanken Hände auf den roten Lehnen platziert hatte. Ihr Kleid wirkte grünlich, der Stoff schmiegte sich an ihre Haut, bedeckte ihre Füße, wand sich über das Podest und endete, kurz bevor der blanke Marmorboden anfing. Kleine Perlen waren als Dekoration daran befestigt worden, an den Ärmeln, den Schultern und auf dem hohen Kragen.

Ihr Haar war lang, floss wie eine Art Wasserfall über ihre Schultern, wickelte sich um die rechte Hand und wanderte dann die Lehne hinab. Es war goldblond und funkelte im Mondlicht wie Seide. Zottel hatte recht behalten, es war wunderschön.

An den Händen trug die Frau dicke Ringe von unfassbarem Wert, die ihre Finger schlanker wirken ließen. Bei dem Vermögen, das sie anhatte, zuckten unweigerlich meine Finger.

Das meiste Licht der Kerzen schien auf das Gesicht der Frau. Wie die anderen Bewohner von Malufra trug sie eine Maske, die ihr gesamtes Gesicht verdeckte.

Sie war weiß, fast schon perlmuttfarben. Auf der rechten Seite hatte man einen Halbmond aus winzigen Diamanten gebildet. Die linke Seite war mit feinen schwarzen Linien verziert. Muster, die sich ineinander verwoben, wieder auseinanderliefen und in andere Linien übergingen.

Ihre Augen waren von einem Stahlblau, das mich vage an einen wolkenlosen Himmel erinnerte.

»Sayen«, sagte sie mit einer ungewöhnlich hellen Stimme, die so viel Macht ausströmte, dass mir beinahe schlecht davon wurde. »Komm näher.«

Ich tat es und erst jetzt fiel mir ein, dass ich mich vor ihr verbeugen sollte. Also machte ich schnell einen Knicks und lief dann weiter.

»Ich freue mich, dass du mein Gast bist«, fuhr sie fort.

Sie bewegte sich nicht. Ab und an blinzelte sie, aber ansonsten verharrte sie in der immer gleichen Position. Es war seltsam, mit jemandem zu sprechen, bei dem man die Mimik nicht erkannte. Ihre Stimme klang hell, doch ob sie lächelte oder ihre Zähne vor Wut fletschte, ich wusste es nicht.

»Danke, dass ich zu Euch kommen durfte«, antwortete ich höflich.

»Was führt dich zu mir?«

Ich erkannte nichts in ihrem Blick, keine Neugierde, keine Freude, nicht einmal einen Hauch von Interesse. Aber ihre Augen waren anders als die der Leute auf Fandora, so lebendig und dennoch so undurchschaubar.

»Die Suche nach dem Hinweis, der zu dem Buch führt, mit

welchem man die Zukunft lesen kann.« Ich schlang meine Finger ineinander, da ich nicht wusste, was ich sonst damit anstellen sollte. Die Maske drückte auf mein Gesicht und nahm mir die Luft zum Atmen.

»Warum nimmst du sie nicht ab«, sagte sie und hob langsam ihre rechte Hand, um mit dem ausgestreckten Zeigefinger auf meine Maske zu deuten. »Ich sehe doch, wie unwohl du dich damit fühlst. Niemand soll sich in meiner Stadt unwohl fühlen.«

Erleichterung überkam mich. Ich griff nach dem Knoten, der sich an meinem Hinterkopf befand, und öffnete diesen. Mit der anderen Hand griff ich nach der Maske und verhinderte so, dass sie auf den glatten Boden fiel und womöglich noch zerbrach. Kühl lag sie in meiner Hand, während die kalte Nachtluft mein Gesicht streifte, fast schon zärtlich daran entlangstrich. Zufrieden sog ich die Luft ein.

»Dein Gesicht ist außergewöhnlich«, begann die Königin.

Ich wusste nicht, ob das ein Kompliment war oder nicht, darum schwieg ich. Ich fühlte mich jedenfalls besser ohne diese Maske.

»Es sagt sehr viel über dich aus. Du lässt dich nicht gerne einsperren oder dir eine Meinung aufzwingen und doch machst du vieles, um nicht aufzufallen. Aber du fällst auf, Sayen.«

Bei meinem Namen und ihrer engelsgleichen Stimme zuckte ich kurz zusammen. »Ich falle auf?«

»Du kommst von weit her, oder?« Ihre Augen wanderten zu meinen dreckigen Stiefelspitzen. »Deine Hände sind nicht die Hände einer Prinzessin.« Ihr Blick glitt über meine Kleidung und meine Figur, weiter bis zu meinem Gesicht. »Deine Haarfarbe ist schön, ganz anders und gewiss nicht von hier. Dein Hautton ist sehr blass, also wirst du auch nicht auf einem Schiff arbeiten.«

Bei meinen Augen blieb ihr Blick stehen. »In deinen Augen erkenne ich Ungerechtigkeit, Liebe, Wut und ein ziemliches Temperament. Dir hat niemand Regeln beigebracht. Weilen deine Eltern nicht mehr unter uns?«

Ich biss mir auf die Unterlippe, sagte jedoch nichts.

»Und jetzt denkst du, wie unfair ich bin, dass ich so über dich urteile, wohingegen du nichts an mir lesen kannst. Aber das könntest du auch nicht, wenn ich meine Maske ablege. Ich habe keine Geschichten zu erzählen.«

Mit ihrer Behauptung traf sie ins Schwarze. Ich war gut darin, Menschen zu lesen, jedoch hatte die Königin einzig ihren Hals und die Hände entblößt, und daran erkannte ich höchstens, dass sie noch am Leben war und atmete.

»Wenn du deine Maske abziehst, ist es, als ob du all deine Gefühle frei in den Raum strömen lässt.«

»Verzeiht, wenn ich unhöflich bin, aber ich suche den Hinweis und nicht jemanden, der mir sagt, wie ich auf andere wirke.«

Innerlich konnte ich schon sehen, wie die Wachleute, wenn sie hier gewesen wären, scharf nach Luft schnappten. Meine Antwort war respektlos.

»Du bist nicht allein hier, oder?« Das war das erste Mal, dass sie ihren Kopf ganz leicht drehte, um durch den Raum zu sehen. »Eine junge Frau in deinem Alter wird unmöglich alleine den ganzen Weg hierhergekommen sein.«

»Ich bin mit einem Schiff hier und Freunden«, antwortete ich, froh darüber, dass sie mir meine Worte nicht übel genommen hatte.

»Freiheitskämpfer, oder?« Ihr Kopf wanderte wieder zurück in die vorherige Position. »Ich habe davon gehört, dass ein Schiff mit Freiheitskämpfern nach dem Buch sucht. Die Regierung würde es sicherlich brennend interessieren, dass ihr hier seid.«

War das eine Drohung? »Wir suchen nach dem Hinweis wie andere auch.«

»Und doch seid ihr in vielen Augen ein Makel der Gesellschaft. Unkontrollierbare Menschen, die einfach das tun, wonach ihnen der Sinn steht.«

»Das tun doch alle. Die Regierung, die Könige, das Volk und eben die Freiheitskämpfer.« Von dieser Position wirkten die silbernen Linien auf ihrer Maske wie viele kleine Herzen, die zusammen eine Blume ergaben. Die Diamanten daneben waren bestimmt sehr wertvoll. Damit könnte man einige Winter überstehen.

»Da hast du recht. Ich zum Beispiel trage jeden Tag eine andere Maske. Die alten werfe ich weg.«

Fassungslos sah ich sie an. »Sie werfen sie weg?«

»Natürlich, warum sollte ich eine davon zweimal tragen? Es gibt so viele wunderschöne Werke in dieser Stadt. Jeder Bewohner möchte, dass ich seines anziehe.«

»Weil diese hier sehr kostbar aussieht, damit könnte jemand anderes lange leben.«

»Ich bin nicht verantwortlich für das Leben der anderen.« Sie erhob sich aus dem Sessel. Vorhin hatte sie klein und zierlich gewirkt, jetzt erkannte ich, dass sie einen Kopf größer war als ich.

»Nun aber zu dem Hinweis, den du möchtest. Alles hat seinen Preis und dieser ist hoch.«

Am liebsten hätte ich ihr gesagt, dass ich schon einen hohen Preis bezahlt hatte, mehrere sogar. In Sanses hatte ich die Hälfte meines Herzens zurückgelassen. In Fandora, der Stadt der Wahrheit, hätte ich beinahe meine Geheimnisse gelassen und in Arkaris das Buch.

»Welcher Preis wäre das?«

»Du weißt bestimmt, warum ich meine Maske trage.« Behutsam fuhr sie mit den schlanken Fingern den Mond entlang. »Schönheit hat hier eine hohe Bedeutung. Aussehen kann vieles entscheiden, auch wenn wir das nicht einsehen wollen. Sobald ich meine Maske ablege, spricht niemand mehr mit mir. Ziehe ich sie an, so ist es mir möglich, mich mit meinen Mitmenschen zu unterhalten. Ich zahle jeden Tag dafür und habe meinen Preis keinen Tag lang bereut.«

Wie gerne hätte ich ihr gesagt, dass auch andere diesen Preis für sie bezahlten. Die ganze Stadt tat es, aber lieber biss ich mir die Zunge ab, als noch einmal etwas zu sagen, das mich am Ende ohne Hinweis aus der Stadt brachte.

»Ich will, dass du einen ähnlichen Preis zahlst.«

»Einen ähnlichen Preis?«

»Wachen!« Während sie den Befehl aussprach, behielt sie mich im Auge, zuckte nicht einmal mit der Wimper.

Es dauerte nicht lange, da öffnete sich die Tür. Der Mann, welcher mich am Eingang empfangen hatte, betrat den Raum. Er verbeugte sich tief vor der Königin, ehe er sich wieder kerzengerade aufrichtete. »Ihr wünscht?«

»Ein Messer wünsche ich.«

Er verneigte sich abermals, machte kehrt und verließ den Raum.

»Ein Messer?« Unsicher wandte ich mich an die Königin.

Nun erkannte ich ein trauriges Gesicht in den Linien und eine kleine Träne, welche die Wange hinablief. Doch bevor ich weiter nach Symbolen suchen konnte, drehte sie ihr Gesicht und die Herzen und Blumen von vorhin tauchten wieder auf.

»Wenn du den Hinweis möchtest, musst du mir einen Teil deiner Schönheit geben.«

Ihre Worte hatten denselben lieblichen Klang wie bisher, aber in meinen Ohren klangen sie wie ein Befehl.

Die Tür ging erneut auf, der Wachmann kam zurück. In seinen Händen hielt er ein silbernes Messer mit einem weißen Knauf. Er verbeugte sich, reichte es der Königin und verschwand.

»Ganz egal was, es muss lediglich ein Teil von deinem Gesicht sein.« Sie machte einen Schritt auf mich zu und hielt mir das Messer mit beiden Händen entgegen. »Traust du dich?«

Kapitel 26
Alles hat seinen Preis

Der Knauf des Messers schimmerte im Licht.

Ich bereute es jeden Tag ein bisschen mehr, dass ich einen Teil meines Herzens der Königin von Sanses gegeben hatte. Es war leichtsinnig gewesen. Nun stand ich an einem ähnlichen Punkt und sollte einen weiteren Teil von mir hergeben. Darüber musste ich nicht lange nachdenken.

»Nein, ich mache das nicht.« Ich richtete mich vor ihr auf. »Das tue ich nicht«, diesmal war meine Stimme kräftiger.

»Ha!« Der helle Tonfall war mit einem Mal schrill, verursachte mir stärkere Kopfschmerzen.

»Ich wusste, dass du zu eitel bist.« Sie hob die Hände und ließ das Messer fallen. Es schepperte laut, dann war es wieder mucksmäuschenstill.

»Das ist nicht der Grund.« Wütend schluckte ich. »Ich finde nur, dass ein Gesicht uns ausmacht. Es gehört zu uns, macht uns individuell und gleichzeitig einzigartig. Jeder ist schön auf seine Art und Weise. Außerdem habe ich erst kürzlich etwas hergegeben, was mir viel bedeutet, und das bereue ich.«

»Wenn das so ist, kann ich dir den Hinweis leider nicht geben.«

Zu meinen Füßen lag noch immer das Messer. Es schimmerte im Licht, ähnlich wie die Diamanten auf der Maske der Königin. Aber ich war mir sicher. Diesen Preis würde ich nicht zahlen, nicht noch einmal gab ich etwas von mir her für einen lächerlichen Hinweis.

Meine Gedanken wurden von einem lauten Klopfen abrupt beendet.

»Wer stört?« Genervt schloss die Königin ihre Augen. So langsam fing auch ihre Maske an zu bröckeln.

Die Tür ging auf und ein junger Wachmann erschien im Türrahmen. Er war einen Kopf kleiner als die Königin und blickte ehrfürchtig zu ihr hoch. Seine Maske war viel zu groß, rutschte ihm hinunter.

»Eure Majestät ...« Der Wachmann umklammerte den Griff der Tür. Er schien nervös zu sein.

»Was ist?«, fragte sie, wandte sich ihm aber nicht zu, sondern starrte mich weiterhin an.

»Dieser junge Mann will unbedingt zu euch.« Er machte einen Schritt zur Seite und gab den Blick frei auf die Person, die direkt hinter ihm stand.

»Silver?« Erstaunt sah ich zu ihm. Ich hatte nicht erwartet, dass er auftauchte. Natürlich war mir bewusst gewesen, dass er mein Verschwinden bemerken würde. Aber wie war er reingekommen?

»Eure Hoheit.« Er verneigte sich vor der Königin. »Verzeiht die späte Stunde, aber ich komme, um diese Dame mitzunehmen.«

»Du bist auch wegen des Hinweises hier, oder?«, fragte sie nur. Wenn sie so dastand, den Kopf in seine Richtung gedreht, wirkte ihre Maske, als säßen kleine Libellen an den Rändern.

»Das stimmt, aber ich habe mitbekommen, was der Preis dafür ist.« Silver schenkte mir einen kurzen Blick. »Ich denke, es ist besser, wenn wir gehen.«

»Wie ihr wollt.« Sie nickte. »Ich bewundere euren Mut und eure Stärke. Gerne würde ich euch deswegen den Hinweis geben, doch das wäre nicht fair gegenüber denen, die bereits den Preis bezahlt haben.«

»Das tut nichts zur Sache, wir werden ohne ihn auskommen.« Er machte einen Schritt auf mich zu. »Können wir gehen?«

»Ja, wir können.« Auch wenn ich es niemals zugeben würde, war ich froh, dass er da war. Die schwarze Maske hing trostlos in meiner Hand. Ich hatte nicht viel von Malufra gesehen, aber das hatte mir gereicht. Die Königin hatte recht, ich hatte Mühe, mich zu fügen, mich einsperren zu lassen. Die Stadt der Masken war nichts für mich.

»Danke Euch trotzdem«, richtete ich meine Abschiedsworte an die Königin.

»Das ist nicht das letzte Mal, dass wir uns sehen.« Sie wandte sich ab, lief zurück zu dem Sessel und setzte sich. »Die Menschen kommen immer zweimal nach Malufra.« Und während sie das sagte, wehte der Vorhang im Wind, der schwache Kerzenschein lag auf ihrer Maske und schwarze Libellen tanzten über Blumen und Herzen. Die traurigen Gesichter waren verschwunden.

Wenn sie sich da nicht irrte.

»Sayen, kommst du?« Silver sah unsicher zu mir herüber.

»Ja ...« Und damit verließ ich zusammen mit Silver den Raum und schloss die Tür mit den Masken.

Meine Gedanken jedoch blieben an dem Messer hängen. Was für einen Preis hätte ich zahlen müssen? Und wer definierte Schönheit überhaupt?

»Es war richtig, zu gehen«, sprach mir Silver zu. Er griff nach meiner Hand und zog mich mit sich. Wahrscheinlich machte ich auf ihn einen ziemlich unsicheren Eindruck und er hatte Angst, ich würde etwas Unüberlegtes tun und noch einmal zurückgehen. Aber das wollte ich nicht. Ich wollte nie mehr zurück zu dem Messer und den Sonnenblumen, die an seidenen Fäden hingen.

Wir durchquerten den Gang und das Tor. Als wir draußen in

der kalten Nachtluft standen, ließ er mich los. Die Wachen schlossen den Eingang hinter uns, bevor sie wieder in ihren zugeteilten Positionen verharrten.

Von Zottel fehlte jede Spur. Sie war wie vom Erdboden verschluckt. Ihre Maske lag in meiner Hand, fühlte sich unecht an.

»Und jetzt zu dir ...« Silvers Tonfall war nicht länger mitfühlend. Auf einmal schien er wütend zu sein. »Du kannst nicht einfach das Schiff verlassen!« Er fuhr sich durch das nachtschwarze Haar. »Wir haben wertvolle Zeit verloren mit dieser Suchaktion.«

»Ich war nicht lange fort«, verteidigte ich mich. Im Grunde wusste ich nicht, wie lange ich ohnmächtig gewesen war, aber dem Pochen in meinem Kopf nach zu urteilen, dürfte es eine Weile gewesen sein.

»Können wir los?«, fragte ich, bevor er mir weiter Vorhaltungen machte.

Er nickte. Seine Stimmung schien kein bisschen besser zu sein.

Schweigend überquerten wir die Brücke und ließen das Schloss mit den gleichaussehenden Wachen hinter uns. Die Lichter führten uns zurück auf den Feldweg, der uns direkt zur großen Brücke brachte.

Ich war mir mit einem Mal nicht mehr so ganz sicher, was schlimmer war. Die beißende Kälte, die um meinen Nacken strich, oder dieses Gefühl, dass ich etwas falsch gemacht hatte.

»Ich muss die noch zurückbringen.« Ich hielt ihm die Maske vors Gesicht, doch Silver reagierte nicht.

»Vielleicht kann ich sie den Wachmännern an der Mauer geben. Sie scheinen die junge Frau zu kennen, der die Maske gehört«, versuchte ich es weiter.

Doch auch darauf reagierte er in keinster Weise. Seine Miene blieb ausdruckslos, den Blick hatte er starr nach vorne gerichtet.

Also ließ ich ihn in Ruhe.

Wir überquerten die Brücke, liefen den Weg zurück, den ich gekommen war. Gleich rechts von uns war die Gasse, die nach abgestandenem Wasser und sonstigem Unrat roch. Die dunklen Schaufenster wirkten trostlos.

Silver wählte den Weg auf der Hauptstraße, vorbei an vielen kleinen Geschäften mit verschiedenen Masken. Ab und an brannte noch in einem Haus Licht, aber wir begegneten keiner Menschenseele. Wären da nicht die Lichter, ich hätte gesagt, Malufra wäre ausgestorben.

Auf bunten Schildern an den Häusern standen Straßennamen geschrieben. Viel anfangen konnte ich damit nicht. Ich musste darauf vertrauen, dass Silver wusste, wie wir zurück zum Schiff kamen.

»Warum bist du überhaupt in die Stadt?« Die Stille zwischen uns wurde immer unerträglicher.

Endlich blieb er stehen, direkt unter einem Schild, auf dem ein dicker schwarzer Pfeil nach rechts deutete und das Wort *Masken* stand. Neben uns befand sich eine Laterne, deren Kerze nur noch spärlich Licht spendete. Der Wind pfiff um die Häuser, wirbelte durch mein störrisches Haar.

»Zuerst dachte ich, du wärst im Meer ertrunken«, begann er nach einer Weile, den Blick gesenkt.

»Schreckliche Vorstellung.«

»Das wäre beinahe schon erleichternd gewesen.« Er räusperte sich und sah mir in die Augen. »Du machst das alles nicht gerade einfacher.« Er schluckte. »Diese ganze Reise, die Suche nach den Hinweisen ...«

Ich schüttelte den Kopf. »Nicht einfacher? Ich gebe alles, damit wir dieses Buch finden.« Zuerst wollte die Königin mir erklären, wer ich war, und jetzt warf mir Silver solche Sachen an den Kopf.

»Die Frage ist nur, warum willst du es unbedingt finden?« Er stand direkt vor mir. Hätte ich meine Hand ausgestreckt, hätte ich sein Gesicht berührt. Ich sah die dunklen Augen, in denen sich so viel spiegelte, über das er nicht reden wollte. Dinge, die ihn belasteten. Die feine silberne Linie, die zu ihm gehörte, und ohne die ich ihn mir gar nicht vorstellen konnte. Die leichten Bartstoppeln und die Lippen, die meistens zu einem spöttischen Lächeln verzogen waren, aber jetzt einen schmalen Strich bildeten.

»Das habe ich dir schon einmal gesagt«, warf ich ein. Damals hatte ich gelogen, aber auch jetzt würde ich ihm immer und immer wieder die gleiche Lüge auftischen. Anfangs hatte ich es getan, um mich zu schützen, und jetzt tat ich es, um zu verhindern, dass er enttäuscht wurde. Enttäuscht von mir und meinen Lügen.

»Dann hör das nächste Mal auf mich und starte nicht wieder so eine Nacht- und Nebelaktion. Wenn du wirklich dieses Buch haben möchtest, geht das nur, wenn wir alle zusammenhalten.« Er machte einen Schritt auf mich zu, stand nun noch näher bei mir, sodass ich zu ihm hochsehen musste.

»Auch wenn ich es ungern zugebe, aber ich dachte wirklich, du wärst ...« Er hielt inne, hob seine Hand und fuhr damit durch meine Haare.

Vor lauter Verwunderung blieb ich wie erstarrt stehen und ließ zu, dass er mir eine Haarsträhne hinters Ohr schob. »Ich dachte, du wärst für immer weg, Prinzessin der Diebe.«

Ich wollte gerade etwas darauf erwidern, als er sich vorbeugte und mich küsste.

Es war nur ein flüchtiger Kuss. Einer, der nicht lange genug andauerte, um darüber nachzudenken. Silver hatte mir eine Hand in den Nacken gelegt und blickte mir kurz in die Augen, bevor er mich wieder an sich drückte, seine Lippen auf meine legte und mich erneut küsste, diesmal fordernder.

Ich hielt mich mit einer Hand an seinem Hemd fest, suchte nach Halt. Seine Lippen waren weich, ließen mich für einen Moment vergessen, warum wir hier waren. Ein leichter Salzgeschmack lag auf ihnen, und während ich ihn küsste, dachte ich an das Meer. Ich dachte daran, wie weit er mit seinem Schiff wohl schon gefahren war, wie viele Geschichten er mittlerweile kannte. Ich erinnerte mich an die feinen Linien auf dem Papier, seine Zeichnungen, bei welchen er an jedes noch so kleine Detail dachte. Der Kuss fühlte sich an wie der rettende Anker eines Schiffs. Wie der kühle Wind im Sommer, der sanft über den Nacken strich, und doch musste ich aufpassen, dass aus diesem Wind kein Sturm wurde und aus dem rettenden Anker kein Gewicht, das mich in die Tiefe zog.

Ich löste mich von ihm und machte einen Schritt zurück. Mein Herz klopfte, mein Magen rebellierte und auf einmal war da dieses sonderbare Gefühl in mir, Verwunderung.

Auch Silver schien überrascht zu sein. Er fuhr sich über die Lippen, schüttelte kurz den Kopf und räusperte sich.

Kapitel 27
Zwischen Mäusen und Monden

Das ...« Meine Worte waren auf einmal weg. Mein Gehirn schien nicht mit der Situation klarzukommen. Im Grunde wollte ich ihn zurechtweisen und gleichzeitig wieder küssen. Aber bei diesem Gedankenwirrwarr, das wie ein dichter Nebel durch meinen Kopf zog, konnte ich nicht klar denken.

»Verzeihung«, brachte Silver hervor und legte sich seine Hand in den Nacken. Unsicher sah er in den Himmel. »Das war nicht angebracht«, fügte er hinzu.

»Nein, das war ...« Wieder hielt ich inne und suchte verzweifelt nach den richtigen Worten. Der Kapitän der Freiheitskämpfer hatte mich geküsst. Mitten in der Stadt der Masken, zwischen umgekippten Holzkisten und kleinen Geschäften.

»Wir können später darüber sprechen, jetzt sollten wir zurück aufs Schiff.« Er versuchte zu lächeln, aber verzog seinen Mundwinkel dabei nur eigenartig. Auch ihm schien die Situation Unbehagen zu bereiten.

»Dann lass uns gehen.« Unsicher nickte ich. Mein Herz klopfte, meine Hände und Beine zitterten. Es war nicht der erste Kuss, den ich bekam, nur war dieser irgendwie anders. Dieses Kribbeln und das Gefühl in meiner Magengegend, als hätte ich etwas Schlechtes gegessen, das wieder hoch musste. Doch Silver hatte recht, wir konnten später darüber sprechen und vielleicht fand ich dann sogar die richtigen Worte.

Mein Blick glitt zu Zottels Maske.

»Warte!« Eilig griff ich nach seinem Hemdärmel. »Ich kann noch nicht gehen.«

»Warum?« Er nahm mir die Maske aus der Hand und hielt sie ins schwache Licht der Laterne. »Ein hübsches Ding hast du hier geklaut.«

Ich verdrehte meine Augen. »Es überrascht dich vielleicht, aber ich habe sie nicht geklaut. Eine Frau namens Zottel hat sie mir gegeben. Ich muss sie ihr zurückbringen.«

»Sayen ...« Silver öffnete den Mund, schloss ihn aber gleich wieder.

»Ich weiß, was du sagen willst. Aber ich möchte es wenigstens versuchen.«

»Dann machen wir das.«

Erstaunt sah ich zu ihm hoch. »Danke ...« Das kam unerwartet. Normalerweise bestand er auf einmal gegebene Befehle.

»Und wo genau finden wir diese Zottel?«

Viel wusste ich nicht über die junge Frau. Ihrer Kleidung nach zu urteilen, besaß sie Geld. Aber es hatte auch gewirkt, als würde sie sich in den Straßen gut auskennen.

»Ich weiß es nicht«, antwortete ich ihm ehrlich. Wirklich glücklich über meine Antwort schien er allerdings nicht zu sein.

»Wir suchen also jemanden, von dem du nicht weißt, wo er ist?«

»Komm.« Auffordernd hielt ich ihm die Hand hin. »Ich weiß, wo wir suchen könnten.«

Unsicher sah er auf meine Hand. Für einen kurzen Augenblick verweilten seine Augen auf meinem Mund. Doch bevor ich meine Hand wieder wegziehen konnte, griff er danach.

»Dann beeilen wir uns besser.«

Ich nickte. Es fühlte sich eigenartig an, ihm so nahe zu sein, aber bald verschwand dieses Gefühl. Die Nähe zu ihm war mir nicht unangenehm, eher im Gegenteil.

Doch darüber konnte ich mir auf dem Schiff in aller Ruhe Gedanken machen, jetzt war keine Zeit dafür.

»Da vorne im Gasthaus brennt noch Licht. Vielleicht ist sie dort, weil sie dachte, ich brauche länger bei der Königin.« Ich deutete mit der freien Hand zu dem Haus, an dem wir vorhin in raschem Tempo vorbeigelaufen waren.

Es sah aus wie all die anderen in diesem trüben Grau. Die Fenster waren offen, Licht brannte, Gelächter und Musik drangen nach draußen. Auf einem Schild an der Tür stand in krakeligen Buchstaben das Wort *geöffnet*.

»Bist du sicher, dass das ein Gasthaus ist?« Er blieb stehen und zog mich zurück, bevor ich eintreten konnte.

»Warum nicht?« Es wirkte zumindest wie eines. Auf das Schild hatte irgendjemand zusätzlich zwei Krüge gezeichnet.

»Die Leute hier sind ziemlich verrückt.« Er beugte sich verschwörerisch zu mir. »Ich traue keinen Menschen, die ihre Gesichter hinter Masken verbergen.«

Daraufhin musste ich lachen. »Das tust du auch. Also komm, wir beeilen uns.«

Diesmal hielt er mich nicht mehr zurück, sondern folgte mir zum Gelächter und der Musik.

Ich ließ seine Hand los und öffnete die breite Tür, die zu meiner Verwunderung nur angelehnt war.

Drinnen roch es nach Rauch, Alkohol und Kräutern, die in der Nase bissen. Das Haus entpuppte sich tatsächlich als eine Art Gasthaus, wenn auch anders als jene, die ich bislang kannte.

Es gab die üblichen Bänke und Tische. Ein runder Tisch stand genau in der Mitte. Ein Kartenspiel lag darauf verteilt. Fünf Leute saßen daran, hielten Karten in der Hand und lachten. Im Raum war es düster, obwohl einige Kerzen brannten. Man hatte sie in Glasschalen direkt neben die Fenster gestellt. Meiner Meinung nach keine kluge Idee. Der Wind hatte schon einige von ihnen gelöscht.

Ich sah nirgends einen Ort, an dem Getränke ausgeschenkt wurden, aber ein ziemlich großer Mann mit spindeldürren Armen machte eine Runde zwischen den Bänken und Tischen, ein paar Krüge in der Hand. Er trug eine schwarze Maske mit einem spitzen Schnabel und dunklen Federn an den Rändern.

Es klang, als würde die Musik aus der oberen Etage kommen. Bestimmt wurden dort auch die Getränke und Speisen vorbereitet.

Die Leute an dem runden Tisch waren so sehr in ihr Spiel vertieft, dass sie uns gar nicht bemerkten. Wenn ich es richtig erkannte, handelte es sich um zwei Frauen und drei Männer. Eine Frau hatte längeres braunes Haar, bunte Federn zierten es. Sie trug einen silbernen Ring mit einem großen grünen Edelstein. Ihre Nägel waren dunkelblau angemalt und auf dem Gesicht trug sie eine Halbmaske in ebendieser Farbe, auf die schwarze Rosen gezeichnet waren. Die andere Frau hatte schulterlange hellblonde, fast weiße Haare und eine graue Maske, die mich irgendwie an eine Maus erinnerte. Feine schwarze Schnurrhaare befanden sich dort, wo ihre Nase lag, kleine Ohren an den Seiten.

Zwei der Männer glichen sich unheimlich. Sie trugen genau die gleiche braunschwarze Kleidung, hatten ein weißes Tuch in der Manteltasche stecken und trugen Masken in Form eines pausbäckigen weißen Mondes.

Der Letzte in der Runde hatte hellbraunes Haar, das sorgfältig zurückgekämmt war. Er hatte sich entspannt zurückgelehnt, ein selbstsicheres Grinsen auf dem Gesicht. Er trug eine Halbmaske mit bunten Flecken, die wirkten, als hätte jemand voller Wut einen ganzen Farbkasten darüber ausgeleert. Seine Kleidung war ausgefallener. Er steckte in einem vornehmen Mantel, der im Licht orange schimmerte. Dazu trug er einen weiten Kragen. Eine dünne silberne Kette lag um seinen Hals, unter dem Mantel schaute ein weißes Hemd hervor, das in schwarzen Hosen verschwand. Auch an seinen Fingern steckten Ringe und die Nägel waren schwarz angemalt.

»Maus, du machst immer entscheidende Fehler«, tadelte er und drehte sich zu der blonden Frau mit der grauen Maske.

Sie schenkte ihm nur einen geringschätzigen Seitenblick und warf zwei Karten vor sich auf den Tisch. Darauf waren verschiedene Blumen abgebildet. Eine rote Rose und eine weiße Lilie, soweit ich erkennen konnte. Die Karten wirkten alt und waren schon abgegriffen.

»Eine Rose?« Er lachte künstlich und tippte sich gegen die Stirn. »Rosen sind nicht viel wert.«

Die Frau neben ihm mit der blauen Maske schlug ihm auf die Schulter.

»Farbklecks, wenn du nicht endlich still bist, werfen wir dich raus.«

»Ich möchte gerne vier neue«, mischte sich einer der Männer mit der Mondmaske ein.

»Ich auch«, beeilte sich der andere nachzuschieben. Zusammen warfen sie ihr Blatt auf den Tisch. Noch mehr Karten mit Blumen bedeckten das Holz.

»Keine Sorge, Mondmänner, ich habe schon gewonnen. Ihr müsst gar nicht mehr ziehen.« Farbklecks, wie sie ihn nannten, warf seine Karten ebenfalls hin. Es waren vier Dornenhecken darauf abgebildet. »Ich gewinne.«

Die Maus schlug wütend auf den Tisch. »Das ist unmöglich!«, rief sie.

»Er hat mir ins Blatt geschaut! Ich hab es gesehen«, murmelte einer der Mondmänner. Der andere nickte zustimmend.

Wie gerne hätte ich eingeworfen, dass das gar nicht ging. Immerhin saßen sich die beiden gegenüber und hatten einigen Abstand zwischen sich.

»Ich will nicht mehr.« Die Maus verschränkte die Arme vor der Brust und reckte trotzig das Kinn in die Luft. »Ich hatte ein Stiefmütterchen und eine Seerose. Ich hätte gewinnen müssen«, raunte sie.

»Wir sollten gehen«, sagte Silver leise. Er stand direkt hinter mir und legte mir eine Hand auf die Schulter. »Du weißt nicht, in was für einer Stadt du bist. Die Leute hier sind verrückt.«

»Nur weil sie anders sind?«, flüsterte ich zurück, ohne mich umzudrehen.

»Genau deswegen ...«

Die Herrschaften am Tisch diskutierten weiter. Dabei raufte sich Maus die Haare und Farbklecks lachte zufrieden vor sich hin. Fast schon liebevoll fuhr er über seine Gewinnerkarten.

Nur die Frau mit der Rosenmaske konzentrierte sich nicht auf das Spiel. Ihr Blick glitt in unsere Richtung. »Wir haben Besuch«, sagte sie.

Auf einmal war es still. Keiner stritt mehr, keiner raufte sich die Haare und das selbstgefällige Grinsen verschwand aus dem Gesicht des Mannes mit der farbigen Maske.

»Und sie tragen keine Masken!«, riefen die beiden Mondmänner fast schon entsetzt.

»Doch, der hübsche Mann hat eine zwischen den Fingern!«, piepste die Maus. Ihr Finger zeigte auf Silver.

»Sie hat mich hübsch genannt«, flüsterte Silver.

»Das wird uns nicht helfen«, gab ich zurück.

»Verzeihung ...« Er schob mich zur Seite und trat an den Tisch.

»Er bittet um Verzeihung. Was er wohl Schreckliches getan hat?« Farbklecks schlug sich die Hand vor den Maskenmund.

Maus sprang auf, der Stuhl kippte nach hinten. Ihre Augen weiteten sich.

»So meinte ich das nicht.« Beruhigend hob Silver seine Hände. Die Maske noch immer in der linken.

»Er meinte das nicht so. Wie meinte er es dann?«, fing Farbklecks wieder an. Er zog die Hände von seinen Karten zurück.

»Verrückt, ich sage es dir ja.« Silver seufzte. »Wir sind auf der Suche nach der Frau, der diese Maske gehört.«

Nun stand auch die Frau mit den Federn in den Haaren auf. Sie stützte sich mit den Händen am Tisch ab und kniff die Augen zusammen. »Habt ihr sie gestohlen?«

»Nein!«, rief ich dazwischen. »Sie hat sie mir geliehen, damit ich zur Königin kann.«

Maus lachte auf. Ihr Lachen war schrill, tat in den Ohren weh. »Ihr wolltet den Hinweis, oder?« Fast schon erleichtert richtete sie den Stuhl wieder auf und setzte sich.

»Genau.« Silver räusperte sich. »Ihr kennt also keine Zottel?«

»Noch nie gehört«, sprach einer der Mondmänner. Doch in seinen Augen sah ich eine kurze Unsicherheit, als ob er Angst hätte, wir würden seine Lüge nicht schlucken.

»Habt ihr etwas von eurer Schönheit aufgegeben?«, fragte Farbklecks.

»Nein ...«, erwiderte ich. Es nagte an mir, dass wir den Hinweis nicht erhalten hatten.

»Dann werdet ihr das Buch nie finden.« Maus lachte auf. »Wie jammerschade doch. So ein hübscher Mann und niemals wird er die Möglichkeit erhalten, seine ganze Zukunft zu sehen.« Spott lag in ihrer Stimme.

»Kneif deine spitzen Lippen zusammen, Maus«, zischte die Frau mit der blauen Maske. »Bei den Hinweisen geht es nicht nur darum, was geschrieben steht. Es geht um die Städte selbst«, sagte sie an uns gewandt.

»Was?« Silver machte noch einen Schritt näher. »Wie meinst du das?«

»Blaue Rose!« Farbklecks beugte sich zu ihr. »Hör auf, fremden Leuten wichtige Dinge zu erzählen.«

»Hör du erst einmal auf zu schummeln.« Sie packte ihn an seinem feinen Kragen und griff in die Tasche seines Mantels. Gleich darauf beförderte sie eine Handvoll Karten auf den Tisch.

»Dornenhecken!«, flüsterten die Mondgesichter. Auf allen Karten waren die ineinander geschlungenen Pflanzen zu sehen. Spitze schwarze Dornen an jedem der Äste.

»Aha!«, rief Maus zufrieden. »Ich sagte ja, ich hätte gewonnen.«

»Du hättest gar nichts!«, schrie er und ballte die Hände zu Fäusten.

Der Streit von vorhin ging erneut los. Die Mondgesichter diskutierten, warum sie verloren hatten. Dabei gaben sie jeweils dem anderen die Schuld. Farbklecks und Maus lieferten sich ein Wortduell, dessen Lautstärke die Musik übertönte. Doch den Mann mit der Rabenmaske schien das nicht zu stören. Er stand an einem der Fenster, die Krüge in der Hand und blickte hinaus in die Nacht.

Nur blaue Rose bewahrte Ruhe und setzte ihre Erzählung fort. »Meine Schwester hat vor einigen Jahren nach dem Buch gesucht.« Genervt von dem Lärm kam sie zu uns herüber. Sie trug einen blauen langen Rock, der ihre Füße bedeckte, und eine weiße lockere Bluse. Vor Silver und mir blieb sie stehen.

»Meine Schwester besaß alle Hinweise, hatte sogar einen Teil ihrer Schönheit aufgegeben. Ich glaube, sie wusste, wo das Buch war. Die Hinweise haben sie dorthin geführt. Aber gefunden hat sie es nicht. Mir hat sie erzählt, dass die Hinweise allein nicht ausreichen. Man muss viel über die fünf Städte wissen, um das Rätsel zu lösen.«

Ich hatte mich so sehr auf ihre Worte konzentriert, dass ich die Streithähne vollkommen ausgeblendet hatte. Inzwischen riss Maus am Mantel von Farbklecks, suchte nach weiteren Karten, während dieser empört aufschrie und versuchte, sie von sich fernzuhalten.

»Wo liegt das Buch?«, fragte ich aufgeregt.

»Das weiß ich nicht. Meine Schwester hat es mir nie verraten. Als sie wieder zurückkam, war sie ganz anders. Hat ständig mit sich selbst gesprochen und ins Leere gestarrt. Sie wollte mir nichts sagen, damit ich es nicht suche.« Ihre Stimme wurde immer leiser.

»Können wir mit ihr sprechen?« Silver schien genauso hoffnungsvoll wie ich zu sein.

Doch blaue Rose schüttelte den Kopf. »Sie ist gestorben. Hat sich aus einem der Türme im Schloss der Königin gestürzt. Bis heute weiß niemand, wie sie dorthin gekommen ist.«

Ich blickte auf den Boden. Darauf sah man dreckige Abdrücke von Schuhen. Was, wenn wir auch verrückt wurden, sobald wir dem Buch zu nahe kamen?

»Gebt mir die Maske, ich weiß, wer diese Zottel ist.« Sie streckte Silver ihre Hand entgegen. »Und hört auf, nach dem Buch zu suchen.«

»Das geht nicht.« Silver reichte ihr die Maske mit den feinen Linien.

Maus fegte wütend die Karten vom Tisch. Farbklecks und die beiden Mondmänner sprangen auf und stürzten sich auf die mit den Dornenhecken. Wie Verrückte krochen sie über den Boden, um sie aufzulesen.

»Wir werden jetzt gehen«, meinte er und griff nach meiner Hand. Diesmal fühlte es sich kalt an. Eine Stimme in meinem Kopf riet mir zu bleiben. Vielleicht erfuhren wir noch mehr.

»Wir kommen auch ohne diesen Hinweis aus. Falls nicht, fahren wir noch einmal nach Malufra, versprochen.«

»Hör auf deinen Freund und geh.« Blaue Rose nickte und wandte sich wieder dem Zwist ihrer Spielpartner zu. »Hört endlich auf damit!«

Farbklecks erhob sich und richtete sich wütend die Kleidung. Seine Haare standen unordentlich in alle Richtungen, die silberne Kette war nach hinten gerutscht und wirkte, als würde sie ihm bald den Hals abschnüren. »Frechheit!«, schimpfte er.

Maus richtete ihre Maske. »Selber Frechheit, du Schummelkönig!«

Die Mondmänner hielten ganz viele Karten in den Händen. Dabei umklammerten sie diese so fest, dass manche umknickten.

»Lass uns gehen.« Ich wandte mich gegen die Stimme in meinem Kopf und drückte Silvers Hand.

Er bedankte sich noch einmal bei der Frau mit den Federn und öffnete die Tür.

Doch bevor er wieder hinaus in die Nacht spazieren konnte, hielt ich ihn zurück. »Warte.« Ich drehte mich noch einmal zu ihr um. »Welchen Teil ihrer Schönheit hat deine Schwester aufgegeben, um an den Hinweis zu kommen?«

Baue Rose schnaubte. »Ihr Lachen. Die Königin wusste genau, was sie tat, denn gelacht hat meine Schwester nie mehr.«

Kapitel 28

Flucht aus der Stadt der Masken

Der Rückweg verlief wie im Traum. Ich nahm nichts um mich herum wahr, klammerte mich einfach an Silvers Hand und folgte ihm durch die dunklen Straßen und Gassen. Ab und zu blieb er stehen, um auf den vielen Schildern nachzulesen, wohin wir gehen mussten.

In Gedanken war ich in einer anderen Welt. Ich dachte über den Kuss nach, über das Gefühl seiner Lippen auf meinen. Doch das Lächeln verschwand, sobald mir die Schwester der blauen Rose in den Sinn kam. Und dass sie aus dem Turm gesprungen war.

Der Mond versteckte sich gerade zwischen zwei dunklen Wolken, als wir das Stadttor erreichten. Nun zitterte ich am ganzen Körper. Die eisige Luft war bis in meine Knochen vorgedrungen.

»Wenn wir wieder an Bord sind, bringe ich dir eine Jacke«, versprach Silver.

»Danke«, erwiderte ich.

Silver klopfte gegen das Tor. Es dauerte nicht lange, da erklang ein leises Klicken, dann wurde es geöffnet.

Bestimmt war es nur Einbildung, aber als wir die Schwelle des Tores überquert hatten und wieder vor Malufra standen, fühlte ich mich wie befreit.

»Gute Heimreise«, wünschte uns einer der Wachmänner und schloss das Tor. Malufra war nun wieder gänzlich hinter der hohen Mauer verborgen.

»Wie bist du überhaupt hineingekommen?« Ich ließ Silvers Hand los, damit ich meine Handflächen aneinanderreiben konnte, um wenigstens etwas Wärme zu erzeugen.

»Ich habe die Wachen bestochen, anders wäre ich niemals hineingekommen.«

Der Mond tauchte wieder hinter den Wolken auf und warf sein Licht auf die Erde. Silver lächelte. »Aber dafür bist du wieder hier.«

Das Schiff lag direkt unter uns und schwankte langsam im Takt der Wellen. Von hier oben entdeckte man viele kleine Lichtpunkte in weiter Ferne. Nur der Wald, der blieb in der Dunkelheit verborgen. Das Gefühl von Freiheit, das ich schon gestern gespürt hatte, kam wieder auf.

»Wenn du mich nach Taian bringst, können wir davor in Sanses haltmachen?«, fragte ich zögerlich. Ich hatte nicht vorgehabt, ihm die Wahrheit zu erzählen. Zumindest bis jetzt, aber seit unserem Kuss fühlte ich mich ihm näher. Hatte das Gefühl, dass ich ihm vertrauen konnte.

»In Sanses?« Erstaunt sah er mich an. Ich spürte, wie er sich verkrampfte. »Was willst du dort?«

»Ich habe der Königin etwas für den Hinweis gegeben und das möchte ich zurück.«

Er legte die Stirn in Falten. Seine schwarzen Augen erschienen im schwachen Mondlicht nur noch dunkler.

Dunkelbraun hatte er gesagt, aber bei Nacht waren sie rabenschwarz. Wie die Maske des Kellners im Gasthaus.

»Was hast du ihr gegeben?«

Vor meinen Augen tauchte wieder der Turm auf und ein Mädchen mit traurigem Gesicht, das von dort oben sprang. Wie der Wind durch ihre Haare fegte, wie all ihre Sorgen auf einmal Flügel bekamen. Sie hatte etwas von sich hergegeben und sich selbst dabei verloren. Das sollte mir nicht auch geschehen. Doch die Kälte in meinem Herz, die gegen meine Brust drückte, sagte etwas anderes.

»Die Hälfte meines Herzens.«

Silver machte einen Schritt zurück.

Der plötzliche Abstand versetzte mir einen Stich in den noch lebendigen Teil.

»Was?« Er hatte das Wort nicht wirklich ausgesprochen, mehr mit seinen Lippen geformt.

Aber auch so verstand ich es klar und deutlich. »Ich habe ihr die Hälfte meines Herzens gegeben und dafür ihre erhalten. Sie hat mir versichert, dass ich sie wiederhaben kann.«

Er griff mit seinen Händen in die Dunkelheit, fast so, als müsse er sich irgendwo festhalten, aber da war nichts.

»Sayen …« Er schluckte. »Du hättest das nicht tun dürfen.«

»Ich lebe«, erwiderte ich rasch. Natürlich wusste ich mittlerweile, dass es ein Fehler war.

»Darum warst du damals so wütend!« Er schlug sich gegen die Stirn. »Du hast die Hälfte deines …« Die letzten Worte sprach er nicht aus, aber das musste er auch nicht.

»Ich lebe«, wiederholte ich. »Und es geht mir gut, aber ich würde wirklich gerne mein Herz wieder komplett haben.«

»Was hast du denn jetzt in dir?« Er kam näher.

»Die eine Hälfte ist von meinem Herzen und die andere vom silbernen der Königin. Ich glaube, es ist die rechte. Diese Seite fühlt sich deutlich kälter an.« Wie um es zu bestätigen, legte ich meine Handfläche darauf. »Aber ich will nicht weiter darüber reden. Lass uns zurückgehen«, beendete ich das Thema und nahm die Hand wieder weg.

»Wir holen dein Herz zurück. Zuerst das Buch, dann Sanses

und am Ende Taian.« Er nickte. »Ich hoffe, du hast nicht noch etwas in Arkaris oder Fandora vergessen«, versuchte er einen Scherz und lachte.

Doch bei meinem Blick verging es ihm nur allzu schnell.

»Sayen?«

»Nein, keine Sorge.« Jetzt musste ich lächeln. »Also los, zurück aufs Schiff.« Ich legte ihm meine Hände auf den Rücken und drängte ihn hügelabwärts.

Dabei musste auch er wieder lachen und gemeinsam rannten wir wie zwei alberne Kleinkinder den Hang hinunter. Rutschten dabei beinahe aus, aber zogen uns gegenseitig wieder hoch. Doch auch das Lachen ließ mich nicht vergessen, dass wir den vierten Hinweis nicht hatten. Die nächste Stadt war die letzte. Was, wenn uns dieser Hinweis auch nicht weiterbrachte? War dann die ganze Suche umsonst gewesen?

Am Hafen angekommen wandelte sich Silvers fröhlicher Gesichtsausdruck wieder in seine übliche starre Maske. Er ließ mich los, um aufs Schiff zu klettern. Ich folgte ihm, schluckte die Gedanken hinunter. Was das auch immer zwischen uns heute Abend gewesen war, es hatte sich etwas geändert. Aber auch ohne ihn zu fragen, wusste ich, dass er jetzt nicht darüber sprechen wollte.

Nur Bell befand sich an Deck. Sie trug Wesleys Hut, hatte sich ans Steuerrad gelehnt auf den Boden gesetzt und schenkte uns einen fragenden Blick.

»Wir haben den Hinweis nicht«, sagte Silver eilig. »Sind die anderen zurück?«

»Es fehlen vier Männer, aber die kommen erst, wenn die Sonne aufgeht. Es war viel zu dunkel, um den Wald zu durchqueren«, erklärte sie. Ihr Blick glitt zwischen Silver und mir hin und her. »Wie war Malufra?«

»Verrückt …« Silver nickte kurz in ihre Richtung. »Wenn ihr mich entschuldigen würdet.« Und damit verschwand er im Inneren des Schiffs.

»Setz dich neben mich.« Bell klopfte auf die Planken.

»Aber nur kurz. Ich friere fürchterlich.« Ich setzte mich im Schneidersitz neben sie.

»Du strahlst«, bemerkte sie skeptisch.

»Tue ich nicht.« Ich drängte die Bilder an den Kuss aus meinen Gedanken. Dafür war keine Zeit.

»Malufra war wirklich ziemlich verrückt.« Ich erzählte Bell im Schnelldurchlauf, was ich alles erlebt hatte. Sobald meine Geschichte bei der Königin ankam, hörte sie nicht auf, Fragen zu stellen.

»Und war sie so schön, wie sie immer beschrieben wird? Was für eine Maske trug sie? Waren ihre Augen schwarze Löcher? Hat sie die Maske abgenommen?« Bells Begeisterung war kaum zu bremsen.

Bei den Berichten über die seltsamen Leute musste sie lachen. »Und die haben sich tatsächlich wie Raubvögel auf die Karten gestürzt?« Ungläubig schüttelte sie den Kopf. »Ich will auch dorthin!«

»Vielleicht kommen wir wieder nach Malufra, denn der Hinweis fehlt uns ja leider.«

Bell legte den Kopf in den Nacken, sah hoch zu den Sternen. »Jeder von uns hätte ebenfalls so gehandelt«, sagte sie. »Wir wollen das Buch unbedingt, aber trotzdem sollte man nicht alles dafür hergeben.«

Ich nickte. »Nein, das sollte man nicht. Hoffen wir einfach, dass uns der letzte Hinweis genügend Antworten liefert.«

Zuversichtlich hob sie den linken Daumen in die Höhe. »Das wird er bestimmt.«

Wir saßen eine Weile nebeneinander, sprachen über Malufra und die merkwürdigen Bewohner, bis sich die Müdigkeit anschlich und ich beschloss, schlafen zu gehen.

Eilig lief ich zu den Kajüten. Ich hatte Bell alles erzählt, außer das, was blaue Rose mir über ihre Schwester gesagt hatte. Mir war aufgefallen, dass auch Bell in den letzten Tagen immer unsicherer geworden war. Zweifel schienen an ihr zu nagen, und ich wollte sie nicht zusätzlich mit solchen Geschichten ängstigen.

Ich war so in meine Gedanken versunken, dass ich beinahe an meiner eigenen Tür vorbeigerauscht wäre. Doch zum Glück sah ich genau in dem Moment auf und bemerkte, dass sie leicht offen stand. Zugemacht hatte ich sie bestimmt, da war ich mir sicher.

»Hallo?« Ich blieb stehen und drückte die Tür mit der rechten Hand auf. Eine dunkle Gestalt hatte sich über mein Bett gebeugt. Sie schreckte durch meine Stimme hoch und zischte wie ein Blitz an mir vorbei. Geistesgegenwärtig griff ich nach der Kleidung der Gestalt. Die Person trug einen Mantel und einen Umhang mit einer Kapuze, die sie sich tief ins Gesicht gezogen hatte. Ich riss daran, wurde von dem Unbekannten aber mit einem kräftigen Stoß gegen die Bordwand geschubst. Mein Kopf prallte gegen das Holz, Schmerz flammte auf.

Mühsam richtete ich mich auf und sah gerade noch, wie ein aufgeschrecktes Gesicht mit hellen Augen und blonden leicht zerzausten Haaren in meine Richtung blickte.

»Scetch!«, presste ich hervor und rieb mir den Kopf. Das schmerzhafte Pochen raubte mir beinahe den Atem.

»Was machst du hier?«

Er war stehen geblieben. Blickte immer wieder zwischen dem Gang hinter sich und mir hin und her, als müsse er abwägen, was er als Nächstes tun sollte. Ich war zu erstaunt, um wütend zu sein.

Bis ich entdeckte, was er in seiner rechten Hand hielt. Was er versuchte, mit dem Umhang zu verbergen, als er meine Blicke bemerkte.

»Du!« Der Schmerz war noch da, aber meine Wut war stärker. Ich stand auf, ballte meine Hände zu Fäusten und kniff die Augen zusammen. »Du hast es gestohlen!« Ich deutete auf das violette Buch, das er krampfhaft festhielt.

»Du wolltest es in mein Zimmer legen, damit Silver meint, ich hätte es?!« Fassungslos blieb mir der Mund offen stehen.

»Der Kapitän vertraut dir viel zu sehr«, erwiderte er. Er wirkte nicht, als hätte er irgendwelche Schuldgefühle. »Also bin ich in seine Kabine und habe es gestohlen, während Silver schlief. Ich wollte, dass er dich zurücklässt.« Sein Tonfall wurde mit jedem Wort boshafter.

»Warum? Das ist doch krank.« Meine Stimme war kaum mehr ein Flüstern. Die Wut wurde von Fassungslosigkeit zurückgedrängt. »Warum tust du das?«

»Seitdem du hier bist, ist uns die Regierung auf den Fersen.« Die Worte spuckte er nur so aus. In seinen Augen loderte Hass. Der Hass einer Zeit, die sehr weit zurücklag, und doch immer wieder an die Oberfläche kam. »Du lockst sie an!« Er zitterte. Seine Fingerknöchel waren schon ganz weiß, so sehr umklammerte er das Buch. »Sie kommen und werden uns alle mitnehmen.« Er lachte auf. »Und dann findet uns keiner mehr.«

»Ich locke sie nicht an!«, widersprach ich verzweifelt. Doch ich konnte sagen, was ich wollte, er sah in mir nur einen schlechten Menschen.

»Du bist von der Regierung.« Er ließ das Buch fallen.

»Bin ich nicht!« Da war sie wieder, die Wut in mir. »Dann hast du bestimmt auch die Rabenfeder auf mein Kissen gelegt.« Nun war mir einiges klar. Ich wusste ja schon seit Beginn, dass er mich abgrundtief hasste. Aber das war zu viel. All die Wut auf die Regierung, all die Schuldgefühle wegen seiner Schwester schien er auf mich zu projezieren. Als sei ich die Lösung oder besser gesagt das Problem.

»Das war ich nicht.« Er kniff die Augen zusammen. »Ich weiß, wer es war, aber das sage ich dir nicht.« Mit diesen Worten drehte er sich um und verschwand. Das violette Buch ließ er zurück und mit ihm all die Worte, die er mir an den Kopf geworfen hatte.

Erschöpft fuhr ich mir durch die Haare und lehnte mich an die Bordwand. Erst nach einiger Zeit traute ich mich, aufzustehen und das Buch vom Boden aufzuheben. Ich eilte damit zu Silver. Nun war ich diejenige, die es so fest umklammert hielt, dass meine Fingerknöchel weiß hervortraten.

Ich klopfte und wartete, bis Silver die Tür aufmachte. Diesmal schien er verwundert zu sein.

»Geht es dir gut?«, fragte er und ließ mich ein. »Ich hätte nicht erwartet, dass du vorbeikommst.«

Auf seinem Schreibtisch herrschte wieder das übliche Chaos. Bücher, Feder, Tinte und Blätter lagen verstreut.

»Wir müssen reden.« Ich schloss die Tür und lehnte mich mit dem Rücken dagegen. Silver hatte sich wieder an den Schreibtisch gesetzt und über seine Bücher gebeugt.

»Du wirkst aufgebracht«, stellte er fest, die Augen auf ein geöffnetes Buch gerichtet.

»Das bin ich auch.« Ich lief auf ihn zu und legte das violette Buch vor ihn hin.

»Wo?« Jetzt sah er auf.

»Ich hatte es nicht.« Ich schüttelte den Kopf. »Aber das spielt auch keine Rolle.« Ich schloss die Augen und schluckte die restliche Wut hinunter. Wenn ich ihm die ganze Geschichte erzählte, glaubte er mir entweder nicht oder wäre wütend auf seinen Freund. Beides keine guten Optionen. Also ließ ich es bleiben und schwieg. Als ich meine Augen wieder öffnete, sah er mich immer noch fragend an.

»Geht es um den Kuss?« Er hob eine Augenbraue.

»Nein, ich ...« Schmerzverzerrt griff ich mir an den Kopf. Ich sollte mich eine Weile hinlegen.

»War er ein Problem für dich?«

Ich sah in seine Augen, das dunkle Braun, das an manchen Tagen schwärzer als jeder Abgrund wirkte. So viele Gefühle lagen darin verborgen, so viele Geschichten, die ich nicht kannte. Ich wusste kaum was über ihn. Mein Blick glitt zu seiner Narbe. Er war der Junge, der von einem Baum gefallen war, weil er den Erzählungen seines Bruders geglaubt hatte. Der Kapitän einer Mannschaft aus Freiheitskämpfern, die sich gegen die wohl mächtigsten Menschen im ganzen Land stellten. Und er schien dabei keine Angst zu haben. Immer dieses spöttische Lächeln, das Funkeln in den Augen.

»Sayen?« Er stand auf, wirkte auf einmal besorgt. Diesen Ausdruck in seinem Gesicht kannte ich nicht.

»Du siehst nicht gut aus.« Er griff nach meinen Schultern und ging dabei etwas in die Knie, um mit mir auf Augenhöhe zu sein.

»Alles in Ordnung«, presste ich hervor.

»Leg dich lieber hin.« Er schob mich um den Tisch herum zu seinem Bett. »Ruh dich aus, ich muss einige Dinge nachlesen.«

»Mir geht es gut«, versicherte ich ihm.

»Schlaf erst einmal. Sobald die anderen da sind, fahren wir los. Diesmal dauert die Fahrt nicht so lange.«

»Wenn du meinst.« Ich legte mich aufs Bett, doch das Pochen verging nicht, als ich meine Augen schloss. Es war wohl nicht nur der Sturz, der mir zu schaffen machte, sondern auch mein Gedankenchaos. Mein Leben lang war ich in Taian gewesen und auf einmal befand ich mich auf hoher See, bereiste verschiedene Städte, eine verrückter als die andere.

»Der Kuss war für mich kein Problem«, sagte ich noch, bevor ich einschlief. Das Letzte, was ich sah, war sein Lächeln.

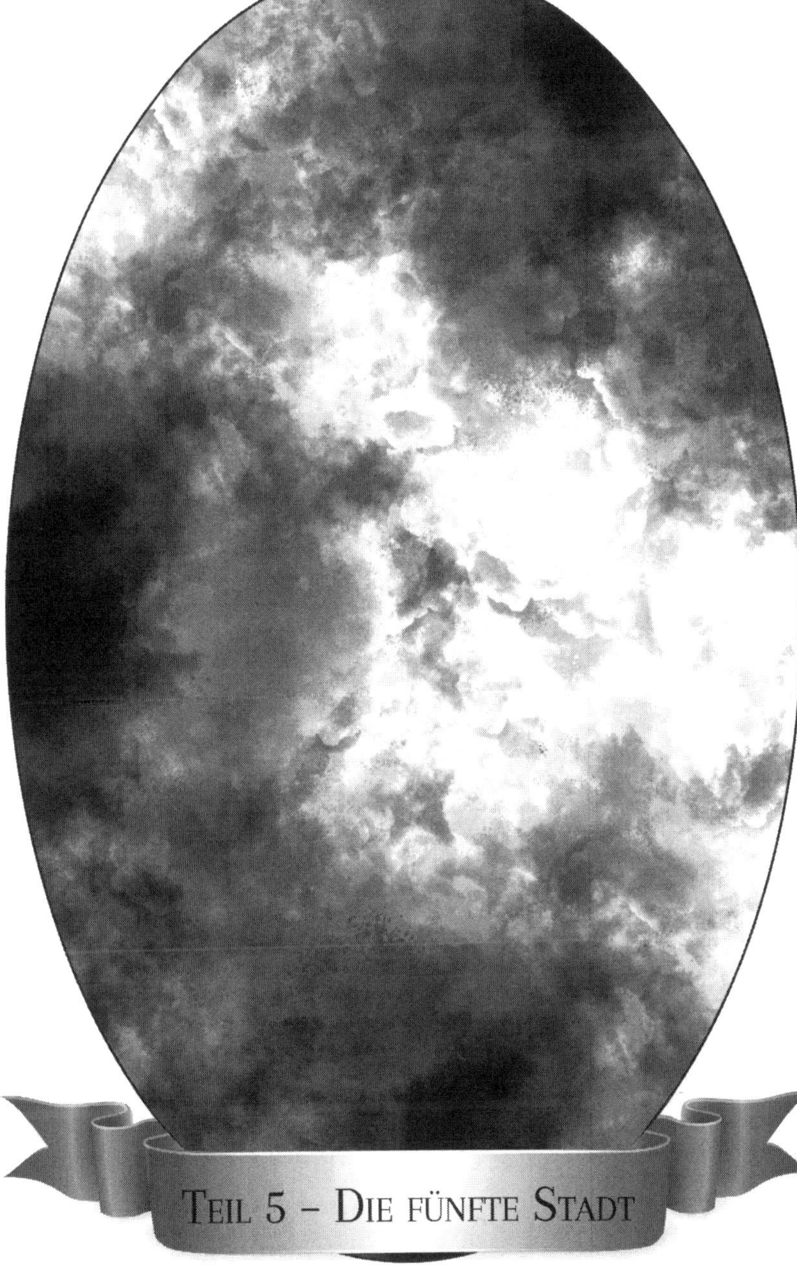

Teil 5 – Die fünfte Stadt

Kapitel 29
Zu blind, um die Wahrheit zu erkennen

Diese Nacht hatte ich einen seltsamen Traum.

Darin kamen Mäuse vor, die sich mit Rosensträuchern stritten, während der Himmel langsam von kräftigen Rottönen durchzogen wurde. Immer wieder begegnete ich Menschen mit Masken. Eine Frau in einem langen weißen Kleid stürzte sich aus einem Turm, landete aber im Wasser. Ein Junge saß auf einem Baum, daneben lief ein anderer mit einem violetten Buch durch die Gegend. Ich stand meist abseits, beobachtete das Ganze, während sich die Bilder ständig veränderten, wie ein Theaterstück im Schnelldurchlauf an mir vorbeizogen, bis es plötzlich Nacht wurde. Am Himmel hingen zwei runde Monde, die mich freundlich anlächelten.

Ich schreckte hoch, riss die Augen auf und setzte mich gerade hin. Mein Puls raste, noch immer hatte ich die Bilder vor Augen.

»Du bist wach.«

Ich brauchte einen Moment, bis ich begriff, dass ich mich wieder in der Wirklichkeit befand.

Während sich meine Augen an die Helligkeit gewöhnten, erinnerte ich mich an das, was die letzten Tage passiert war. Die Begegnung mit der Königin in Malufra, der Kuss, die Menschen mit den Masken und natürlich an Scetchs wutentbrannten Blick.

»Wie lange habe ich geschlafen?« Ich warf die Decke zur Seite, die auf mir lag. Im Grunde hätte ich sie gar nicht gebraucht. Mir war heiß, mein Körper schien zu kochen.

Silver saß an seinem gewohnten Platz und hielt die Feder über ein leeres Papier. Tinte tropfte darauf wie Tränen, die langsam ihren Weg hinabfanden.

»Zu lange für meinen Geschmack. Außerdem sprichst du im Schlaf, aber das habe ich dir ja bereits gesagt.« Er lächelte leicht.

Ich rieb mir über die Stirn. Das heftige Pochen war verschwunden.

Außerdem fühlte ich mich nicht mehr kraftlos. Hatte das Gefühl, ich hätte wieder genug Energie für viele weitere Städte. Dabei lag nur noch eine vor uns. Die Letzte der fünf mächtigsten Städte und jede von ihnen hatte ich mir bisher anders vorgestellt.

»Wir fahren wieder, sind aufgebrochen, sobald der Rest der Mannschaft komplett war«, erklärte er, ohne aufzusehen.

Langsam stand ich auf. »Wohin geht es jetzt?«, fragte ich neugierig.

Die Tropfen auf dem Blatt wurden immer mehr, bildeten einen kleinen See.

»Zeichnest du eine neue Karte für die letzte Stadt?«

»Ich versuche es, aber es gelingt mir nicht.« Er ließ die Feder fallen. »Es geht einfach nicht.« Erschöpft fuhr er sich durch die dunklen Haare und schloss seine Augen. »Aber ich denke, wir werden keine brauchen.«

»Warum?« Ich war immer neugierig, in welche Stadt wir fuhren. Dieses Gefühl, an einem völlig fremden Ort zu sein. In einer Stadt mit neuen Gesichtern, neuen Regeln und Geschichten. Wenn ich nur daran dachte, was wir bisher alles erlebt hatten. Wenn ich das Kassie erzählte, würde sie mir wohl kein Wort glauben. Alles klang so unwirklich, fast schon verrückt. Städte, in denen Geheimnisse verkauft wurden. Menschen, die Masken trugen, und Königinnen, die beinahe gänzlich aus Silber bestanden. All dies waren Sachen, die man nicht so einfach erklären konnte. Man musste sie erlebt haben, um sie zu verstehen. Obwohl, Kassie liebte genau solche Geschichten. Ob Dan auch solche Dinge erlebt hatte, als er zur See fuhr?

»Weil wir bald da sind.« Er schloss das Tintenfass und lehnte sich zurück, die Arme hinter dem Kopf verschränkt. »Außerdem war ich schon dort und kenne mich aus.«

»Ich nehme an, du wirst mir nicht sagen, wohin es geht?« Mittlerweile kannte ich Silver gut genug. Wenn er mir die Namen der Städte sagte, dann oft erst kurz vor dem Ziel.

»Diesmal sage ich dir keinen Namen. Ich gehe allein.«

»Allein?« Ich versuchte, mir meine Enttäuschung nicht anmerken zu lassen. Warum wollte er unbedingt allein in eine Stadt?

»Es ist zu gefährlich und ich will niemanden in Gefahr bringen.« Der Kapitän öffnete die Augen und blickte an die Decke.

»Du bist dir sicher?«, fragte ich. Mein Herz zog sich zusammen, als er nickte und schwieg.

»Gut, dann schaue ich, wo ich helfen kann.« Mit diesen Worten verließ ich die Kabine und machte mich auf den Weg in die Kombüse.

Als ich eintrat, hielt Smith gerade eine Frucht mit einer pelzigen braunen Schale in der Hand.

»Diese exotischen Dinger.« Er schnaubte laut und legte das runde Ding neben sich. »Da verkaufen die einem so was und erklären nicht einmal, wie man es isst.«

»Hast du reingebissen?« Ich nahm die Frucht in die Hände und drehte sie hin und her. Gesehen hatte ich so was auch noch nie, aber das hieß nichts.

»War nicht lecker.« Er verzog das Gesicht. »Ganz schön bitter und trocken.«

»Und wenn du diesen Pelz entfernst?«

»Ich gebe doch nicht so viel Geld aus und werfe dann mehr als die Hälfte weg.« Er nahm sie mir aus der Hand und legte sie neben sich hin. »Wie kann ich dir helfen, Mädchen?«

»Silver meinte, wir seien bald in der fünften Stadt.«

»Hat er das?« Smith zog die Nase hoch. »Keiner weiß, wohin es geht. Nur Bell kennt den Kurs.«

»Und ich hatte gehofft, du kannst mir mehr über die Stadt erzählen.«

Bei meinen Worten lachte er auf. »Ich?« Er fuhr sich mit der Zunge über die trockenen Lippen. »Ich kenne mich nicht wirklich in den Städten aus. Jeder auf dem Schiff hat seine Aufgabe und wir alle tragen dazu bei, dass wir dieses Buch finden. Und meine Aufgabe ist das hier.« Er nahm die pelzige Frucht erneut in die Hand. »Etwas zu essen aus solchen Sachen zu zaubern.«

»Kann ich dir irgendwie helfen?« In der Kombüse selbst herrschte mehr Unordnung als auf Silvers Schreibtisch, darum war ich mir nicht sicher, ob Smith gerade dabei war zu kochen oder schon fertig war.

»Nein, momentan nicht. Ich rufe dich, wenn es so weit ist.«

»Danke.«

Der Koch schien so in die Frucht vertieft zu sein, dass er nicht einmal aufsah, als ich die Tür aufmachte und wieder zuzog.

Die nächste Person, der ich begegnete, war Bell. Völlig erschöpft kam sie mir entgegen. Sie trug wieder Wesleys Hut und fuhr sich müde über die Stirn. Um ihre Nasenspitze hatten sich rote Flecken gebildet.

»Diese Sonne …« Sie nahm den Hut vom Kopf und fächerte

sich Luft zu. »Es ist kalt an Deck, aber die Sonnenstrahlen brennen einem regelrecht ins Gesicht.«

»Magst du was trinken?« Ich deutete zur Kombüse, doch Bell winkte rasch ab. »Mir geht es gut. Erzähl mir lieber ein paar Geschichten von Malufra.« Sie hakte sich bei mir unter und deutete in Richtung meiner Kajüte.

»Wenn du mir erzählst, wohin wir fahren.«

»Da kann ich dir leider nichts sagen. Ich kenne nur den Kurs.« Bell wedelte sich weiterhin Luft zu, während sie entschuldigend mit den Schultern zuckte. »Das ist typisch Silver. Er liebt es, in Rätseln zu sprechen. Also los, erzähl mir von der Königin und ihrem Schloss.« Bevor ich protestieren konnte, zog mich Bell mit sich.

Doch meine Gedanken waren woanders. Ich ging im Kopf alle Informationen durch, die ich in letzter Zeit gelesen hatte. Es gab so viele verschiedene Städte. Welche davon war wohl die Letzte?

Silver hatte recht behalten. Die fünfte Stadt lag in unserer Nähe. Wir fuhren drei Tage durch Wind und Wetter, zogen vorbei an verschiedenen Städten. Städte, die aus Sandtürmen zu bestehen schienen. Orte, die im Licht schimmerten, mit Hausfassaden, die wirkten, als wären sie aus Glas. Wir durchquerten enge Passagen, sahen lange nichts außer Wasser und Berge, bevor wir wieder an hohen Mauern oder Waldgebieten vorbeifuhren.

Silver verschanzte sich meist den ganzen Tag in seiner Kajüte. Er schlief sehr wenig. Besprach oft mit Bell und Flinn, wohin sie fahren mussten. Die Schatten unter seinen Augen waren wieder aufgetaucht.

Mit mir wechselte er kaum ein Wort.

Ich merkte, dass er lieber allein sein wollte, also ließ ich ihn. Auch über unseren Kuss dachte ich mittlerweile nicht mehr so oft nach. Aber wenn ich daran zurückdachte, spürte ich den Druck seiner Lippen auf meinen und den Geschmack von Salz auf meiner Zunge.

Je länger wir fuhren, desto weniger Schiffen begegneten wir. Bell hatte mir erklärt, dass es Orte gab, an denen viele Schiffe waren. Städte, die bekannt dafür waren, dass sie Besucher empfingen. Sie waren wie Fandora oder Arkaris. Momentan befanden wir uns allerdings in einer Gegend, in der sich die Städte gegenseitig nicht ausstehen konnten. Besucher waren nicht gerne gesehen und die Mauern der Orte wurden immer höher. Hier sah man das Ausmaß der ständigen Streitereien.

Die drei Tage vergingen und in der Zeit half ich wie immer, wo ich konnte. Abends, sobald es dunkel wurde, ging ich in meine Kajüte. Scetch war ich seit dem Vorfall mit dem violetten Buch nie wieder begegnet. Aber der Schreck saß noch tief. Darum stellte ich immer den Stuhl unter die Türklinke und schlief erst, wenn mich die Erschöpfung übermannte.

Der Tag, an welchem wir die fünfte Stadt erreichten, war einer, an dem die Sonne schien. Trotz der warmen Strahlen war es kalt auf dem Schiff. Ich trug ein Hemd von Silver, das mir etwas zu weit war, und die klassischen dunklen Hosen, die in meinen Stiefeln steckten. Diesmal hatte ich einen braunen Mantel um meine Schultern gelegt und ihn so weit zugeknöpft, wie es ging, damit der Wind nicht hineinkam.

Ich saß auf dem Deck neben Conu. Vor uns lag ein von Wind und Wetter zerlöchertes Segeltuch, das wohl als eine Art Reserve genutzt wurde. Zu zweit versuchten wir, es zu flicken, während um uns herum hektisches Treiben herrschte.

Silver stand neben Bell am Steuerrad und gab Anweisungen. Immer wieder sah ich zu ihm hinüber. Vor lauter Ablenkung stach ich mir mit der Nadel in den Finger.

Fluchend steckte ich ihn in den Mund, um zu verhindern, dass rotes Blut auf das weiße Tuch tropfte.

Conu klopfte auf das Holz unter seinen Füßen.

»Was ist?«, fragte ich verwundert.

Er deutete auf Silver, auf mich und dann auf seine Stirn, die er in Falten legte.

»Du willst wissen, warum ich mir Sorgen mache?«

Er nickte.

»Ich weiß nicht, was uns in der fünften Stadt erwartet, und Silver will allein dorthin.« Ich senkte den Blick und betrachtete meine Nägel.

Conu war ein sehr aufmerksamer Bursche. Oft ging er zwischen all den Männern mit den langen Bärten und den breiten Oberarmen unter, aber er war immer irgendwo, beobachtete alles um sich herum. Manchmal wirkte es auf mich, als ob er mehr sehen konnte als andere.

Er zeigte auf sich und wiederholte die Bewegungen von vorhin.

»Du machst dir auch Sorgen?«

Wieder nickte er. Unsicher sah er zu Silver und dann zu mir. Ganz langsam hob er die Hand und zeigte auf mich.

»Ich?«

Er senkte die Hand wieder. Den Blick auf seinem Gesicht konnte ich nicht wirklich deuten.

»Um mich?«

Conu hob den Daumen.

»Du machst dir Sorgen um mich. Aber warum?« Ich nahm die

Nadel wieder zwischen die Finger und wendete mich von Silver ab, damit nicht weitere solcher kleinen Unfälle passierten.

Conu deutete auf seine Augen und schloss diese für einen Moment.

»Ich bin blind?«

Er lächelte ganz leicht, strich sich die Haare nach hinten, die ihm während des Flickens vor die Augen gefallen waren.

»Meinst du wegen Silver?« Ich konnte nicht verhindern, dass mein Herz in dem Moment schneller klopfte. Conu wusste nicht, was zwischen Silver und mir vorgefallen war. Ich hatte es keinem erzählt und er bestimmt auch nicht.

»Er ist ein guter Mensch, oder?« Ich erinnerte mich vage an den Moment auf Fandora, als ich mit Conu über Silver gesprochen hatte. Seine Meinung von ihm schien immer sehr gut zu sein.

Conu hob wieder den Daumen, fuhr mit dem Daumen die Gegend nach, wo sein Herz lag.

»Entweder meinst du, dass ich auf mein Herz aufpassen soll, oder dass er ein gutes Herz hat.«

Er machte mit den Händen eine Zwei.

»Also, du sorgst dich um mich, da ich blind bin, aber Silver hat ein gutes Herz?« Ich strich den Stoff auf meinen Knien glatt.

Conu wollte gerade ein weiteres Zeichen machen, als auf einmal aufgeregte Stimmen zu uns herüberdrangen.

»Wir kommen immer näher! Macht euch bereit«, rief Silver.

Bell strahlte über das ganze Gesicht. Flinn neben ihr jubelte.

»Letzte Stadt!«, rief einer der Männer.

Auch Wesley, der normalerweise einen grimmigen Gesichtsausdruck aufgesetzt hatte, grinste bis über beide Ohren.

Auf einmal schien es, als würde die Anspannung der letzten Tage von allen abfallen. Die Männer riefen, jubelten und rannten aufgeregt von einem Ort zum anderen. Conu und ich standen auf. Das Segeltuch war vergessen.

Ich eilte an den Menschen vorbei, die wie Hühner umherhuschten, und drängte mich zur Reling.

Immer wieder war ich alle Städte in Gedanken durchgegangen und hatte von blühenden Landschaften geträumt. Ich hatte vor einiger Zeit von einer Stadt gelesen, in der es um den Tag und die Nacht ging. Oft hatte ich mich gefragt, ob das vielleicht die fünfte Stadt war.

Berge und Wasserfälle tauchten vor meinem inneren Auge auf. Doch die Stadt vor mir sah ganz und gar anders aus. Sie hatte nichts mit meinen Gedanken gemein, nicht einmal ansatzweise.

»Silver?« Unsicher drängte ich mich zum Kapitän durch.

Bell stand neben ihm, umklammerte das Steuerrad und versuchte gerade, das Schiff durch eine engere Passage zu lenken. Flinn neben ihr hielt sich die Hand vor die Augen.

»Wenn du weiter nach rechts eindrehst, sind wir Haifutter«, murmelte er.

»Konzentrier dich auf deine Sachen«, gab sie bissig zurück.

Hohe Felsen befanden sich links und rechts von uns. Die gewaltigen Wassermassen klatschten mit lauten Geräuschen gegen die Außenwand des Schiffes. Die meisten aus der Mannschaft freuten sich weiter, aber sie sahen nicht, was ich sah.

»Silver!« Ich packte den Kapitän am Handgelenk und zog daran, bis sich unsere Blicke begegneten. »Was soll das?«, fragte ich so leise wie möglich.

»Was meinst du?« Er wich meinem Blick aus und befreite sich aus meinem klammernden Griff. Dabei strich er mir unbemerkt mit dem Daumen über den Handrücken. »Es passiert nichts«, raunte er mir zu.

»Wie auch, da ist nichts.«

Vor uns war wirklich nichts. Die enge Passage wurde wieder breiter. Direkt vor uns lag eine karge Landschaft, wie man sie nur aus Geschichten kannte. Der Sand, in dem das Wasser endete, war schwarz. Gras, Bäume oder grüne Flächen gab es nicht. Von meinem Standpunkt aus erkannte ich Ruinen, Überreste von Mauern und Häusern, die abgebrannt waren. Überall lag der schwarze Sand, nahm dem Ort all seine Farbe.

Selbst die Berge im Hintergrund wirkten trostlos.

Der Wind wurde immer kälter und bereitete mir Ohrenschmerzen. Eilig zog ich den Mantel enger um meinen Hals.

»Wo ist die Stadt?«, fragte ich ihn. Denn so sehr ich mich anstrengte, ich sah nichts. Nur Ruinen, Felsen und Reste von Wohnungen. Es gab eine Mauer, aber auch diese war zur Hälfte eingestürzt. Der Anlegeplatz für Schiffe bestand aus einem Haufen morschem Holz. Manche der Bretter fehlten oder waren abgebrochen. Die Ränder waren genauso schwarz wie der Sand daneben.

»Lenk das Schiff dort ans Ufer.« Silver wandte sich an Bell und deutete auf den Anlegeplatz.

»Das ist zu gefährlich«, widersprach sie. »Siehst du die Felsen? Geraten wir daran, war es das.« Sie schüttelte den Kopf. »Ich vertraue der Vorrichtung nicht.«

»Vertrau mir.« Silver legte ihr seine Hand auf die Schulter. »Wenn du näher fährst, siehst du, dass die Felsen kein Problem sind. Der Platz, an dem früher die Schiffe angelegt haben, ist größer als er wirkt. Lenk das Schiff ganz nach rechts, dann können wir es festmachen.«

»Sieht nicht gerade tief aus«, brummte Flinn. »Kommen wir dann überhaupt noch weg?«

»Vertraut mir.« Silver seufzte genervt auf. »Ich war oft hier.«

Inzwischen hatte wohl auch der Rest der Mannschaft bemerkt, dass vor uns nicht wirklich eine Stadt lag. Die Jubelrufe verstummten. Alle, die nicht gerade eine Aufgabe erledigten, hatten sich an der Reling versammelt.

»Was ist das? War das einmal eine Stadt?«

Doch egal wie oft ich fragte, der Kapitän wich mir aus.

Er drehte sich zum Rest seiner Mannschaft. »Wir sind gleich da. Ich werde das Schiff verlassen, sobald wir angelegt haben. Wartet auf mich, bis ich zurück bin.« In seiner Stimme lag ein ernster Tonfall. Die Männer verstummten und sahen ihren Kapitän an.

»Wir haben es bald geschafft«, versicherte er. »Aber das hier muss ich allein machen. Es ist zu gefährlich.« Er deutete hoch zur Sonne, die immer wieder von Wolken verdeckt wurde.

»Ich bin vor Einbruch der Dunkelheit zurück.«

Neben mir fluchte Bell. Sie hatte sich tiefer gebeugt und hielt das Steuerrad krampfhaft fest. »Wir sind viel zu schnell«, murmelte sie.

»Meine Sorge ist eher die Wassertiefe.« Flinn kratzte sich nachdenklich am Kopf. »Aber er wird wohl wissen, was er tut.«

»Haltet euch alle fest!«, rief Bell plötzlich.

Die Trümmer vor uns kamen immer schneller auf uns zu. Wenigstens hatten wir die enge Passage hinter uns gelassen.

Bell lenkte das Schiff genau nach Silvers Anweisungen zur rechten Seite des Anlegeplatzes.

Ich konnte gar nicht mehr hinsehen, darum schloss ich meine Augen und klammerte mich am Mast neben mir fest.

Auf einmal gab es einen Ruck. Ich wurde nach hinten geschleudert, hielt mich aber gerade noch an einem Seil fest, bevor ich gegen die Reling knallte.

Sobald ich spürte, dass wir stillstanden, öffnete ich die Augen.

Flinn lag vor mir auf dem Boden, die Füße von sich gestreckt. »Sandbank«, fluchte er. »Ich habe es gesagt!« Er schimpfte weiter vor sich hin, während er aufstand und sich die Haare raufte. »Das kann dauern, bis wir hier rauskommen. Die Strömung hat alle Ablagerungen hierhergebracht.«

Bell neben mir war ganz bleich um die Nase. Sie hielt das Steuerrad so fest umklammert, als hinge ihr Leben davon ab.

»Was ist das?«, fragte einer der Männer. Er hatte kurzgeschorene dunkle Haare und buschige Augenbrauen.

»Das ist die fünfte Stadt«, antwortete Silver. Er stand als Einziger noch aufrecht und wirkte nicht, als hätte ihm der kurze Zusammenstoß etwas ausgemacht.

»Das ist doch keine Stadt!« Wesley hatte die Arme verschränkt und blickte trotzig zu Silver. »Das sind Trümmer und schwarzer Sand.«

»Und fürchterlich kalt ist es hier auch. Fast könnte man meinen, wir befinden uns in Cesselia, der Stadt aus Eis, nur ohne Eis«, rief Bell dazwischen. Sie hatte mittlerweile das Steuerrad losgelassen und rieb ihre Hände aneinander.

»Das ist mehr als schwarzer Sand und Trümmer.« Silvers Stimme wurde immer lauter, übertönte die wütende Mannschaft. »Das ist eine Stadt!«

»Was für eine?«, fragte Wesley. Er schien sich unsicher zu sein. Zögerlich trat er an die Reling und blickte auf das kaputte Holz neben dem Schiff.

»Das hier«, Silver breitete beide Arme aus, »ist Puera Lisa, die fünfte Stadt.«

Ein Raunen ging durch die Menge, gefolgt von unsicheren Blicken. Angst lag in ihren Augen. Die Angst vor dieser Stadt.

Kapitel 30
Eine Stadt aus Asche und Staub

Die Stadt wurde verbannt!«

»Die Regierung hat sie zerstört!«

»Was tun wir hier?«

Um mich herum war völliges Chaos ausgebrochen. Alle redeten durcheinander. Jeder hatte irgendetwas zu sagen. Zwischen Wut und Angst mischten sich Unsicherheit und Misstrauen.

Für einen Moment setzte ich mich auf den Boden. Viel wusste ich nicht über die Stadt, aber das Entsetzen der Mannschaft sprach Bände.

»Wir stecken für einige Zeit hier fest!«, rief Flinn dazwischen. Er schien völlig den Verstand verloren zu haben. Immer wieder raufte er sich die Haare, schüttelte den Kopf und ließ die Schultern hängen. »Eine Sandbank ...«

Silver wartete einen Moment, bevor er die Hände hochhielt. »Ruhe!«, rief er. Aber erst beim zweiten Mal wurde es auch wirklich still.

»Ich weiß, was ihr alle denkt. Ihr denkt, ich habe euch an einen falschen Ort geführt.« Er machte eine Pause. »Doch ich versichere euch, das hier ist die fünfte Stadt. Puera Lisa gehört zu den fünf mächtigsten Städten.« Silver schluckte.

Ich sah, wie er seine Hände zu Fäusten ballte.

»Zumindest war sie das damals. Mittlerweile zählt sie nicht einmal mehr zu den Städten. Aber als der Mann das Buch versteckt hat, wurde auch einer der Hinweise hierhergebracht.«

»Wir werden alle sterben!«

Ich wusste nicht, wer das gesagt hatte, aber es führte dazu, dass erneut Panik ausbrach.

»Wir werden nicht sterben!« Silver klatschte in die Hände, um die Aufmerksamkeit wieder auf sich zu lenken. »Vor was habt ihr Angst?«, fragte er seine Leute. »Vor einer Geisterstadt? Hier lebt niemand mehr und die Regierung wird nicht noch einmal alles niederbrennen.« Er stockte.

Seine Worte schienen die Mannschaft zu beruhigen. Manche wirkten etwas erleichterter. Auch Flinn hatte aufgehört, sich ständig die Haare zu raufen.

»Ich werde jetzt von Bord gehen. Bleibt hier und verhaltet euch ruhig.« Er ließ seinen Blick durch die Menge streifen.

Allgemeines Nicken.

Bell starrte weiter vor sich hin, die Nasenspitze ganz bleich.

Silver lief zu der Seite des Schiffes, auf der auch der Anlegeplatz lag. Er griff nach einem Seil, das er über die Reling warf.

»Für all das wollte ich euch einmal Danke sagen. Ihr wart eine gute Mannschaft.« Bei seinen Worten sah er keinem von uns ins Gesicht, sondern starrte auf das Seil in seinen Händen. »Ihr habt für das hier tapfer gekämpft.« Seine Stimme wurde immer leiser. »Ich bin bald zurück.« Ein letztes Mal sah er auf, hob kurz die Hand und kletterte dann von Bord.

Als sein schwarzer Haarschopf verschwand, machte sich ein ungutes Gefühl in mir breit. Ich lief zur Reling und blickte hinab.

Silver stieß sich gerade vom Rumpf ab und landete sicher auf dem Holzsteg. Er drehte sich nicht mehr um und lief mit festen Schritten auf den schwarzen Sand zu.

»Ihr habt es gehört! Macht euch nützlich und helft mir, das Schiff aus diesem Loch zu befreien«, rief Flinn.

Bell verdrehte die Augen. »Das waren nicht seine Anweisungen.« Sie holte tief Luft. »Aber ich sehe das wie du. Befreien wir das Schiff und hoffen, dass der Kapitän bald wiederkommt.«

Die Mannschaft setzte sich in Bewegung, während ich weiterhin Silver beobachtete, der durch den Sand stapfte und immer kleiner wurde. Nebel kam auf, verbarg die Reste der Stadt. Versteckte die Trümmer und unschönen Erinnerungen.

Ich wusste, dass ich das hier nicht konnte. Im Kopf ging ich meine Möglichkeiten durch, hatte aber nur eine Idee, welche mir richtig erschien. Zumindest fühlte sie sich als Einzige richtig an.

»Conu!« Ich lief zu dem stummen Mann, der einige Schritte neben mir an der Reling stand.

»Ich werde gehen.« Mehr musste ich nicht sagen, er schien zu verstehen.

Seine Augen weiteten sich.

»Ich kann ihn nicht alleine lassen. Das war einmal seine Heimat.« Ich schluckte den Kloß im Hals hinunter. »Wir sehen uns bald wieder, versprochen.« Ich wartete einen Augenblick, bis ich mir sicher war, dass keiner in meine Richtung sah. Doch bevor ich loskonnte, hielt mich Conu zurück.

Er hatte seine Hand um mein Handgelenk gelegt, genau wie ich vorhin bei Silver. Mit der anderen Hand deutete er auf seine Augen.

»Ich weiß, dass du mir sagen willst, dass ich blind sei. Aber ich muss das machen.«

Ich ließ ihm keine Zeit zu antworten, sondern drehte mich um und kletterte über die Reling.

Als ich auf dem Steg aufkam, wurde mir auf einmal unwohl. Er ächzte bedrohlich. Einige Stücke fehlten oder waren abgebrochen. Wenn ich nur einen falschen Tritt machte, landete ich zwischen den Brettern im Wasser.

Silver war inzwischen an der Mauer angelangt. Der Nebel würde ihn bald verschlucken.

Nun war ich diejenige, die fluchte. Genau wie Flinn vorhin schimpfte ich vor mich hin.

Rannte los, durchquerte den schwarzen Sand, in welchem ich immer wieder einsank. Ein eigenartiger Geruch nach Rauch, Asche und verbrannten Sachen lag in der Luft.

Mein ungutes Gefühl wurde immer stärker.

»Silver!«, rief ich, so laut ich konnte. Ich erreichte den ebenen Boden und stolperte beinahe über einige spitze Steine, die daraus hervorragten.

Während ich weiterrannte, ignorierte ich die Trümmer und den Geruch. Auch das unbehagliche Gefühl drängte ich zurück.

»Silver!« Verzweifelt rannte ich schneller, doch der Nebel hatte ihn bereits verschluckt.

Keuchend blieb ich stehen. Das durfte nicht wahr sein. Wütend trat ich nach einem Holzstück.

Nicht aufgeben, Sayen ...

Ich holte noch einmal tief Luft, bevor ich weiterlief.

»Silver!«, rief ich immer und immer wieder.

Ich achtete gar nicht mehr auf den Boden, sondern versuchte, all meine Kraft in mein Vorankommen zu stecken. Der Geruch um mich herum wurde schlimmer, der Nebel dichter.

»Silver!«

Ich konnte ihn nicht verloren haben. Was, wenn er den Rückweg nicht fand? In den letzten Tagen war so viel passiert. Ich hatte oft Angst oder war in manchen Momenten verunsichert gewesen. Aber das alles war nichts im Vergleich zu der Angst, die ich gerade spürte. Erst jetzt wurde mir bewusst, wie viel mir Silver bedeutete. Wie wichtig er mir geworden war.

Der Nebel vor mir lichtete sich etwas und gab einige Umrisse preis. Schwarze Schatten tauchten vor mir auf. Die Sonne musste sich gänzlich hinter den Wolken versteckt haben. Die Kälte, die hier herrschte, war fast so schlimm wie der Gestank.

»Silver!« Ich blieb stehen, ließ die Arme sinken.

»Sayen?«

Erleichterung überkam mich, als ich die vertraute Stimme in meiner Nähe wahrnahm.

»Wo bist du?«, rief ich zurück. Ich kniff die Augen zusammen, versuchte ihn irgendwo auszumachen.

»Warte!« Die Stimme klang nun näher als gerade.

Und dann stand er auf einmal vor mir.

Vor lauter Erleichterung umarmte ich ihn, drückte mein Gesicht an seine Brust und schloss die Augen. Er roch ganz anders als diese Stadt. Nicht nach Tod oder verkohlten Dingen, sondern nach Wind und Seeluft, nach Schifffahrt, wenn die überhaupt einen Duft hatte.

»Sayen, alles ist gut.« Er fuhr mir beruhigend über den Rücken, während ich mich der Wärme seiner Umarmung hingab, die die Kälte um mich herum für einen Augenblick vertrieb.

»Was machst du hier?«, fragte er, als ich mich wieder von ihm löste. Der Nebel um uns herum war beinahe verschwunden. Hinter mir befanden sich die Reste der Mauer, die ich vom Schiff aus gesehen hatte. Vor mir tauchten spitze Bergkämme auf.

»Ich wollte dir helfen«, meinte ich und räusperte mich.

»Hast du dir Sorgen gemacht?« Erstaunt sah er mich an.

Unsicher biss ich mir auf die Unterlippe. »Ich hatte nur Angst, du würdest den Hinweis ohne mich nicht finden«, log ich.

»Hattest du das?« Er lächelte. Doch das Lächeln erreichte seine Augen nicht. »Du musst zurück aufs Schiff«, entschied er.

»Nein«, widersprach ich. »Ich bin hier und helfe dir.«

»Du störrische Diebin.« Er seufzte, fuhr mir mit der linken Hand durchs Haar. Sein Blick wurde nachdenklich. »Dann komm, aber bleib dicht bei mir.«

Der Weg vor uns war voller schwarzer Punkte. Im ersten Moment hatte ich sie für den dunklen Sand von vorhin gehalten, doch bei näherer Betrachtung fiel mir auf, dass es Asche war. Überall lag das dunkle Zeug, verbarg all die Geschichten und Momente dieser Stadt unter sich. Silver schwieg, hielt den Kopf gesenkt und lief immer weiter durch die kahle Landschaft.

Neben uns und auch auf unserem Weg lagen Trümmer, Schutt und Überreste. Aber nicht alles war völlig zerstört. Auf einmal kamen einige Häuser in Sicht, die nicht komplett zu Asche zerfallen waren. Es waren kleine Häuser mit vom Ruß geschwärzten Dächern und eingeschlagenen Fenstern.

Wir liefen an Schaufenstern vorbei. Ware gab es keine mehr. Gähnende Leere und Dunkelheit herrschten, wenn man einen Blick hinein riskierte. Scherben lagen im Inneren.

Bei einem Haus mit schrägen Dachbalken und dunkelrosa Außenfassade blieb ich stehen. Die Farbe war vergilbt, blätterte an einigen Stellen ab und gab den Blick auf eine kahle weiße Wand frei.

Das Schaufenster war intakt. Ein Holzschild hing an der Tür.

Geöffnet

Als ich hineinsah, entdeckte ich nicht weniger Chaos als im Rest der Stadt. Umgekippte Stühle, Scherben auf dem Boden. Ein Regal war umgestürzt, Spinnennetze zogen sich quer über die Ecken.

»Es ist nicht mehr weit«, meinte Silver.

»Was ist hier passiert?«, fragte ich fassungslos. Alles wirkte, als hätten die Bewohner die Flucht ergriffen. Nur ihre Überbleibsel zeugten davon, dass hier einmal jemand gelebt hatte.

»Die Regierung«, presste er hervor. Er war stehen geblieben, blickte aber auf den Boden und nicht ins Schaufenster.

»Warum?« Mein Herz wollte beim Anblick von Puera Lisa zerbrechen. Es versetzte mir einen gewaltigen Schmerz in der Brustgegend. All die Scherben, die zerstörten Häuser und die Asche, die sich wie ein Mantel über all das ausgebreitet hatte. Vor meinen Füßen lag ein Stofftier. Ein Knopf, der wohl als Auge diente, hing halb herunter, der zweite fehlte.

Das Haus daneben war wieder mehr Schutt als etwas anderes. Es war in sich zusammengefallen. Holzreste und Stücke der Mauer lagen verstreut da. Zwischen all den Trümmern ragten Möbel heraus.

»Wo sind die Menschen?« Ich hielt mir einen Teil meines Mantelkragens vor die Nase, um den Gestank nicht länger zu riechen. Egal wohin ich sah, alles war kaputt.

»Womöglich unter dem Schutt begraben.« Silvers Stimme war seltsam belegt. »Ich weiß es nicht.«

Bei seinen Worten sah ich auf. Ich wollte nicht zufällig einen Arm oder ein Bein zwischen all den Sachen entdecken. Aber es war unmöglich, nicht hinzusehen. Von alledem nichts mitzubekommen.

»Das ist grausam.« Für jedes Wort, das meinen Mund verließ, fühlte ich mich schrecklich. Ich wollte nichts sagen, aber irgendwie kämpften sich meine Gedanken an die Oberfläche. Ich schauderte, drückte den Stoff noch enger an mein Gesicht. Übelkeit stieg in mir auf. Das beklemmende Gefühl in meiner Brust wuchs, je weiter wir in die Stadt hineinliefen.

»Sayen?«

Ich hatte gar nicht mitbekommen, dass Silver stehen geblieben war. Wir befanden uns an einer Kreuzung. Direkt neben ihm standen die Reste eines Brunnens. Nur eine Seite der runden Mauer war intakt.

»Es tut mir so leid«, presste ich hervor. Ich schluckte und biss mir auf die Zunge, um nicht völlig die Fassung zu verlieren. »Es tut mir so leid ...« Meine Stimme glich mehr einem Flüstern. Meine Hände drückte ich gegen den Hals, versuchte das bedrückende Gefühl loszuwerden. Aber es hatte sich eingenistet, ließ nicht mehr los.

Ich sah ihm in die Augen, um mich wenigstens an seinem Anblick festzuhalten. Aber der Ausdruck in ihnen machte es nicht besser.

Silver erwiderte meinen Blick, die Lippen zu einem dünnen Strich zusammengepresst. Da war nichts außer Leere. Seine schwarzen Augen spiegelten wider, was von der Stadt übriggeblieben war.

»Willst du dich setzen?«, fragte er.

Bei seinen Worten musste ich auflachen. Ich schloss die Augen und schüttelte den Kopf. Auf einmal wanderte ein nasser Tropfen meine Wangen entlang. »Tut mir leid ...« Die immer gleichen Worte verließen meinen Mund. »Ich habe nicht das Recht, mich so zu verhalten. Das hier war deine Heimat.« Ich schluckte. Weitere Tropfen fanden ihren Weg, und egal wie oft ich mir mit dem Stoff des Mantels über die Augen fuhr, sie verschwanden nicht, wurden immer mehr.

»Hör auf zu weinen.« Er lief auf mich zu, zog mich an sich und hielt mich fest, während ich weinte. Ein Schluchzer bebte durch meinen Körper, brachte das bedrückende Gefühl an die Oberfläche, was zu mehr Tränen führte.

»Es fühlt sich manchmal an, als würden die Gefühle noch immer in der Luft schweben.« Seine Stimme war direkt neben meinem Ohr. Er schlang die Arme enger um mich. »Also entschuldige dich nicht dafür.«

»Wie kann man so grausam sein?«

Wir standen eine Weile eng beieinander. Die Zeit schien stillzustehen. Es wirkte, als würde alles um uns herum vorbeiziehen, nur wir bekämen davon nichts mit. Irgendwann versiegten meine Tränen. Ich weinte nicht oft.

Aber ich umarmte auch nicht oft. Nähe zu anderen Menschen war für mich immer schon eigenartig gewesen.

Doch in diesem Moment fühlte es sich richtig an. Richtig, so nahe bei ihm zu sein, und richtig, einfach zu weinen und zuzulassen, dass er meine Gefühle mitbekam.

»Ich war anders als die anderen Kinder.«

Überrascht sah ich auf. Silver hielt mich noch immer fest, den Blick in die Ferne gerichtet.

»Wann immer ich Zeit hatte, las ich Bücher oder zeichnete. Ich interessierte mich für Kunst.« Er lächelte. »Mein Bruder war ganz anders. Er war mehr ein Held, ein Abenteurer. Er liebte es, neue Orte zu entdecken. Wenn jemand auf die höchsten Hügel kletterte, dann er.«

Ich versuchte, so ruhig wie möglich zu sein. So viel hatte er noch nie über sich erzählt.

»Die Leute hier waren Menschen, die nur an das glaubten, was sie sahen. Ein bisschen wie du.« Wieder lächelte er.

»Träumer waren nicht gerne gesehen. Puera Lisa wurde oft die Stadt der Erfinder genannt.«

»Die Stadt der Erfinder?« Davon hatte ich noch nie gehört.

»Hier stellte man früher Sachen her. Von Kleidern über

Spielsachen bis hin zu Spieluhren, wie du eine auf Fandora gesehen hast. Die Leute erfanden immer mehr und erfreuten sich an neuen Dingen.« Er ließ mich los, blieb aber in meiner Nähe.

»Ich könnte dir all ihre Namen sagen. Wer wo gearbeitet hat, wem welches Geschäft gehörte. Sie waren keine schlechten Menschen, aber sie dachten oft zu engstirnig.«

»Wie meinst du das?« Noch immer fühlte es sich an, als würde die Zeit stehen bleiben. Als gäbe es einfach nur uns beide.

»Menschen wie ich wurden von ihnen ausgelacht und nicht ernst genommen.«

Er setzte sich auf die Mauerreste des Brunnens.

»Und warum wurde die Stadt verbannt?«

Silver sagte lange Zeit gar nichts. Irgendwann stand er auf und deutete in eine Richtung. Dort führten einige Treppen einen Hügel hinauf.

»Komm, ich weiß, wo wir den Hinweis finden.«

»Woher?« Ich beeilte mich, mit ihm Schritt zu halten, obwohl das nicht ganz einfach war.

»Auf dem Hügel liegt die Halle der wichtigen Dinge. Wir haben früher darin all die Bücher aufbewahrt, die Erfindungen oder Fortschritte aufgelistet hatten. Sie ist das Einzige, was nicht komplett zerstört wurde.«

Er wich erneut meiner Frage aus, aber auch das kannte ich bereits. Silver würde mir antworten, sobald er sich bereit dazu fühlte.

Wir näherten uns dem Hügel, der direkt neben dem Berg lag. Auch hier gab es Asche, jedoch sah man ab und an grüne Flecken hervorblitzen.

»Wie lange ist das her?«

Steinerne Treppen führten in die Höhe. Manche von ihnen

waren zerstört und oft musste ich eine Stufe überspringen, was es anstrengender machte als erwartet.

»Einige Jahre. Ich war damals ein kleiner Junge. Bin oft hierher zurückgekommen und habe mir alles angesehen, um es zu begreifen. Es wächst nichts mehr, als wollte selbst die Natur nicht, dass hier jemals wieder etwas existiert. Auch der Geruch verschwindet nicht.«

Die Treppen wurden immer steiler, führten um den Hügel herum, bis wir plötzlich am höchsten Punkt angelangten. Wir befanden uns nun hinter dem Berg in einer beachtlichen Höhe. Vor uns lag ein weißes Gebäude mit einer runden Glaskuppel. Die Kuppel selbst war zerstört, Risse zogen sich durch das Glas.

»Das Bild in Arkaris …« Er zeigte auf das Gebäude. »Ich habe es deswegen gemalt. Dieser Ort war für die Bewohner wichtig. Die Uhr war das Symbol von Puera Lisa.«

Das alte Theater, das Bild unter all den anderen. Ich dachte an den Blick von Blue, als sie es gesehen hatte. Die Scherben, das Glas und was für einen bedrückten Gesichtsausdruck sie gemacht hatte.

»Als der Hinweis hierherkam, haben die Bewohner kein Geheimnis daraus gemacht. Man hat ihn genau hier versteckt.«

Gemeinsam liefen wir auf das Gebäude zu. Die Sonne schien auf die Überreste des Glasdachs.

»Pass auf, wo du hintrittst. Manchmal löst sich etwas vom Dach.«

Das Gebäude hatte keine Tür mehr, die Reste davon lagen neben einem Loch, das wohl der Eingang sein musste.

Silver duckte sich unter dem Türrahmen durch.

Ich folgte ihm, darauf bedacht, nicht auf die falsche Stelle zu treten.

Im Inneren befand sich ein großer, vom Sonnenlicht erleuchteter Raum. Der Boden war mit bunten Steinen verziert. Mosaik nannte man das, wenn ich es richtig in Erinnerung hatte. Die kleinen Steine ergaben bunte Muster, die sich durch den ganzen Raum zogen. All zu viel sah man davon aber nicht. Auch hier lagen Trümmer, Scherben und Staub.

Einige Regale waren umgeworfen worden, manche standen noch. In ihnen befanden sich Bücher, deren Buchrücken eine dicke Staubschicht überzog.

»Ich hab so viele davon gelesen.« Er lief auf eines der Regale zu, nahm ein Buch mit einem dunkelgrünen Einband heraus und befreite es vom Staub.

»Der Ort bedeutet dir viel, oder?« Ich sah mich um, versuchte zu erahnen, wie all das vor der Zerstörung ausgesehen hatte.

Zu meiner Verwunderung schüttelte er nur den Kopf. »Nein, er bedeutet mir nichts. Ich komme nur gerne her, um zu sehen, zu was Menschen fähig sind.«

»Die Regierung?« Ich nahm ebenfalls ein Buch aus dem Regal und fuhr behutsam über den Einband.

»Nicht alles, was die Regierung macht, ist schlecht. Nicht nur sie ist grausam.«

Irritiert stellte ich das Buch zurück. »Aber ihr seid doch Freiheitskämpfer. Ihr kämpft gegen die Regierung?«

Auch darauf gab er mir keine Antwort, sondern schob das dunkelgrüne Buch direkt neben meines.

»Der Hinweis befindet sich in dem Glaskasten.«

»Glaskasten?« Suchend sah ich mich zwischen all dem Schutt um.

»Gleich dort an der Wand.« Silver zeigte auf ein weiteres Regal direkt vor mir. Dort standen jedoch keine Bücher, sondern wie er gesagt hatte, ein schmaler Kasten aus Glas. Ein Stück Pergament hing darin, war mit einem Nagel befestigt worden.

»Der Hinweis ist für alle sichtbar?« Ich trat näher heran.

»Es gibt ja diesen Zauber, der sicherstellt, dass man das Rätsel nur lesen kann, wenn man keine bösen Absichten hegt oder nicht mit Gewalt darankommt. Die Bewohner von Puera Lisa haben ihn deshalb für alle zugänglich gemacht, um Streit zu verhindern.«

»Dann wusstest du, was hier geschrieben steht?« Nun befand ich mich direkt vor dem Glaskasten. Staub lag darauf, Spinnennetze spannten sich über die Ecken des Regals.

»Was steht geschrieben?«, fragte er.

»Den Schlüssel, zu dem Ort, an dem es versteckt liegt, trägst du immer bei dir«, las ich vor.

»Schon wieder nur wirre Worte.« Silver lachte auf. »Aber ich glaube, so langsam begreife ich, wo sich das Buch befindet.«

Ich hörte, wie seine Schritte näher kamen, wie er neben mir stehen blieb.

»Puera Lisa war die Stadt der Erfinder. Große Menschen lebten hier. Aber nach jeder neuen Entwicklung kam eine weitere. Irgendwann überholte die Stadt die Zeit. Die Menschen erfanden Sachen, die es gar nicht geben sollte.«

Ich drehte mich zu ihm. Versuchte irgendetwas in seinen Augen zu erkennen, aber da war nichts. Mir fiel nur auf, dass er immer von den Bewohnern von Puera Lisa sprach und sich selbst nie mit einbezog.

»Sie erfanden nicht nur gute Dinge. Manche von ihnen erschufen gefährliche Waffen. Waffen, die nicht existieren sollten.«

»Warum?«

»Mit Waffen kommt man schnell an Macht. Man kann die Angst der Menschen ausnutzen und sie zu Sachen zwingen. Die

Regierung wusste von diesen Plänen. Sie beobachteten Puera Lisa und seine Bewohner, verwarnten sie. Sprachen mit ihrem König.« Völlig in Gedanken versunken griff er nach meiner Hand. »Irgendwann wollten die Bewohner diese Waffen trotzdem einsetzen. Das war der Tag, an dem die Regierung kam. Ich habe mich versteckt, als ich das seltsame Beben gespürt habe. Dann bin ich raus und habe die Schiffe gezählt.« Er holte tief Luft. »Es waren viel zu viele. Wir hatten keine Chance, also ging ich zurück und verbarg mich unter einem Tisch. Ich zählte die Gegenstände im Raum und fing immer wieder von vorne an, wenn mir eine Zahl nicht in den Sinn kam. Mein Bruder war der Erste, der ihnen entgegengerannt ist. Feigling hat er mich genannt.«

»Du bist kein Feigling.«

»Damals war ich einer. Ich hörte ihre Schreie und zählte weiter. Hielt mir die Ohren zu, damit ich nichts mitbekam. Denn die Regierung wollte nicht nur die Waffen zerstören, sie wollte auch die Erfinder töten, denn so etwas sollte nie wieder passieren.«

Er beugte sich zu mir herab und drückte mir einen Kuss auf die Lippen. »Du hast vorhin gesagt, es tut dir leid. Doch es tut mir leid.« Wieder küsste er mich, diesmal fester als zuvor.

Ich war verwundert darüber, ließ es aber zu.

Dieser Kuss war ganz anders als jene in Malufra. Er vermischte sich mit Gefühlen, über die er wohl nie gesprochen hatte.

Niemals hatte ich gedacht, dass man sich einem Menschen so nah fühlen konnte. Dass jemand einem in so kurzer Zeit so vertraut vorkommen konnte. Bis ich das Beben spürte.

Zuerst war es nur ganz leicht, ließ meine Beine zittern. Doch dann folgte ein weiteres Beben, eines, das viel stärker war. Ich hielt inne, klammerte mich mit den Händen an seinem Hemd fest.

»Silver?« Falls Gefühle wirklich durch die Luft schwirren konnten, war es jetzt die blanke Angst, die durch das Licht der Sonne tanzte.

Ein weiteres Beben kam, stärker als die beiden zuvor.

»Die Regierung!« Ich riss die Augen auf. »Aber ich dachte, wir sind sie los!« Verzweifelt machte ich einen Schritt zur Seite. »Schnell, wir müssen die anderen warnen!«

Doch Silver regte sich nicht. Er sah mir nicht einmal mehr in die Augen.

»Komm!« Ich packte ihn am Arm und wollte ihn mit mir ziehen.

»Hör auf«, sagte er nur. »Das bringt nichts. Sie sind längst hier.«

Ich schüttelte den Kopf. »Und wenn, wir müssen es versuchen!«

Doch er befreite sich aus meiner Umklammerung. »Sayen, es ist vorbei.«

»Willst du wieder nichts machen, nur herumstehen?«, fuhr ich ihn an, obwohl es mir gleich darauf leidtat. Meine Worte schienen ihn zu treffen.

Er zuckte zusammen.

»Tut mir leid, aber wir müssen jetzt los.« Ich umfasste sein Gesicht mit beiden Händen.

»Bitte, ich will nicht, dass ...« Das nächste Beben brachte mich für einen Moment aus dem Gleichgewicht.

Silver hielt mich fest.

»Ich will nicht, dass dir etwas passiert«, vollendete ich den Satz.

»Mir passiert nichts.« Er fuhr mir behutsam durchs Haar. »Sie werden mir nichts tun.«

»Warum bist du dir so sicher? Hast du dich hier einmal umgesehen?« Das nächste Beben rief noch mehr Panik in mir hervor. Ich spürte, wie mir die Tränen erneut kamen. Wenn ich jetzt losrannte schaffte ich es vielleicht. Aber dann musste ich ihn zurücklassen und das konnte ich nicht.

»Sayen, es ist vorbei.«

»Nein, es ist ...« Ich kam nicht weiter, denn er legte seine Hand über meinen Mund.

»Ich bin die Regierung.«

Auf einmal war es totenstill im ganzen Raum.

Meine Welt drehte sich, rotierte immer schneller. Irgendjemand zog mir den Boden unter den Füßen weg, aber ich blieb standhaft, hielt mich am Regal neben mir fest. Die nächsten Augenblicke nahm ich nur am Rande wahr. Dunkle Schatten tanzten durch meine Gedanken. Das Beben hatte aufgehört. Auf einmal hörte ich eine Stimme, ganz leise drang sie zu mir. »Was?«, fragte sie.

Langsam realisierte ich, dass es meine Stimme war. Meine Frage, die ich ihm immer und immer wieder stellte.

»Was?«, fragte ich heiser.

»Ich bin ein Mitglied der Regierung.« Silver hob die Hand, ließ sie aber wieder sinken. »Ich bin die Regierung.«

Sobald er das gesagt hatte, lachte ich auf. Mein Lachen wurde mit jedem Atemzug hysterischer. »Warum lügst du?«

»Es tut mir leid«, sagte er nur.

Der Mensch vor meiner Nase wirkte auf einmal fremd. Obwohl er mir in der kurzen Zeit in Puera Lisa so viel über sich erzählt hatte, wirkte er völlig fremd.

»Es tut mir leid«, wiederholte er noch einmal.

Verzweifelt suchte ich nach dem spöttischen Blick in seinen Augen. Nach irgendetwas darin, das ihn verriet und aufklärte, dass es ein schlechter Scherz war. Da war nichts. Keine Schuldgefühle, kein sanftes Lächeln, rein gar nichts.

»Es tut dir leid?«, versuchte ich es erneut. Diesmal war meine Stimme kräftiger, aber das Zittern in meinen Beinen blieb.

Silver schien direkt durch mich hindurchzusehen. »Als sie kamen, haben sie alles zerstört. Sie haben alle getötet oder mitgenommen, die über die Waffen Bescheid wussten. Irgendwann fanden sie mich, den Jungen unter dem Tisch, der immer weiterzählte, während das Chaos um ihn herum langsam erstarb. Aber sie haben mich nicht getötet, weil sie begriffen, dass ich anders war. Ich wurde einer von ihnen.«

Auf einmal hörte ich Schritte vom Eingang. Stimmen drangen zu uns, viele Stimmen.

»Das ist nicht wahr«, hauchte ich.

Leute in dunkelblauen Umhängen stürmten herein, immer mehr fremde Stimmen erfüllten den Raum, aber ich hatte nur Augen für ihn.

»Wir brauchen das Buch und du hast uns geholfen«, fuhr er fort. Seine Augen fixierten weiterhin einen Punkt hinter mir. Und das erste Mal auf unserer Reise wurde mir bewusst, was für ein Feigling er tatsächlich war.

Ich lachte auf, setzte mich auf den Boden zwischen all die Trümmer und schüttelte immer wieder den Kopf.

»Du hast gesagt, du bist ein Freiheitskämpfer. Deine ganze Mannschaft besteht aus Freiheitskämpfern. Du warst mit einer Diebin unterwegs. Mit einem Menschen, der …« Meine Stimme brach ab.

Zwei Männer packten mich unsanft an den Armen und zogen mich hoch. Ich wusste nicht, wie sie aussahen, wie groß sie waren oder wie alt. Aber das war mir zu diesem Zeitpunkt völlig egal.

Ich kämpfte nicht dagegen an. Was hätte ich auch tun sollen? Das Schiff stand unten am Hafen, also meilenweit entfernt, und der einzige Fluchtweg befand sich hinter Silvers Rücken.

»Mit Menschen, die dir all das erklärt haben. Wie sehr sie unter eurem System leiden, wie sehr sie kämpfen. Hast du dich einmal hier umgesehen? Was sie angerichtet haben?«, beendete ich meinen Satz und spuckte vor ihm auf den Boden.

Ganz kurz zuckte er zusammen.

»Darum hast du mir nie meine Frage beantwortet. Jedes Mal, wenn ich dich gefragt habe, warum du Freiheitskämpfer geworden bist, hast du geschwiegen.« Ich lachte erneut. Diesmal über meine eigene Dummheit.

»Ich wollte dich nicht in Gefahr bringen, irgendwann war es zu spät. Erinnerst du dich an Arkaris, als dein Tagebuch abhanden gekommen ist?«

Ich schluckte. »Was war damit?«

»In dem Tagebuch standen Informationen zur Regierung. Nichts Wichtiges, aber du bist klug genug, um manche Dinge zu verstehen. Ich habe mit Blue gesprochen und ihr gedroht, das alte Theater zu zerstören, wenn sie uns nicht hilft. Sie gibt den Menschen oft Rollen und dadurch war es für sie ein Leichtes, alles so zu inszenieren, dass am Ende das Buch verschwunden blieb.«

Ich hatte immer gedacht, ich wäre vorsichtig, aber je länger ich über Blue und ihre Worte nachdachte, desto mehr Sinn ergab die ganze Geschichte. Sie hatte mir gesagt, ich solle aufpassen, und damit hatte sie Silver gemeint.

Auch Conu hatte mich blind genannt. Wie recht er doch hatte.

»So bist du auch nach Malufra gekommen, oder?« Ich schnaubte. »Du musstest den Leuten nur sagen, wer du bist, und schon standen dir alle Türen offen.«

Er sagte nichts, aber ich wusste, ich hatte recht. Keiner wusste, wie die Regierung aussah. Silver hatte die ganze Zeit die perfekte Tarnung gehabt.

»Wir brauchen das Buch. Denn wenn es andere in die Finger bekommen, gibt es womöglich wieder Waffen. Waffen, die schaden.« Mit diesen Worten wandte er sich ab.

In mir tobte ein Sturm gewaltigen Ausmaßes. »Feigling!«, rief ich ihm nach.

Doch Silver lief Richtung Ausgang, wurde verschluckt von den blauen Umhängen seiner Wächter.

»Sayen Dust, hiermit sind Sie verhaftet und werden als Gefangene den anderen Mitgliedern der Regierung vorgeführt«, sagte der Kerl zu meiner Linken. Seine Hand lag wie ein Schraubstock um meinen Arm, drückte fest zu. Seine monotone Stimme erinnerte mich an den Abend in Taian, als die königlichen Wächter mich holen wollten.

Am Ende konnte man seinem Schicksal eben doch nicht entkommen. Selbst dann nicht, wenn man dafür durch die halbe Welt reiste.

Ich schrie nicht, ich kämpfte nicht.

Die fremden Männer führten mich nach draußen, wo die grelle Sonne inzwischen hoch am Himmel stand. Ein einsamer Vogel zog dort oben seine Kreise, schien mich auszulachen.

Sie führten mich die Treppen hinab, liefen mit mir durch die Trümmer der Stadt. Vorbei am Brunnen, an dem Schaufenster und dem mit Ruß bedeckten Stoffbären.

Doch diesmal weinte ich nicht. Diesmal klammerte ich mich nicht an Silver. Ich fühlte mich wie in meinem Traum. Als zöge alles an mir vorbei wie ein Theaterstück.

Die Menschen waren gefangen in ihren Träumen, zu blind, um zu sehen, was vor ihren Augen passierte.

Kapitel 31
Die Zeit steht still

Zeit …

Zeit war etwas Kostbares. Sie war nicht wie Geld, welches man geben und nehmen konnte. Sie war etwas, das ablief, das aufhörte zu existieren, sobald man zu verschwenderisch damit umging. Wir alle hatten nur eine Handvoll. Eine Handvoll Momente, Erinnerungen und Gefühle und die Zeit, die mir blieb, fühlte sich auf einmal an wie Sand in einer Uhr. Wie kleine Körnchen, die immer schneller hinabprasselten, und ehe ich mich versah, war das letzte gefallen.

Der Boden war kalt, von den Wänden tropfte das Wasser in solch einem monotonen Ton, dass ich Angst hatte, wahnsinnig zu werden. Ich kauerte mich in eine Ecke, versuchte inmitten der Dunkelheit zu erahnen, was vor mir lag. Wenigstens hatte ich mich an die Kälte gewöhnt.

Irgendwann hörte ich das Geräusch eines Schlosses, das geöffnet wurde. Ein Licht kam auf mich zu, schwere Schritte waren zu hören. Wegen der plötzlichen Helligkeit musste ich meine Augen zusammenkneifen. Ich richtete mich auf, machte mich groß. Wenn ich schon eine Gefangene war, dann keine, die hilflos im Dreck kauerte.

»Sayen Dust?«

Die Tür zu meiner Zelle wurde geöffnet. Eine Frau und zwei Männer standen davor. Die Frau hielt eine Laterne in der Hand und lief auf mich zu. Direkt vor mir blieb sie stehen. Sie hatte schwarze Haare, die im Licht wie Seide schimmerten. Ihre Augen hatten die Farbe des Meeres – so kräftig und intensiv in seinem Blauton, dass er beinahe schon unecht wirkte. Ihr Kleid hatte dieselbe Farbe und hob sich von der spärlichen Zelle ab.

»Sayen Dust?«, fragte sie erneut. Es war unmöglich zu sagen, wie alt sie war. Ihr Gesicht schien jugendlich, aber ihre Hände waren die einer älteren Frau.

Ich schwieg, bedachte sie mit demselben gleichgültigen Blick wie sie mich.

»Du musst nicht sprechen. Ich wollte dir nur mitteilen, dass du in einer Woche angehört wirst. Du und deine Mannschaft.«

Ohne es zu wollen, schnappte ich nach Luft. Ich hätte nicht gedacht, dass Silver wirklich zuließ, dass wir alle verhaftet wurden.

»Aber mach dir keine Hoffnung. Du scheinst klug zu sein, darum weißt du sicher auch, was Verrätern blüht.«

»Ich will mit Silver sprechen«, brachte ich hervor. Meine Hände hatte ich zu Fäusten geballt.

»Kennst du das Sprichwort, eine silberne Spur hinterlassen?«

Bevor ich etwas sagen konnte, hob sie die Hand. »Bestimmt kennst du es nicht. Aber früher, in einer Zeit, in der es noch von Gaunern und Ganoven wimmelte, gab es einen Prinzen. Er war der Sohn eines mächtigen Königs und besaß viel Geld. Eines Tages wurde er von Schurken verschleppt. Sie ermordeten seine Diener und nahmen ihn mit, um seine Verwandtschaft zu erpressen. Doch der Prinz war schlau. Er hinterließ eine Spur aus Silbermünzen, die er in der Tasche hatte. So fanden ihn die Wachen des Königs.« Das Licht der Kerze in der Laterne flackerte unruhig hin und her.

»Was hat das eine mit dem anderen zu tun?«, fragte ich.

»Er hat eine silberne Spur hinterlassen, um die Gauner zu überführen. Man nennt es auch heute noch so. Und wenn du ganz klug bist, wirst du sicher bald merken, warum Silver diesen Namen erhalten hat.« Sie lächelte. »Willkommen in Kreona.«

»Kreona?« Dieses Wort sagte mir nichts, nicht einmal im Geringsten.

»So nennen wir diese Welt. Ach, und das hier, das kannst du haben und in Ruhe lesen. Jetzt spielt es keine Rolle mehr.« Damit drehte sie sich um, verließ die Zelle und schloss hinter sich wieder ab. Doch zuvor hatte sie mir das schwarze Buch aus Fandora vor die Füße geworfen.

Noch während das Licht in der Dunkelheit verschwand, glitt ich die Wand entlang zu Boden

Kreona – das war also der Name der Welt, in der ich mich verloren hatte ... Kreona.

Epilog

Ja, vor langer Zeit einmal, da dachte ein weiser Mann, es wäre eine gute Idee, alle Städte zu vereinen. Er erschuf ein Buch, mit welchem man die Zukunft sehen konnte. Es war ein mächtiger Gegenstand, der in den falschen Händen eine wahrhafte Katastrophe auszulösen vermochte. Der Mann sehnte sich nach Frieden, nach Freiheit. Vielleicht hätte ihm jemand erklären sollen, dass Macht die Menschheit blendete. Denn fernab von hier gab es sie. Die Städte, die so gierig waren, dass sie sich in Silber und Gold verwandelten. In welchen die Königin jeden Abend dem Schlagen eines halben Herzens lauschte und an die Zeiten dachte, in denen sie wenigstens noch etwas Menschlichkeit besessen hatte.

Orte, an denen einem nur die Wahrheit über die Lippen kommen durfte. An denen sich die Menschen nach Geheimnissen verzehrten und den Glanz in ihren Augen verloren hatten.

Plätze, die durch Kunst für die Ewigkeit lebten und für jede Stadt ein eigenes Bild hatten. Wo keine Geschichte in Vergessenheit geriet.

Städte, in welchen Masken niemals abgelegt werden durften, und Königinnen wollten, dass man mit Schönheit bezahlte, weshalb sich Mädchen aus Türmen stürzten.

Denn nicht alles war so, wie es im ersten Moment erschien. Und manchmal, ja manchmal, da wurde einer Diebin ihr kostbarster Besitz gestohlen – ihr Herz. Die eine Hälfte von einer Königin, die andere von einem Mann mit schwarzen Augen. Wie diese Geschichte wohl enden wird?

Ende des ersten Teils

Hast du das Rätsel um das Versteck des Buches gelöst oder brauchst du noch den letzten Hinweis?

Die Städte von Kreona

Lieber Leser, da dieses Buch leider nicht unendlich viele Seiten haben kann und Sayen nicht genügend Jahre zur Verfügung hat, ist es nicht möglich, auf jede der vielen besonderen Städte genauer einzugehen. Deswegen findest du hier eine kleine Übersicht über einige von ihnen. Jede von ihnen ist ein Teil Kreonas und bedeutsam, auch wenn sie meist nur kurz erwähnt werden. Falls du das Buch noch nicht gelesen hast, würde ich dir empfehlen, das zuerst zu machen, so vermeidest du Spoiler.

Cieltia – Die Stadt aus Eis

Flagge: Hellblau mit einem Berg als Symbol

Besonderheit: Die Menschen aus Cieltia haben sich in all den Jahren an die Kälte gewöhnt. Trotz tiefer Temperaturen überleben sie ohne Probleme. Besucher halten es hier nicht länger als zwei bis drei Tage aus.

Legende: Cieltia war nicht immer die Stadt aus Eis. Eine Legende besagt, dass die damalige Königin sich in einen Reisenden verliebt hatte. Er brach ihr das Herz und verließ sie für eine andere. Die Kälte im Inneren der Königin überzog die ganze Stadt. Darum nennt man sie auch oft die Stadt der gebrochenen Herzen.

Über Cieltia: Die Stadt aus Eis liegt versteckt hinter einem Berg. Das Schloss schimmert im Licht und wirkt, als würde es komplett aus Eis bestehen. Die Bewohner leben in kugelförmigen Häusern aus Schnee. Bei schweren Schneestürmen finden sie Schutz im Inneren des Berges.

Brauch: Am 7.01. feiert man ein Lichterfest. Denn an diesem Tag tanzen farbige Lichter über den Himmel. Die Bewohner stehen draußen, wünschen sich gegenseitig alles Gute für die Zukunft.

Malufra – Die Stadt der Masken

Flagge: Violett mit sich überkreuzenden Masken als Symbol

Geschichte: Man sagt, die Königin von Malufra sei eine wunderhübsche Frau. So schön, dass Menschen in ihrer Nähe kein Wort herausbringen. Mit der Zeit war sie genervt davon, denn sie wollte sich gerne mit ihren Mitmenschen unterhalten. Darum fing sie an, Masken zu tragen. Bald taten es die Bewohner ihr nach und heute muss jeder in Malufra Masken tragen.

Hintergrund: In Malufra bedeutet Schönheit viel. Die Bewohner tragen gern hübsche Kleider oder kunstvolle Masken, aber ihr wahres Ich verbergen sie.

Menschen in Malufra: Die Menschen sind sehr hilfsbereit, wenn auch manchmal verrückt. Sie sprechen sich meist mit Namen an, die zu ihren Masken passen, zum Beispiel: Mäusemaske = Maus. Manchmal wirkt es, als seien sie verträumt und würden nur das sehen, was sie wollen.

Über Malufra: Malufra ist umgeben von einer hohen Mauer. Das schneeweiße Schloss mit dem prächtigen Garten liegt weit von den Häusern der Bewohner weg. Der Teil, in dem die Einheimischen leben, ist eher heruntergekommen. Im Schloss finden Maskenbälle statt. Die Gäste kommen von überall auf der Welt. Für eine Einladung nach Malufra wartet man Monate.

Sanses – Die Stadt aus Gold und Silber

Flagge: Rot mit zwei ineinander verschlungenen Ringen

Geschichte: Sanses war vor einigen Jahren noch eine unbedeutende kleine Stadt. Doch auf einmal wurde sie immer bekannter. Der Palast der Königin und des Königs von Sanses besteht zu gleichen Teilen aus Silber und Gold. Man munkelt, sogar die Herrscher selbst bestehen aus dem Edelmetall, aber das ist nur ein Gerücht.

Hintergrund: Die Herrscher von Sanses sind sehr gierig. Sie wollen immer mehr, darum haben Gold und Silber solch eine hohe Bedeutung.

Menschen in Sanses: Sind sehr ruhig und halten sich eher im Hintergrund des Geschehens.

Über Sanses: Sanses ist eine Handelsstadt. Die Stadt besitzt einen großen Marktplatz mit Ständen. Dort kann man Kostbarkeiten von hohem Wert kaufen. Seien es Gewürze, Schmuck, Kleider oder Sonstiges, hier wird man fündig.

Trelian – Die Stadt der Bäume

Flagge: Dunkelgrün mit einem Baum als Symbol

Brauch: Bei der Geburt eines Bewohners wird ein Baum gepflanzt. Sobald man stirbt, wird die Asche dort vergraben. Die Menschen aus Trelian glauben daran, dass man so nach dem Tod weiterlebt.

Glaube: Außerdem glauben sie daran, dass man Lebensenergie von den Pflanzen bekommt und diese eine heilende Wirkung haben. Ob das stimmt, weiß man nicht, aber feststeht, dass in Trelian die Menschen höhere Lebenserwartungen haben als in anderen Städten.

Menschen in Trelian: Sie sind freundlich, halten fest an Kultur und Bräuchen.

Über Trelian: In Trelian gibt es mehr Pflanzen und Bäume als überall sonst. Die Menschen überlassen alles der Natur. Fällen sie einen Baum, pflanzen sie gleich wieder einen neuen. Ihre Häuser sind von Moos überwachsen oder liegen hoch in den Bäumen. Hier findet man auch dank der exotischen Pflanzen viele Heilmittel oder sonstige Wundertränke.

Zelia – Die Stadt der Wünsche

Flagge: Gelb mit einem Diamanten als Symbol

Brauch: In Zelia gibt es einen Brauch. Man soll sich seine Wünsche auf einen Zettel schreiben, die Augen schließen und fest daran glauben. Es wird gesagt, dass jeder Stern im Himmel für einen Wunsch steht, und sobald sich dieser erfüllt, wird eine Sternschnuppe daraus.

Über Zelia: Die Stadt der Wünsche wurde nach ihrer ersten Königin Zelia benannt. Die Leute haben einen starken Glauben und helfen gerne ihren Mitmenschen. Sie bauen ihre Lebensmittel selbst an und leben im Gegensatz zu anderen Städten nicht vom Handel. In Zelia wird vieles der Natur überlassen. Außerdem findet man dort traumhaft schöne Ortschaften.

Mortem – Die Stadt der Toten

Flagge: Grau mit einem Raben als Symbol

Besonderheit: Die Menschen, die dort leben, sind bereits gestorben. Meist handelt es sich dabei um Leute, die noch nicht von der Erde loslassen können. Die Stadt selbst zeigt sich nur per Zufall, und wer verbissen danach sucht, wird sie nicht finden. Manche Menschen suchen verzweifelt danach, weil sie Abschied von jemandem nehmen wollen. Als Sterblicher kann man Mortem nur einmal im Leben besuchen.

Menschen in Mortem: Die Menschen sind bereits gestorben, aber auf den ersten Blick merkt man nichts davon. Sie verhalten sich genau wie zu ihren Lebzeiten.

Über Mortem: Mortem wirkt im ersten Moment wie eine gewöhnliche Stadt. Es gibt Wälder, Flüsse und viel Grünfläche. Ein paar wenige Häuser stehen auf kleinen Hügeln. Aber wenn man

Mortem wirklich betreten möchte, muss man mithilfe von versteckten Pfaden hinab in das unterirdische Erdreich. Dort leben die Bewohner.

Fandora – Die Stadt der Wahrheit

Flagge: Orange mit drei Türmen als Symbol

Besonderheit: Fandora war früher eine Gefängnisinsel. Die Bewohner haben sich geschworen, von nun an nur noch die Wahrheit zu sagen. Über die Jahre haben sie ein Gespür dafür entwickelt, wenn jemand lügt. Jeder, der nicht die Wahrheit sagt, muss die Stadt verlassen.

Menschen auf Fandora: Sind sehr freundlich und lächeln oft. Manche Besucher sagen aber auch, dass die Bewohner zwar freundlich sind, aber ihre Blicke seltsam leer.

Über Fandora: Auf Fandora hat es viele kleine bunte Häuser und enge Gassen. Außerdem gibt es einen See und einen großen Wald in der Nähe des königlichen Palastes. Hinter dem Wald liegen drei schwarze Wachtürme, welche als Markenzeichen der Stadt gelten. Eine Mauer kreist Fandora ein und schützt es vor neugierigen Blicken. Sie ist ein Überbleibsel von dem ehemaligen Gefängnis.

Prestan – Die Stadt der Farben

Flagge: Bunt mit einem Pinsel als Symbol

Brauch: Jede Familie in Prestan hat ihre eigene Farbe. Ihre Häuser werden dementsprechend angemalt. Heiraten zwei Menschen, werden ihre Farben gemischt, und so entsteht eine völlig neue. Das ist auch der Grund, warum die Häuser in Prestan unglaublich bunt und verschieden sind.

Menschen in Prestan: Die Menschen sind sehr hilfsbereit, aber schotten sich von anderen Städten ab. Sie kommen ganz gut allein klar, bauen alles selbst an und verarbeiten alte Dinge weiter.

Besonderheit: Weil die Bewohner so abgeschieden leben, gibt es kaum Besucher in der Stadt. Will man nach Prestan, muss man einen Antrag stellen, der nur selten genehmigt wird. Das ist der Grund, warum es kaum Bilder oder Geschichten darüber gibt.

Über Prestan: Leider weiß man nicht viel darüber, aber die Menschen, die Prestan besucht haben, sprechen von einem besonderen Ort. Von hilfsbereiten Leuten, Früchten in jeglichen Farben und Formen. Die Häuser sind bunt genau wie die Kleidung. Die Farben bestimmen, zu wem man gehört.

Arkaris – Die Stadt der Kunst

Flagge: Schwarz mit den Symbolen Sonne, Mond, Sterne

Besonderheit: Die Stadt der Kunst hat im Gegensatz zu den anderen Städten keinen Herrscher. Es werden jedes Jahr fünf Oberhäupter gewählt, die sich um das Wohl der Stadt kümmern.

Hintergrund: Die Stadt der Kunst lebt von der Kreativität der Menschen. Sie glauben daran, dass jeder Einzelne wichtig ist. Auch in Bezug auf die Städte denken sie so. Jede Stadt ist wichtig und alle zusammen ergeben ein Gesamtbild. Sie streben nicht nach Macht, sondern nach einem friedlichen Zusammenleben.

Menschen in Arkaris: Die Menschen sind alle sehr kreativ und offen gegenüber anderen. Sie interessieren sich für Kunst, Musik oder Geschichten. Manchmal spielen sie auch Theaterstücke.

Über Arkaris: Die Stadt ist sehr groß, besitzt viele Grünflächen, Flüsse, Seen und Wälder. In der Mitte der Stadt verläuft ein breiter Fluss. Überall an den Hausfassaden sind Symbole und Bilder aufgemalt. Die Wege werden mit Laternen beleuchtet und schon von Weitem hört man Musik. Das wichtigste Gebäude der Stadt ist ein altes Theater. Auch dort findet man Zeichnungen der anderen Städte.

Cesselia – Die Stadt der Musik

Flagge: Pink mit einer Musiknote als Symbol

Besonderheit: Zu jeder Uhrzeit werden Lieder in Cesselia gespielt. Je nach Anlass oder Tageszeit sind es ruhige, traurige oder heitere Lieder. Die Menschen sind sehr begabt, was Musik anbelangt. Manche Städte zahlen ein halbes Vermögen für Sänger/-innen aus Cesselia. Ihre Stimmen sind so beeindruckend, dass man noch Tage später an die Melodie denken muss.

Legende: Der Grund, wieso ständig Musik gespielt wird, ist der, dass vor einigen Jahrhunderten die Stadt angegriffen wurde. Die Bewohner von Cesselia konnten nicht kämpfen, also spielten sie Musik, um ihre Feinde zu verwirren. Der Plan ging auf. Die Angreifer waren so abgelenkt, dass sie den Grund für ihren Besuch vergaßen.

Über Cesselia: Die Stadt liegt auf einem kleinen Berg. Die Häuser stehen auf Hügeln und ein Weg führt hinab in einen malerischen Hafen. Dort findet man Gasthäuser und viele kleine Läden. Die Stadt selbst ist wunderschön mit vielen Blumen und alten Gebäuden.

Taian- Die Stadt aus Wasser

Flagge: Weiß mit einem Schiff als Symbol

Besonderheit: Taian besteht nicht aus Wasser, sondern ist bekannt für die vielen Handelsrouten, Schiffe und den Fischfang. Bestimmte Farben haben hier eine Bedeutung. Grün gilt der Hoffnung und an manchen Tagen sieht man Stoffstücke in dieser Farbe vor Fenstern hängen. Das bedeutet, dass dort jemand wohnt, der krank ist oder kurz vor dem Tod steht. Weiß ist die Flagge mit einem schwarzen Schiff als Symbol. Sie steht für Taian. Gelb trägt man, wenn ein Kind zur Welt kommt.

Menschen in Taian: Sie pflegen ein freundschaftliches Verhältnis zueinander. Abends trifft man sich in den Kneipen, erzählt sich Geschichten. In der Nähe des Palastes leben die Menschen mit viel Geld, weiter unten am Hafen die Arbeiter oder die ärmeren Leute.

Über Taian: Taian ist eine Stadt von einer beeindruckenden Größe. Es gibt zwar kaum einen Flecken Natur, dafür aber viele schöne, alte Gebäude und geheimnisvolle Gassen. Im Hafen liegen beeindruckende Schiffe aus aller Welt. Reisende nutzen Taian als Zwischenhalt. Die meisten Menschen, die hier leben, sind Matrosen. Es gibt eine klare Trennung zwischen Reich und Arm.

Solim – Die Stadt von Tag und Nacht

Flagge: Eine Seite weiß mit halber Sonne, andere schwarz mit halbem Mond

Besonderheit: Die Stadt aus Tag und Nacht ist in zwei Hälften geteilt. Die Hälfte der Nacht liegt in einem Berg, sodass kein Sonnenstrahl dorthin gelangt. Die Hälfte der Sonne liegt draußen. Durch die besondere geographische Lage der Stadt wird es nur für kurze Zeit dunkel, die restliche Zeit ist es hell.

Legende: Die Menschen in Solim glauben, dass ihre Stadt von den Göttern erbaut wurde. Eine Geschichte besagt, dass sich zwei Götter einst liebten. Sola, die Göttin der Sonne, und Immen, der Gott der Nacht. Da die anderen Götter nicht einverstanden waren mit ihrer Bindung, flohen sie in die Menschenwelt und erschufen eine Stadt, in der sie gemeinsam leben konnten.

Menschen in Solim: Sie leben sehr zurückgezogen, mögen Besucher nicht. Außerdem sind sie sehr gläubig.

Über Solim: Die Stadt ist eine der größten und doch meiden Besucher sie. Überall an den Wänden hängen Bilder der Götter. In der Stadt der Nacht braucht man einen Plan, um sich zurechtzufinden, so viele Gänge und Räume gibt es im Inneren des Berges.

Danksagung

Auch dieses Buch ist nicht ohne Hilfe entstanden. Und wie immer sitze ich vor der Danksagung und weiß nicht, wo ich anfangen soll. So viele Menschen unterstützen mich und helfen mir, wann immer sie können.

Zuerst einmal möchte ich wie immer dem Zeilengold Verlag Danke sagen. Und damit meine ich alle, die Teil davon sind, egal ob Autoren, Lektoren, Korrektoren oder Blogger. Ihr leistet wundervolle Arbeit!

Danke an Rahel und Michelle, die sich jede meiner noch so wirren Ideen anhören und mich unterstützen, wo es nur geht. Ihr seid beide ganz besondere Menschen.

Auch sehr dankbar bin ich Angelina und Jessi, die mir geholfen haben, wenn ich Fragen zu Kreona hatte, und die sich schon sehr früh zusammen mit Sayen auf die Suche nach dem Buch gemacht haben.

Danke wie immer an Emely, denn wenn ich mitten in der Nacht ein Problem habe und nicht weiterweiß, bist du da mit deinen cleveren Ratschlägen.

Ein weiterer Mensch, ohne den mein Leben bestimmt langweilig wäre, ist Ebru. Auch dir möchte ich danken, denn zusammen raffen wir uns immer auf und motivieren uns weiterzuschreiben.

Danke an Luna, denn du bist diejenige, die seit *Als das Leben mich aufgab* mit dabei ist, mit mir lacht, weint und sich verrückte Geschichten ausdenkt.

Ein weiterer Dank gebührt Seda, Katrin, Neni, Vivi und Tanja ohne Hut. Ihr seid ganz besondere Menschen in meinem Leben und ohne euch wäre es definitiv zu langweilig.

Danke an das coolste Bloggerteam auf der ganzen Welt. Danke an Laura, Silja, Artemise, Eileen, Flidra, Katrin, Alexandra, Michelle, Sabi, Luna, Neni, Jessi, Tanja und Seda. Ich habe wirklich Glück, dass ihr Teil meines Teams seid und zusammen mit mir einiges für die Veröffentlichung auf die Beine gestellt habt.

Danke an meine Eltern, die jedes Projekt von mir lesen würden, selbst wenn es dabei um fliegende Katzen ginge. Ihr unterstützt mich bei allem.

Danke an Ana Neves für die wirklich gelungenen Bilder und an Michelle für die passende Karte zu Kreona.

Danke an all die Autorenfreunde von Instagram oder Wattpad. Danke an die vielen Blogger, die mich seit einiger Zeit begleiten und unterstützen. Besonderer Dank auch an Celina, Eli, Kara und Mel.

Und zum Schluss noch einmal Danke an den wohl besten Verlag und an die liebe Sam, die mein Traumcover gezaubert hat. Wie immer danke ich auch Nadine, denn dank ihr könnt ihr heute überhaupt mein Buch in den Händen halten.